*Bibliothèque*
*des Sciences humaines*

PAUL JORION

# COMMENT LA VÉRITÉ ET LA RÉALITÉ FURENT INVENTÉES

nrf

GALLIMARD

# AVANT-PROPOS

Cet ouvrage se veut une contribution à l'anthropologie des savoirs. J'y analyse la naissance des notions de « vérité » et de « réalité » (objective), notions qui semblent aller de soi, mais qui sont en fait apparues à des moments précis de l'histoire de la culture occidentale et sont totalement absentes du bagage conceptuel de certaines autres, en particulier de la culture chinoise traditionnelle. Ces moments de leur émergence sont datés et relativement récents ; mieux, leur apparition a donné lieu à des débats houleux et bien documentés entre partisans et adversaires de thèses antagonistes. La « vérité » est née dans la Grèce du IVe siècle avant Jésus-Christ, et la « réalité » (objective), dans l'Europe du XVIe siècle. L'une découle de l'autre : à partir du moment où s'impose l'idée d'une vérité, dire la vérité revient à décrire la réalité telle qu'elle est.

Platon et Aristote imposèrent la vérité comme le moyen de dépasser les objections sceptiques de leurs adversaires sophistes. Dans le débat qui les opposa à ceux-ci, ils déplacèrent le critère de validité d'un discours. Ce dernier passa de l'absence d'autocontradiction dans son développement à la validité de ses propositions individuelles, transformant la notion jusque-là polémique du « vrai » en principe épistémologique de la « vérité ». La distinction établie à cette occasion par Aristote entre l'analytique, qui permet la démonstration scientifique à partir de prémisses vraies, et la dialectique, qui permet l'argumentation juridique ou politique à partir de prémisses vraisemblables (les « opinions généralement admises »), autorisa un cessez-le-feu idéologique dans le débat avec les sophistes et avec les courants sceptiques en général (l'analytique et la dialectique seraient ultérieurement regroupées sous l'appellation de logique).

Platon et Aristote opposèrent aux sophistes l'existence d'un monde plus réel que le monde sensible (l'Existence-empirique des philosophes), dont les sophistes avaient beau jeu de mettre en évidence qu'il s'agissait d'un univers d'illusion. Il leur fallait aussi distinguer ce monde de la réalité ultime inconnaissable : l'Être-donné des philosophes. Le néoplatonicien Proclus appela « discursion » ce monde où la vérité trouve à se déployer et le situa au sein de l'esprit humain, où il constitue un espace de modélisation dont l'outil de prédilection est mathématique.

Si l'Être-donné des philosophes demeure inaccessible, il n'en est pas moins ouvert à nos supputations. Comment combler le fossé entre la représentation que proposent nos modèles mathématiques du monde sensible de l'Existence-empirique et l'Être-donné lui-même ? Nos modèles ouvrent sans doute la voie d'une explication dès lors qu'existe une congruence convaincante entre eux et l'Existence-empirique qu'ils visent à représenter. Mais il ne s'agit encore que d'une présomption quant à la nature des choses, et il nous faut davantage : il nous faut une confirmation irréfutable. Or celle-ci ne s'obtiendra que par une mobilisation de toutes les sources de savoir dont nous disposons, qui seule permettra de trancher.

Au Moyen Âge, ce que l'on considérait comme le savoir certain avait deux composantes : l'enseignement d'Aristote, d'une part, et celui des Écritures, d'autre part, lequel imposait des contraintes très sévères sur nos explications du monde, telles que d'accepter la possibilité pour Josué d'arrêter provisoirement la course du soleil ou d'être compatibles avec le mystère de l'Eucharistie : la transsubstantiation du pain en chair et du vin en sang du Christ. L'irritation des mathématiciens créateurs de modèles vis-à-vis de telles exigences conceptuelles ne cessa de croître au fil des siècles. Ils opérèrent à la Renaissance un coup de force épistémologique en avançant que leurs modèles ne résidaient nullement dans la discursion, dans l'esprit humain, mais au sein de la Réalité-objective. Cette dernière ne devait pas se concevoir à l'instar de la discursion comme un feuillet intermédiaire entre le monde sensible de l'Existence-empirique et le monde authentique, inconnaissable toutefois, de l'Être-donné, mais comme assimilée à ce dernier. La capacité des modèles mathématiques à représenter le monde n'est pas fortuite, affirmaient-ils ; elle n'est nullement due à la rentabilité du type de stylisation opéré par les mathématiques ; elle est due au fait que la réalité ultime est constituée des objets dont parle le mathématicien : l'Être-donné est fait de nombres.

Aux XVIe et XVIIe siècles, une génération de jeunes-turcs, tels Copernic, Kepler et Galilée, inventèrent la Réalité-objective en assimilant les disciplines scolastiques de l'« astronomie » (en inculquant la preuve analytique en matière de cosmologie sous la forme de modèles mathématiques) et de la « physique » (en inculquant la preuve dialectique sur les mêmes questions à partir de tout le savoir mobilisable à leur propos). La distinction entre le « réel » et un « espace de modélisation » fut sacrifiée lors de cette fusion et constitua dès lors une source permanente de confusion dans l'explication.

Le coup de force épistémologique des astronomes permettait d'opérer un raccourci dans l'explication en faisant l'économie de l'opinion des docteurs de l'Église. Il n'en constituait pas moins, du fait même, un pas en arrière tragique dans la méthodologie d'engendrement du savoir : il faisait accéder des modèles que l'on situait jusque-là dans l'imagination humaine à un statut bien plus privilégié, celui de représentation fidèle de la réalité ultime du monde, jugée auparavant inconnaissable. Le mage présocratique Pythagore avait dirigé une secte dont les adeptes affirmaient que le monde est en réalité constitué de nombres. Les astronomes de la Renaissance renouèrent avec cette tradition mystique pour se débarrasser de l'interférence des docteurs de l'Église dans leur tâche de production de la connaissance.

Le statut des mathématiciens s'en trouva lui aussi automatiquement modifié. Eux qui produisaient jusqu'alors les outils servant à construire des modèles résidant dans l'esprit rendraient compte désormais des propriétés et des proportions remarquables des nombres, les constituants ultimes de l'Être-donné. Aristote avait décrit, avec l'analytique, les moyens — les classant du plus au moins convaincant — qui permettaient de conserver à un raisonnement sa validité, le guidant de prémisses vraies vers une conclusion vraie elle aussi par un nombre de pas potentiellement infini. La démonstration mathématique étant un raisonnement, elle devait se plier également à ces règles. L'accession des mathématiques au statut de description du réel véritable levait ces contraintes de rigueur, puisqu'il s'agissait désormais de rendre compte d'un objet auquel on reconnaissait une existence, voilée sans doute, néanmoins réelle. Tous les modes de la preuve, du plus fiable au plus faible, seraient désormais utilisés sans discrimination dans la démonstration mathématique.

J'offrirai de cela une illustration détaillée : la mise en évidence des faiblesses inhérentes à la démonstration par Kurt Gödel de son théorème d'« incomplétude de l'arithmétique » (1931). Le mathématicien utilisa en effet, dans sa fameuse démonstration, un ensemble disparate de procédés présentant des degrés variables de valeur probante. Gödel recourut ainsi au mode le plus faible de la preuve analytique, qui est la preuve par l'absurde. Il fit aussi appel à divers types de preuves dialectiques, partant de prémisses seulement vraisemblables, telles que l'induction (dans la « récursion »), et fonda des parties cruciales de son argumentation sur l'évocation de « contradictoires », qualifiés par Hegel de « trivialités », tel, par exemple, « tout n'est pas une "preuve" de p ». Enfin, avec la « gödelisation », qui lui permit de coder des propositions métamathématiques en formules arithmétiques, Gödel confondit un artifice produit à l'intérieur d'un espace de modélisation avec un effet dans le réel. Je rapprocherai cette confusion de celle qui fut opérée par le chaman Quesalid, dont Lévi-Strauss analyse les errements dans son *Anthropologie structurale*.

Un bref rappel de l'histoire du calcul différentiel me permettra alors de confirmer que les mathématiciens, quel que soit le statut qu'ils se reconnaissent personnellement de découvreurs (les réalistes) ou d'inventeurs (les antiréalistes), sont en réalité les instruments d'un processus de production culturelle qui s'assimile à l'engendrement d'une « physique virtuelle ». Parallèlement à la décadence dans la démonstration mathématique, la confusion entre modèles et réel en physique conduisit à postuler, pour chacun des artefacts d'une modélisation, un répondant effectif au sein de l'Existence-empirique. J'en offrirai quelques exemples en physique contemporaine.

C'est à ce stade que nous en sommes aujourd'hui. Cet ouvrage prône un retour à la rigueur dans le raisonnement, laquelle exige la réassignation au modèle du statut de représentation au sein de l'esprit humain, accompagnée d'un retour des mathématiques au statut de boîte à outils de la modélisation, impliquant à son tour une réhabilitation de la démonstration mathématique, qui devra se plier à nouveau aux principes généraux présidant au raisonnement convaincant. Ayant rappelé les critères à remplir par une explication pour être valide, à savoir, d'une part, que la valeur de vérité de ses prémisses soit maîtrisée par celui qui s'engage par rapport à leur contenu au moment où il les énonce et, d'autre part, que cette valeur de vérité se maintienne constante dans le mouvement qui conduit des prémisses à la conclusion, j'offre le moyen de sortir de l'impasse actuelle, celle où la science contemporaine postule un monde dont de nombreux objets ne sont rien d'autre que les artefacts qu'une modélisation négligente amène avec elle, ainsi que celui d'échapper aux apories dont elle est prisonnière.

L'ouvrage constitue un vigoureux plaidoyer en faveur d'un « retour à Aristote », et je me situe donc automatiquement dans la tradition de ceux qui m'ont précédé dans cette voie, comme G. W. Friedrich Hegel, Pierre Duhem, Émile Meyerson ou Alexandre Kojève. Les lecteurs noteront certainement aussi que mon analyse de la démonstration du second théorème de Gödel prolonge celle qu'a esquissée Ludwig Wittgenstein dans ses *Remarks on the Foundations of Mathematics* (1937-1944). Ils ne manqueront pas de remarquer également que cette analyse adopte la même perspective épistémologique de « philosophie de la nature » que la critique par Hegel de la physique newtonienne dans sa dissertation sur *Les Orbites des planètes* (1801) et dans son *Précis de l'Encyclopédie des sciences philosophiques* (1817-1830).

# I

## *À l'écart du « miracle grec » : la « mentalité primitive » et la Chine*

Le « miracle grec » sera celui de l'émerveillement — et des retombées politiques et intellectuelles de cet émerveillement — devant le raisonnement susceptible de se poursuivre à l'infini. Or toutes les langues n'ouvrent pas un tel univers : pour qu'il puisse exister, il convient qu'une relation antisymétrique soit possible entre notions, telle que la propose la relation d'inclusion sur un mode statique — par exemple, celle des mammifères parmi les animaux — et l'implication causale sur un mode dynamique — par exemple, des nuages comme origine de la pluie.

La langue permet en effet deux types de relations entre notions au sein d'une phrase : la première, symétrique, qu'on conviendra d'appeler « connexion simple », consistant dans leur simple juxtaposition (« le chat et ses moustaches ») ; la seconde, antisymétrique, d'« appartenance » ou d'« inclusion » (« la souris est un rongeur »)[1]. La relation symétrique s'exprime de manière générale dans nos langues soit à l'aide de la pseudo-copule « avoir » (« le maître a un chien », « le chien a un maître »), soit à l'aide du génitif (« le chien du maître », « le maître du chien »). La relation antisymétrique s'exprime quant à elle par l'un des nombreux usages de la copule « être » : « un lion est un

1. Je crois avoir réfuté, à la suite de Giuseppe Peano, la pertinence de la distinction opérée par la logique contemporaine entre ces deux notions dans *Principes des systèmes intelligents*, Masson, 1990, pp. 56-57.

mammifère », différent quant au sens de l'inadmissible « un mammifère est un lion »[1].

Les anthropologues avaient repéré ce qui leur apparaissait comme faits révélateurs d'une « mentalité primitive » dans les raisonnements tenus par les membres de certaines cultures exotiques et tout particulièrement de celles peuplant le pourtour de l'océan Pacifique et dont la Chine ancienne représentait la forme la plus achevée. Ces faits de mentalité primitive signalent une altérité radicale dans la manière d'appréhender le monde à l'aide d'un univers de mots. Ils résultent de l'absence, dans ces langues, de la relation antisymétrique entre notions, obligeant à ne reconnaître entre elles qu'une connexion simple et interdisant en particulier en leur sein l'emboîtement des catégories que suppose toute taxonomie. Le principe qui préside alors au regroupement de notions n'est pas, comme chez nous, celui de la ressemblance visible, mais celui de la similarité de la réponse affective.

Si les phénomènes de mentalité primitive nous apparaissent tels, c'est parce que nous, Occidentaux des premières années du XXI^e^ siècle, imposons involontairement une interprétation antisymétrique à un type de pensée qui ne postule entre les choses (au sein de sa langue) que la relation symétrique. Un exemple qui sera plus particulièrement analysé est celui des Nuer du Soudan, qui considèrent que « les jumeaux sont des oiseaux », proposition qui apparaît paradoxale uniquement parce que nous sommes incapables d'y lire autre chose qu'une relation d'inclusion de la catégorie des jumeaux dans celle des oiseaux. Une autre proposition, que les Nuer jugent également valide, « les oiseaux sont des jumeaux », aurait dû cependant attirer notre attention sur la symétrie intrinsèque de la relation postulée par eux. Notre familiarité avec la relation antisymétrique d'inclusion nous interdit — semble-t-il à jamais — d'entendre la connexion simple « jumeau a (de l') oiseau » et « oiseau a (du) jumeau » que conçoivent en réalité les Nuer.

La reconnaissance de ce qui constitue à nos yeux la

1. *Ibid.*, chap. VII.

mentalité primitive constitue donc un préalable à la compréhension du miracle grec, fondé, lui, sur la brisure de la symétrie impliquée par la connexion simple entre notions et son remplacement par les relations antisymétriques d'inclusion et d'implication causale.

## *La pensée*

Narrer l'histoire de la pensée constitue probablement la seule manière économe et efficace de décrire son mécanisme. C'est l'histoire de la pensée humaine qui révèle en effet son essence. Elle n'est en aucune manière le simple reflet immuable de l'interaction d'un organe, le cerveau, avec le monde où se meuvent les êtres humains. Si cette dernière proposition était valide, la pensée humaine serait en tout lieu et aurait été de tout temps ce qu'elle est pour nous aujourd'hui. Or innombrables sont les témoignages qui montrent que tel n'est pas le cas.

L'analyse des modes de pensée autres s'est imposée comme une des tâches centrales de l'anthropologie dès qu'il est apparu, à la fin du XIX^e^ siècle, que la variété des groupes humains serait plus sûrement cartographiée en dressant l'inventaire des formes culturelles et politiques plutôt qu'en analysant la morphologie des organes et des ossements. L'ethnologie s'est toujours affirmée fondée sur un postulat, celui de l'unité psychique de l'humanité. Cependant, s'il est bien un principe que les observations de cette science ont en réalité systématiquement miné au fil du temps, c'est celui-là. Autant le cerveau humain se révèle aujourd'hui physiologiquement identique par-delà les variations raciales, autant la pensée a trouvé des façons différentes d'opérer de culture à culture à partir du même organe. Dans les années 1980, J. Marshall Unger tournait en ridicule l'opinion exprimée par certains Japonais que l'écriture de leur langue en caractères romains les empêchait de penser correctement[1]. Pourtant

1. J. Marshall UNGER, *The Fifth Generation Fallacy. Why Japan is Betting its Future on Artificial Intelligence*, New York, Oxford University Press, 1987.

rien n'est sans doute plus vrai : le rapport qui existe dans la pensée japonaise entre la chose et sa représentation graphique par le caractère *kanji* (les idéogrammes, empruntés au chinois) est d'une tout autre nature que la représentation syllabique qui caractérise nos langues ainsi que les caractères japonais syllabiques *hiragana* et *katakana* et dirige automatiquement cette pensée vers des associations à composante visuelle absentes de nos propres langues naturelles.

La pensée moderne occidentale est, je l'ai dit, devenue ce qu'elle est aujourd'hui à la suite d'un processus historique. Son histoire nous est connue, sa préhistoire non, et seules les manifestations culturelles de ses variations peuvent nous éclairer sur ce qu'elle a pu être, et en particulier ce qu'est à même de nous faire observer une mise en parallèle des types de pensée que nous ont légués Grecs et Chinois anciens. Le facteur qui contribue dans la plus grande mesure à suggérer que la pensée humaine aurait toujours été ce qu'elle est, est qu'elle a en effet très peu changé au cours des deux mille cinq cents années qui nous séparent de la Grèce antique : la façon dont raisonnent les Athéniens du IVe siècle avant Jésus-Christ demeurant encore, dans ses grandes lignes, la nôtre aujourd'hui.

Qui plus est, l'analyse faite par les Grecs du mécanisme de la pensée représente une part considérable de ce que nous savons d'elle aujourd'hui. Ce qui a empêché Platon et Aristote d'en proposer le portrait complet, c'est de n'avoir pu observer le progrès des sciences et des techniques au cours des vingt-cinq siècles qui nous séparent d'eux. Il est certain, en tout cas, que leur évolution n'aurait pas surpris ces deux philosophes : les principes qui autorisèrent la science et la technologie étaient déjà acquis sous leur forme quasiment moderne à leur époque même (quelques progrès dans la conceptualisation, dus aux scolastiques, étaient encore nécessaires). Surprendrait seule peut-être les Platon, Gorgias, Démocrite ou Aristote (comme les scolastiques, d'ailleurs [1]), la naïveté épistémologique qui carac-

1. Dans une leçon qu'il donna à Paris en 1970, Roman Jakobson prévenait ses auditeurs qu'il faudrait encore à la linguistique moderne plusieurs siècles

térise certains domaines de la science contemporaine, la cosmologie et la physique des particules élémentaires essentiellement : notre capacité à prendre ce qui leur serait apparu comme de simples effets de langage pour d'authentiques propriétés du réel.

Que les mécanismes de la pensée puissent être découverts pour leur plus grande part sans l'aide de la biologie du cerveau s'explique par la puissance analytique de ce qu'on appelle l'introspection, qui n'est autre que la capacité du penseur à observer le processus de sa propre pensée. Comprendre comment l'homme pense semble donc bien être à la portée de l'homme pensant, sans qu'il soit nécessaire pour cela de mobiliser un matériel de laboratoire sophistiqué. La philosophie nous en a en effet appris davantage jusqu'ici sur les mécanismes de la pensée que la psychologie expérimentale : l'homme disposait de la capacité à s'observer penser des dizaines de siècles avant qu'il puisse recourir à un outillage fondé sur les conceptions de la physique moderne. Ce qui ne veut pas dire que toute théorisation générée par l'introspection se soit avérée plus juste dans ses conclusions que celles atteintes par l'observation expérimentale. La psychologie behavioriste, par exemple, nous en a plus appris sur la pensée, malgré son objectivisme outrancier, que la théorie chomskyenne du langage[1], fondée sur un *a priori* philosophique faux : celui de la perspective cartésienne qui attribue à la pensée un caractère anhistorique.

La philosophie a sans doute atteint aujourd'hui les limites de ce qu'il reviendrait à l'introspection de comprendre sur la pensée humaine, et la psychologie expérimentale a épuisé en deux siècles les potentialités de son

---

avant qu'elle ne renoue avec la lucidité et la sophistication de la linguistique scolastique.

1. C'est Noam Chomsky, précisément, qui a suggéré il y a une douzaine d'années, dans *The Minimalist Program* (Cambridge [Mass.], MIT Press, 1995, p. 2) que l'homme n'était peut-être pas équipé intellectuellement pour comprendre le mécanisme de sa propre pensée. Le pessimisme que révèle la remarque exprime cependant avant tout le découragement que peuvent éprouver ceux qui se sont avancés trop avant dans certaines voies stériles de la réflexion.

apport à la compréhension. Le nouvel outil dont nous disposons pour explorer le mécanisme de la pensée est l'ordinateur. Non parce que cette machine ressemblerait nécessairement au cerveau humain dans son architecture (anatomie) ou dans son fonctionnement (physiologie), mais parce que l'ordinateur possède, grâce à sa calculabilité, la capacité de simuler, par l'application d'un algorithme, tout processus d'engendrement de séquences symboliques, dont la pensée humaine est nécessairement l'un des exemplaires — du moins si l'on écarte, comme je le fais ici, la supposition d'une composante surnaturelle dans son fonctionnement.

### *Une alternative de la pensée : la Grèce ou la Chine*

L'affirmation selon laquelle la vérité et la réalité furent inventées apparaîtra *a priori* scandaleuse. L'histoire de ces événements nous est cependant connue dans ses moindres détails, et l'étonnement devrait en toute logique porter plutôt sur l'amnésie dont souffre notre culture sur ces sujets. La raison pour laquelle le processus de leur invention a été oublié, censuré au sens psychanalytique, est bien évidemment que vérité et réalité se sont constituées, depuis lors, en un noyau dur de nos croyances.

Une chronique des événements constitutifs de ces inventions fait jusqu'ici défaut, qui permettrait de restituer le déroulement des faits dans leur séquence historique. C'est une telle chronique que je me propose d'offrir ici. Un contexte social et une culture spécifiques suscitèrent ces inventions ; les conditions en furent réunies en Grèce au IVe siècle avant Jésus-Christ. Nous caractérisons aujourd'hui, à la suite d'Ernest Renan, de miracle grec cet événement culturel. Le miracle en question exige toutefois d'être mis en perspective, au même titre que celui que nous pourrions avoir la naïveté d'évoquer à propos de l'apparition de notre propre personne dans le monde. Il existait en effet d'autres choix culturels que ces inventions, choix qui nous apparaîtraient, en tant qu'héritiers de traditions différentes, tout aussi miraculeux. Il ne s'agit pas ici de spéculations oiseuses ; l'un de ces choix nous est, heureusement, également connu, et son invention, à lui aussi, est très bien documentée : la Chine archaïque adopta d'autres critères dans son appréhension du monde, et des notions telles que la « vérité » et la « réalité » lui demeurèrent étrangères au sein du cadre de référence qu'elle s'était offert.

On serait tenté de penser que l'histoire de la vérité et de la réalité se confond avec celle de la science et de son évolution. Ce fut effectivement à l'occasion de la genèse du monument que constitue la science contemporaine que la recherche de la vérité nécessita que soit créé, pour valider son entreprise, un mythe totalitaire qui lui servirait de cadre de référence. Ce mythe serait celui de la Réalité-objective.

Pour que les potentialités cumulatives de la culture née en Grèce antique puissent se déployer, il convenait d'abord que des conditions initiales soient rassemblées, il fallait qu'ait déjà lieu une réflexion du type du miracle grec. Alors, et alors seulement, s'ouvrait un univers de possibles dont nous, Occidentaux contemporains, sommes aujourd'hui les héritiers, mais dont le cheminement, qui conduit du couple antithétique et complémentaire composé de Platon et d'Aristote à nous-mêmes, aurait pu prendre une forme toute différente parmi l'éventail de celles qui sont également possibles. Contrairement à ce que l'on pourrait craindre, la chronique que proposent les pages qui suivent ne débouche nullement sur un relativisme sceptique quant à la connaissance et à son caractère cumulatif où tous les chats sont gris : l'ensemble des mythes théologiques fondés sur des croyances intraduisibles en hypothèses testables demeure exclu du domaine de la connaissance légitime. En effet, les dieux qu'évoquent les mythes théologiques n'existent pas dans le monde sensible : leur localisation supposée est celle d'une réalité qui nous échappe, que Kojève appelle, à la suite de Kant, l'« Être-donné » et qui nous est, par définition, inconnaissable. La chronique de l'invention de la vérité et de la Réalité-objective ouvre simplement à la réflexion sur la connaissance l'univers entier des potentialités qui étaient les siennes lorsqu'elle fut canalisée dans une voie précise par Platon et Aristote face au scepticisme des sophistes.

La pensée qui engendra la pensée moderne occidentale ne s'est pas éveillée brutalement au IVe siècle avant Jésus-Christ en Grèce antique : elle était en gestation durant des millénaires dans le bassin méditerranéen. Même si nous manque cruellement une connaissance complète de cette culture qui s'envola en fumée dans l'incendie de la bibliothèque d'Alexandrie, un événement privilégié eut bien lieu au IVe siècle, dont Aristote, qui peut être compté au rang des quatre ou cinq phares authentiques de la pensée, constitue l'emblème. La précondition du miracle grec était celle d'une langue du type du grec ancien, permettant d'établir entre des concepts des relations aussi bien antisymétriques (« la souris est un rongeur ») que symétriques (« le chat et ses moustaches »). Il fallait que soit défini comme critère d'un discours valide qu'il se poursuive sans se contredire, comme le réclamaient les philosophes présocratiques et Socrate lui-même. Il fallait un penseur qui codifie les principes qui autorisent une suite de propositions à s'enchaîner sans se contredire (ce fut l'œuvre d'Aristote). Il fallait que d'autres penseurs mettent en évidence les contradictions qui peuvent apparaître entre les conclusions de deux discours pourtant chacun non contradictoires (les sophistes). Il fallait qu'un penseur propose une condition de rechange à la validité d'un discours : celle de la vérité de ses énoncés envisagés isolément (Platon fit cette proposition dans *Le Sophiste*). La question de la vérité conduisait dès lors inéluctablement au postulat d'une réalité « objective », postée à l'arrière-plan du monde empirique. La poursuite des contradictions infinies que produisit la description d'une telle réalité « objective » sous ses multiples aspects conduisit à la construction de la « science » en tant que description vraie et non contradictoire du monde postulé, ce qui veut dire mythique, de la Réalité-objective.

Le miracle grec se situe là, dans la rencontre quasi contemporaine dans l'Athènes du IVe siècle de ceux qui — dans les termes de Hegel — posèrent la thèse, l'antithèse et la synthèse. Leur contemporanéité n'était sans doute pas indispensable à l'enclenchement du processus, et les divers moments auraient également pu se succéder, mais le fait même que les représentants de ces différents points de vue eurent à affronter de manière effective les objections de penseurs contemporains, précipita le mouvement d'une manière sans doute décisive : en quelques années la question globale de l'argumentation (et donc du processus de la pensée) et l'une de ses solutions stables se trouvèrent bouclées. Au Moyen Âge, la scolastique fit disparaître les rugosités restantes, et il a fallu que s'imposent les incohérences de la mécanique quantique, au XXe siècle, pour que l'édifice soit, pour la première fois, sérieusement ébranlé. Mais c'est cette simultanéité et la rapidité de ce bouclage qui empêchèrent que l'on n'aperçoive aisément qu'après tout d'autres bouclages, bien différents, auraient également été possibles. Car, au moment où la scolastique reprit la question de l'argumentation (et de la pensée) ainsi que l'ensemble des réponses que les Anciens y avaient apportées, elle le fit au sein de ce qu'on appelle aujourd'hui, à la suite de Thomas Kuhn, un paradigme, c'est-à-dire à l'intérieur d'un univers intellectuel fermé quant aux sous-questions qui méritaient d'être posées et aux types de réponses qui apparaissaient valides. Et c'est l'effectivité de l'élimination par la scolastique des ultimes aspérités (quant aux « futurs contingents » ou à la « matérialité des concepts abstraits », par exemple) qui permit à la science moderne de se développer libre de toute entrave métaphysique — et reniant la scolastique pour avoir résolu des questions dont les réponses allaient désormais de soi : les événements futurs furent jugés plus ou moins probables et les concepts abstraits considérés comme sans matérialité aucune.

## *Sauvages et barbares*

Friedrich Max Müller domina la discipline de la mythologie comparée durant toute la seconde moitié du XIXe siècle. Allemand d'origine, étudiant à Leipzig, il n'en devint pas moins l'une des figures les plus populaires de l'université d'Oxford, où il enseigna la philologie comparée durant plus de quarante ans. Souvent malmené[1], il se vit ensuite occasionnellement mentionné, et quelquefois d'ailleurs de manière positive[2], mais toujours à propos de deux initiatives perçues tout au long du XXe siècle comme ayant été intellectuellement malencontreuses : d'une part, l'introduction par lui de l'adjectif « aryen » ; d'autre part, sa théorie du mythe comme pathologie de la langue. Pour évoquer cette dernière, Ernst Cassirer prend soin d'ailleurs de s'excuser : « Il pourrait sembler vain de revenir à de telles conceptions, abandonnées depuis longtemps par la linguistique et la mythologie comparée de notre époque[3]. »

Parmi les arguments qui servirent au début du XXe siècle à railler la pensée longtemps dominante de Max Müller fut la suggestion, par celui-ci, que nos ancêtres, à nous Occidentaux — entendez les peuples indo-européens —, n'auraient jamais été des sauvages. Le ridicule apparent de l'hypothèse provient du fait que l'on comprend aujourd'hui ces propos comme signifiant que nos ancêtres n'auraient jamais été « primitifs », et l'on s'étonne de la naïveté sur ce sujet d'un XIXe siècle cependant pas si lointain. Ce faisant, on oublie, bien entendu, que la théorisation de Müller précéda l'éclosion de l'évolutionnisme social, et que la tripartition en « sauvages », « barbares » et « civilisés » fut synchronique longtemps avant d'être dia-

1. Émile DURKHEIM, *Les Formes élémentaires de la vie religieuse* [1912], PUF, 1968 ; Ernst CASSIRER, *Langage et mythe. À propos des noms de dieux* [1953], Éd. de Minuit, 1973.

2. Marcel DÉTIENNE, *L'Invention de la mythologie*, Gallimard, 1981 ; Maurice OLENDER, *Les Langues du paradis. Aryens et Sémites : un couple providentiel*, Gallimard/Le Seuil, coll. « Hautes Études », 1989.

3. E. CASSIRER, *Langage et mythe*, *op. cit.*, p. 13.

chronique, c'est-à-dire visait à classifier trois types de cultures contemporaines et non trois phases historiques de la même culture. Nous sommes, quant à nous, à l'heure actuelle les héritiers de Lewis H. Morgan, qui crut découvrir dans le matériel amérindien collecté par lui le moyen d'établir une succession chronologique entre sauvagerie, barbarie et civilisation[1]. Quels que soient les malentendus consécutifs à sa traduction marxienne, inaugurée par Marx lui-même, l'œuvre de Morgan mérite respect et admiration pour sa classification — à bien des égards inégalée — des terminologies de parenté[2]. Et il est vrai que le monde amérindien non seulement rassemble des exemples convaincants de « sauvagerie », de « barbarie » et de « civilisation », mais encourage leur lecture en tant que progrès du premier état vers le troisième. Toutefois, et préalablement à la tentative très comtienne de Morgan, il ne faisait aucun doute pour les Européens contemporains de Müller — nos vieux livres d'histoire en portent encore témoignage — que leurs propres ancêtres (Gaulois, Étrusques, Achéens, etc.) avaient été les représentants de sociétés « barbares » et non de sociétés « sauvages ».

Souvenons-nous alors que, dans l'idiome du temps, « sauvagerie » renvoyait à un concept précis : à ces sociétés dont l'univers métaphysique est celui que nous nommons aujourd'hui de manière imprécise « totémisme » et dont les pratiques sociales sont réglées par une logique « classificatoire » de la parenté qui lui est consubstantiellement associée. Si nous caractérisons le totémisme sous l'angle de sa métaphysique, qui partage l'univers en un nombre restreint — à la cardinalité précise (deux, quatre, huit principalement) — d'identités essentielles regroupant l'ensemble des entités (personnes, animaux, plantes, points cardinaux, créatures du « rêve », sécrétions du corps, etc.) par-delà les ressemblances perceptuelles, et si nous définissons une logique de la parenté « totémique » comme mode d'organi-

1. Lewis H. Morgan, *Ancient Society*, New York, Henry Holt, 1877.

2. Id., *Systems of Consanguinity and Affinity of the Human Family*, Washington, Smithsonian Institution, 1871.

sation sociale où la reproduction des hommes et des institutions est assurée par le respect des rapports immuables existant entre ces identités essentielles, alors il est vrai que les preuves manquent que les peuples indo-européens — de même que les peuples de langues sémitiques — aient jamais connu ce que la littérature des XVIII^e^ et XIX^e^ siècles qualifia de « sauvagerie ».

Très peu nombreuses furent dans l'ensemble les tentatives de découvrir les traces du totémisme et d'une logique classificatoire de la parenté dans les institutions des mondes méditerranéen et européen. Aucune, en tout cas, ne peut convaincre : du cas isolé des enseignes romaines évoqué par Henri Hubert et Marcel Mauss à propos d'un ouvrage de Charles Renel[1], ou du terme de parenté *avunculus* examiné par Émile Benveniste[2], les commentateurs ne purent tirer aucun argument un tant soit peu convaincant de l'existence autrefois florissante de ces signes de la « sauvagerie ». L'univers culturel dont nous provenons à travers la Grèce semble au contraire marqué, aussi loin que la mémoire nous permet d'y remonter, par une métaphysique regroupant d'abord les entités selon leur ressemblance visible et par une logique sociale traitant les individus comme unités isolables, redevables envers l'État selon les limites que détermine un territoire (la géographie) et non la généalogie (la parenté). Autrement dit, pour nous, peuples dont la culture est née sur le pourtour de la Méditerranée, la terre, à de très rares exceptions près, prima le sang de temps immémoriaux.

Si nous considérons l'Égypte pharaonique comme origine du monde dont je parle ici, les témoignages sont sans équivoque : le totémisme est absent de sa conceptualisation du monde, et sa logique sociale combat — quand elle ne l'ignore pas tout simplement — le penchant biologique de la parenté à organiser les rapports entre les hommes. La

1. Henri HUBERT, Marcel MAUSS, « Introduction à l'analyse de quelques phénomènes religieux », *Revue d'histoire des religions*, n° 58, 1906, pp. 163-203.

2. Émile BENVENISTE, *Problèmes de linguistique générale*, t. I, Gallimard, 1966.

forme la plus ancienne qui nous soit connue de terminologie de la parenté égyptienne est du type descriptif : définissant un réseau centré sur le sujet parlant, distinguant les générations et mesurant doublement la distance par rapport au locuteur, d'une part, selon la consanguinité et, d'autre part, selon l'alliance. Mieux, l'absence d'interdits dans l'alliance, attestée non seulement dans l'aristocratie, mais aussi dans les pratiques populaires, met en évidence un univers social où la parenté est proprement indifférente (comme l'a montré Georges Duby, la parenté entendue comme lien de sang n'intervient chez nous que comme une préoccupation récente, liée à la réglementation du célibat monastique et de la monogamie commune [1]).

Quoi de plus simple, en effet, pour l'organisation d'une masse d'hommes, qu'un diktat du genre : « Tous ceux qui se trouvent entre telle rivière et telles montagnes seront soumis à tel règlement et seront redevables de tel impôt » ? Quel pouvoir structurant n'observe-t-on pas dans un tel cas de figure, par rapport à une logique de la parenté qui s'effiloche au loin par la migration et fragilise les États par les clivages toujours possibles en suivant les pointillés que les groupes de parenté inscrivent sur le corps social ? Quel pouvoir structurant que celui d'un droit dont le premier souci n'est pas de prendre à revers une logique de la parenté dont la réalité se trouve ancrée dans la métaphysique dont elle procède !

Ce qui apparaît en fait aujourd'hui, au-delà de tout doute possible, est que la prétendue « sauvagerie » ne fut nullement un stade de l'histoire humaine mais un complexe d'options culturelles autonomes : la pensée anthropologique récente a historiquement confondu la primitivité dont la Grèce semble émerger (dans une mise entre parenthèses expéditive de l'Égypte et de Babylone) et la pensée autre, dont les civilisations extrême-orientales représentent pour nous le prototype.

Ce à quoi nous confrontent les mondes méditerranéen et européen, ce n'est donc nullement à une civilisation qui

1. Georges Duby, *Le Chevalier, la femme et le prêtre*, Hachette, 1981.

aurait pu « sauter » par quelque prodige un stade nécessaire de l'évolution humaine, mais à un ensemble de cultures ayant opéré il y a très longtemps un choix métaphysique et social distinct de celui que firent ceux que nous avons reconnus d'abord comme « sauvages », ensuite comme « primitifs », lorsque le couple d'opposés « sauvages » et « barbares » s'effaça de nos mémoires, à savoir les civilisations du pourtour de l'océan Pacifique essentiellement[1].

Une question n'en demeure pas moins posée : celle de la nature cumulative, telle qu'elle peut être mesurée par la prolongation de la vie individuelle, du complexe démocratie/science appliquée/science, que l'on désigne classiquement sous l'étiquette de miracle grec. Qu'il soit donc clair qu'à travers cette expression j'entends l'avènement d'une culture qui trouve ses racines dans un univers plus vaste que la Grèce et qui est antérieure au IVe siècle avant Jésus-Christ : prenant son origine dans l'Égypte du IVe millénaire et couvrant un univers qui s'étend du Bengale à la Nubie et englobe au passage la vallée du Danube. Je n'évoquerai la démocratie que brièvement, laissant cette question à ses spécialistes, et réservant le cœur de mon analyse à ce qui peut relever authentiquement d'une réflexion sur les modes de pensée.

Prenons un peu de recul et constatons un fait remarquable : au cours d'une période de quelques millénaires seulement, une espèce animale de la planète Terre est parvenue par sa propre industrie à un progrès auquel on peut assigner comme mesure indiscutable l'allongement considérable de la durée de vie de ses membres. Les moyens qui ont permis ce progrès sont essentiellement la réduction de la violence des membres de cette espèce entre eux, qu'il s'agisse de conflits entre groupes ou en leur sein propre, ainsi qu'un développement technologique cumula-

1. Si les témoignages anciens suggèrent que les Bochimans et les Hottentots semblent relever de cet univers, le reste de l'Afrique témoigne, au travers des siècles et sous des influences diverses, de son appartenance culturelle au monde méditerranéen : Africains « barbares » bien plus que « sauvages », aux sens que j'ai précisés.

tif dans les méthodes de lutte contre la maladie et dans la traumatologie, développement soutenu conjointement et motivé par un discours théorique sur ces techniques, soit, et dans l'ordre : la démocratie, la science appliquée et la science.

Cette évaluation d'un progrès par l'allongement de la vie individuelle mettra la puce à l'oreille des ethnologues, à qui elle rappellera un thème propre à l'anthropologie britannique des années 1910 à 1930 : celui de la quête des *life-givers*, des « dispensateurs de vie », thème central des recherches de Grafton E. Smith, de William J. Perry, du dernier William H. R. Rivers, de John Layard et de Maurice Hocart, les représentants de l'« hyperdiffusionnisme » anglais. Y a-t-il un lien autre qu'accidentel entre la quête qualitative de l'immortalité — que ces auteurs envisageaient comme moteur de la « civilisation » — et l'allongement quantitatif de la durée de cette vie, objectivement constaté au cours des siècles ? Dans un court texte intitulé *L'Empereur Julien et son art d'écrire*, Kojève rappelait l'explication apportée par le souverain à la question « qu'est-ce qui peut conduire un homme raisonnable (tel Alexandre) à cautionner les discours (auto-)contradictoires que sont les mythes (théologiques) ? » : « [...] les hommes croient à la vérité des mythes théologiques parce que ceux-ci leur permettent d'escompter une gloire éternelle, voire une survie dans et par la "reconnaissance" de la part d'êtres immortels ou divins. En bref, les hommes croient aux dieux parce qu'ils veulent être eux-mêmes immortels[1]. »

Ce que la science appliquée nous permet aujourd'hui d'entrevoir, grâce à l'invention du mythe, non théologique celui-ci, de la Réalité-objective, c'est la réalisation pratique au sein du monde sensible (le monde de l'Existence-empirique) du désir d'immortalité dont les mythes théologiques ne pouvaient généralement imaginer la réalisation qu'au sein d'un monde parallèle, constituant un au-delà du monde sensible. Le fait que la Réalité-objective ait

1. Alexandre Kojève, *L'Empereur Julien et son art d'écrire* [1958], Fourbis, 1990, pp. 37-38.

été conçue par les disciples de Platon et d'Aristote comme un doublet de l'Existence-empirique, situé cette fois au même endroit que celui-ci et constituant sa vérité ultime tout en faisant l'économie des dieux, a permis cette prouesse. Je montrerai en particulier pourquoi le lien indiscutable qui existe entre la prolongation de la vie humaine (au sein de l'Existence-empirique et non dans un au-delà) et la croyance dans la Réalité-objective ne retire en rien à celle-ci sa nature de mythe (non théologique). La puissance observée à un aiguillon de motiver les hommes ne prouve en aucune façon son existence effective, c'est-à-dire indépendante de sa représentation dans l'imaginaire humain : chaque religion a tout aussi bien pu déplacer les montagnes au nom des dieux dont leurs mythes théologiques rapportent les exploits.

La localisation géographique des aires où ces développements cumulatifs eurent lieu exige une explication : pourquoi la « vérité » a-t-elle été inventée en Grèce au IV^e siècle avant Jésus-Christ ? Je traiterai cette question sous le titre emblématique et classique, qui est le sien, de miracle grec. La seconde question, celle de l'invention de la « réalité objective », a pour cadre l'Europe tout entière ; je lui donne pour nom la « victoire de Pythagore ».

### *Lucien Lévy-Bruhl et la pensée « prélogique »*

Notre enquête débute donc par la pensée « sauvage », au sens que je viens d'attribuer à ce terme : l'opposée radicale à celle qui émergea du miracle grec. La raison de ce détour initial apparaîtra en pleine lumière à l'occasion de sa conclusion : le miracle grec opère la brisure d'une symétrie qui devait nécessairement la précéder historiquement. Nous aurons au passage résolu l'une des questions premières de l'anthropologie des modes de pensée, restée en suspens au fil des ans, question embarrassante car mal posée : celle de la « mentalité primitive », dont la solution révèle *a posteriori* le caractère éclairant et, partant, la légitimité.

Lucien Lévy-Bruhl offrit à l'anthropologie l'objet d'étude le plus central à son entreprise intellectuelle : l'anthropologie des modes de pensée. Que l'anthropologie n'ait pas tiré pleinement parti de cette occasion qui lui était offerte s'explique par de multiples raisons liées à ce que les Allemands appellent les « intérêts » de la discipline, c'est-à-dire les enjeux qu'elle doit à son enracinement social.

Du parti pris de l'« unité psychique de l'homme », si convenable quand il fallut apporter des arguments intellectuels à la tâche — effectivement louable — de la décolonisation, à la justification *a posteriori* de l'« observation participante » comme méthode princeps de l'ethnologie, les facteurs s'opposant à un examen objectif et émotionnellement neutre de la diversité des modes de pensée conduisirent rapidement l'ethnologie à se placer en orbite plus ou moins excentrique autour de ce qui aurait dû être sa question focale.

Examinons tout d'abord ces facteurs de résistance. Il est certain, par exemple, que l'hypothèse de la discontinuité entre modes de pensée apparut peu charitable aux ethnologues dans un contexte où il leur revenait de défendre la dignité des peuples colonisés contre une opinion confite dans le préjugé et convaincue du caractère avéré de l'infériorité biologique des représentants des sociétés « primitives ». Il leur semblait que le soutien de la thèse d'une coupure radicale entre les modes de pensée pouvait contribuer à affaiblir une autre thèse : celle du caractère à la fois souhaitable et inéluctable de la décolonisation — cause qui leur tenait à cœur à titre personnel et qui correspondait à l'engagement philanthropique de la discipline tout entière. Dans cette optique, et même si elle constituait la source inépuisable de tous les paternalismes, la thèse de l'homogénéité de la pensée permettait d'envisager une évolution positive des peuples « arriérés » par l'élimination progressive de l'erreur de leurs façons de raisonner.

Le deuxième facteur qui encourageait les anthropologues à supposer l'existence d'un continuum entre les mentalités était d'ordre plus pragmatique : la pratique même de l'ethnographie de terrain signifiait qu'un certain dialogue était possible *de facto* entre observateur et observés. Comme il était peu plausible que la communication constatée reposât entièrement sur le malentendu, il était au moins vraisemblable de supposer que la mécompréhension éventuelle était d'ordre quantitatif (une question de degré) et non d'ordre qualitatif (le fruit d'une coupure radicale).

Le troisième facteur qui intervint était d'ordre plus circonstanciel. La question de la « mentalité primitive » s'était posée essentiellement à propos de l'Aborigène, et les auteurs avaient été nombreux[1] pour insister sur le fait que seule la pensée de celui-ci constituait une contre-proposition radicale à la nôtre. Or, dans les années 1910 et 1920, en raison des accidents des politiques coloniales, le champ d'exercice de l'anthropologie se déplaça massivement vers l'Afrique, et l'on vit alors — dans un immense malentendu — un nombre considérable d'ethnologues « réfuter » la thèse de la « mentalité primitive » à partir d'exemples africains pour laquelle elle n'avait nullement été conçue au départ.

Or, quels que soient les préventions ou les aveuglements plus excusables, la question de la diversité ou non des modes de pensée constituait en droit les prolégomènes à toute ethnologie théorique. Autrement dit, l'ethnologie n'aurait pas dû entériner sans plus la constatation pragmatique d'un commerce effectif entre membres de nos cultures et membres de cultures autres : elle aurait dû envisager la nature éventuellement purement phénoménale de ce commerce, c'est-à-dire prendre en considération l'existence éventuelle d'un malentendu essentiel à

1. Émile Durkheim, Marcel Mauss, « De quelques formes primitives de classification. Contribution à l'étude des représentations collectives » [1901-1902], *L'Année sociologique*, n° 6, 1903, pp. 1-72 ; reproduit *in* Marcel Mauss, *Œuvres complètes*, t. II. *Représentations collectives et diversité des civilisations*, Éd. de Minuit, 1969, p. 401 ; Marcel Mauss, « Essai sur le don. Forme et raison de l'échange dans les sociétés archaïques » [1923-1924], *L'Année sociologique*, nouv. série, t. I, 1925, pp. 31-186 ; reproduit *in* Id., *Œuvres complètes*, t. III, *op. cit.*, p. 128 ; Lucien Lévy-Bruhl, *La Mythologie primitive*, 2e éd., Félix Alcan, 1935, p. 215.

cette occasion. Jamais l'observation participante n'aurait dû être considérée justifiée *a priori* par l'apparence d'une compréhension empathique. C'est le refoulé généré par cette méconnaissance qui fait aujourd'hui retour dans l'accusation mortifère posée par l'anthropologie herméneutique : que le protocole de terrain se soit toujours confondu avec la fiction romanesque, que l'ethnologue soit advenu là où était l'explorateur[1].

Bien entendu, l'ethnologie ne fut pas seule parmi les sciences sociales à se lancer tête baissée sur un objet d'étude « spontané » sans s'être interrogée d'abord sur la nature éventuellement illusoire de la compréhension empathique immédiate qu'elle en avait : à la rigueur ascétique de l'Université médiévale succéda la générosité brouillonne de l'esprit des Lumières ; à la prudence, l'enthousiasme ; à la méfiance envers les termes, la confiance sans bornes dans la réalité « objective »..., et la méconnaissance éclata en bouquet. Dans les termes de Hegel : « Jadis, et aujourd'hui encore, on entendait parler à satiété d'Aristote, des subtilités scolastiques ; par ces mots on se croit en droit de s'épargner l'abstraction, — et à la place du concept on s'estime fondé à en appeler à la vue, à l'ouïe, à donner ainsi libre cours à ce qui est appelé le bon sens. Et dans la science une vue pointilleuse s'est substituée à une pensée pointilleuse ; un coléoptère, des espèces d'oiseaux, sont distingués d'aussi pointilleuse façon que jadis des concepts et des pensées[2]. »

Il n'est pas surprenant, dans ces conditions, que, loin d'être le centre de la réflexion théorique de l'ethnologie, l'anthropologie des modes de pensée en constitue la marge, réalimentée à intervalles réguliers par l'interrogation non des ethnologues eux-mêmes, mais des philosophes, deux noms illustrant l'aiguillonnage efficace qu'opérèrent ceux-ci : Lévy-Bruhl sur le mode sérieux et Willard V. O. Quine

1. Paul JORION, « La vraisemblance discrète du préjugé », *L'Homme*, vol. XXIX, n^os^ 111-112, 1989, pp. 67-73.

2. G. W. Friedrich HEGEL, *Leçons sur l'histoire de la philosophie*, t. III [1829-1830], trad. P. Garniron, Vrin, 1972, p. 607.

sur le mode de la farce offensante (je reviendrai sur la suggestion de ce dernier après avoir résolu la question, ce qui m'évitera de devoir prendre certaines de ses affirmations trop au sérieux).

Certains concepts lévy-bruhliens, en particulier ceux de « participation » et d'« appartenance », indiquent la voie d'une compréhension améliorée de la pensée occidentale contemporaine, en tant que celle-ci est contrainte par la structure des langues que nous parlons — au sens où Jacques Lacan renvoie à ces dernières comme à « lalangue » pour chacun de ses locuteurs[1]. Ce qui caractérise donc le présent texte par rapport à d'autres textes contemporains, et en particulier par rapport à la proposition « radicale » de Quine sur cette question, est non seulement de prendre la thèse de Lévy-Bruhl au sérieux, mais encore de mettre en évidence la fécondité de son approche.

C'est la logique qui fut immédiatement et spontanément convoquée comme paradigme et méthode qui permettrait de comparer, d'analyser, d'évaluer l'éventail des formes de la pensée humaine. Mais elle achoppa aussitôt sur la difficulté mentionnée plus haut : capable de traiter de ce qui apparaît pour elle comme paradoxes authentiques, elle demeure muette devant le résidu impalpable des « bizarreries sémantiques » du Bororo qui affirme être un ara, ou du Nuer qui prétend que les jumeaux sont des oiseaux. Qu'il y ait plus d'un mode de pensée, c'était là pour Lévy-Bruhl, qui ne partageait pas — du fait de sa formation — le système de valeurs de la famille des ethnologues, un fait d'évidence. Et que la variété des modes de pensée soit à situer par rapport à la logique, c'était là pour lui une vérité intuitive qu'il se contenta d'énoncer, mais ne conceptualisa jamais véritablement.

La mise en évidence des différences existant entre la mentalité occidentale contemporaine et la mentalité de certaines populations dites primitives constitue l'objet des six volumes que Lévy-Bruhl consacra de son vivant à cette

1. Cf. Jean-Claude Milner, *L'Amour de la langue*, Éd. du Seuil, 1983, p. 40 : « [...] lalangue est réelle, le langage est imaginaire et la langue, symbolique. »

question, ainsi que des carnets posthumes où il consigna les réflexions qui préfiguraient le contenu d'un septième volume à venir et dont la rédaction fut prévenue par la mort[1].

J'utilise bien entendu toujours ici l'expression « mentalité primitive » en « supposition matérielle », comme s'exprimaient les scolastiques, c'est-à-dire comme si elle se trouvait entre guillemets. Elle renvoie, comme je l'ai indiqué précédemment, aux traits distinctifs de la pensée propre à certaines cultures — principalement celles qui peuplent le pourtour du Pacifique : aborigènes néo-guinéens et australiens, Maoris, Amérindiens, civilisations extrême-orientales. Ses caractéristiques se retrouvent quelquefois, mais alors de manière isolée, dans d'autres cultures, africaines, par exemple. Durkheim et Mauss furent parmi les premiers à noter que la pensée chinoise ancienne, mais aussi — par certains de ses aspects — contemporaine, présente bien des traits que nous attribuons aux sociétés « primitives », objets d'attention privilégiée des anthropologues sociaux. Le rapprochement entre la pensée chinoise et la pensée australienne est l'un des thèmes de l'article classique de Durkheim et Mauss « De quelques formes primitives de classification ». Les auteurs y observent que « si nous n'avons pas le moyen de rattacher par un lien historique le système chinois aux types de classification que nous avons étudiés précédemment (australien et amérindien), il n'est pas possible de ne pas remarquer qu'il repose sur les mêmes principes que ces derniers[2] ». Plus tard, Gustave Guillaume a écrit que la langue chinoise « représente une sorte de cime de civilisation dans le primitivisme conservé[3] ». Marcel Granet disait, quant à lui, que les

1. Lucien Lévy-Bruhl, *Les Fonctions mentales dans les sociétés inférieures*, Félix Alcan, 1910 ; *La Mentalité primitive*, PUF, 1922 ; *L'Âme primitive*, Félix Alcan, 1927 ; *Le Surnaturel et la nature dans la mentalité primitive*, Félix Alcan, 1931 ; *La Mythologie primitive*, 2e éd., Félix Alcan, 1935 ; *L'Expérience mystique et les symboles chez les primitifs*, Félix Alcan, 1938 ; Maurice Leenhardt (éd.), *Les Carnets de Lucien Lévy-Bruhl*, PUF, 1949.

2. É. Durkheim, M. Mauss, « De quelques formes primitives de classification », *op. cit.*, p. 450.

3. Gustave Guillaume, *Leçons de linguistique*, t. V. *Systèmes linguistiques et*

notions chinoises « se rattachent à un système de classification qu'il est très légitime de rapprocher des "classifications primitives". Il serait assez facile d'attribuer aux Chinois une mentalité "mystique" ou "prélogique" si l'on interprétait à la lettre les symboles qu'ils révèrent [1] ».

En disant cela, ces auteurs soulignaient qu'il s'agit, avec la mentalité primitive, de la différence perçue par nous, Occidentaux contemporains, entre la manière dont s'organise notre pensée et d'autres méthodes d'approche, fondées sur d'autres choix culturels : celles qui caractérisent les « sauvages » dans la classification de Müller, par rapport à nous-mêmes, héritiers de « barbares », ces différences ne renvoyant pas nécessairement à des traits de nature archaïque. Je vais montrer plus précisément ce que sont ces traits.

C'est une source constante d'étonnement pour le lecteur contemporain qu'en dépit de la volonté affirmée par Lévy-Bruhl de situer la mentalité primitive par rapport à la nôtre sur le plan de la logique, il soit si peu question de cette dernière dans les ouvrages qu'il consacra à la question. Si le philosophe s'est jamais interrogé sur la nature de la logique, ce doit être à titre privé, dans la mesure où son œuvre écrite n'en porte aucunement la trace. La raison de ce silence est vraisemblablement que la nature de la logique ne lui apparaissait nullement problématique. Ce désintérêt particulier pour la question des fondements est venu renforcer chez lui une faible disposition à la formalisation, et les questions qu'il traita le furent non pas selon une articulation théorique interne à leur interrogation, mais selon le découpage que les notions spontanées de notre propre pensée dessinent : « mentalité », « âme », « surnaturel », « expérience mystique », « mythe », etc.

Il est cependant possible de distinguer dans la partie de l'œuvre du philosophe consacrée à la mentalité primitive un ensemble de thèses que l'on peut examiner dans la pers-

---

*successivité historique des systèmes II, 1956-1957*, Québec, Presses de l'Université Laval, 1982, p. 26.

1. Marcel GRANET, *La Pensée chinoise*, Albin Michel, 1934, p. 28.

pective de leur formalisation. Les pistes théoriques suivies (successivement, mais parfois simultanément) par Lévy-Bruhl dans sa tentative de cerner les faits de mentalité primitive sont essentiellement les suivantes :

1) Le caractère prélogique de la mentalité primitive se manifeste essentiellement dans son « indifférence à la contradiction », conséquence d'une conception imprécise de l'identité.

2) La mentalité primitive recourt aux capacités brutes de la mémoire plutôt qu'à la classification (les connaissances sont stockées « en vrac »).

3) Ce qui tient lieu de classification dans la pensée primitive est une disposition à regrouper les notions selon l'équivalence de la réponse émotionnelle qu'elles suscitent.

4) Ce qui distingue la mentalité primitive de la mentalité moderne, ce ne sont pas tant ses infractions à la logique que sa référence à une représentation du monde différente, à savoir à une autre modélisation physique.

Il serait injuste d'affirmer que la culture occidentale n'a manifesté que peu d'intérêt pour les mécanismes de la pensée avant l'avènement de l'intelligence artificielle en tant que discipline appartenant à l'art de l'ingénieur. À l'exception de la phénoménologie de l'esprit de Hegel, cet intérêt n'était cependant pas systématique, en l'absence d'une demande pratique le guidant. Le philosophe contemporain comme celui des temps modernes subordonnait sa réflexion relative à la pensée à la constitution d'un système subjectif et non objectif, tandis que le psychologue — mimant par malentendu historique le physicien — accumulait les considérations accessoires et l'exploration de micromécanismes dont la nature fonctionnelle lui demeurait incomprise. Autrement dit, pour l'un comme pour l'autre, la compréhension du mécanisme de la pensée demeurait soumise à d'autres finalités.

Les considérations sur la pensée primitive proposées par Lucien Lévy-Bruhl sont apparues dans un univers dont était absente la problématique théorique où elles auraient pu s'insérer. L'inquiétude qui nous saisit, nous, représentants de la pensée occidentale moderne (« rationnelle » mais, comme l'on verra, pour d'autres raisons que celles que l'on imagine communément), devant le Bororo qui affirme qu'il est un ara, ou devant le Nuer qui déclare que les jumeaux sont des oiseaux, aurait dû nous suggérer que ce qui distingue la pensée des « sauvages » de la nôtre, premièrement, est bien de l'ordre de l'affect — témoin notre propre émotion — et, deuxièmement, touche de manière essentielle aux taxonomies inscrites dans la langue et auxquelles la parole et le discours donnent réalité.

Quand Lévy-Bruhl observe alors, dans les termes que j'ai utilisés pour résumer son apport, que « [l]a mentalité primitive recourt aux capacités brutes de la mémoire plutôt qu'à la classification (les connaissances sont stockées "en vrac") » et que « [c]e qui tient lieu de classification dans la pensée primitive est une disposition à regrouper les notions selon l'équivalence de la réponse émotionnelle qu'elles suscitent » [1], on peut affirmer sans crainte que la question a été posée par lui dans les termes qui conviennent.

Car, qu'est-ce qui nous interdit de reconnaître dans le Bororo un ara, ou dans le jumeau un oiseau — mis à part le caractère *a priori* scandaleux (émotionnellement irrecevable) de telles suppositions —, sinon l'incapacité pour un syllogisme quelconque de nous faire déboucher en ces lieux privés de plausibilité, les jugements légitimes dans lesquels des personnes sont mentionnées n'aboutissant jamais pour nous à les reconnaître en fin de compte comme oiseaux.

Ignorons un moment les justifications épistémologiques quant au caractère « synthétique », comme disent les philosophes, de la distinction entre hommes et oiseaux pour nous intéresser au mécanisme de la langue telle que nous la trouvons constituée en tant que locuteurs. L'homme est un mammifère, nous dit-on ; l'ara est un oiseau. Mammifères et oiseaux sont des vertébrés, mais au sein de cet ordre, mammifères et oiseaux constituent des classes distinctes ; entendons « dont l'intersection est vide ». Il est dès lors illégitime, pour une individualité quelconque qui aurait été

1. Cf. *supra*, p. 35.

reconnue de manière non douteuse comme mammifère, d'apparaître ultérieurement comme oiseau.

Le mécanisme est sans ambiguïté aucune : pris ensemble, « mammifère », « oiseau » et « vertébré » se situent l'un par rapport à l'autre en fonction de la présence ou de l'absence de la relation d'inclusion. La nature logique de cette relation est connue ; elle établit un ordre strict : irréflexive (une « sorte » est incluse dans une autre, pas dans elle-même), antisymétrique (si la sorte A est incluse dans la sorte B, B n'est pas incluse dans A) et transitive (si A est incluse dans B et B dans C, alors A est incluse dans C). Allons plus loin : le moment historique de l'imposition — au sein de notre propre culture — de cette relation d'inclusion sur l'organisation conceptuelle des animaux entre eux nous est connue : elle date des premières tentatives savantes de classification botanique aux XVI^e^ et XVII^e^ siècles (la première tentative de grande taxonomie proprement hiérarchique avec héritage des propriétés est celle de Thomas d'Aquin portant sur les anges ; j'y reviendrai plus loin).

Sachant que l'organisation intellectuelle des diverses sortes d'animaux n'a pas été réglée au sein même de notre propre culture par la relation d'inclusion avant le XVI^e^ siècle, pourquoi voudrions-nous que le Bororo ou le Nuer nous aient précédés dans cette démarche intellectuelle hardie ? La réponse est simple : parce que, depuis qu'elle se trouve inscrite dans le fonctionnement de nos langues, nous ne savons tout simplement plus comment faire pour ne pas l'y lire. Les ethnologues pas plus que les autres, qui découvrent chez les peuples « primitifs » des « taxonomies populaires » à n'en plus finir. Qu'il ne s'agisse pas de taxonomies (réglées par l'inclusion), mais en réalité d'inventaires (réglés par ce que j'appelle la « connexion simple[1] »), ils le laissent cependant transparaître à

1. La connexion simple correspond à « a et b », c'est-à-dire à la simple mise en présence de a et de b sans présupposé de subordination : « a comme b », « a = b », « a avec b », « a signale b » (et donc « b signale a »), etc. La relation antisymétrique correspond à la confrontation de deux entités, c'est-à-dire au rapport : « a cause b », « a divisé par b », « a est b », etc. (cf. P. JORION, *Principes des systèmes intelligents*, *op. cit.*, pp. 52-54). J'y reviendrai longuement.

longueur de pages, révélant involontairement que les « taxonomies » découvertes par eux sont en réalité autant d'artefacts dont ils sont les véritables auteurs.

L'absence d'une organisation en niveaux de ces prétendues taxonomies a frappé ces ethnologues, mais sans qu'ils en tirent généralement la conclusion qui s'impose, à savoir qu'il ne s'agit pas à proprement parler de taxonomies. Dans un ouvrage aujourd'hui classique, Brent Berlin, Dennis E. Breedlove et Peter H. Raven rappellent que « D'Andrade avait noté, tout comme avant lui Conklin, que les taxonomies populaires étaient "généralement plates et larges (c'est-à-dire présentaient relativement peu de niveaux)"[1] ». Jane Orstan Bright et William Bright avaient observé chez les Yurok que « les Indiens [...] possèdent peu de termes génériques, et un grand nombre de leurs termes ne font partie d'aucune hiérarchie[2] ». Ralph Bulmer disait, quant à lui, de la « taxonomie officielle » des oiseaux chez les Kalam de Nouvelle-Guinée qu'elle était « peu profonde[3] ». Robert A. Randall parle de hiérarchies « naines » à deux niveaux au plus[4]. Et Claudine Friedberg observe à propos des Bunaq de Timor que, dans « la classification des Bunaq, les plantes apparaissent connectées par un réseau complexe de ressemblances et d'affinités, où chaque espèce peut appartenir à plusieurs catégories, et non par une structure en forme d'arbre organisant les catégories en une hiérarchie par l'exclusion mutuelle[5] ».

1. Brent BERLIN, Dennis E. BREEDLOVE, Peter H. RAVEN, *Principles of Tzeltal Plant Classification. An Introduction to the Botanical Ethnography of a Mayan-Speaking People of Highland Chiapas*, New York, Academic Press, 1974, p. 47 (je traduis).

2. Jane Orstan BRIGHT, William BRIGHT, « Semantic Structures in Northwestern California and the Sapir-Whorf Hypothesis », *in* Eugene A. HAMMEL (éd.), *Formal Semantic Analysis* (rapport d'une conférence de juin 1964 patronnée par la fondation Wenner-Gren/Anthropological Research, Inc.), *American Anthropologist*, vol. LXVII, n° 5, part. II, 1965, pp. 249-258 (je traduis).

3. Ralph BULMER, « Mystical and Mundane in Kalam Classification of Birds », *in* Roy F. ELLEN, David REASON (dir.), *Classifications in Their Social Context*, Londres, Academic Press, 1979, p. 61 (je traduis).

4. Robert A. RANDALL, « How Tall is a Taxonomic Tree : Some Evidence for Dwarfism », *American Ethnologist*, n° 3, 1976, p. 551 (je traduis).

5. Claudine FRIEDBERG, « Socially Significant Plant Species and Their

À l'instar de Friedberg, les auteurs rapprochent en général la faible profondeur des classements de leur arbitraire apparent. Bulmer observe, par exemple, à propos de l'ouvrage qu'il rédigea en collaboration avec son informateur kalam, Saem Majnep, qu'« en de nombreux endroits de son texte, Saem rappelle les relations qu'il avait établies entre des espèces dans un certain chapitre, et d'autres qu'il avait établies dans un autre, et il fait remarquer qu'il a fait preuve d'arbitraire en les situant là où il les a mises[1] ».

Analysant un matériel rassemblé par Michael Cole, Joseph A. Glick et Donald W. Sharp chez les Kpelle du Liberia, Christopher R. Hallpike observe que « les Kpelle classent différemment les objets selon que la demande leur est faite de l'une ou l'autre manière : substitution des mots au sein des phrases, association libre ou triage non verbal[2] ».

Comment pourrait-on mieux suggérer l'absence de taxonomie ? Il est tentant de rapprocher l'observation de Hallpike d'une remarque faite autrefois par Henri Wallon sur la pensée de l'enfant, non pour suggérer, à la manière du XIXe siècle, un parallèle entre « sauvages » et enfants, mais pour souligner que les mêmes causes engendrent les mêmes effets, à savoir ici — et dans les deux cas — l'absence en mémoire d'un modèle organisé que l'on pourrait se contenter de produire en situation d'interrogation : « Chez l'enfant [...], il est fréquent de recueillir, à quelques instants d'intervalle, des explications tout à fait disparates, et qui s'ignorent entre elles, selon qu'un même problème est abordé tour à tour de différents points de vue[3]. »

Pour Randall, il ne fait aucun doute que cette « plasticité » apparente des classifications primitives découle de leur caractère artificiel, de leur nature d'artefact : en

---

Taxonomic Position among the Bunaq of Central Timor », *in* R. F. ELLEN, D. REASON (dir.), *Classifications in Their Social Context*, *op. cit.*, p. 85 (je traduis).

1. R. BULMER, « Mystical and Mundane in Kalam Classification of Birds », art. cité, p. 69 (je traduis).

2. Christopher R. HALLPIKE, *The Foundations of Primitive Thought*, New York, Clarendon Press, Oxford University Press, 1979, p. 208 (je traduis).

3. Henri WALLON, « Le réel et le mental », *Enfance*, n[os] 3-4, 1959, pp. 367-397 (originellement dans *Journal de psychologie*, vol. XXXI, n[os] 5-6, 1935).

réalité, elles n'appartiennent pas à la culture, mais sont produites de manière *ad hoc* pour répondre à la demande pressante d'un enquêteur. Randall note que « les taxonomies populaires telles que nous les rencontrons dans la tradition ethnographique » sont « construites en appliquant des principes de logique indigène, ordinairement inexploités, à diverses bribes de savoir, qui gisent çà et là dans l'esprit » et que « les taxonomies sont des artefacts produits à partir de connaissances plus élémentaires »[1].

J'ai dit que la relation d'inclusion est antisymétrique : si les Bororo sont tous hommes, les hommes ne sont pas pour autant tous Bororo. La « connexion simple » qui règle les inventaires de la mentalité primitive est, elle, symétrique. Fait révélateur d'une certaine distraction systématique, si les ethnologues se sont longtemps ébahis de la révélation par Edward E. Evans-Pritchard de la nature avienne des jumeaux pour les Nuer, personne n'a cru devoir s'étonner qu'il rapporte à la même page de son ouvrage que, pour ceux-ci, les oiseaux sont à leur tour des jumeaux[2].

La preuve est ainsi faite que la relation posée par les Nuer entre oiseaux et jumeaux n'est nullement l'inclusion, mais une relation plus lâche et symétrique dont il aurait fallu comprendre la nature. C'est bien l'émotion, c'est bien l'inquiétude, en un mot c'est l'affect qui nous a interdit d'apercevoir de quoi il était question. Et pourtant, Lévy-Bruhl l'avait dit : la pensée primitive ne classe pas, elle produit ses connaissances en vrac, laissant aux principes mêmes d'organisation de la mémoire le soin d'établir entre les catégories de simples connexions.

Mais c'est là une chose que nous sommes devenus incapables de lire dans le discours : la copule « être » nous suggère de façon automatique une lecture en termes de relation d'inclusion, et quand nous entendons que le Bororo est un ara, nous pensons avoir affaire à une taxo-

1. R. A. RANDALL, « How Tall is a Taxonomic Tree », art. cité, p. 546 (je traduis).

2. Edward E. Evans-Pritchard (Sir), *Nuer Religion*, New York, Clarendon Press, Oxford University Press, 1956, p. 129.

nomie aux catégories organisées hiérarchiquement par la relation d'inclusion. Que nous connaissions par ailleurs la date récente à laquelle une telle lecture s'est imposée au sein de notre propre culture ne nous fait ni chaud ni froid. La généalogie de nos modes de pensée nous est opaque : l'oubli est passé par là. C'est cet oubli qui conduit Gérard Simon à se demander : « Pourquoi ne pas écrire sur Kepler, quand on va chercher si loin des documents sur les formes de pensée étrangères à l'Occident contemporain ? [...] Des documents comparables à ceux que l'on va récolter à grand-peine au bout du monde traînent inexploités sur tous les rayons de nos bibliothèques [1]. »

La connexion simple que le Nuer reconnaît entre le jumeau et l'oiseau (et entre l'oiseau et le jumeau) a-t-elle un sens pour nous ? Nul ne niera qu'il existe une relation entre le pharaon et la pyramide. Mais il ne s'agit pas d'une relation d'inclusion : le pharaon n'est pas plus une pyramide que la pyramide n'est un pharaon. On peut dire de façon un peu lâche que « le pharaon a une pyramide » ou que « la pyramide a un pharaon ». Plus précisément, le pharaon a fait construire la pyramide, il y est enterré, la pyramide contient le sarcophage et la momie du pharaon, et que sais-je encore. Ou bien, dans le vocabulaire de Lévy-Bruhl, la pyramide fait partie non des propriétés ou des possessions du pharaon, mais de ses « appartenances », et pour la pensée primitive, symétriquement, le pharaon fait partie des appartenances de la pyramide. La pyramide « participe » du pharaon, entité symbolique, comme le pharaon participe de la pyramide, entité symbolique. À quoi bon, sinon, les affres d'une pyramide en construction ?

Car c'est bien sûr sous ces dénominations d'appartenance et de participation que la connexion simple intervient dans les écrits du philosophe. Soyons plus précis. Ces simples connexions peuvent être exprimées en français à l'aide du verbe « avoir » dans un usage de copule ou bien par le génitif « de », l'anglais disposant de deux formules et

1. Gérard SIMON, *Kepler astronome astrologue*, Gallimard, 1979, p. 8.

pouvant rendre le génitif par le « *'s* » connectant les termes dans l'ordre inverse de celui du français : « *a bee*'s *honey* » et « *a window*'s *frame* ».

Pour comprendre ce qu'expriment de telles connexions simples, il est indispensable de faire un détour par d'autres langues que celles qui nous sont familières. C'est une chose très difficile à saisir pour nous qui sommes habitués à distinguer dans la langue des types différenciés de relations entre objets, et il nous faut faire un effort tout particulier pour imaginer ce qu'est un univers de représentations où l'enchaînement associatif d'« objets de pensée » ne dénote que la « connexion simple » des mots associés.

Dans un ouvrage consacré à la « pensée primitive », Hallpike écrivait ceci : « L'existence de termes généraux et particuliers, tels qu'"arbre" ou "chêne", au sein du lexique d'une langue naturelle ne signifie pas nécessairement que ces populations elles-mêmes conçoivent réellement ces termes comme dénotant des classes en relation d'inclusion. Piaget a noté qu'alors que des enfants de trois ou quatre ans peuvent comprendre qu'une pâquerette est une fleur ou qu'une femme est une personne, ils ne conçoivent pas ces relations hiérarchiques en termes d'inclusion de classe[1]. »

Indication précieuse, mais qui ne nous dit pas quelle peut être, dans ces langues qui nous sont étrangères à ce point de vue, la relation qui existe alors entre deux notions qui nous apparaissent à nous comme étant nécessairement en relation d'inclusion de l'une dans l'autre.

J'aurais bien aimé fonder mon explication sur un exemple emprunté à la littérature. Hélas, les classements de la faune et de la flore que nous proposent les ethnobiologistes sont si peu hiérarchisés qu'il ne m'a pas même été possible de découvrir les trois niveaux qui auraient été nécessaires. Chez les Kalam, par exemple, il existe bien deux séries de termes pour désigner, d'une part, les espèces et, d'autre part, un équivalent des genres, mais il n'y a pas de terme

1. Ch. R. HALLPIKE, *The Foundations of Primitive Thought*, *op. cit.*, p. 202 (je traduis).

pour désigner l'ensemble des animaux[1]. Eugene S. Hunn considère qu'il existe quatre niveaux dans le classement des animaux par les Tzeltal du Yucatán, mais il propose pour « animal » le terme *sambalam*, qu'il utilise aussi par ailleurs pour désigner les mammifères par opposition aux oiseaux (*mut*). Il s'en justifie de manière peu convaincante : « Deux usages polysémiques du terme *sambalam* sont mentionnés ici, “animal” et “mammifère”. Les informateurs ne les distinguent pas clairement[2]. » Il introduit ensuite entre *sambalam*, *mut* et les noms d'espèces un niveau intermédiaire qu'il qualifie — suivant un usage introduit par Brent Berlin, Dennis E. Breedlove et Peter H. Raven[3] — de *covert categories*, « catégories cachées », pour lesquelles il n'existe pas d'étiquette (*taxon*), mais dont il suppose cependant l'existence pour des raisons qui restent obscures.

Hunn convient que « les catégories cachées dévient de l'idéal de dénomination [*sic*] en ce que le taxon existe manifestement mais n'est pas nommé[4] ». Ce qui justifie son « manifestement » n'est toutefois pas précisé. En conséquence font absolument défaut les éléments qui prouveraient au-delà de tout doute possible qu'il existe pour les Tzeltal davantage que deux niveaux dans le classement des animaux.

Je décrirai alors un cas fictif : imaginons une culture qui distingue, par exemple, l'oiseau, le perroquet et l'ara — dans la mesure où il existe pour chacun d'eux un signifiant distinct dans la langue locale. L'hypothèse est la suivante : ces termes peuvent fonctionner conjointement et de manière appropriée dans le discours sans que la fonction d'inclusion s'exerce jamais. Il suffit pour cela que les locuteurs sachent pragmatiquement quels types de propositions sont valides. Il faut, par exemple, qu'ils sachent que « cet ara est un

1. Ralph Bulmer, Ian S. Majnep, *Birds of my Kalam Country*, University of Auckland Press, 1977, pp. 45-46.

2. Eugene S. Hunn, *Tzeltal Folk Zoology. The Classification of Discontinuities in Nature*, New York, Academic Press, 1977, p. 134 (je traduis).

3. Brent Berlin, Dennis E. Breedlove, Peter H. Raven, « Covert Categories and Folk Taxonomies », *American Anthropologist*, nouv. sér., vol. LXX, n° 2, 1968, pp. 290-299.

4. E. S. Hunn, *Tzeltal Folk Zoology*, *op. cit.*, p. 36 (je traduis et souligne).

perroquet » peut se dire dans tous les cas, alors que « ce perroquet est un ara » ne peut se dire que dans certains cas. De même, « cet ara est un oiseau » peut toujours se dire, alors que « cet oiseau est un ara » ne peut se dire que dans certaines occasions. Enfin, « ce perroquet est un oiseau » peut toujours se dire, alors que « cet oiseau est un perroquet », ne se dira que dans certaines circonstances. Évidemment, cela demande une certaine gymnastique de l'esprit, mais celle-ci n'est pas plus complexe que celle qui conduit, par exemple, un enfant à comprendre un jour que si une pâquerette est une fleur et qu'une fleur est un végétal, alors une pâquerette est un végétal (on voit mal comment un enfant pourrait apprendre que si « X est un Y » et « Y est un Z », alors « X est un Z », sinon parce qu'on le lui a répété « jusqu'à ce que cela rentre »).

On aura compris que l'usage du verbe être dans ce cas fictif suppose que la fonction de la copule est indifférenciée, c'est-à-dire que les relations d'inclusion, d'attribution ou de simple synonymie qu'elle signale alternativement dans nos langues ne sont pas distinguées : autrement dit, la copule remplit ici une fonction unique que l'on peut légitimement qualifier de « connexion simple ».

On pourrait bien sûr se dire que ce cas fictif manque de plausibilité, si ce n'est que le chinois présente la particularité qui vient d'être décrite de manière tout à fait indiscutable. Dans cette langue, en effet, la fonction unique de connexion simple est exercée par un mot spécial, représenté dans l'écriture par l'idéogramme *yeh*. Chad Hansen qualifie *yeh* de « marqueur d'affirmation [1] », et Kyril Ryjik observe à son sujet que « ce caractère entretient, entre son sens original et son emploi opératoire, le type de rapport qu'entretient la notion de "copule" ». Il ajoute : « Il opère avec une notion de très forte *jonction* entre deux termes [2]. » Hansen précise quant à lui : « Il n'y a pas en chinois de *est*,

1. Chad Hansen, *Language and Logic in Ancient China*, Ann Arbor, University of Michigan Press, 1983, p. 178 (je traduis).

2. Kyril Ryjik, *L'Idiot chinois. Initiation élémentaire à la lecture intelligible des caractères chinois*, Payot, 1983, p. 218.

pas d'expression prédicative dénotant l'identité ou l'inclusion. La juxtaposition de deux termes (ordinairement suivis de la particule *yeh*) constitue une phrase relationnelle grossièrement équivalente à une phrase affirmant l'identité ou l'inclusion [...]. La phrase *pai ma ma yeh* (blanc cheval cheval "est") : "(du) cheval blanc 'est' (du) cheval", est un exemple d'une telle structure de phrase[1]. »

Ce que l'anthropologie des modes de pensée a donc pu mettre en évidence, c'est que cette indifférenciation, qui donne à la copule une fonction unique de connexion simple, de « très forte *jonction* », comme s'exprime Ryjik, constitue un trait distinctif des cultures qui furent distinguées par Lévy-Bruhl et par ses prédécesseurs comme « primitives ».

Comme je le rapportais plus haut, Gustave Guillaume disait de la langue chinoise qu'elle « représente une sorte de cime de civilisation dans le primitivisme conservé[2] ». Granet, lui, faisait observer : « Les Chinois n'ont aucun goût pour classer par *genres* et par *espèces*. Ils évitent de penser à l'aide de concepts qui, logés dans un Temps et un Espace abstraits, définissent l'idée sans évoquer le réel. Aux concepts définis, ils préfèrent les symboles riches d'affinités[3]. » En recourant au mot « affinités » pour caractériser la relation unissant en Chine les concepts, Granet utilisait le mot qui vient couramment sous la plume des auteurs lorsqu'il s'agit d'évoquer la relation de connexion simple. Sans se concerter, ceux-ci ont forgé des expressions multiples pour désigner cette simple liaison qui — par rapport à la directionnalité propre à l'inclusion — suggère pour nous une désorganisation. Parlant des Bunaq de Timor déjà évoqués plus haut, Claudine Friedberg décrit leur classification des plantes comme une « toile (*web*) de ressemblances et d'affinités[4] ». Quand Paul Wirz parle des

1. C. Hansen, *Language and Logic in Ancient China*, *op. cit.*, p. 45 (je traduis).
2. G. Guillaume, *Leçons de linguistique*, *op. cit.*, p. 26.
3. M. Granet, *La Pensée chinoise*, *op. cit.*, p. 125.
4. C. Friedberg, « Socially Significant Plant Species and Their Taxonomic Position among the Bunaq of Central Timor », art. cité, p. 85 (je traduis).

modes de classement des Marind de Nouvelle-Guinée, il affirme : « Le Marind met tous ces éléments en relation les uns avec les autres et forme de longues chaînes causales reliées entre elles comme un réseau[1]. » Et Lévy-Bruhl, lorsqu'il évoque la pensée des Aborigènes, écrit : « Les relations totémiques [...] constituent, de même que les mythes, un réseau indéfini où doivent entrer tous les êtres et les objets donnés de leur expérience[2]. » Il en va de même pour Wallon, dans un autre parallèle entre la mentalité « primitive » et celle de l'enfant : « Il y a [...] chez le primitif et chez l'enfant, des façons analogues de penser qui montrent comment les nôtres peuvent en différer, sans en être radicalement distinctes. Certains mots des langues primitives ont simultanément une multiplicité de sens qui nous déroute [...]. Entre tous ces sens, aucune délimitation précise. Ils sont plus ou moins simultanés et, selon les circonstances, s'impliquent diversement entre eux. Il semblerait d'un réseau enchevêtré et continu, d'un *syncytium* et comme d'un tissu embryonnaire. Or chez l'enfant aussi s'observent, pour un même mot, des significations multiples, dont la parenté nous reste souvent obscure, mais qui répondent visiblement à des affinités senties ou vécues par lui[3]. »

Hallpike exprima plus récemment une idée similaire : « La classification primitive est fondée sur des relations fonctionnelles et associatives, dérivées de propriétés concrètes et d'associations d'ordre quotidien[4]. »

Lévy-Bruhl souligne cette apparence de désorganisation qui caractérise pour nous toute pensée fondée sur la connexion simple : « La somme de savoir [...] peut s'élever assez haut [en Australie et en Nouvelle-Guinée]. Mais, faute d'être digérée, elle reste à l'état inorganique, et pour ainsi dire, en vrac. L'intelligence ne répartit pas ce qu'elle acquiert dans des cadres logiquement ordonnés. Par suite, elle n'en dispose pas librement. À chaque nouvelle occa-

1. Cité par L. Lévy-Bruhl, *La Mythologie primitive*, *op. cit.*, p. 19.
2. *Ibid.*, p. 107.
3. H. Wallon, « Le réel et le mental », art. cité.
4. C. R. Hallpike, *The Foundations of Primitive Thought*, *op. cit.*, p. 234 (je traduis).

sion, elle se réfère à ce qu'elle a appris en d'autres circonstances particulières ; les rapports tant soit peu généraux entre des cas plus ou moins différents lui échappent. Les connaissances ne se hiérarchisent pas en concepts subordonnés les uns aux autres. Elles demeurent simplement juxtaposées, sans ordre. Elles forment une sorte d'amas ou de tas[1]. » En 1929, Herrlee G. Creel, un spécialiste de la civilisation chinoise, exprimait une idée semblable à propos de la culture chinoise : « Le point crucial est que les anciens Chinois n'étaient dans l'ensemble des penseurs ni systématiques ni ordonnés [...]. Ils étaient des cataloguistes infatigables ; ils n'étaient pas systématiciens[2]. »

Est-ce à dire qu'il n'existe aucun principe de classement dans la mentalité primitive ? Non, il en existe un, relevé par Lévy-Bruhl, et dont j'avais fait mon troisième point lorsque je résumais plus haut l'originalité de son apport : ce qui tient lieu de classification dans la pensée primitive est une disposition à regrouper les notions selon l'équivalence de la réponse émotionnelle qu'elles suscitent.

J'ai offert quelques illustrations de l'imagination excessive des ethnographes découvrant des « taxonomies populaires » dans le matériel inorganisé qu'on leur propose. Ainsi, quand Bright et Bright observent que les « informateurs Yurok, lorsqu'on leur demande d'identifier une plante ou un animal dont ils ne savent pas le nom, disent le plus souvent que c'est "pareil à ceci ou à cela", plutôt que de les inclure dans une classe[3] », ils n'en tirent pourtant pas la conclusion qui s'impose, à savoir que ce qui leur est proposé est un inventaire et non une classification, et selon l'habitude, ils érigent en « taxonomie populaire » un regroupement tout personnel d'espèces naturelles, produit sur le moment par un informateur de bonne composition à l'aide d'un calcul et non par la remémoration d'une classification culturellement partagée. Mais pour parvenir à construire

1. L. Lévy-Bruhl, *La Mythologie primitive*, *op. cit.*, p. xiv.

2. Cité par C. Hansen, *Language and Logic in Ancient China*, *op. cit.*, p. 25 (je traduis).

3. J. O. Bright, W. Bright, « Semantic Structures in Northwestern California and the Sapir-Whorf Hypothesis », art. cité, p. 70 (je traduis).

ainsi une « taxonomie populaire », les mêmes auteurs sont par ailleurs obligés d'opérer un tri brutal dans le matériel qui leur est proposé. C'est ce que révèle par exemple l'extrait suivant :

> « Un crapaud est-il un poisson ?
> — Non, un crapaud n'est pas un poisson.
> — Qu'est-ce que c'est alors un crapaud ?
> — C'est une femme. »
>
> Il y a bien sûr ici référence à un mythe, et cela nous rappelle la phrase de Kroeber : « Lorsque j'essayais d'obtenir des données ethnographiques sur les Yurok, il me fallut maintes et maintes fois écouter des mythes qui m'étaient déjà familiers avant que nous puissions en venir aux réalités présentes, et je ne pouvais souvent faire parler mes informateurs à ce sujet qu'en les rudoyant quelque peu[1]. »

Ce que l'on observe donc c'est que, confronté à l'authentique principe de classement du matériel indigène, l'ethnologue trouve dans le principe de classement implicite qui préside à son propre discours le moyen qui permet d'écarter comme nul et non avenu ce qu'il affirme pourtant rechercher, en le déportant vers la catégorie du « mythe ». Il ne s'agit d'ailleurs pas avec Bright et Bright d'un cas isolé. L'association des *taxa* par l'affect peut être successivement mise en évidence par un ethnographe et niée ensuite par lui, selon le mécanisme que le psychanalyste appelle « déni » ou « désaveu » : « [...] on pourrait énumérer un certain nombre de croyances irrationnelles que les [Bochimans] ! Kung entretiennent quant aux animaux, mais celles-ci ne semblent jouer qu'un rôle minime dans leurs interactions quotidiennes avec eux. La possession par les oiseaux est la seule que les gens prennent vraiment au sérieux. Autrement dit, de telles croyances n'interfèrent pas avec l'étude du comportement animal. Elles semblent exister dans un domaine de l'esprit qui demeure assez [*quite*] séparé de la connaissance ethno-éthologique[2]. »

1. *Ibid.*
2. Nicholas BLURTON-JONES, Mel KONNER, « !Kung Knowledge of Animal Behavior », *in* Richard B. LEE, Irven DEVORE (dir.), *Kalahari Hunter-*

De tels exemples rendent d'autant plus méritoire l'entreprise isolée de Majnep et Bulmer de présenter tel quel (en dépit des quelques interrogations *a posteriori* mentionnées plus haut) le classement — et non la classification — des oiseaux par les Kalam : ceux en qui les âmes des hommes se transforment, ceux sous la forme desquels les femmes apparaissent dans les rêves, ceux qui se nourrissent sur les arbres en fleurs, et ainsi de suite[1].

Ce mouvement historique, qui nous interdit de lire le regroupement par l'affect là où il existe, s'apparente au désenchantement du monde qu'évoquait Max Weber : nous avons si bien fait notre deuil de la dimension émotionnelle qui règle dans d'autres cultures le rapport au monde naturel que nous rejetons comme conte de bonne femme, comme « mythe », tout ce qui pourrait encore l'évoquer. Dans un article qui avait entièrement renouvelé et relancé le débat anthropologique sur la « mentalité primitive », Robin Horton avait insisté sur deux caractéristiques qui distinguaient, selon lui, les pensées « moderne » et « traditionnelle » : l'absence chez la seconde de substituts (*alternatives*) aux conceptions communément admises[2] et l'anxiété immédiatement ressentie par elle devant toute mise en question de la vérité établie[3]. Quinze ans plus tard, Horton devait modifier sa position[4], en particulier sur la question de l'anxiété. Il n'en avait pas moins mis le doigt sur un fait essentiel : la pensée « moderne » comporte tout un domaine, celui de la science, où il existe du savoir suffisamment neutre du point de vue de l'affect pour que sa révision, sa remise à jour, puisse se faire relativement

*Gatherers. Studies of the !Kung San & Their Neighbors*, Cambridge (Massachusetts), Harvard University Press, 1976, p. 344 (je traduis). Pour d'autres commentaires sur les mêmes textes, cf. Paul JORION, Geneviève DELBOS, « La notion spontanée de magie dans le discours anthropologique », *L'Homme*, vol. XX, n° 1, 1980, pp. 98 *sqq*.

1. R. BULMER, I. S. MAJNEP, *Birds of my Kalam Country*, *op. cit.*

2. Robin HORTON, « African Traditional Thought and Western Science », *Africa*, vol. XXXVII, n^os^ 1-2, 1967, pp. 157-167.

3. *Ibid.*, pp. 167-186.

4. ID., « Tradition and Modernity Revisited », *in* Martin HOLLIS, Steven LUKES (dir.), *Rationality and Relativism*, Oxford, Basil Blackwell, 1982, pp. 201-260.

aisément, mais il ne faudrait pas considérer cette attitude désengagée comme automatique ou « naturelle » pour l'ensemble des cultures humaines. J'ai écrit « relativement aisément », parce que l'anxiété émerge dans notre culture, y compris dans le domaine scientifique, dès que sont affectés ce qu'on peut appeler des noyaux de croyance : qu'on pense à la résistance opposée à l'héliocentrisme, au système de Linné qui mit l'homme au rang des animaux, à la métapsychologie freudienne et aujourd'hui aux conceptions « machiniques » de l'homme héritées d'Alan Turing, Norbert Wiener et John von Neumann. Ce qui caractérise la « pensée traditionnelle » par rapport à la nôtre, c'est qu'il n'y a pas pour elle de savoir qui ne touche directement à un noyau de croyance, pas de savoir dont la révision ne soit susceptible d'induire l'anxiété.

Pour comprendre ce qui a lieu dans ce mouvement qui nous a écartés de l'affect dans certains domaines de la connaissance, pour restituer de manière « généalogique » leur valeur d'affect, il faudrait opérer comme le recommandait Roland Barthes : « Il serait bon d'imaginer une nouvelle science linguistique ; elle étudierait non plus l'origine des mots, ou étymologie, ni même leur diffusion, ou lexicologie, mais les progrès de leur solidification, leur épaississement le long du discours historique ; cette science serait sans doute subversive, manifestant bien plus que l'origine historique de la vérité : sa nature rhétorique, langagière[1]. »

Il faut reconstituer cette généalogie en conservant à la mémoire le fait que le désenchantement progressif de nos représentations constitue une expérience unique et datée dans le développement de la pensée. C'est sur la nature de cette valeur d'affect attachée aux mots, ou plutôt sur sa nécessité, que s'interroge Hunn quand il demande pourquoi il n'existe pas chez les Tzeltal de « correspondance entre un système descriptif de classification fondé sur l'induction, qui classe les "aigles" comme oiseaux, et un système explicatif fondé sur la déduction, qui les classe

1. Roland BARTHES, *Le Plaisir du texte*, Éd. du Seuil, 1973, p. 69.

comme "esprits"[1] ». Hunn constate que le système descriptif suffirait bien à la tâche de classification : pourquoi surajouter, se demande-t-il, le jugement irrationnel au jugement rationnel ? Bulmer répond au moins partiellement à la question lorsqu'il croit constater chez les Kalam, d'une part, un classement « objectif » par stylisation inscrite dans la langue — sans influence discernable de l'affect — et, d'autre part, un classement influencé par l'affect, classement mythique, c'est-à-dire en fait fondé sur une modélisation du monde apparemment distincte : « Pourquoi certaines [espèces] se voient-elles investies de propriétés ou d'affinités mystiques ? Il existe une raison excellente dans le cas de celles qui sont objectivement dangereuses — les serpents venimeux ou les crapauds toxiques [...]. Pour les Kalam, la taxonomie doit être comprise dans une perspective où chaque chose a sa place, et des valeurs mystiques différentes sont attachées aux choses que l'on trouve dans des endroits différents — sous la terre par rapport à au-dessus du sol, dans la forêt par rapport à dans la zone des jardins, etc., et une charge négative particulière est attribuée aux créatures trouvées ailleurs que là où elles devraient être[2]. »

Bulmer explique ailleurs plus spécifiquement à propos des oiseaux : « [Ceux d'entre eux] ayant une importance mystique comprennent le plus souvent les représentants de deux grands groupes : ceux qui dans les circonstances normales maintiennent une distance considérable entre les hommes et eux (la plupart de ceux-ci sont relativement rares) et qui sont distingués pour des raisons complexes mais dont le comportement, lorsque l'on se trouve nez à nez avec eux, sera interprété de manière mystique. Ceux également qui sont souvent et spontanément en contact avec les humains et dont la signification mystique est essentiellement la conséquence de la nature de ces interactions. On trouve dans cette dernière catégorie les oiseaux qui

1. E. S. Hunn, *Tzeltal Folk Zoology*, *op. cit.*, p. 62 (je traduis).
2. Ralph Bulmer, « Worms that Croak and Other Mysteries of Karam Natural History », *Mankind*, n° 6, 1968, p. 639 (je traduis).

interpellent les hommes dans les jardins et que l'on considère comme la manifestation de fantômes ; il faut y ajouter ceux dont on suppose qu'ils sont des messagers parce qu'ils jacassent d'une manière qui évoque celle des hommes. Parmi les premiers, les oiseaux qui font sursauter les humains du fait qu'ils apparaissent de manière imprévisible et mystérieuse pour disparaître soudainement et que l'on tient pour des sorciers[1]. »

Le regroupement par l'affect a donc, selon Bulmer, deux origines : la peur causée par le danger réel et la peur provoquée par le danger postulé — la surprise de ce qui apparaît ailleurs qu'à sa place attendue ou trop soudainement. Dans un cas comme dans l'autre, le principe de classement correspond à une axiologie spontanée : l'affect représente ici — dans la ligne classique de la psychologie — une disposition instinctive à l'action. La récession en anthropologie de cette conception du regroupement à partir de l'affect est, on le sait, essentiellement due à son rejet sans appel par Claude Lévi-Strauss. N'écrivait-il pas explicitement à propos de la « pensée sauvage » que, « contrairement à l'opinion de Lévy-Bruhl, cette pensée procède par les voies de l'entendement, non de l'affectivité[2] » ?

La terreur devant les forces naturelles est sans doute une expérience aujourd'hui épargnée aux habitants des villes, au nombre desquels se comptent généralement les ethnologues, et le pouvoir dont dispose l'épouvante pour imposer aux hommes un ordonnancement intellectuel de leur monde peut sembler hautement invraisemblable aux citadins contemporains. Il m'est cependant arrivé, dans la pratique pas toujours rassurante de l'anthropologie maritime, de ressentir une sympathie certaine pour ce mode d'explication — jusqu'à même y consacrer un texte[3]. D'autres ethnologues en ont fait autant, et parmi eux David Biernoff, qui a mis en évidence le rôle joué par la terreur dans

1. R. BULMER, « Mystical and Mundane in Kalam Classification of Birds », art. cité, p. 57 (je traduis).

2. Claude LÉVI-STRAUSS, *La Pensée sauvage*, Plon, 1962, p. 355.

3. Paul JORION, « The Priest and the Fishermen : Sundays and Weekdays in a Former Theocracy », *Man*, Londres, vol. XVII, n° 2, 1982, pp. 275-286.

l'ordonnancement intellectuel du monde pour les Aborigènes de la terre d'Arnhem[1]. Le contraste établi par Lévi-Strauss entre entendement et affectivité n'a peut-être pas valeur opératoire dans ces matières.

Cela m'encourage à reconsidérer une hypothèse anthropologique ancienne relative à l'origine de la religion : l'hypothèse naturiste, qui postule qu'à l'origine d'une divinité particulière se retrouve le regroupement d'un ensemble de phénomènes provoquant un effroi similaire[2]. Lévy-Bruhl cite à ce sujet un passage pertinent d'un article de Paul Christian Kiti relatif au vaudou dahoméen propre à l'ethnie Fon, mais partagé par sa voisine Xwéda de l'ancien royaume de Ouidah (ici appelés Pédah, selon l'usage des Évé) :

> Ce que les païens appellent *Vôdoun*, c'est tout ce qui dépasse la force et l'intelligence de l'homme, tout ce qui étonne, tout ce qui est extraordinaire, redoutable, monstrueux, comme les grands tourbillons, l'arc-en-ciel, la mer si vaste et toujours bouillonnante, les fleuves si majestueux, comme le Mono, les lacs, comme l'Ahémé, le tonnerre et les éclairs, le tigre[3] chez les Fons, le boa chez les habitants de Grand-Popo, le serpent fétiche chez les Pédahs, la variole (Sakpata), les caïmans, etc. ; tous ces êtres sont des fétiches[4].

J'avais pu constater personnellement, au sein du panthéon des mêmes populations Xwéda (du Bénin actuel), le regroupement des phénomènes naturels en vastes catégories reproduisant les sept « catastrophes élémentaires » de la théorie géométrique des catastrophes due à René Thom.

L'initiation, telle que la pratiquent les sociétés que nous

1. David BIERNOFF, « Safe and Dangerous Places », *in* Lester R. HIATT (dir.), *Australian Aboriginal Concepts*, Canberra, Australian Institute of Aboriginal Studies, 1978.

2. Cf. F. Max MÜLLER, *Natural Religion*, Londres, Longmans, Green and Co., 1888, et sa critique par É. DURKHEIM, *Les Formes élémentaires de la vie religieuse*, *op. cit.*, pp. 103 *sqq*.

3. En réalité la panthère.

4. Cité par L. LÉVY-BRUHL, *L'Âme primitive*, *op. cit.*, p. 6. « Fétiche » est la traduction imposée par les missionnaires du mot fon *vôdoun* ; au Brésil, il est traduit par « saint ».

avions l'habitude d'appeler « primitives », peut être considérée, par l'un de ses aspects, comme un savoir enseigné sous la torture. N'est-ce pas là en effet la meilleure manière de fixer la mémoire par le moyen de l'affect ? Nietzsche l'avait fort bien compris :

> « Comment former dans l'animal-homme une mémoire ? Comment imprimer quelque chose d'ineffaçable à cet entendement du moment présent, à la fois étourdi et obtus, à cet oubli incarné ? » [...] Comme on se l'imagine aisément, ce problème très ancien n'a pas été résolu avec une très grande délicatesse : peut-être même n'y a-t-il rien de plus effrayant et de plus sinistre dans toute la préhistoire de l'homme que sa mnémotechnique. « On grave quelque chose au fer rouge pour le fixer dans la mémoire : seul ce qui ne cesse de faire mal est conservé par la mémoire. » — Voilà une loi fondamentale de la plus ancienne psychologie sur terre[1].

Est-ce bien là, chez Nietzsche, la réponse aux questions posées par Hunn et par Bulmer ? Qu'est-ce qui explique que tels animaux soient des sorciers et tels autres, l'esprit des morts ? Le fait est qu'ils sont venus s'inscrire dans les premières mémoires avec la même valeur d'affect — en tant que disposition à l'action — et que la culture a ensuite entériné ce regroupement, soit en l'abandonnant à l'association habituelle des mots, soit en assurant sa transmission par le moyen plus drastique de l'initiation.

Pourquoi alors précisément les jumeaux et les oiseaux pour les Nuer ? Parce que dans la dimension de l'affect, sur ce qu'on pourrait appeler le « mode du miracle » — en suivant la voie balisée par Bulmer —, tout semble les rapprocher pour eux. Parce que, quand il s'agit de classer les choses, de les regrouper à un niveau supérieur à celui qu'opère spontanément la « stylisation » de la langue, les oiseaux et les jumeaux sont, du point de vue de l'affect, de même nature. « Par rapport à Dieu, les jumeaux et les oiseaux ont un même caractère », écrit Evans-Pritchard[2].

1. Friedrich NIETZSCHE, *La Généalogie de la morale* [1887], trad. I. Hildenbrand, J. Gratien, Gallimard, 1971, p. 254.
2. E. E. EVANS-PRITCHARD (Sir), *Nuer Religion*, *op. cit.*, p. 132 (je traduis).

Cette explication si simple n'aurait toutefois pu valoir explication ici sans quelques détours.

Charles Blondel, commentateur et « vulgarisateur » de Lévy-Bruhl, avait caractérisé succinctement ce mécanisme du classement par similitude de la valeur d'affect :

> Si des objets tout différents de nature provoquent les mêmes sentiments et commandent les mêmes attitudes, c'est que le même pouvoir mystique se manifeste par eux et la mentalité primitive les rapproche en vertu de l'identité de leurs propriétés occultes. Si, au contraire, des objets se rangeant pour nous dans la même classe et sous la même rubrique diffèrent cependant par les émotions dans lesquelles la représentation est engagée, la mentalité primitive reste insensible à leur ressemblance objective et se comporte comme si elle n'existait pas : leur dissemblance mystique est tout à ses yeux[1].

Le moment est alors venu d'observer que ce principe du rapprochement par la similitude de la valeur d'affect ne se distingue en rien d'une notion familière par ailleurs : le complexe, que Freud définissait comme « tout groupe d'éléments représentatifs liés ensemble et chargés d'affect (au sein du réseau des traces mnésiques)[2] ». D'où provient en effet le mot de « complexe » en psychanalyse ? Voici comment, en 1908, Freud introduisit le nouveau concept : « Suivons l'exemple de l'école de Zurich (Bleuler, Jung, etc.) et appelons *complexe* tout groupe d'éléments représentatifs liés ensemble et chargés d'*affect*[3]. »

Carl Gustav Jung et Franz Riklin avaient en effet introduit le concept de « complexe » dans un article publié en 1906[4]. Menant en commun des expériences d'association induite au cours desquelles le sujet d'expérimentation devait produire un mot-réponse en écho à un mot-stimulus, il leur avait semblé nécessaire de forger une expression

1. Charles Blondel, *La Mentalité primitive*, Stock, 1926, p. 51.
2. Sigmund Freud, *Cinq leçons sur la psychanalyse* [1908], Payot, 1968, p. 34.
3. *Ibid.*
4. Carl Gustav Jung, Franz Riklin, « The Associations of Normal Subjects », *in* Carl Gustav Jung, *The Collected Works*, t. II. *Experimental Researches* [1906], Londres, Routledge & Kegan Paul, 1973, pp. 3-196.

pour exprimer la manière dont des « complexes » de notions apparaissent connectés en mémoire par une valeur d'affect commune. Jung :

> Ordinairement, il n'y a que quelques préoccupations personnelles auxquelles les interférences dans l'expérience (d'association induite) renvoient. Riklin et moi-même avons introduit pour cette « préoccupation personnelle » le terme *complexe*, parce qu'une telle « préoccupation personnelle » est toujours une collection d'idées diverses, liées ensemble par un ton émotionnel qui leur est commun. Avec un peu de pratique et d'expérience on acquiert facilement la faculté de collecter les mots-stimuli qui sont le plus susceptibles d'être accompagnés d'interférences, on peut ensuite combiner leur signification et en déduire les préoccupations intimes des sujets [1].

Jung avait écrit précédemment que « le ciment qui maintient ensemble le complexe est l'*affect* commun à chacune des idées [...]. Le complexe a pour effet que le sujet ne réagit pas (dans l'association induite) par des connexions arbitraires ou dues au hasard mais fait dériver du complexe la plupart de ses réactions. J'appelle l'influence du complexe sur la pensée et sur le comportement, une *constellation* [2] ». Il est piquant alors de se souvenir que Blondel — qui nous propose une définition si juste du regroupement par la similitude de l'affect — fut l'un des adversaires les plus farouches de l'introduction de la psychanalyse en France [3].

Le rapprochement entre le classement par la similitude de la valeur d'affect et le « complexe freudien » signale une fois encore la caractéristique la plus intéressante de ces modes de pensée que nous avons maladroitement — mais de manière symptomatique — qualifiés de primitifs : le fait que l'organisation culturelle des concepts y est beaucoup plus proche du fonctionnement spontané de la mémoire, phénomène qui a souvent conduit ceux qui se sont penchés

1. C. G. Jung, « On the Doctrines of Complexes », in *The Collected Works*, t. II, *op. cit.*, p. 599 (je traduis).

2. Id., « The Psychological Diagnosis of Evidence » [1905], in *The Collected Works*, t. II, *op. cit.*, pp. 321-322 (je traduis).

3. Élisabeth Roudinesco, *Histoire de la psychanalyse en France*, t. I, Payot, 1982, p. 283.

sur la question à rapprocher la « mentalité primitive » de l'association d'idées. Blondel déclarait sur le ton péremptoire qui seyait à son époque que « les primitifs se laissent abuser par les associations d'idées[1] », tandis que d'autres auteurs — au premier plan desquels se trouvait Lévy-Bruhl — soulignaient cruellement la désorganisation qui semble résulter pour les représentants de nos cultures de l'absence de la fonction d'inclusion : la simple « connexion », « juxtaposition » ou « association d'idées » nous apparaissant comme beaucoup moins sagement ordonnée que notre disposition à la hiérarchisation par emboîtement.

Si l'appellation de « mentalité primitive » présente plus d'inconvénients que d'avantages, nous avons cependant vu que la qualification de primitive au sens de « première » est mieux justifiée qu'il n'a longtemps paru, dans la mesure où :

1) le désenchantement du monde, qui autorise le regroupement classificatoire des notions en fonction de critères d'apparentement indépendants de la valeur d'affect, résulte d'un lent processus historique d'apprivoisement des forces naturelles ;

2) la rupture de la symétrie qu'opère la relation d'inclusion par rapport à la relation de connexion simple est postérieure à celle-ci, puisqu'elle la présuppose.

On peut d'ailleurs rapprocher ce deuxième point du thème d'un ouvrage d'Ilya Prigogine et Isabelle Stengers, *Entre le temps et l'éternité* (1988), qui mettait en évidence que les phénomènes d'auto-organisation dans le domaine physique sont rendus possibles par une double rupture de symétrie, temporelle et spatiale. Dans un même ordre d'idées, j'ai mis en évidence ailleurs que la rupture de la symétrie conjointe à son maintien « par défaut » autorise une toute nouvelle richesse dans l'ordonnancement d'une mémoire, ou réseau mnésique[2]. Cela conduit d'ailleurs à

1. C. Blondel, *La Mentalité primitive*, *op. cit.*, p. 22.

2. Cela apparaît également fort bien dans l'objet mathématique nécessaire à la modélisation d'un réseau mnésique, où les relations entre traces mnésiques peuvent être soit symétriques, soit antisymétriques : le P-Dual d'un graphe (Paul Jorion, « An Alternative Neural Network Representation for Conceptual Knowledge », *British Telecom CONNEX Conference*, Martlesham

ouvrir une autre piste que j'explorerai systématiquement dans la suite de l'ouvrage : celle qui démontre comment la symétrie des notions dans la connexion simple engendre une logique du signe (la présence de A est le signe de la présence actuelle de B), alors que l'antisymétrie des notions qu'introduit la relation d'inclusion suggère, elle, une logique de la cause (la présence de A est la cause de la présence à venir de B).

Une compréhension authentique des différences qui existent entre les divers modes de pensée que se sont donnés les cultures humaines pour appréhender les rapports, d'une part, entre les hommes et, d'autre part, entre la race humaine et le reste du monde sensible nous permet de reconstruire l'ensemble des espaces de modélisation qu'autorise le langage, tout en dégageant les voies spécifiques choisies par les unes et les autres, c'est-à-dire une théorie véritable des modes de pensée qui se trouve aussi être une condition préalable à la réalisation pratique de l'intelligence artificielle.

Les contributions à cette tâche que l'on peut attribuer à l'œuvre de Lévy-Bruhl se résument alors de la manière suivante :

1) Les concepts de participation et d'appartenance signifient qu'au sein de la mentalité primitive la connexion établie entre deux « objets de pensée » est nécessairement symétrique, alors que, dans la pensée moderne, la connexion de deux objets de pensée peut être soit antisymétrique, soit, par défaut, symétrique.

2) Pour tout système individuel (qu'il soit artificiel ou naturel), l'affect joue un rôle déterminant comme principe de regroupement de ces objets de pensée : c'est lui qui établit entre eux des chenaux d'association.

Le développement de ces notions et la mise en évidence de leur caractère essentiel en intelligence artificielle nécessitent un cadre approprié que j'ai défini dans un ouvrage précédent[1].

---

Heath (Essex), Royaume-Uni, janvier 1990 ; disponible à l'adresse *http://cogprints.org/480/0/GRAPH.html*).

1. P. Jorion, *Principes des systèmes intelligents*, *op. cit.*

## *Willard V. O. Quine et la « traduction extrême »*

Ayant fait le relevé de l'explication des phénomènes de mentalité primitive que l'on doit à Lucien Lévy-Bruhl, il est possible de revenir maintenant sur la contribution de Willard V. O. Quine au débat, dont beaucoup estimèrent, lorsqu'il la proposa, qu'il y avait mis un point final.

J'ai montré que, d'une part, un problème existait effectivement, dont Lévy-Bruhl avait très exactement esquissé les contours, et que, d'autre part, sa solution devait être trouvée ailleurs que là où ceux qui tentaient de le résoudre avaient porté leurs efforts. Que la suggestion de Quine ait reçu un écho parmi les anthropologues malgré son outrance et son invraisemblance intrinsèque mérite que je démonte systématiquement son mécanisme.

En 1960, dans *Word and Object*, Quine mit les anthropologues en accusation à propos de ce qu'il appela la question de l'« indétermination de la traduction extrême [*radical*] ». Pour le philosophe américain, la question de la mentalité primitive ne se pose qu'à l'occasion de la confrontation de deux propositions incompatibles, dont l'une exprime notre point de vue (occidental contemporain) sur une question quelconque, tandis que l'autre est une traduction dans notre langue d'une proposition originellement exprimée dans une autre langue et portant sur le même objet.

Quine soutient que cette incompatibilité n'est autre qu'un artefact de la traduction, une illusion qu'il conviendrait que l'anthropologue élimine au plus vite — si tant est qu'il ait à cœur de faire convenablement son métier. La question de la mentalité primitive devient donc, sous la plume du philosophe américain, une des manifestations du problème plus vaste de la traduction, celle que pose la traduction entre deux langues jusque-là sans contact. Plus précisément : l'une des langues étant (la chose est sous-entendue) une langue européenne, les irrationalités qui apparaissent à l'occasion de la traduction de l'autre dans la nôtre sont imputables à cette traduction même et non à l'irrationalité intrinsèque des locuteurs s'exprimant dans la langue étrangère. Je cite un passage célèbre de *Word and Object* : « Il est possible, à l'aide d'une traduction fantasque [*wanton*], de faire apparaître les indigènes aussi farfelus que l'on voudra. Une meilleure traduction impose notre logique à leur pensée et résout d'autorité la question de la mentalité prélogique, pour autant qu'elle se pose[1]. »

Si le critère permettant de juger que la question de la mentalité primitive a été résolue ou non est que l'on puisse dorénavant dormir sur ses deux oreilles, alors Quine avait sans aucun doute trouvé la solution. L'ennui est que les thèses du logicien disparu ressemblaient très souvent à des galéjades, et la plupart d'entre elles auraient sans doute été traitées comme telles, n'avait été le ton prophétique et sentencieux sur lequel il avait l'habitude de les énoncer, la suggestion qu'il convenait de les prendre au sérieux n'étant en l'occurrence qu'une contamination de l'esprit de sérieux avec lequel il les énonçait lui-même.

Poser le problème comme étant celui de la confrontation de propositions incompatibles conduisait à une « opérationnalisation » bienvenue de la question, mais la suggestion venant ensuite de « vingt fois remettre sur le métier » la traduction jusqu'à ce que plus rien ne dépasse est digne davantage d'un inquisiteur que d'un authentique ami de la vérité. Quine n'écrivit-il pas ailleurs à propos de l'« indigène » :

> Nous lui imputons notre logique orthodoxe ou nous la lui imposons quand nous traduisons sa langue de façon que cela convienne. Nous inscrivons cette logique au cœur de notre manuel de traduction. Il n'y a pas de raison que nous nous en excusions. Il faut bien que nous fondions nos traductions sur un certain donné, et que pourrait-il y avoir de mieux[2] ?

1. Willard V. O. Quine, *Word and Object*, Cambridge (Massachusetts), MIT Press, 1960, p. 58 (je traduis).
2. Willard V. O. Quine, « On the Reasons for Indeterminacy of Translation », *Journal of Philosophy*, vol. LXVII, n° 6, 1970, p. 182 (je traduis).

Pareil au politicien habile, Quine suggère que le caractère inadmissible de sa proposition s'efface lorsqu'on s'avise qu'il ne lui existe pas de solution de remplacement envisageable. On reconnaît là un procédé utilisé jadis en politique française sous la forme de « la chienlit ou moi ». Déjà inexcusable en politique, il l'est *a fortiori* en philosophie.

Si Quine feignait d'admettre la possibilité d'une mentalité « prélogique », sa méthode infaillible revenait cependant à justifier *a priori* toute « amélioration » de la traduction qui en éliminerait l'irrationalité apparente, ce qui revenait à régler d'autorité la question des modes de pensée différents en posant leur altérité comme fictive par principe. Quine donnait ainsi sa forme ultime à l'approche fonctionnaliste (au sens de l'anthropologie) : gommer toute différence entre la mentalité primitive et la nôtre à l'aide d'un principe de « charité » épistémologique qui conduit inévitablement — sur le mode paternaliste — à reconnaître dans l'autre le même que nous, mais toujours et par nécessité dans une version sous-développée de ce que nous sommes nous-mêmes[1].

Dire cela, ce n'est pas nier l'existence de malentendus causés par des traductions inappropriées, et la responsabilité n'en revient pas — le cas échéant — automatiquement aux anthropologues : les mauvaises habitudes dans la traduction furent prises le plus souvent au moment des premiers contacts entre cultures. Les malentendus commis par les premiers voyageurs étant souvent entérinés ensuite par les missionnaires quand ils les codifièrent. Dans le cas du yoruba parlé dans le sud-ouest du Nigeria, deux mots, *mo* et *gbagbo*, couvrent les domaines que nous reconnaissons comme ceux de « croire » et de « savoir » ; très naturellement, sinon très judicieusement, l'usage s'est instauré de faire coïncider l'extension des deux couples de termes. Cela conduisit à des bizarreries du genre « les Yoruba croient à la religion chrétienne » mais « savent la religion tradition-

1. Paul Jorion, « Intelligence artificielle et mentalité primitive. Actualité de quelques concepts lévy-bruhliens », *Revue philosophique*, n° 4, 1989, pp. 515-541.

nelle des *oricha* ». Le paradoxe disparaît lorsque l'on comprend que *mo* signifie « savoir de l'avoir expérimenté, de l'avoir vécu dans sa chair », et *gbagbo*, « savoir de l'avoir entendu dire » : les *oricha* sont alors sus d'être vécus sinon vus dans la vie quotidienne, alors que le Dieu des chrétiens est une divinité du livre dont on entend parler, mais sans avoir jamais l'occasion de le rencontrer véritablement[1].

Ce cas particulier donne sans doute raison à Quine, mais le fait est cependant que des exemples de ce type ne représentent qu'une partie infime de ce qui fut retenu par les meilleurs auteurs comme « faits de mentalité primitive ». De toute manière, le phénomène spécifique de la traduction maladroite ne rend pas compte des très nombreux cas où la traduction appropriée (celle qui n'opère aucun contresens) révèle ce qui sont à nos yeux des jugements inacceptables : erreurs sémantiques, logiques ou de modélisation physique.

En réalité, si la suggestion de Quine reçut un accueil positif, même parmi les anthropologues — qui étaient pourtant à cette occasion proprement étrillés —, c'est qu'elle déplaçait la difficulté de l'« indigène » à l'ethnologue et qu'en nos temps de crise de la profession, l'autoflagellation semble un moindre mal par rapport à l'éventualité d'un effort de réflexion complémentaire.

1. Cf. Barry HALLEN, J. Olubi SODIPO, *Knowledge, Belief and Witchcraft*, Londres, Ethnographica, 1986, et, pour le compte rendu de ce livre, Paul JORION, « B. HALLEN & J. O. SODIPO, "Knowledge, Belief and Witchcraft". Analytical Experiments in African Philosophy », *L'Homme*, vol. XXVII, n° 101, 1987, pp. 160-162.

# II

## *Le « miracle grec » : l'invention de la vérité par Platon et Aristote*

Comme nous l'avons vu lors de l'élucidation du mystère de la mentalité primitive au chapitre précédent, l'apparition historique, dans la proposition élémentaire constituée d'un sujet et d'un prédicat, d'une relation antisymétrique entre les deux, dont les prototypes sont l'inclusion du premier dans le second (« la souris est un rongeur ») sur le mode statique et, sur le mode dynamique, le premier étant la cause du second (« les nuages causent la pluie »), empêche désormais le discours de se boucler de manière quasi immédiate, comme lorsque n'existent entre eux que des relations symétriques du type de la connexion simple (« l'oiseau est un jumeau » tout aussi bien que « le jumeau est un oiseau »). Le proverbe constitue ainsi le prototype du discours traditionnel qui se termine sitôt entamé, comme dans « À père avare, fils prodigue ! ».

Dans la relation symétrique de la connexion simple « l'alouette et le printemps » ou « le printemps et l'alouette », nous pouvons lire l'un comme le signe de l'autre : « l'alouette annonce le printemps » ou, à l'inverse, « le printemps annonce l'alouette » [1]. La relation antisymétrique nous force

1. Du fait que le connecteur logique « et » signale une relation symétrique par rapport au temps, notre conception courante de la conjonction « et » — qui est son équivalent dans la langue — est qu'il en va de même pour elle. Gilbert Ryle a rappelé qu'il n'en est rien : « et » peut connoter la rupture de symétrie qu'implique la relation causale. Ainsi, nous ne reconnaissons pas d'équivalence entre les propositions « Elle s'est sentie malade et a pris de

cependant à faire un pas supplémentaire : l'ingestion de la ciguë coïncide bien dans le temps avec la mort de Socrate, mais si nous sommes prêts à affirmer que « Socrate est mort d'avoir bu la ciguë », nous refusons cependant d'admettre « la ciguë est bue parce que la mort de Socrate » [1].

Cette irruption de la relation antisymétrique dans la langue intervient peut-être bien avant la Grèce antique, mais c'est en tout cas là que ses conséquences se font pour la première fois pleinement sentir, la démocratie résultant sans doute de la possibilité nouvellement apparue d'articuler toute argumentation sous la forme d'un long discours, capable de tenir les foules en haleine.

Cette disposition nouvelle de la parole à se poursuivre en argumentation pose la question de la compatibilité globale de la suite des propositions (ou jugements) énoncées successivement, et le premier critère reconnu unanimement pour la validité d'un discours fut de ne pas s'(auto-)contredire. La question de la validité de son point de départ, de son affirmation initiale, restait cependant ouverte : pouvait-elle être fixée ? La réponse qu'offrirent les sophistes, les maîtres de la parole mercenaire du juriste et du politicien, fut « non ! ». Les philosophes Platon et Aristote, à la suite de leur maître Socrate, répondirent au contraire « oui ! ».

Aristote étudie l'articulation entre les propositions constitutives d'un discours et en extrait la forme élémentaire, le syllogisme : une proportion continue constituée de trois termes, dont le terme moyen — séparant les extrêmes — est la raison reliant ceux-ci. Partant de deux propositions justes, ses prémisses, un syllogisme bien formé les condense en une conclusion juste elle aussi, joignant les extrêmes tout en se dispensant maintenant du truchement de sa raison. Il existe deux tribunaux possibles pour juger de la justesse de ces prémisses : l'assentiment

---

l'arsenic » et « Elle a pris de l'arsenic et s'est sentie malade » (cf. Gilbert RYLE, *Dilemmas. The Tarner Lectures, 1953*, Cambridge University Press, 1954, p. 118).

1. Ce qui n'est cependant pas moins vrai, et la physique qualitative contemporaine a attiré l'attention sur le choix le plus souvent arbitraire que nous faisons entre la cause et l'effet. J'y reviendrai plus loin.

commun (et local) de l'opinion (qui a pour théâtre la dialectique au sens d'Aristote) et la référence (universelle) à une réalité « objective » (dont le théâtre est ici l'analytique au sens d'Aristote). Un relâchement des normes en matière d'explication conduisit plus tard à confondre l'analytique et la dialectique sous l'appellation unique de logique.

Platon et Aristote — d'accord sur ce plan — introduisent un nouveau critère pour la validité d'un discours, comme un *deus ex machina* par rapport à l'absence d'autocontradiction qui faisait loi jusque-là : la valeur de vérité de chacune des propositions qui le constituent, qualité intrinsèque qu'elle présente telle quelle, c'est-à-dire extraite de son environnement naturel qu'est le discours. On dira désormais de chaque proposition prise en soi : ce jugement est-il « vrai » ou est-il « faux » ? Platon fixera comme critère de la vérité l'adéquation de la chose dite à la chose dont il est dit : l'*adæquatio rei et intellectus*. Le coup de force aristotélicien consistera à déplacer la question de la justesse de sa localisation d'enrobage superficiel de la phrase, telle qu'elle trouve son expression dans les commentaires polémiques du type « il est vrai que… » ou « il est faux que… », introductifs à l'expression du jugement, pour en faire l'équivalent d'une « doublure » intrinsèque à toute proposition : la valeur de vérité d'un jugement s'assimile désormais au degré d'adhésion de celui qui l'énonce au contenu de ce qu'il avance.

L'étalon par rapport auquel jauger la justesse du jugement individuel se devine déjà dans l'ombre : l'invocation spéculative d'une réalité « objective », dont il sera question au chapitre III.

## *Avant la logique*

« Être sur le point de tomber dans un puits, ce n'est pas tomber dans un puits ; mais empêcher quelqu'un d'être sur le point de tomber dans un puits, c'est bien l'empêcher de tomber dans un puits » ou bien « Habiter une maison située dans un pays, c'est habiter ce pays ; mais posséder une maison située dans un pays, ce n'est pas posséder ce pays »[1]. Voici les irrégularités qu'impose une langue à ceux qui la parlent et qui intriguèrent les logiciens chinois de l'Antiquité, au point qu'ils y consacrèrent bien des efforts de réflexion. Pendant ce temps — à quelques dizaines d'années près — et à des milliers de kilomètres de là, Aristote se préoccupait des principes qui permettraient d'engendrer automatiquement des suites de propositions soit sur le mode du vrai (l'analytique), soit sur le mode du vraisemblable (les « opinions généralement admises », la dialectique), tandis que les mégariques débattaient du statut des propositions qui aspirent à dire le vrai sur ce qui n'est pas encore, et qui obligent à distinguer le nécessaire du contingent et l'impossible du possible.

Ces considérations ne sont pas du même ordre, serait-on tenté de dire : questions de logique chez Aristote, bizarreries sémantiques chez les logiciens chinois ! Peut-être, mais est-on si sûr de pouvoir distinguer les unes des autres, et la question traitée n'est-elle pas unique : le maintien de la compatibilité des phrases successives d'un discours ? Comme le fait remarquer Angus C. Graham à propos des malentendus entre les logiciens chinois et nous : la distinction entre bizarreries et paradoxes authentiques repose sur une articulation préalable de questions valides et d'hypothèses implicites[2].

Dans ses carnets posthumes, Lévy-Bruhl avait conclu que ce qui distingue les formes culturellement diverses de la pensée n'est pas tant — comme il l'avait d'abord supposé — des logiques différentes que des physiques différentes. Ce qui doit s'entendre ainsi : ce n'est pas la manière même dont elles enchaînent les propositions qui oppose les cultures, mais les représentations du monde, les mythes, les théories, qu'elles construisent à partir de là. Comme on l'a vu, l'intui-

1. C. HANSEN, *Language and Logic in Ancient China*, *op. cit.*, pp. 134 et 136 (je traduis).

2. Angus C. GRAHAM, *Studies in Chinese Philosophy and Philosophical Literature*, State University of New York Press, 1990, p. 2.

tion finale de Lévy-Bruhl était plus prometteuse que celle qui l'avait guidé initialement : la piste physique s'annonçait plus féconde que la piste logique[1]. Mais est-ce bien de physique essentiellement que parlent les mythes ? C'est ce que l'on pensa jusqu'à Lévi-Strauss ; les quatre volumes de ses monumentales *Mythologiques*[2] révèlent toutefois une tout autre réalité dont il convient de dire ce qu'elle est exactement.

On appelle « mythe » un récit visant à expliquer — au sein de chaque culture — pourquoi les choses sont précisément de la manière dont elles sont. Avant que Lévi-Strauss n'introduise sa lecture structurale, les commentateurs et analystes des mythologies avaient effectivement souligné ce qui, dans les mythes, s'apparente à une histoire plus ou moins idéalisée ou bien à une physique originale. Les mythes, on le sait, évoquent souvent les faits qu'ils rapportent sur le mode illustratif de « la première fois que » (au choix, certains hommes devinrent étoiles, certains animaux devinrent hommes, ces derniers se mirent à parler, firent du feu, cessèrent d'épouser leurs filles, se firent la guerre, ou fumèrent le tabac), et il était tentant de s'en tenir là et de considérer que le mythe était essentiellement étiologique : s'identifiant à un discours causaliste consacré à l'origine des choses naturelles et culturelles.

Claude Lévi-Strauss découvrit dans les mythes une dimension qui était restée cachée aux yeux de ses prédécesseurs : une interrogation qui portait moins sur la nature (la *physis*) que sur les catégories (« lalangue » chez Lacan) ; non pas « qu'est-ce qui fonde les choses ? », mais « qu'est-ce qui fonde le rapport que nous lisons entre les choses ? ». Que mettent en scène en effet les mythes amérindiens sur lesquels Lévi-Strauss se pencha plus spécialement ? Non pas la création *ex nihilo* du Soleil et de la Lune, mais leur impossible rendez-vous ; non pas la création de la Terre et du ciel, mais s'il existe un endroit où ils se rejoignent et où l'on puisse passer de l'une à l'autre sans échelle. Et autant

1. M. LEENHARDT (éd.), *Les Carnets de Lucien Lévy-Bruhl*, *op. cit.*
2. Claude LÉVI-STRAUSS, *Mythologiques*, 4 vol., Plon, 1964-1971.

pour la vie et la mort, l'amont et l'aval ou la droite et la gauche.

Où cela nous situe-t-il par rapport à ce que nous appelons la logique ? Avant, bien avant : au moment où les langues diverses (depuis Babel, bien entendu) jetèrent pour la première fois leur filet sur le monde ; au moment où, dans nos langues à nous, se séparèrent les substantifs, dénotant la substance, et les adjectifs, qualités pures en quête d'une substance où se déposer ; au moment où le verbe « être » en vint chez nous à dénoter aussi bien l'existence que l'équivalence de deux choses séparées, que l'inclusion d'une « sorte » dans une autre ou que l'attribution à une chose d'une de ses propriétés essentielles ou accidentelles ; au moment où, dans certaines langues africaines, s'engagèrent, comme on vient de le voir, sur des voies séparées le mot pour parler d'une information sue par expérience et celui qui vaut pour une information apprise de l'avoir entendu dire, où, dans ces mêmes langues, se séparèrent les verbes qui dénotent le mouvement d'un intérieur vers un extérieur et ceux qui dénotent un retour vers l'intérieur[1]. Et ainsi de suite.

Lorsque les Grecs se préoccupent de savoir si Épiménide dit vrai ou faux quand il laisse entendre qu'en tant que Crétois il pourrait bien toujours mentir, et lorsque leurs contemporains chinois se demandent si l'on peut dire qu'un cheval blanc est un cheval (puisque selon le principe d'agrégation présidant à la formation des catégories chinoises, « du cheval » + « du blanc », c'est davantage que « du cheval » tout seul[2]), les dés sont depuis longtemps jetés : la question pour les Grecs de savoir si le discours colle à la peau du monde sensible, si une proposition est vraie ou fausse, est inscrite dans « lalangue » grecque et dans celles qui en dérivent et, à l'autre bout de la Terre, la question

1. Cf. B. Hallen, J. O. Sodipo, *Knowledge, Belief and Witchcraft*, *op. cit.*, et P. Jorion, « B. Hallen & J. O. Sodipo, "Knowledge, Belief and Witchcraft" », art. cité.

2. Cf. C. Hansen, *Language and Logic in Ancient China*, *op. cit.*, et Angus C. Graham, *Disputers of the Tao. Philosophical Argument in Ancient China*, La Salle (Illinois), Open Court, 1989.

pour les Chinois de savoir si le discours colle au rapport social des hommes entre eux, si une proposition est admissible, convient (*k'o*) ou ne convient pas en situation, est inscrite pareillement dans « lalangue » chinoise et dans les langues apparentées (j'y reviendrai plus loin, comme à Épiménide et au « paradoxe du menteur »).

C'est là en effet, dans ce que l'on peut appeler la stylisation du monde sensible qu'opéra « lalangue » avant — longtemps avant — que n'intervienne dans la culture chinoise comme dans la nôtre la logique, en tant que directive portant sur le « cheminement de la pensée » (selon l'expression heureuse d'Émile Meyerson en 1931), que doit se situer l'investigation de l'anthropologue portant sur des formes variées de pensée qui, faute de partager la stylisation inscrite dans notre propre « lalangue », nous paraissent toutes, et à jamais, radicalement « autres ».

## *Le même et le différent*

Pour que la pensée puisse émerger, il faut que le langage dépasse une fonction de simple monstration que le cri ou l'interjection remplissent déjà. Lorsqu'un seul cri existe, on n'a affaire qu'à une simple interjection. Lorsqu'il existe un cri par chose désignée, on n'est malheureusement pas plus avancé : on a toujours affaire à un monde indifférencié où rien ne se distingue de rien. Il faut pour que la pensée prenne son envol qu'il existe plusieurs signifiants et que le même puisse renvoyer à deux choses distinctes sur la base d'une équivalence postulée entre elles : il faut qu'en dépit de leur disparité elles puissent être considérées identiques sous un certain rapport qui les assimile. Une fois les choses rassemblées en moins d'essences qu'il n'y a de phénomènes, il devient possible de parler d'elles d'une autre manière qu'en les désignant individuellement et en poussant un cri.

Définir les règles de la ressemblance, principe du regroupement « économique » (Ernest Mach a défini la science comme « économie mentale[1] »), c'est créer un espace de modélisation. Dans sa forme « primitive » au sens de simple, la ressemblance est fondée sur l'identité de la réaction émotionnelle suscitée ; sous sa forme moderne, le principe du regroupement se déplace petit à petit vers la perception — émotionnellement neutre — de l'identité de la forme et des comportements : se verront désormais appliquer la même étiquette les choses proches, dont la distance perçue entre elles est faible et demeure en tout cas au-dessous du seuil qui marque, lui, la différence.

De nombreux auteurs ont voulu situer le fossé conceptuel entre Méditerranée et Extrême-Orient par rapport au statut de l'identité. En Chine ancienne, le rapport de « lalangue » à la nature des choses n'apparaît jamais conventionnel, comme à nos yeux. Voici ce qu'en dit Hansen :

> [...] on peut caractériser les théories sémantiques chinoises comme la conception que le monde est une collection de « sortes » et de substances qui se chevauchent et s'interpénètrent. Un nom (terme ou prédicat — *ming*) dénote (renvoie à, choisit — *chu*) une certaine substance. L'esprit n'est pas considéré comme un mécanisme d'imagerie interne qui se représente les objets individuels du monde, mais comme une faculté qui distingue les frontières des substances ou des sortes auxquelles renvoient les noms [...]. Le langage consiste en *ming*, « noms », ayant une relation bijective (« un pour un ») avec les *chih*, « sortes » [...]. Il n'y a pas de place dans les théories philosophiques chinoises pour les termes de signification, de concept, de notion ou d'idée que l'on trouve dans la philosophie occidentale[2].

Dans ce contexte chinois, à condition qu'il existe bien un mot pour chaque « sorte », la langue se contente de redoubler le monde de manière adéquate. La difficulté réside dans le maintien de cette relation bijective. La doctrine confucéenne attribuera l'anarchie politique qui caractérise

1. Ernst MACH, *The Science of Mechanics. A Critical and Historical Account of its Development* [1893], La Salle (Illinois), The Open Court, 1960, pp. 577-582 (je traduis).

2. C. HANSEN, *Language and Logic in Ancient China*, *op. cit.*, pp. 30-31 (je traduis).

son époque à la perte de cette coïncidence dans les relations hiérarchiques. Confucius lui-même est censé avoir déclaré (*Analectes*) : « Que le souverain soit un souverain, le ministre, un ministre, le père, un père, et le fils, un fils[1]. » La campagne de rectification des noms visera alors à rétablir la correspondance entre sortes et mots : « Elle pourra impliquer que les *états de choses* effectifs soient modifiés pour coïncider avec les conventions de dénomination ou bien que les noms soient manipulés pour ne plus s'appliquer qu'à des étants qui méritent effectivement ces noms[2]. »

Il est vrai que la pensée grecque envisage les choses de manière privilégiée dans leur persistance, telles qu'en elles-mêmes, alors que la pensée chinoise considère les « sortes » sous le rapport privilégié de leur métamorphose (j'y reviendrai). Il n'en demeure pas moins que toute langue propose nécessairement comme cadre du savoir la mise en scène des choses en tant que persistantes. À ce point de vue, la langue — par sa simple existence et quelle qu'elle soit — nous situe de la même manière par rapport à l'univers dont nous sommes une des composantes. Par le fait même de parler, nous posons sur l'univers la grille de la persistance. Hegel attirait déjà l'attention sur cette dimension lorsqu'il observait :

> L'illusion commune situe l'Absolu dans un au-delà lointain, alors qu'il est plutôt ce qui est immédiatement devant nous, si totalement présent, que toujours, en tant qu'être pensant, nous le véhiculons avec nous et l'utilisons, même si nous n'en avons pas une conscience expresse. C'est dans le langage principalement que sont déposées de telles déterminations de pensée, et l'une des utilités de l'enseignement de la grammaire aux enfants est qu'on les rend, inconsciemment, attentifs à des distinctions de la pensée[3].

1. *Ibid.*, p. 73.
2. *Ibid.*, p. 72.
3. G. W. Friedrich HEGEL, *Hegel's Philosophy of Mind : Being Part Three of the "Encyclopaedia of the Philosophical Sciences"* [1830], trad. anglaise W. Wallace, New York, Clarendon Press, Oxford University Press, 1971, p. 40 (je traduis de l'anglais).

Dans son œuvre entière, Meyerson insiste sur le présupposé de persistance qu'implique automatiquement l'existence des mots. Sous ce rapport, la pensée extrême-orientale ne peut donc se distinguer de manière essentielle de la nôtre.

Lévy-Bruhl pensait fondamentalement, quand il écrivait « logique », à la nature de l'identité. Il avait donc raison quand il qualifiait le principe d'identité de « prélogique » : il est vrai que la logique ne peut se déployer que dans un espace où les équivalences ont déjà été établies grâce à un principe de ressemblance qui règle les distances perçues entre objets : distance suffisamment petite pour maintenir l'identité, distance trop grande qui détermine la différence. Retenons donc qu'il ne s'agit pas, avec l'identité, de logique proprement dite, mais de ce qui se trouve en amont immédiat de celle-ci ; autrement dit, il s'agit d'une question avant tout métaphysique, et plus précisément ontologique.

Au sein de notre pensée occidentale contemporaine, il existe trois modes de l'identité :

1) L'identité d'une chose à elle-même, relation unaire et réflexive (A est A) ;

2) L'identité de deux choses distinctes, de deux substrats distincts dans l'espace-temps, mais qui ne se distinguent par ailleurs que sous ces rapports seulement de l'espace et du temps, relation d'équivalence binaire, symétrique et transitive (si A est identique à B, B est identique à A ; si A est identique à B qui est lui-même identique à C, A est identique à C) ;

3) La ressemblance de deux choses, en tant qu'identité « amoindrie » portant sur un nombre restreint de leurs attributs essentiels ou accidentels (ce que j'ai qualifié aussi de distance inférieure au seuil qui définit la différence), relation binaire, symétrique mais non transitive.

On aperçoit d'emblée comment ces définitions autorisent différents cas de figure :

1) On peut nier, par exemple, qu'une chose soit identique à elle-même, l'écoulement du temps (même infinitésimal) excluant l'identité effective ; c'est la position que nous asso-

cions au sein de notre culture au nom d'Héraclite[1]. Une conséquence immédiate du postulat héraclitéen est qu'une chose ne pouvant être identique à elle-même, elle ne pourra *a fortiori* pas être identique à une autre ; ne demeure alors comme relation possible entre les choses qu'une ressemblance indéterminée, qui peut éventuellement être transitive et se transforme alors en affinités ou « sympathies », proche de la « connexion simple » que j'ai évoquée précédemment et principe d'une classification polythétique, fondée, dans les termes de Wittgenstein, sur la « ressemblance familiale[2] »).

2) On peut aussi imaginer que, pour certaines cultures, si deux choses sont identiques c'est qu'elles ne sont que deux manifestations de la même, c'est-à-dire, en fait, qu'une seule. D'un point de vue ontologique, on pourrait tout aussi bien dans ce cas-là considérer que la deuxième relation d'identité disparaît au profit de la seule première : l'identité binaire étant toujours une identité unaire qui s'ignore. Cela signifie que, pour ces cultures, la présence ailleurs dans le temps et dans l'espace, à l'inverse de chez nous, ne suffit pas à rendre réellement distinctes deux choses, si c'est là le seul aspect qui les distingue ; les choses possèdent alors le don d'ubiquité. Ce mécanisme fut fort bien analysé par Henri Wallon : « Les différences de lieu sont moins des localisations différentes dans l'espace que des circonstances locales s'ajoutant à la personne, à l'objet ou à la situation, et capables par suite d'être simultanément soit une seule pour plusieurs individus, soit plusieurs pour le même individu[3]. »

1. Kojève écrit : « Ainsi, le Logos d'Héraclite est un Discours et un Discours tout aussi permanent, en tant que tel, que le Savoir (discursif) socratique : sauf que ce dernier se re-dit sans cesse, tandis que le Logos héraclitéen se "développe" sans fin ou in-définiment, mais en restant partout et toujours, c'est-à-dire nécessairement, ce qu'il "est", à savoir Discours » (Alexandre Kojève, *Essai d'une histoire raisonnée de la philosophie païenne*, t. II. *Platon-Aristote*, Gallimard, 1972, p. 12).

2. Ludwig Wittgenstein, *Philosophical Investigations*, trad. anglaise G. E. M. Anscombe, New York, Macmillan, 1953, 67 (je traduis de l'anglais).

3. H. Wallon, « De l'expérience concrète à la notion de causalité et à la représentation-symbole », art. cité, p. 348. Des phénomènes d'ubiquité du même type ont été mentionnés en physique contemporaine. La covariation

La réalisation chez Platon de la même Idée sous des approximations diverses au sein du monde sensible relève d'une démarche identique. Mais en Grèce antique, cette liberté d'une essence unique susceptible de se manifester indépendamment des contraintes du temps et de l'espace, disparaîtra. Comme le note Sedley à propos des stoïciens :

> Nous avons déjà rencontré le principe stoïcien selon lequel un individu qualifié de façon particulière ne peut occuper deux substances — en d'autres termes, Dion ne pourrait pas occuper simultanément deux corps humains séparés. Les stoïciens soutenaient aussi la réciproque, à savoir que deux individus qualifiés de façon particulière ne peuvent occuper une seule et même substance — en d'autres termes, Dion et Théon ne pourraient occuper tous deux le même corps humain au même moment[1].

## *Pouvoirs de la pensée antisymétrique*

La forme prototypique de la pensée symétrique est offerte par la relation d'un cas singulier, que l'on referme par le rappel d'un proverbe ou d'un dicton, unités de pensée closes sur elles-mêmes, formulées sur le ton de l'évidence et ne soulevant pas la question de la validité de leurs énoncés. La forme prototypique de la pensée antisymétrique est le discours qui choisit le récit d'un cas singulier comme point de départ à une argumentation polémique et produit ensuite une succession de propositions enchaînées, de longueur imprévisible, dont la cohérence interne fait rapidement problème. Entre ces deux formes réside toute la distance

---

(corrélation dans le temps) en l'absence de contiguïté spatiale est au centre du débat autour du « principe de séparabilité » en mécanique quantique. Diverses expériences autour des inégalités de Bell (cf. Max JAMMER, *The Philosophy of Quantum Mechanics*, New York, John Wiley & Sons, 1974, pp. 302-312), dont celles de John F. Clauser, d'Ed Fry et d'Alain Aspect, suggèrent que des particules ayant été en contact continuent de covarier, quelle que soit la distance qui les sépare désormais (cf. Bernard d'ESPAGNAT, *Une incertaine réalité. Le monde quantique, la connaissance et la durée*, Gauthier-Villars, 1985, chap. v).

1. David SEDLEY, « Le critère d'identité chez les stoïciens », *Revue de métaphysique et de morale*, vol. XCIV, n° 4, 1989, p. 528.

qui sépare effectivement les odes de Pindare des dialogues platoniciens.

J'ignore quand apparaissent dans la langue les ruptures de symétrie que constitue l'irruption de l'inclusion et de l'implication causale. Elles sont sans aucun doute antérieures de beaucoup à la Grèce du IV^e siècle avant Jésus-Christ. Il me suffit cependant que, d'une part, elles ne soient pas universelles, puisque la Chine qui lui est contemporaine s'en dispense, et que, d'autre part, elles révèlent à cette époque en Grèce — d'une manière qui nous est connue par les textes — toute leur fécondité.

Il y a donc ce fait initial que la relation symétrique se suffit en réalité à elle-même, alors qu'au contraire la relation antisymétrique reste ouverte et, dans la mesure où elle entraîne l'argument loin de son point de départ, encourage la poursuite des enchaînements associatifs. Mais si chacun de ceux-ci est valide en soi, leur articulation en série pose le problème de la fragilité globale de la suite qu'ils composent. Plus on s'éloigne en effet de l'origine de l'argument, plus se multiplient les occasions de déraillements imperceptibles. Si bien qu'il devient possible qu'une proposition particulière apparaisse soudain comme contradictoire avec une autre qui l'a précédée au sein du même discours, et il s'avère alors que le locuteur s'est contredit. Est ainsi offert un avantage inespéré à un contradicteur éventuel qui, bien que partageant les suppositions initiales, condamnerait les prétendues conséquences ultimes [1].

La démocratie athénienne offrait à tous les citoyens l'occasion de s'exprimer sans contrainte, dans les prétoires,

1. On peut noter que le discours partage sous ce rapport une caractéristique des dynamiques non linéaires, qui, même à partir de conditions initiales extrêmement proches, divergent cependant rapidement pour aboutir à des points très éloignés les uns des autres (problématique dite de la transformation du boulanger ou de la section en fer à cheval, qu'exprime pour les dynamiques en question une valeur élevée du « coefficient de Lyapounov »). Dans la transformation du boulanger, celui-ci place dans la pâte un raisin sec ; le témoin est appelé à prédire où celui-ci se trouvera une fois que le boulanger aura plié la pâte puis l'aura à nouveau étirée pour lui rendre sa forme initiale. La prévision devient rapidement impossible, une variation infime dans la position initiale conduisant à des divergences considérables dès que l'opération aura été répétée un certain nombre de fois.

lors des assemblées du peuple, ou tout simplement sur les places publiques. Et chacun avait pu observer alors avec inquiétude le phénomène suivant : un débat entre deux orateurs pouvait débuter sur leur accord entier et parfait, et, alors même que ni l'un ni l'autre ne s'étaient à aucun moment contredits lui-même, il arrivait cependant un moment où ils se contredisaient entre eux. Il venait un moment où les orateurs affirmaient des choses contradictoires, c'est-à-dire que soit l'une soit l'autre devait être vraie, mais non les deux à la fois : si l'une était vraie, l'autre était nécessairement fausse. Et pourtant, il était impossible de dire à quel moment la contradiction était apparue, les orateurs pris séparément ne s'étant pas contredits eux-mêmes.

La difficulté que fait apparaître la disposition nouvellement apparue en Grèce ancienne à la logorrhée verbale est donc celle-ci : éviter que le déroulement de l'argumentation ne conduise à se contredire. Aristote en fait l'objet de la dialectique, et il fait débuter ses *Topiques* consacrées à cette méthode par l'avertissement suivant : « L'intention du présent traité est de découvrir une méthode par laquelle nous serons à même de raisonner à partir d'opinions généralement admises à propos de tout problème qui nous est soumis et qui nous évitera, quand nous développerons une argumentation, de dire quoi que ce soit d'autocontradictoire[1]. »

L'autocontradiction constituait, comme le rappelle Michel Frede, le « test de Socrate » auquel celui-ci avait recours dans les matières où il se jugeait incompétent, telle l'éthique. Frede explique[2] :

> La méthode [que Socrate] utilisait était la suivante : il posait à la personne dont il voulait éprouver l'expertise une question dont elle aurait dû connaître la réponse si elle maîtrisait le

1. ARISTOTE, *Topica*, I, I, 100a, 18, in *Aristotle II*, trad. anglaise H. Tredennick, E. S. Forster, Loeb Classical Library, Londres, Heinemann, 1960, p. 273 (je traduis de l'anglais).

2. Michael FREDE, « The Sceptic's Two Kinds of Assent and the Question of the Possibility of Knowledge » [1984], *in* Myles BURNYEAT, Michael FREDE (dir.), *The Original Sceptics : A Controversy*, Indianapolis, Hackett Publishing Company, 1997, pp. 129-130 (je traduis).

> sujet et était habilitée à en parler. Il tentait alors de montrer à l'aide d'un argument tiré des suppositions acceptées par son adversaire que celui-ci souscrivait par ailleurs à une croyance incompatible avec la réponse qu'il avait donnée à la question telle qu'elle avait été initialement posée. Si Socrate réussissait dans son entreprise, son adversaire se voyait forcé d'admettre que […][1] il ne possédait pas la qualité requise, l'expertise ou le savoir que Socrate recherchait. Car s'il en avait disposé, il aurait connu une raison suffisante pour rejeter l'une des deux affirmations contradictoires.

Vaincre un adversaire lors d'un débat consistait dès lors soit à mettre en évidence le ou les défauts de compatibilité apparus dans son discours, ce qui l'obligerait à reprendre son argumentation en d'autres termes ou à se taire, soit à tenir soi-même un discours à ce point cohérent (non contradictoire), qu'un contradicteur éventuel ne pourrait que le répéter ou bien se taire. Comme le fait remarquer Kojève, c'est cette dernière stratégie que Platon et Aristote utilisèrent contre les sophistes : « On peut […] dire que toute la philosophie (parathétique[2]) de Platon (et d'Aristote) avait pour but de faire taire les rhéteurs, en leur disant quelque chose qu'ils ne pourraient plus contre-dire et devraient se contenter de re-dire[3]. »

L'éventualité observée pour un locuteur de (finir par) affirmer, à partir des mêmes prémisses (en raison de la longueur devenue possible des développements « spontanés »), un état de choses comme son contraire mine la croyance culturellement attestée dans le monde méditer-

1. J'ai supprimé ici le passage suivant de la citation de Frede : « […] selon ses propres critères de rationalité » ; la raison en est qu'il s'agit là d'un anachronisme. En effet, dans le contexte grec ancien les « critères de rationalité » sont, comme on le verra plus loin, sans ambiguïté, il ne peut s'agir que d'une seule chose : des lois de fonctionnement du syllogisme, dont Aristote dressera le portrait complet dans son analytique (pour les propositions qui sont soit vraies, soit fausses) et dans sa dialectique (pour les « opinions généralement admises »).

2. Kojève qualifie de « parathèse » les compromis discursifs — voués à l'échec — que les partisans de l'antithèse consentent aux partisans de la thèse dans les arguments philosophiques.

3. Alexandre KOJÈVE, *Essai d'une histoire raisonnée de la philosophie païenne*, t. I. *Les Présocratiques*, Gallimard, 1968, p. 347.

ranéen archaïque en une consubstantialité des propositions (et des mots qui les composent) et une réalité transcendante du monde, c'est-à-dire l'hypothèse d'une origine et d'une garantie divine de la langue, et impose l'idée que leur nature n'est ni sacrée ni nécessaire, mais à la fois profane et conventionnelle. Cette disjonction dans les représentations entre l'univers de la langue et l'origine divine de sa transcendance aura aussitôt des conséquences épistémologiques majeures, du fait que disparaît avec elle un mécanisme d'étalonnage automatique, donc évident, de la validité de tout discours.

Marcel Détienne a repéré l'origine de ce processus de laïcisation du discours en Grèce archaïque :

> Instrument de dialogue, ce type de parole [la délibération dans les assemblées guerrières] ne tire plus son efficacité de la mise en jeu de forces religieuses qui transcendent les hommes. Il se fonde essentiellement sur l'accord du groupe social qui se manifeste par l'approbation et la désapprobation. C'est dans les assemblées militaires que, pour la première fois, la participation du groupe social fonde la valeur d'une parole. C'est là que se prépare le futur statut de la parole juridique ou de la parole philosophique, de la parole qui se soumet à la « publicité » et qui tire sa force de l'assentiment d'un groupe social[1].

Geoffrey Lloyd a tiré profit du fait que la Chine nous autorise à examiner le cas grec ancien dans la perspective d'une société qui lui est contemporaine[2]. Parmi les spécificités de la Grèce ancienne par rapport à la Chine, il relève :

1) Le contexte démocratique ou oligarchique, opposé au contexte monarchique de la Chine ;

2) La familiarité des citoyens avec le débat public, sinon comme acteurs, du moins comme spectateurs ;

3) L'ambition de tout orateur de persuader l'homme de la rue, et non, comme en Chine, essentiellement le prince ;

1. Marcel Détienne, *Les Maîtres de vérité dans la Grèce archaïque*, François Maspéro, 1967, p. 94.

2. Geoffrey E. R. Lloyd, *Demystifying Mentalities*, Cambridge University Press, 1990.

4) La validité de l'argumentation jugée sur ses qualités intrinsèques et non sur le statut de l'orateur ;

5) Le déplacement progressif, dans l'appréciation de l'argumentation, de son caractère simplement convaincant vers son caractère irréfutable (« incontrovertible ») ;

6) L'apparition de mots tels que « magie », « mythe », « métaphorique », à usage essentiellement polémique, utilisés pour disqualifier la pratique ou l'argumentation de l'adversaire ;

7) Le renversement des préséances, du témoignage des sens à la preuve fournie par l'argumentation discursive, en cas de conflit apparent entre les deux ;

8) Le caractère désormais essentiellement causal de l'explication ;

9) Le caractère de pari de la modélisation mathématique des questions de physique et les déclarations péremptoires et prématurées de réussite dans la solution des problèmes ;

10) Le rôle unique joué par l'œuvre d'Aristote dans la réflexion fondamentale sur les rapports du discours au monde, dans l'explicitation des types d'argumentation et dans la production (qui se révélera féconde) de concepts polémiques.

La différence de régime politique, en particulier le phénomène de la démocratie de type grec, a souvent été mentionnée comme origine du miracle grec. Il mérite qu'on l'examine en tant que facteur déterminant, même si la voie vers laquelle je m'oriente est davantage celle, déjà indiquée, de l'ouverture à la pensée qu'offrent ces relations antisymétriques qui distinguent le contexte grec de celui de la Chine.

## *La démocratie grecque*

Les commentateurs ont souvent associé l'émergence du miracle grec à l'apparition d'un régime politique particulier, la démocratie au sens antique, dans les limites tracées par les conditions mises à l'appartenance du citoyen à l'État, déterminée, comme encore aujourd'hui, par des considérations nationalistes. William C. K. Guthrie, par exemple, note : « [...] la rhétorique est, par excellence, un art démocratique qui, que ce soit sous sa forme politique ou judiciaire, ne peut fleurir sous la tyrannie. Sa naissance à Syracuse, Aristote l'a noté (*Rh.* 1402 a 17, + Cic. *Brut.* 12, 46), coïncida avec l'expulsion des tyrans et l'établissement de la démocratie [1]. » Et, dans les termes de Léon Robin :

> [...] la Sophistique du Ve siècle représente un ensemble d'efforts indépendants pour satisfaire, par des moyens analogues, à des besoins identiques. Ces besoins sont ceux d'un temps et d'un pays où tout citoyen peut avoir une part dans l'administration ou la direction des affaires de la cité et ne devra qu'à la parole la prépondérance de son action personnelle ; où la concurrence des activités individuelles multiplie les conflits devant les tribunaux populaires ; où chacun enfin veut affirmer aux yeux de tous la supériorité de sa *vertu* (*arètè*), c'est-à-dire de ses talents et de son aptitude à gouverner sa vie et celle des autres [2].

Nous allons voir qui étaient les sophistes.

De nombreuses sociétés attestent la joute oratoire, où les parties opposées s'invectivent en mettant en scène par des moyens conventionnels les attributs de leur pouvoir respectif. Le rapport de force est établi par le double jeu du rabaissement de l'adversaire et de la mise en valeur de soi-même. Il s'agit là essentiellement de montrer que l'on est le plus fort, et non de démontrer que l'on a raison. Or ce mot de « raison » joue au contraire un rôle majeur dans les explications qui ont été fournies du miracle grec : on parle des débuts de la rationalité, sans qu'il soit toujours très clair de quoi l'on parle, sinon précisément de l'effacement du pur rapport de force dans le mécanisme de la persuasion. On verra plus loin la relation étroite qu'entretient la raison (*logos*) avec l'enchaînement associatif antisymétrique.

Pour que la *disputatio* grecque devienne possible, il faut

1. William C. K. Guthrie, *Les Sophistes* [1971], Payot, 1988, p. 188.
2. Léon Robin, *La Pensée grecque et les origines de l'esprit scientifique*, Albin Michel, 1948, p. 166.

que puisse être constaté au sein de la société un égalitarisme minimal qui permette, comme l'écrit Lloyd, que la confrontation des disputants se place sur un autre terrain que la simple réaffirmation de leur différence de statut au sein d'un ordre social donné. Le miracle grec exige la possibilité de la confrontation de deux orateurs placés au départ sur un pied d'égalité, tenant des discours distincts bien que fondés sur les mêmes prémisses. On peut imaginer la discussion s'instaurant entre deux orateurs sur l'agora, les curieux s'assemblant et donnant raison ou tort à l'un ou à l'autre en fonction de la conviction qu'emporte leur argumentation. Le sophiste Gorgias, mis en scène par Platon dans le dialogue qui porte son nom, évoque les occasions devenues multiples de telles confrontations :

> SOCRATE. — Gorgias, suppose que tu es interrogé par eux en même temps que par moi, quelle est cette chose que tu dis être pour l'homme le plus grand des biens, et que tu fais profession de produire ?
>
> GORGIAS. — C'est celle qui est authentiquement le bien suprême, celle qui donne à qui la possède la liberté pour lui-même et la domination sur les autres dans son pays.
>
> SOCRATE. — Qu'entends-tu par là ?
>
> GORGIAS. — J'entends le pouvoir de persuader par le discours les juges au tribunal, les sénateurs au conseil, le peuple au parlement et dans toute autre assemblée de citoyens. Avec ce pouvoir, tu feras ton esclave du médecin, ton esclave du maître de gymnase, et quant au financier fameux, on s'apercevra qu'il aura financé non pour lui-même, mais pour autrui, pour toi qui sais parler et qui persuades la multitude [1].

Et dans les termes de Lloyd :

> [...] nous disposons de témoignages qui éclairent le contexte et les occasions au cours desquels, en Grèce, d'authentiques débats (et non des échanges purement littéraires) se tenaient lors d'importantes réunions. Nous savons que cela se passait, par exemple, à Olympie et lors d'autres grands jeux panhelléniques. Nous disposons également de témoignages directs

1. Platon, *Gorgias*, 452d-e, trad. E. Dupréel, in Eugène DUPRÉEL, *Les Sophistes*, Neuchâtel, Éditions du Griffon, 1948, p. 78.

> touchant au rôle joué par l'auditoire — rôle souvent actif — tout spécialement lorsque les spectateurs étaient responsables du choix du vainqueur. De plus, nous savons qu'existaient ceux (généralement appelés « sophistes ») qui s'étaient spécialisés dans de tels débats et dans leur représentation sous forme de joutes à grand spectacle, sur des sujets qui couvraient également ce que nous appellerions les *sciences naturelles*, voire même sur ce qui permet de qualifier une investigation de *rationnelle* [1].

Il est convenu de voir dans le contexte nouvellement apparu la condition de tels affrontements, et il est vrai que l'un ne va pas sans l'autre. Mais il est peut-être possible d'inverser l'ordre logique qui fait découler l'un de l'autre. Qu'est-ce qui fait reculer la tyrannie et apparaître la démocratie ? Platon lui-même ne conçut-il pas le projet de convaincre Denys, le tyran de Syracuse, d'adopter une constitution politique sous l'influence bienfaisante de la philosophie ? On imagine mal la tyrannie s'effaçant devant la force des dictons et des proverbes. Et si c'était au contraire la possibilité de générer des argumentations aux conclusions contradictoires, bien qu'ayant leur départ dans des prémisses identiques, qui avait permis l'apparition de la démocratie — possibilité ouverte par la rupture de symétrie dans les propositions, les enchaînements associatifs de concepts ?

## *Le syllogisme et la raison*

De nombreux aspects des débats évoqués par Platon et Aristote, parmi les plus obscurs aux yeux de la pensée moderne, prennent leur sens lorsqu'ils sont interprétés comme l'exploration émerveillée des conséquences infinies de la capacité découverte à établir entre deux états de choses rassemblés dans l'espace d'un jugement (Aristote utilise deux expressions quand il évoque le jugement : *apo-*

1. G. E. R. Lloyd, *Demystifying Mentalities*, *op. cit.*, p. 36 (je traduis et souligne).

*phansis* et *protasis*[1]) une relation soit symétrique, soit antisymétrique.

Nous disposons aujourd'hui, grâce à Arpad Szabo et à David H. Fowler[2], du matériau qui nous permet de comprendre le contexte mathématique au sein duquel Platon et Aristote examinèrent les potentialités nouvelles d'un mode de pensée où des jugements pouvaient être liés les uns aux autres en de longs développements méritant authentiquement le nom d'« argumentation ».

Pour la première fois, donc, dans cette Grèce du IVe siècle avant Jésus-Christ, est analysé l'enchaînement associatif constitué au minimum d'un sujet, d'un prédicat et d'un opérateur connectant les deux de manière symétrique ou antisymétrique. La possibilité d'une telle liaison réversible ou irréversible étant ouverte en grec, mais non — comme je l'ai dit — dans d'autres univers linguistiques, où le rapport entre états de choses est par essence symétrique, et donc réversible.

Le sens du mot grec *logos* a donné lieu à des débats infinis. Carlo Natali note par exemple : « Parmi les nombreux sens que le terme *logos* a chez Aristote [...] *logos* en tant qu'argument simple, à l'aide duquel on soutient ou l'on attaque une thèse, et *logos* en tant que discours, c'est-à-dire ensemble composé d'une série d'arguments simples disposés d'une manière organisée[3]. » Selon Théon de Smyrne :

> Le mot *logos* est pris en plusieurs sens par les Péripatéticiens ; car on appelle ainsi le langage que les modernes appellent oral et le raisonnement mental sans émission de voix ; on appelle encore ainsi le rapport de proportion, et c'est en ce sens qu'on dit qu'il y a rapport de telle chose à telle autre ; l'explication des éléments de l'univers ; le compte des choses qui honorent et qui sont honorées, et c'est dans cette acception

1. Octave HAMELIN, *Le Système d'Aristote* [1905], Vrin, 1985, p. 162.

2. Arpad SZABO, *Les Débuts des mathématiques grecques* [1969], trad. M. Federspiel, Vrin, 1977 ; David H. FOWLER, *The Mathematics of Plato's Academy. A New Reconstruction*, New York, Clarendon Press, Oxford University Press, 1990.

3. Carlo NATALI, « Aristote et les méthodes d'enseignement de Gorgias », *in* Barbara CASSIN (dir.), *Positions de la sophistique*, Vrin, 1986, pp. 112-113.

> que nous disons : tenir compte de quelque chose ou n'en pas tenir compte. On appelle encore *logos* le calcul des banquiers, les discours de Démosthène et de Lysias dans leurs œuvres écrites ; la définition des choses qui en explique l'essence, puisque c'est à cela qu'elle sert ; le syllogisme et l'induction ; les récits lybiques et la fable. On donne aussi le nom de *logos* à l'éloge et au proverbe. C'est encore ainsi qu'on appelle la raison de la forme, la raison séminale et beaucoup d'autres [1].

Le mot ne véhiculait sans doute pas les ambiguïtés qui nous semblent aujourd'hui les siennes : c'est faute d'un concept équivalent que nous, modernes, nous révélons incapables de le traduire comme une notion claire : le Grec contemporain d'Aristote désigne principalement du terme de *logos* le jugement (enchaînement associatif) constitué au minimum d'un sujet, d'un prédicat et d'un opérateur connectant les deux de manière symétrique ou antisymétrique. Mais lorsque le mot est utilisé de façon plus technique, il renvoie de manière spécifique, et l'on comprendra tout de suite pourquoi, au seul jugement antisymétrique, celui qui semble en appeler d'autres à sa suite, et constitue ainsi le germe du discours, en forme d'argumentation dans la dialectique ou de démonstration dans l'analytique.

À cette époque, je le rappelle, les distinctions entre les approches formelles des divers domaines du savoir n'existaient pas. La notion de proportion (*analogia*), par exemple, trouve à s'appliquer non seulement en mathématiques, mais aussi en musique, à la pratique du raisonnement chez de nombreux philosophes et, par Aristote, à d'autres domaines disparates, comme la justice ou la formation des prix (tous deux dans l'*Éthique à Nicomaque*) [2].

Il faut concevoir d'abord l'arithmétique contemporaine d'Aristote comme bâtie à partir du matériau que lui pro-

1. Théon de Smyrne, *Exposé des connaissances mathématiques utiles pour la lecture de Platon*, éd. Dupuis, p. 117 ; cité par Jean Tricot dans Aristote, *La Métaphysique*, trad., éd., J. Tricot, Vrin, 1981, t. I, p. 25.

2. J'ai présenté ailleurs de manière plus approfondie la dimension mathématique de la théorie de la proportion à propos de la théorie aristotélicienne de la formation des prix (Paul Jorion, « Le prix comme proportion chez Aristote », *La Revue du MAUSS*, numéro spécial, 15-16, 1992, pp. 100-110).

cure la géométrie comme « physique intuitive » (Platon n'a aucun scrupule à concevoir la montagne comme approximation du cône, au contraire de Benoît Mandelbrot, qui s'étonne aujourd'hui que de telles suggestions aient jamais pu être émises), et non comme l'arithmétique contemporaine, qui se conçoit comme « instanciation » des relations « vides » de l'algèbre. En Grèce, on s'abstient soigneusement de mélanger les nombres qui appartiennent à des espaces géométriques distincts, tels ceux qui découleraient d'opérations au sein d'espaces de dimensions différentes. Ainsi, au contraire de ce qui se pratiquait à Babylone[1], on ne compare pas les longueurs avec les aires. Pour les Grecs contemporains de Platon et d'Aristote (Euclide est parmi eux), le « 9 » qui résulte de l'ajout (linéaire) de « 1 » à « 8 » est essentiellement d'une autre nature que le « 9 » qui est le carré (bidimensionnel) de « 3 ». Cette séparation des nombres issus d'univers physiques distincts contribue à constituer, comme le note Fowler, une mathématique peu arithmétisée[2].

Rappelons qu'une proportion (qu'elle soit discursive ou mathématique) se compose de quatre termes disposés de la manière suivante : A (majeure) est à B (premier moyen terme) comme C (deuxième moyen terme) est à D (mineure). Si les quatre termes sont distincts, la proportion est dite discrète. S'il n'existe qu'un moyen terme, c'est-à-dire s'il n'y a que trois termes distincts (A est à B comme B est à C), elle est dite continue. Dans une proportion continue, le moyen terme est une moyenne (*meson*). Deux exemples mathématiques l'illustrent parfaitement : la moyenne géométrique (6 est la moyenne géométrique entre 12 et 3, puisque 12/6 = 6/3 [= 2]) et la moyenne arithmétique (9 est la moyenne arithmétique entre 12 et 6, puisque 12 – 9 = 9 – 6 [= 3]).

Bien que l'on puisse à juste titre considérer la proportion (*analogia*) comme un donné élémentaire, on peut aussi

1. Cf. Bartel L. van der WAERDEN, *Geometry and Algebra in Ancient Civilizations*, Berlin, Springer-Verlag, 1983, p. 72.
2. D. H. FOWLER, *The Mathematics of Plato's Academy*, *op. cit.*, pp. 10-14.

l'envisager comme la mise en présence, en équivalence, de deux rapports. Un rapport, c'est ce que le grec appelle *logos*, le latin *ratio*, et le français, dans la même ligne, raison : c'est une relation particulière entre deux entités.

J'appelle enchaînement associatif la relation nue, c'est-à-dire la simple mise en présence de deux entités symboliques, disons « *a* » et « *b* » (« *a* » et « *b* » étant tout ce que l'on veut et donc pas nécessairement des nombres). Entre ces deux entités peut exister une relation symétrique, ce que j'ai appelé dans tout ce qui précède une connexion simple. La connexion simple c'est « *a* et *b* » (sans présupposé de subordination), « *a* comme *b* », « *a* = *b* », « *a* avec *b* », « *a* signale *b* » (et donc « *b* signale *a* »), etc. En arithmétique, il s'agit des opérations symétriques simples que le mathématicien appelle commutatives, comme l'addition ou la multiplication : $7 \times 8 = 8 \times 7$ ; ni la division ni la soustraction ne sont commutatives : $7 - 3 \neq 3 - 7$. Dans le domaine discursif, il s'agit de la conjonction, de l'apposition ou de la synonymie (la définition est d'une nature plus complexe).

Le rapport, raison, *logos*, *ratio*, c'est au contraire la confrontation antisymétrique de deux entités, ce que Hegel caractériserait comme leur rapprochement en vue de souligner leur séparation[1]. Le rapport, c'est « a cause b », « a divisé par b », « a est b », etc. Contrairement à ce qu'a toujours supposé Meyerson[2], la copule « être » joue dans notre langue un rôle essentiellement antisymétrique : il ne s'agit pas d'équivalence, mais d'une relation irréversible. Si « le lion est un mammifère » exprime l'universalité (« tous les lions sont des mammifères »), l'inversion du sujet et du prédicat doit exprimer nécessairement, sous peine d'erreur, la particularité : « le mammifère est un lion » peut seulement vouloir dire que « certains mammifères sont des lions ».

En arithmétique, il s'agit des opérations simples qui sont antisymétriques, non commutatives, comme la division ou la soustraction : « Pour Euclide un *logos* de deux nombres

1. Joël BIARD (*et al.*), *Introduction à la lecture de « La Science de la logique » de Hegel*, t. II. *La Doctrine de l'essence*, Aubier-Montaigne, 1983, p. 91.
2. Émile MEYERSON, *Le Cheminement de la pensée*, 3 vol., Félix Alcan, 1931.

ou grandeurs a et b est ce que nous désignons ordinairement par a : b [a est à b][1]. » Dans le discours, le rapport est ce que les philosophes appelèrent le jugement (*Urteil* en allemand). L'invention grecque, c'est précisément cela : le *logos*, la raison que nous identifions à l'enchaînement associatif antisymétrique.

La mise en présence de deux *logon* à des fins d'évocation est une *analogia*, c'est-à-dire la proportion sous la forme qu'elle prend dans la pratique discursive[2]. La proportion est dite *analogia* et les quatre termes (*oros* = extrémité) sont dits « proportionnels » : *analogon*. Ainsi, chez Euclide : « Des nombres sont *analogon* lorsque le premier est le même multiple du second que le troisième l'est du quatrième, ou lorsque le premier est la même ou les mêmes parties du second que le troisième l'est du quatrième[3]. » Au sein du monde mathématique proprement dit, où ce sont des nombres ou ce que nous appellerions aujourd'hui des symboles algébriques qui constituent l'*analogia*, l'équivalent de l'enchaînement associatif discursif est un rapport, un taux, ou encore, dans la langue technique des mathématiciens, une raison. Voilà pourquoi *logos* se traduit raison en mathématiques comme en philosophie. Une *analogia* mathématique est ce à quoi nous renvoyons encore aujourd'hui comme à une proportion.

Dans le mode discursif, il existe quatre modes à l'*analogia*, selon que les jugements mis en présence sont tous deux antisymétriques, tous deux symétriques, le premier antisymétrique et le second symétrique, ou l'inverse. Si l'*analogia* est discrète, si les quatre termes sont distincts, elle

1. A. Szabo, *Les Débuts des mathématiques grecques*, *op. cit.*, p. 163.

2. Szabo s'interroge sur la présence de la préposition *ana* dans l'expression *analogia*. Il fait remarquer que l'on attendrait plutôt *kata* s'il s'agissait d'exprimer une conformité, une correspondance entre les deux rapports. *Ana*, dit-il, est un distributif, comme dans « deux par deux » ou « quatre à quatre » (*ibid.*, pp. 165-167). Soit très exactement l'expression du simple rapprochement, de la simple mise en présence que j'exprime par l'expression de connexion simple : « rapport à rapport ». Il n'est donc nullement nécessaire de suivre Szabo lorsqu'il se sent obligé de supposer que l'expression est elliptique : abréviation d'un *ana logon isoi* : « rapport à rapport égal » (*ibid.*, pp. 168-169).

3. Euclide, *Les Éléments*, livre VII, déf. 21, cité par Id., *ibid.*, p. 164.

correspond très exactement à ce que nous appelons aujourd'hui une analogie et que les Grecs, eux, appelaient un paradigme. Par exemple : « Un repas sans fromage est une belle à qui il manque un œil » (Brillat-Savarin).

Comme telle, l'analogie possède certaines potentialités pour le raisonnement qui furent relevées par Aristote. Elle autorise, par exemple, des rapprochements entre différentes « choses » (appartenant au même genre ou à des genres distincts) en mettant en évidence des rapports semblables (« homomorphismes ») ; de ce point de vue, elle dispose d'un pouvoir heuristique : elle peut favoriser la découverte. Ainsi, il peut être éclairant de considérer que « la vue est à l'œil ce que la raison est à l'esprit ». Aristote note cependant que l'analogie est un outil démonstratif faible[1].

Par ailleurs, les termes parallèles (majeure et seconde moyenne, première moyenne et mineure) peuvent se représenter l'un l'autre pour un usage d'évocation figuratif, sous le nom de métaphore. Dans la *Métaphysique*, Aristote affirme que « la description par Empédocle de la mer comme sueur de la terre » est « peut-être adéquate à des fins poétiques », mais « inadéquate pour la compréhension de la nature de la chose »[2]. Aristote condamne l'usage de la métaphore en raison de son obscurité dans le raisonnement et plus particulièrement dans la définition. Il justifie la métaphore lorsqu'elle exprime une authentique proportion, mais il la considère avant tout comme un ornement de style[3].

Si l'*analogia* est continue, s'il n'existe que trois termes, elle permet, par l'intermédiaire du terme commun, ou moyen terme, qu'une relation directe s'établisse entre la majeure et la mineure sous la forme d'une « conclusion » porteuse d'information neuve. Nous avons alors affaire au syllogisme (ou à l'enthymème si le contexte est dialectique

1. Geoffrey E. R. Lloyd, *Polarity and Analogy. Two Types of Argumentation in Early Greek Thought*, Cambridge University Press, 1966, pp. 408-409.
2. *Ibid.*, p. 403 (je traduis).
3. *Ibid.*, pp. 404-405.

et l'usage, par conséquent, rhétorique). Ce que le moyen terme unique autorise ici, c'est la mise en rapport des extrêmes, au même titre exactement que les moyennes arithmétique et géométrique dans la proportion. Diverses figures sont alors possibles, selon la nature symétrique ou antisymétrique des relations rapprochées.

Commençons par un exemple dans lequel les relations rapprochées sont symétriques et ne sont donc pas à proprement parler des rapports : « La politesse est à l'esprit ce que la grâce est au visage » :

politesse (1)/esprit (2) = grâce (3)/visage (4)

que l'on peut représenter sous la forme canonique $a : b = c : d$, et dont Perelman soutint (contre Lacan[1]) qu'elle est le soubassement de la métaphore. En l'occurrence : la grâce (3) comme « politesse (1) du visage (4) », et la politesse (1) comme « grâce (3) de l'esprit (2) ». Les termes sont ici au nombre de quatre : la politesse et le visage comme extrêmes et l'esprit et la grâce comme termes moyens. Pour reprendre le vocabulaire qui s'appliquait à la proportion mathématique, l'analogie est ici discrète.

L'analogie continue exige, elle, un moyen terme commun : « L'esprit est à l'homme ce que l'homme est à la nature », soit l'homme comme, d'une part, « esprit de la nature » et, d'autre part, comme « nature de l'esprit ». Ce que le moyen terme unique autorise ici, c'est la mise en rapport des extrêmes, tout comme les moyennes arithmétique et géométrique dans la proportion. L'homme comme « esprit de la nature » est une métaphore semblable à celles qu'autorisait l'analogie discrète, mais cette mise en rapport par le truchement d'un moyen terme se révèle aussi comme conclusion : « L'homme est l'esprit de la nature. »

Ce qui apparaît ainsi avec l'analogie continue, c'est la mise en rapport des extrêmes, débouchant sur l'expression

1. Cf. Chaïm PERELMAN, Lucie OLBRECHTS-TYTECA, *La Nouvelle Rhétorique. Traité de l'argumentation*, 2 vol., Presses de l'Université libre de Bruxelles, 1958, vol. II, pp. 535-536, et Jacques LACAN, *Écrits*, Éd. du Seuil, 1966, p. 889.

d'une relation directe entre eux, soit, très précisément, ce qu'opère le syllogisme. Celui-ci permet alors, comme l'on sait, diverses figures, selon la nature symétrique ou antisymétrique des relations rapprochées.

Par exemple, deux relations antisymétriques : « La baleine est un animal ; l'animal est une créature du Bon Dieu » ; par conséquent : « La baleine est une créature du Bon Dieu », soit l'illustration de ce que l'on convient d'appeler la transitivité de l'inclusion (si *A* est *B* et que *B* est *C*, alors *A* est *C*).

Ou bien, une relation antisymétrique et une symétrique (ou l'inverse) : « La baleine est un mammifère ; les mammifères ont le sang chaud » ; donc : « La baleine a le sang chaud », soit l'héritage des propriétés.

Ce que nous appelons de manière contemporaine analogie est donc l'une des trois figures qu'autorise l'*analogia* grecque continue, la proportion continue quand elle porte sur les enchaînements associatifs propres au discours : celle qui établit une relation symétrique entre deux couples de relations, elles aussi symétriques, et dont la conclusion est nécessairement de l'ordre de la métaphore. Les deux autres figures possibles de l'*analogia* continue constituent le syllogisme proprement dit : celles qui établissent une relation symétrique entre deux couples de relations dont l'une au moins est antisymétrique, et dont la conclusion apparaît du coup littérale.

Et de même qu'afin que la proportion continue soit valide il convient que le moyen terme, la moyenne, soit juste, de même, pour que l'analogie continue — ou syllogisme — soit valide, il convient que le moyen terme soit juste. Le terme moyen est dans ce cas, et à proprement parler, la raison qui autorise le syllogisme, et celui-ci, en tant que tel, est raisonnement. Soit dans les termes d'Octave Hamelin, que je peux me contenter ici de citer :

> Le savoir se formule dans des propositions qui sont des conclusions de syllogismes : telle, par exemple, cette proposition que l'angle inscrit dans un demi-cercle est droit. Cette proposition consiste à attribuer le majeur du syllogisme au

> mineur. Or, en tant que cette proposition est la conclusion d'un syllogisme, elle possède un caractère qui lui fait défaut quand on la considère comme un simple jugement : c'est que l'attribut y a été rattaché au sujet par une *raison*. Et cette raison, c'est précisément le moyen terme qui la représente. [...] la grande idée qui fait tout l'essentiel du syllogisme, c'est précisément celle qui fait défaut chez Platon, c'est l'idée que *raisonner* consiste à donner une *raison*, à fonder sur une raison l'union des deux termes du jugement ; c'est l'idée de la preuve et de l'explication, l'idée de l'affirmation ou de la négation médiatisée [1].

L'unité de base de l'explication est le jugement, la proposition au sens aristotélicien, constituée, pour adopter le vocabulaire très utile des scolastiques, de deux catégorèmes liés par un syncatégorème établissant relation entre eux sous la forme d'un « enchaînement associatif ». Les catégorèmes sont des mots « à contenu », dénotant des significats : ce à quoi ils réfèrent. Ernest Moody résume très bien la problématique telle que les scolastiques devraient la concevoir ultérieurement :

> Les signes et les expressions à partir desquels les propositions peuvent être construites étaient divisés par les logiciens médiévaux en deux classes fondamentalement différentes : les signes *syncatégorématiques*, qui n'ont dans la phrase qu'une fonction logique ou syntaxique, et les signes *catégorématiques* (à savoir les « termes » proprement dits), qui ont un sens indépendant et peuvent être les sujets ou les prédicats des propositions catégoriques. On peut citer les définitions qu'a données Albert de Saxe (1316-1390) de ces deux classes de signes, ou de « termes » au sens large : « Un terme catégorématique est celui qui, considéré par rapport à son sens, peut être le sujet ou le prédicat [...] d'une proposition catégorique. Par exemple, des termes comme "homme", "animal", "pierre", sont appelés catégorématiques parce qu'ils ont une signification spécifique et déterminée. Un terme syncatégorématique, quant à lui, est celui qui, considéré par rapport à son sens, ne peut pas être le sujet ou le prédicat [...] d'une proposition catégorique. Appartiennent à ce genre des termes comme "chaque", "aucun", "quelque", etc., qui sont appelés signes d'universalité ou de

1. O. Hamelin, *Le Système d'Aristote, op. cit.*, pp. 173 et 175.

> particularité ; et semblablement, les signes de négation, comme le négatif "ne... pas...", les signes de composition, comme la conjonction "et", les disjonctions, comme "ou", et les prépositions exclusives, comme "autre que", "seulement" et les mots de cette sorte » (*Logique*, I). Au XIVe siècle, il devint habituel d'appeler les termes catégorématiques la *matière* (le contenu) des propositions, et les signes syncatégorématiques (ainsi que l'ordre et l'arrangement des constituants de la phrase), la *forme* des propositions [1].

L'explication est constituée d'une séquence plus ou moins longue de jugements — dont le syllogisme constitue le prototype.

Envisagées dans une perspective culturelle comparative, les relations élémentaires dénotées par le syncatégorème de liaison de l'enchaînement associatif sont l'inclusion (« Rex est un chien »), l'attribution (« Rex est noir »), la connexion simple (« Rex a un maître »), l'implication (« Rex mord » = SI Rex ALORS morsure) et la corrélation (« Rex sort quand il fait beau » = Rex ET il fait beau).

## *La preuve*

Aristote établit dans l'*Organon* (l'ensemble de ses textes consacrés aux usages de la langue) le catalogue des divers modes de preuves, qu'il s'agisse des mathématiques ou du discours en général. Il distingue préalablement trois manières de raisonner qui font montre d'une force décroissante pour ce qui est de leur efficacité argumentative : l'analytique, la dialectique et la rhétorique. L'analytique renvoie à la méthodologie de la preuve qui vaut pour la pratique scientifique, c'est-à-dire lorsqu'il s'agit de construire la connaissance certaine (épistémè). La dialectique porte sur les techniques persuasives moins rigoureuses qui sont d'usage dans les débats formels qui se déroulent, par exemple, dans l'enceinte du palais ou au sein des assem-

1. Ernest A. MOODY, *Truth and Consequence in Mediaeval Logic*, Amsterdam, North-Holland, 1953, pp. 16-17 (je traduis).

blées populaires. Enfin, la rhétorique s'occupe des techniques de preuve encore plus lâches, qui prévalent dans les joutes oratoires, voire dans les conversations ordinaires, où il s'agit uniquement de convaincre, sans idée préconçue quant aux moyens qui s'avéreront efficaces ; d'où le recours possible avec la rhétorique à des moyens de persuasion purement « illustratifs », comme la citation de proverbes, le recours à des devinettes ou à des paradoxes, le récit d'anecdotes amusantes, etc.

À l'intérieur de chacun de ces domaines de l'argumentation, des techniques particulières sont cataloguées par Aristote et ordonnées selon leur rigueur, c'est-à-dire selon la mesure dans laquelle la conclusion est effectivement supportée par les éléments rassemblés au cours de la démonstration.

La méthode la plus exacte pour mener un argument à sa conclusion logique est le syllogisme, qu'Aristote fut le premier à décrire dans chacune de ses configurations possibles. Comme présupposé à la problématique, il est postulé qu'il est possible de dire, pour certaines phrases de la forme « *x* est *y* » ou plutôt « à *x*, *y* appartient[1] », qu'elle est vraie ou fausse. Alors, a avancé Aristote, à partir de deux phrases vraies de ce type (appelées en la circonstance prémisses) et possédant un terme commun (appelé moyen terme) et deux termes distincts (appelés extrêmes : la majeure et la mineure), il est possible d'en générer une troisième, qui joint les deux extrêmes, apporte une information neuve et est automatiquement vraie (elle est appelée en la circonstance conclusion).

Les prémisses du syllogisme peuvent être exprimées de manière positive, affirmant que certaines choses sont de telle ou telle nature ou bien possèdent un attribut particulier. Ce type de syllogisme fournit le mode de raisonnement le plus parfait. D'un degré moindre quant à la force persuasive sont les syllogismes où les prémisses sont exprimées négativement : lorsqu'on déclare que certaines choses ne sont pas de telle ou telle nature ou sont privées de telle ou

1. O. Hamelin, *Le Système d'Aristote*, *op. cit.*, p. 158.

telle propriété. D'un statut encore moins élevé sont ceux qui sont utilisés de manière hypothétique dans ce qu'on appelle aujourd'hui la « preuve par l'absurde », mais que les auteurs anciens et les scolastiques appelaient, selon les termes utilisés par Aristote, la preuve *per impossibile* (*adunaton*), c'est-à-dire « selon l'impossibilité ». La justification de cette appellation est que, par la faute de l'une des deux prémisses, la conclusion formule une impossibilité : à savoir qu'un état de fait et son contradictoire sont simultanément vrais. Pour éliminer l'anomalie, la prémisse coupable doit être inversée en sa propre contradictoire ; on obtient en fin de compte un syllogisme auquel on a abouti de manière « expérimentale ». La preuve par l'absurde, en dépit de ses succès dans l'histoire des mathématiques, est aux yeux d'Aristote un moyen argumentatif plutôt faible en raison de sa formulation initialement hypothétique et de la difficulté subséquente à découvrir pour une proposition sa contradictoire unique, un ensemble de contraires se présentant généralement spontanément à la pensée. De manière révélatrice, lorsque l'auteur d'un ouvrage mathématique récent, *Fundamentals of Mathematical Analysis*, dresse la liste des modes habituels de preuve mathématique, il propose — sans le savoir — les trois formes de démonstration propres à l'analytique aristotélicienne :

> De nombreux théorèmes mathématiques prennent la forme ($P \to Q$). Pour montrer que $P$ implique $Q$, on adopte généralement l'un des trois schémas suivants :
>
> La première méthode, qui constitue une méthode de preuve *directe*, suppose que $P$ est vrai et tente, par un certain développement, de déduire que $Q$ est vrai. Comme ($P \to Q$) est vrai lorsque $P$ est faux, il n'est pas nécessaire d'envisager le cas où $P$ est faux.
>
> La deuxième méthode est *indirecte*. On écrit d'abord le *contre-positif* ((non $Q$) $\to$ (non $P$)), et l'on s'efforce de prouver directement l'affirmation équivalente. Autrement dit, supposons que $Q$ soit faux (c'est-à-dire que (non $Q$) soit vrai), et déduisons-en que $P$ est faux (c'est-à-dire que (non $P$) est vrai).
>
> La troisième méthode couramment utilisée est la *preuve par contradiction* (encore appelée *preuve par l'absurde*). Dans ce type d'argumentation, supposons que $P$ soit vrai et que $Q$ soit

faux (c'est-à-dire que (non *Q*) soit vrai), et déduisons-en une affirmation manifestement fausse. Cela montre que l'hypothèse originale (*P* et (non *Q*)) doit être fausse. Autrement dit, l'affirmation (non (*P* et (non *Q*))) est vraie. Laquelle est l'équivalent logique de $(P \rightarrow Q)$[1].

On aura reconnu, dans la présentation de Rod Haggarty et dans l'ordre, 1° le syllogisme ayant deux prémisses positives, 2° le syllogisme ayant deux prémisses négatives, 3° le syllogisme utilisé dans une preuve *per impossibile* ou « par l'absurde ».

Avec l'analytique, le syllogisme repose sur des prémisses que l'on sait vraies, c'est-à-dire, pour Aristote, dénotant des états de choses à propos desquels tous s'accordent. Il écrit des jugements vrais qu'ils expriment : « [Les opinions] qui s'imposent à tout le monde, à la majorité ou aux sages — c'est-à-dire à tous les sages ou à leur majorité ou à ceux d'entre eux qui sont les plus fameux et les plus distingués[2]. » Il se verrait cependant obligé de reconnaître un élément consensuel aussi bien à la racine de la démonstration analytique qu'à celle du développement dialectique : leurs fondements premiers, qu'il appelle *arxé*[3] ; Thomas d'Aquin les appellera « dignités » (*dignitates*) lorsqu'il s'agit des principes premiers de toute science, et « positions » (*positiones* ou *elementa*) lorsqu'il s'agit des principes d'une science particulière[4]. Le principe du tiers exclu constitue un exemple de dignité, et le postulat d'Euclide, un exemple de position.

La dialectique, elle, recourt à des prémisses qui sont, dans les termes d'Aristote, « généralement admises » ou « tenues pour vraies par le plus grand nombre » et relèvent à ce titre de l'« opinion », de la *doxa*, qui porte sur les états

1. Rod Haggarty, *Fundamentals of Mathematical Analysis*, Wokingham, Addison-Wesley, 1993, pp. 22-23 (je traduis).

2. Aristote, *Topica*, I, i, 20-25, in *Aristotle II*, *op. cit.*, pp. 273-274 (je traduis de l'anglais).

3. Id., *Posterior Analytics*, I, iii, 24, in *Aristotle II*, *op. cit.*, pp. 37-39 (je traduis de l'anglais).

4. Cf. Edmund F. Byrne, *Probability and Opinion. A Study in the Medieval Presuppositions of Post-medieval Theories of Probability*, La Haye, Martinus Nijhoff, 1968, p. 172.

de choses dont la vérité intrinsèque demeure à jamais controversée, ce qui implique que l'on ne pourra jamais dire d'une opinion qu'elle est « vraie » (on se contentera de dire au Moyen Âge qu'elle est « sauvée » si elle triomphe de sa contradictoire dans la *disputatio*). Il faut noter que les auteurs contemporains qui évoquent cette distinction opérée par Aristote autrefois s'expriment pour la plupart différemment : au lieu de dire que la dialectique part de prémisses « généralement admises », ils disent de prémisses « probables ». L'expression est cependant désormais dangereuse du fait qu'à partir du XVI^e siècle l'on s'est mis à mesurer la probabilité, en lui accolant une métrique ; je préfère dès lors dire, à l'instar d'Aristote lui-même, que la dialectique part de prémisses « généralement admises », réservant le terme « probable » pour ce qui touche à la théorie de la probabilité. George B. Kerferd avance un argument philologique qui va dans le même sens en soutenant le choix de vraisemblable contre celui de probable : « [...] *to eikos*, terme que l'on traduit souvent par "le probable", mais qui, en grec, signifie également "semblable" ou "qui ressemble à quelque chose" (en l'occurrence à la vérité)[1]. »

Il n'est nullement impossible de construire des syllogismes de nature dialectique, mais la qualité des conclusions atteintes ainsi ne dépasse jamais celle qui est intrinsèque aux prémisses. La dialectique dispose cependant d'un mode de preuve qui lui est particulier : l'induction, où un principe général est inféré d'une collection de cas particuliers. Charles Peirce observe à son sujet que l'induction substitue « à une série comprenant un certain nombre de sujets, un sujet unique qui les embrasse tous, eux et un nombre indéfini d'autres[2] ». Voici ce qu'en dit Aristote :

> L'induction est la progression des particuliers aux universels ; par exemple, « si le pilote talentueux est le meilleur pilote

1. George B. KERFERD, « Le sophiste vu par Platon : un philosophe imparfait », *in* B. CASSIN (dir.), *Positions de la sophistique*, *op. cit.*, pp. 22-23.
2. Charles S. PEIRCE, « Questions concernant certaines facultés » [1868], in *Textes anticartésiens*, prés. et trad. de l'anglais J. Chenu, Aubier-Montaigne, coll. « Philosophie de l'esprit », 1984, p. 202.

et que le conducteur de char talentueux est le meilleur conducteur de char, alors, de manière générale, l'homme talentueux est le meilleur dans sa sphère ». L'induction est plus convaincante et plus claire, et plus aisément comprise spontanément par la plupart des gens, mais le syllogisme est plus puissant et plus efficace contre des adversaires dans l'argumentation[1].

Je vais m'appesantir quelque peu sur l'induction du fait qu'elle joue un rôle clef au chapitre IV et dernier.

La progression ordinaire du syllogisme, de la première prémisse à la seconde, puis à la conclusion, constitue le processus de la déduction. Où convient-il alors de situer l'induction parmi les modes de raisonnement ? Pour le comprendre, il faut d'abord faire la distinction entre l'hypothèse et l'induction.

1) Engendrement de l'hypothèse :

Pour obtenir une hypothèse, on teste la plausibilité d'une proposition par rapport à sa contradictoire en la plaçant comme prémisse entre une prémisse « tenue pour vraie » et une conclusion « tenue pour vraie ». Celle qui passe le test est retenue elle aussi comme « tenue pour vraie » sans plus et non comme « vraie », comme on pourrait le dire de la conclusion d'une démonstration dans le cadre de l'analytique. On se posera, par exemple, la question de savoir si les orangs-outangs sont ou non des hommes. On s'efforcera alors de trouver une prémisse et une conclusion plausibles qui permettraient de tester la proposition. On pourrait « tenir pour vrai », par exemple, que « les hommes aiment leurs enfants » et que « les orangs-outangs aiment leurs enfants ». Prenant comme première prémisse que « les hommes aiment leurs enfants » et comme conclusion que « les orangs-outangs aiment leurs enfants », on se demandera laquelle des deux propositions « les orangs-outangs

1. ARISTOTE, *Topica*, I, XII, 105a, 13-19, in *Aristotle II*, *op. cit.*, p. 303 (je traduis de l'anglais). La rhétorique dispose aussi d'une forme faible de syllogisme, l'enthymème, et d'une forme faible d'induction, l'exemple isolé : le « cas » (comme l'a noté A. SZABO dans *Les Débuts des mathématiques grecques*, *op. cit.*, p. 202, le cas est la méthode démonstrative favorite du géomètre Euclide). Seule la rhétorique recourt à l'analogie, dont les figures de style comme la métaphore sont des formes dégénérées.

sont des hommes » et « les orangs-outangs ne sont pas des hommes » pourrait faire office de seconde prémisse dans le syllogisme constitué à l'aide des trois propositions. Il devient alors évident que si « les hommes aiment leurs enfants » et que « les orangs-outangs sont des hommes », il est loisible de conclure, comme on le sait déjà, que « les orangs-outangs aiment leurs enfants », et l'on retiendra, des deux propositions « les orangs-outangs sont des hommes » et « les orangs-outangs ne sont pas des hommes », la première et l'on écartera la seconde. On n'en restera pas moins dans le domaine de l'opinion, des choses communément admises, et non dans le domaine du savoir, car s'il était prouvé, par exemple, que tous les mammifères aiment leurs petits et que les orangs-outangs aiment leurs enfants à ce titre seulement, alors c'est la proposition « les orangs-outangs ne sont pas des hommes » qui aurait dû être retenue en réalité.

2) Engendrement de l'induction :

Le raisonnement par induction implique que l'on construise une prémisse telle qu'elle soit la deuxième prémisse plausible par rapport à une autre prémisse donnée et par rapport à une conclusion donnée. La différence avec l'hypothèse est que, dans le cas de l'induction, la première prémisse est induite — sans idée préconçue — à partir de deux jugements existants, alors que, dans le cas de l'hypothèse, une prémisse et une conclusion plausibles sont convoquées en vue de tester laquelle, d'une proposition et de sa contradictoire, doit être retenue.

Voici un exemple que propose Aristote :

> L'induction et le syllogisme inductif consistent à conclure, en s'appuyant sur le second des extrêmes [le mineur], que l'autre extrême est attribut du moyen. Par exemple, B étant moyen entre A et Γ, on montrera, en s'appuyant sur Γ, que A appartient à B. C'est ainsi en effet que nous constituons nos inductions. Supposons qu'on désigne par A le fait de vivre longtemps, par B celui d'être sans fiel, par Γ des êtres particuliers qui vivent longtemps, à savoir : l'homme, le cheval, le mulet. Cela posé, Γ dans toute son extension possède l'attribut A [car ces animaux sans fiel vivent longtemps]. Mais Γ, dans toute son

> extension, a aussi pour attribut B, le fait d'être sans fiel. Si donc Γ est *invertible* en B, ce moyen terme n'ayant pas plus d'extension que Γ, il faut que B possède l'attribut A. Nous avons en effet montré antérieurement [II, 22, 68 a 21] que, si deux attributs appartiennent au même sujet et que cet extrême est *invertible* avec l'un d'eux, celui des deux attributs qui, par l'inversion, aura pris la place du sujet possédera l'autre attribut. Il faut ici penser Γ comme composé de tous les êtres particuliers à considérer, car l'induction doit se faire par le moyen d'eux tous. Le syllogisme sert à se procurer des prémisses prototypiques ou immédiates. Là en effet où il y a un moyen terme, le syllogisme s'appuie sur ce moyen terme ; là où il n'y en a pas, le syllogisme se construit par *induction*. Et, d'une certaine façon, le syllogisme lui-même s'oppose à l'induction ; car la première sorte de syllogisme montre, en s'appuyant sur le moyen, que le premier des extrêmes appartient à l'autre extrême, tandis que l'induction montre à l'aide du mineur que l'autre extrême appartient au moyen. Donc, par nature, le syllogisme [déductif] qui s'appuie sur le moyen est antérieur et davantage porteur de savoir, mais le syllogisme inductif est plus évident [1].

Le fait de vivre longtemps appartient aux animaux sans fiel (A appartient à B).

Être sans fiel appartient à l'homme, au cheval et au mulet (B appartient à Γ).

Le fait de vivre longtemps appartient à l'homme, au cheval et au mulet (A appartient à Γ).

La première prémisse, nous ne la connaissons pas initialement : c'est la proposition que nous allons faire apparaître par le raisonnement inductif. Sont proposées la deuxième prémisse et la conclusion, tenues pour vraies. L'induction est l'engendrement de la première prémisse tenue pour compatible avec les autres éléments du syllogisme. À l'aide du mineur (Γ = homme, cheval, mulet), on montre que l'autre extrême, le majeur (A = le fait de vivre longtemps) appartient au moyen (B = être sans fiel).

La raison pour laquelle l'induction est faible du point de vue de l'argumentation est qu'il n'existe pas ici d'authen-

1. ARISTOTE, *Prior Analytics*, II, XXIII, 68b, 15-19, in *Aristotle I*, trad. anglaise H. P Cooke, H. Tredennick, Loeb Classical Library, Londres, Heinemann, 1949, pp. 515 (je traduis de l'anglais).

tique compulsion logique dans la dérivation de la première prémisse à partir de la seconde et de la conclusion. Par exemple, la conjonction du fait d'être privé de bile et de faire preuve de longévité peut très bien résulter d'une simple coïncidence ; il se peut aussi que le cheval, la mule et l'homme aient en commun d'autres caractéristiques que le fiel qui expliqueraient leur longévité ; ou bien encore, la longévité est la conséquence, chez chacun de ces animaux, de traits distincts, etc.

Si l'on procède autrement que ne fait la science, à savoir à partir d'une prémisse acceptée et d'une conclusion acceptée, disons « l'eau mouille » et « la pluie mouille », et que donc, entre « la pluie c'est de l'eau » et « la pluie n'est pas de l'eau », on choisisse la première, ne peut-on pas dire que l'induction est possible dans tous les cas de figure quand il s'agit de la dialectique ? Si, dit Aristote [1].

La manière de procéder est très différente quand il s'agit non pas de l'opinion (*doxa*), qui est engendrée dans le cadre de la dialectique, mais du savoir proprement dit, de l'épistémè (science), où l'on génère des conclusions vraies à partir de prémisses vraies, soit que celles-ci soient admises, non pas par le plus grand nombre, mais par tous (à l'exception des enfants, des idiots ou des fous), soit que celles-ci aient été préalablement prouvées vraies, comme conclusions de prémisses vraies, de manière irréfutable, et non simplement « tenues pour vraies ». Ainsi, s'il est vrai que « la pluie est constituée d'eau » et que « l'eau mouille », alors, on peut déduire avec certitude que « la pluie mouille ». L'eau mouille, la pluie est de l'eau, donc la pluie mouille.

## *La logique*

L'éventualité observée pour des discours ayant leur point de départ dans des prémisses identiques de diverger quant à leurs implications ultérieures — qui signale la difficulté

1. Cf. à ce sujet l'exposé — partiellement erroné — d'O. Hamelin, *Le Système d'Aristote*, *op. cit.*, pp. 254-255.

de maintenir automatiquement la compatibilité entre elles de propositions enchaînées — avait conduit à se poser la question d'un système de réglementation qui pallierait ces écarts involontaires. Système qui émergerait sous une forme rudimentaire avec la méthode de « division » de Platon, fondée sur la dichotomie, et serait aussitôt après développé sous une forme complète par Aristote en tant qu'analytique et que dialectique, lesquelles seront ensuite raffinées par les scolastiques, puis dogmatisées conjointement aux temps contemporains — leurs différences quant au statut des prémisses, vraies ou communément admises, étant cette fois gommées — en tant que logique formelle.

Bien qu'il attribue une certaine priorité à Zénon d'Élée en matière de ce que nous appelons aujourd'hui la logique, Aristote déclare qu'il est le premier à offrir un exposé systématique de la façon dont il faut procéder pour penser correctement, et il ne s'est trouvé personne pour le démentir. Il affirme : « Et c'est pourquoi il n'y a rien d'étonnant que l'art (de la Rhétorique) ait atteint une ampleur considérable. Au contraire, en ce qui concerne la présente étude [analytique et dialectique], on ne peut pas dire qu'une partie en ait été précédemment élaborée, et qu'une autre ne l'ait point été : en réalité rien n'existait du tout[1]. »

La logique d'Aristote ne constitue nullement une tentative de modélisation d'une variété particulière de la pensée : la pensée rationnelle, celle qui parvient à ne jamais se contredire, mais représente une velléité de réglementation *a posteriori* de la pensée spontanée (tout-venant). Ce faisant, il laisse entendre que la compatibilité des jugements se maintient de manière générale au sein de cette dernière. Cela veut encore dire qu'il constate que la logique est émergente dans le discours, au sens où elle est un effet spontané (d'auto-organisation) au sein des suites d'enchaînements associatifs.

Dans cette perspective, les « règles » que la logique met en évidence ne sont en aucune manière des directives que la pensée commune appliquerait. Ce sont au contraire des

1. Aristote, *Organon*, vol. VI, *Réfutations sophistiques*, 183b, 33-34, trad. éd. J. Tricot, Vrin, 1977.

principes qui ont été — dans un premier temps — abstraits de la pensée commune et qui peuvent être — dans un second temps — convoqués à des fins normatives, lorsque cette pensée commune se trouve prise en défaut. Comme je l'ai dit pour commencer, cette dernière ne transgresse les lois de la pensée « rationnelle » qu'en raison de la longueur des suites d'enchaînements associatifs qu'autorisent désormais les relations antisymétriques entre signifiants.

Connaître les « règles » de la logique (principes abstraits du fonctionnement ordinaire, spontané, quasi automatique, de la pensée) et les observer, c'est donc se garantir contre les déraillements imperceptibles de la compatibilité entre jugements et se donner les moyens de mener à bien une argumentation sans se contredire. Autrement dit, un système de règles permet de transposer la phénoménologie (description) de certains comportements sous une forme normative (comme règles à suivre), et ce parce qu'il est vrai que la même conduite humaine peut résulter soit d'une action spontanée, soit de l'observance des règles qui en rendent compte [1].

Si l'on distingue deux types d'activités mentales distinctes, que l'on caractérisera par leurs manifestations « prototypiques » extrêmes, l'association libre et le calcul, l'association libre caractériserait le fonctionnement du cerveau « en roue libre », et le calcul, son fonctionnement « dirigé ». C'est l'une des thèses d'un de mes ouvrages [2] — empruntée à l'associationnisme aristotélicien par Sigmund Freud — que l'association libre constitue l'infrastructure, le « degré zéro », de tout type de pensée [3]. Aristote explique en effet dans *De la mémoire et de la remémoration* :

1. On peut toujours relire l'exemple amusant du « créneau » proposé par John Searle : faire un créneau comme le font ses enfants, en respectant une règle apprise à l'auto-école relative à l'alignement des roues avant du véhicule conduit par rapport aux roues arrière du véhicule parqué devant l'emplacement visé, ou comme il le fait lui-même, sans application de règle, en s'efforçant simplement d'éviter d'emboutir les voitures déjà garées. Cf. John R. SEARLE, *Minds, Brains and Science (The 1984 Reith Lectures)*, Londres, BBC Worldwide, 1984, p. 47.

2. P. JORION, *Principes des systèmes intelligents*, *op. cit.*, 1990.

3. Dans l'association libre, c'est la configuration du réseau de notre mémoire qui décide de l'ordre dans lequel ses éléments, nos traces mnésiques, se présenteront séquentiellement de manière spontanée. Le rêve — si l'on

> L'habitude fait que les impressions se suivent dans un certain ordre. Ainsi lorsque quelqu'un souhaite se souvenir de quelque chose, voici quelle sera sa méthode : il essaiera de trouver un point de départ dans une impression conduisant à celle qu'il recherche. Voilà pourquoi les remémorations réussissent le plus rapidement et avec le plus de succès quand elles prennent comme point de départ le début d'une série ; car de même que les objets sont liés les uns aux autres dans un ordre consécutif, il en va de même pour les impressions [1].

Et il en offre un exemple : « [Certains] passent rapidement d'un lieu à un autre ; ainsi, du lait au blanc, du blanc à l'air, de l'air à l'humidité ; à partir de quoi ils se rappellent de l'automne, si telle est la saison dont ils s'efforcent de se souvenir [2]. »

Au pôle opposé existe le calcul, l'enchaînement délibéré — contrôlé par la conscience — des étapes d'un algorithme appris et développé de manière systématique. Ici, un espace de représentation contraint est d'abord imaginé, ensuite des « instances » y sont mises en scène, puis celles-ci sont manipulées selon les enchaînements imposés par l'algorithme conscient.

Le rapport entre l'association libre et la logique nous est historiquement connu : nous savons parfaitement comment la logique a été construite en corps de savoir à partir d'observations faites par Aristote sur l'association libre. Le philosophe part du principe général que nous raisonnons

---

admet avec Freud qu'il se résume à l'illustration de concepts, à leur mise en images — se contente de parcourir sans contraintes le réseau des traces mnésiques connectées par notre mémoire. L'émotion qui, dans la veille, inhibe certains parcours possibles est absente du rêve : le rêve nous place souvent dans les situations qui seraient les plus embarrassantes dans la vie réelle sans que nous en éprouvions la moindre gêne. La censure est absente, ou quasiment : l'appareil émotionnel, qui interdit dans la veille le surgissement à la conscience de l'association purement libre, est ici déconnecté, assurant cette liberté extraordinaire qui consiste dans le parcours libre des connexions mnésiques, c'est-à-dire du réseau neuronal biologique en tant que pure architecture.

1. Aristote, *On Memory and Recollection*, 451b-452a, in *Aristotle VIII*, trad. anglaise W. S. Hett, Loeb Classical Library, Londres, Heinemann, 1936, p. 308 (je traduis de l'anglais).

2. *Ibid.*, 452a.

« en gros » correctement, que nous ne nous trompons pas dans la manière d'enchaîner les arguments, mais qu'il existe des moments où, de manière subtile, nous « quittons les rails » de la pensée correcte et qu'il est donc important d'énoncer les règles qui, si on les suit à la lettre, permettront d'éviter tout « déraillement ». On peut faire confiance à l'association libre, mais si l'on veut être absolument sûr de ne pas se tromper, il vaut mieux se tourner vers l'algorithme, vers le calcul.

Envisagée de ce point de vue, la logique relève donc d'une démarche parfaitement parallèle à celle de la mnémotechnique. De la même manière que l'on se souvient « normalement », au moment de le prononcer, du discours que l'on avait préparé, on évite aussi, « normalement », de se contredire. Mais si l'on a étudié (comme le fait, par exemple, le pseudo-Cicéron dans le *Ad Herennium*) la manière dont fonctionne « ordinairement » la remémoration, on peut suivre comme règles des principes préalablement abstraits de son cheminement habituel. Et semblablement pour la logique[1].

L'analytique se déroule sur le mode (apodéictique) de la démonstration et se confond avec la théorie du syllogisme scientifique. Avec elle, Aristote semble se diriger vers ce qui pourrait être une caractéristique au sens de Leibniz : fixer, en leur donnant un contenu particulier, les diverses relations *a* R *b* (des enchaînements associatifs) tout en maintenant dans leur valeur de variables « vides » les *a*, *b*, *c*, etc. Autrement dit, fixer les syncatégorèmes, tout en laissant les catégorèmes « flottants ».

Ce serait se méprendre toutefois sur l'objectif du Stagirite que d'imaginer qu'il visait, avec l'analytique, un embryon

1. Dans *Principes des systèmes intelligents*, j'ai tiré les conséquences de cette observation : le système ANELLA (Associative Network with Emerging Learning and Logical Abilities), que j'avais mis au point pour la compagnie British Telecom, faisait apparaître les relations logiques par simple enchaînement associatif, sans qu'aucune règle de type logique ait été inscrite dans le logiciel. Cela n'empêchait pas le système de produire des enchaînements de type syllogistique, de longueur potentiellement infinie (cf. aussi P. Jorion, « An Alternative Neural Network Representation for Conceptual Knowledge », art. cité).

de logique formelle et, avec la dialectique, un embryon de théorie des probabilités. Ce qu'il oppose, ce sont deux méthodes, l'une pour penser juste dans le contexte de l'épistémè, de la science, l'autre pour penser juste dans le domaine de la *doxa*, de l'opinion commune. Ce sont en réalité les enchaînements associatifs en tant que tels qui décident de leur composition les uns avec les autres. Remplacer les catégorèmes qui y sont présents par des variables n'est possible que dans des limites très restreintes. Le psychologue Philipp N. Johnson-Laird a pu vérifier en situation expérimentale que ce sont les jugements qui décident « d'eux-mêmes » de la compatibilité des suites qu'ils peuvent composer dans une argumentation, et non l'application de règles syllogistiques : un sujet normal ne construit des syllogismes sans difficulté qu'au cas seulement où le sens des mots le « guide ». Le psychologue a mis en évidence que si l'on se laisse porter par les enchaînements associatifs entre les mots, on génère des syllogismes sans le savoir, et sans se tromper — tout comme M. Jourdain faisait de la prose —, mais aussi que si les mots « n'aident pas », on est alors assuré de se tromper[1]. Si je dis que « Tous les lions mâles ont une crinière » et que « Certains animaux sont des lions », à peu près tout le monde en tirera de manière immédiate la conclusion que « Certains animaux ont une crinière ». Mais si je dis, à la suite de Lewis Carroll, que « Tous les chats comprennent le français » et que « Certains poulets sont des chats[2] », très peu de gens en tireront du premier coup la conclusion logique que « Certains poulets comprennent le français ». Pourquoi les exemples proposés par l'auteur d'*Alice au pays des merveilles* dans sa *Logique sans peine* sont-ils à ce point insolubles ? Parce qu'on n'y trouve que des pseudo-jugements, des parodies de ces jugements authentiques qui apparaissent dans le fil de la pensée commune. Pour résoudre de manière immédiate un syllo-

1. Philipp N. Johnson-Laird, *Mental Models. Towards a Cognitive Science of Language, Inference, and Consciousness*, Cambridge University Press, 1983, chap. III.
2. Lewis Carroll [Charles L. Dodgson], *Logique sans peine* [1897], Hermann, 1966, p. 130.

gisme tel que « Tous les chats comprennent le français / Certains poulets sont des chats », il n'existe pas d'échappatoire à l'application stricte des règles qui ont été abstraites d'exemples réels d'argumentation, précisément du fait qu'il ne s'agit là, avec ces « poulets qui sont des chats », que de « pseudo- »jugements. Les mots n'auront pas aidé, parce que, dans le monde réel, aucun animal ne parle et qu'aucun poulet n'est un chat, et qu'il aura fallu pour découvrir la conclusion logique opérer un calcul, appliquer systématiquement un algorithme. Or, et c'est très important, cet algorithme n'est pas appliqué lorsqu'on « trouve » intuitivement que « Certains animaux ont une crinière ». C'est le mouvement inverse qui a eu lieu : c'est Aristote, en observant ce qui se passe quand on associe librement et que l'on « reste sur les rails », qui a pu abstraire de l'ensemble des cas observés par lui que tout se passe comme si l'on appliquait tel ou tel algorithme. Et que… si l'on a quelque hésitation, parce que le sens des mots n'indique pas de façon suffisamment claire comment se diriger, il vaut mieux appliquer l'algorithme : il est plus sûr d'appliquer l'algorithme.

Et ici, il faut que j'y insiste, ce ne sont pas certaines figures du syllogisme qui relèvent de l'association libre et certaines autres du calcul : ce sont les mêmes, mais, selon les mots qui les composent, l'articulation entre les enchaînements associatifs se fera automatiquement, par simple « effet d'entraînement » des mots entre eux[1], ou laborieusement, par calcul, pour reproduire de manière « dirigée » l'effet qui aurait été obtenu si des mots avaient été présents pour guider l'association du sens.

## *Les sophistes*

Dans l'Athènes antique, c'est, comme je l'ai dit, essentiellement la non-contradiction du discours tenu qui décide de

1. J'ai également pu montrer avec ANELLA (cf. n. 1, p. 104), qu'une dynamique d'affect est automatiquement aussi une dynamique de pertinence (P. JORION, *Principes des systèmes intelligents*, *op. cit.*, pp. 75-77).

qui a raison : la conviction, qui permet à l'orateur de l'emporter, repose sur elle. Un corps de spécialistes apparaît alors, les rhéteurs, les sophistes : des sceptiques qui promettent à leurs élèves de leur enseigner la méthode du discours non contradictoire mais capable d'emporter la conviction aussi bien relativement à un état de choses postulé qu'à son contraire.

Ce qu'on découvrait à l'époque, c'était le pouvoir extraordinaire de la parole, du verbe, mais aussi ses pièges, que l'on dénonçait comme analogues à ceux des « drogues ». Dans un passage célèbre de son *Éloge d'Hélène*, Gorgias déclare :

> Il existe une analogie entre la puissance du discours à l'égard de l'ordonnance de l'âme et l'ordonnance des drogues à l'égard de la nature des corps. De même que certaines drogues évacuent certaines humeurs, et d'autres drogues, d'autres humeurs, que les unes font cesser la maladie, les autres la vie, de même il y a des discours qui affligent, d'autres qui enhardissent leurs auditeurs, et d'autres qui, avec l'aide maligne de Persuasion, mettent l'âme dans la dépendance de leur drogue et de leur magie [1].

Les sophistes en tiraient la conclusion que le vrai en tant que tel n'était qu'illusion. Convaincre son interlocuteur à l'aide de la drogue (*pharmakon*) inhérente aux paroles était une pratique sociale d'une efficacité certainement sans égale, mais qui relevait d'une technique permettant de convaincre quelqu'un d'une chose, ou bien de son contraire, indépendamment de toute considération quant au vrai et quant au faux. Comme le dit très bien Barbara Cassin, selon les sophistes, « [...] celui qui parle ne dit pas ce qui est (le vrai), pas plus d'ailleurs que ce qui n'est pas (le faux) : "il dit un dire" (Gorgias dans le *Traité du non-être* : "et celui qui dit, dit un dire, mais non une couleur ni une chose") [2] ». Sextus Empiricus écrivait déjà à propos de

1. « Gorgias », *in* Jean-Paul DUMONT (éd.), *Les Écoles présocratiques*, Gallimard, coll. « Folio Essais », 1991, p. 713 ; cf. aussi Jacques DERRIDA, *La Dissémination*, Éd. de Minuit, 1972, pp. 79-80.

2. Barbara CASSIN, « Du faux ou du mensonge à la fiction », *in* B. CASSIN (éd.), *Le Plaisir de parler*, Éd. de Minuit, 1986, p. 17.

Gorgias : « [L]e discours, il n'est ni les substances, ni les êtres : ce ne sont donc pas les êtres que nous révélons à ceux qui nous entourent ; nous ne leur révélons qu'un discours qui est autre que les substances[1]. »

Socrate, Platon et Aristote s'efforceraient de sortir la pensée de ce marasme du « tout est bon » en affirmant qu'il existe une vérité et une seule[2]. Ce que les sophistes leur répondirent, c'est que, même si l'on s'en tient aux critères qu'ils proposent, il n'existe pas de vérité unique. Les deux parties en furent alors réduites à étayer théoriquement leurs positions respectives : les sophistes, polémistes professionnels, auraient à cœur de prouver le caractère relatif de la vérité en mettant en évidence l'incommensurabilité de tous les espaces de modélisation imaginables. Le monde des Idées de Platon tout comme le monde en puissance aristotélicien autorisent sans doute une multitude de mondes possibles comme leurs réalisations empiriques ; ils n'en constituent pas moins chacun un espace de modélisation unique. Les sophistes constatent eux, au contraire, qu'à partir de chaque cas singulier il est possible de construire un espace de modélisation distinct qui lui correspond ; d'où leur infinie prolifération. Ainsi parle Protagoras, dans les termes où Dupréel résume l'argument des *Dissoi Logoi* :

> [...] si un jugement ne prévaut sur sa négation que lorsqu'on le formule en tenant compte d'un certain rapport que les termes du jugement n'introduisent nullement avec eux, il s'ensuit que c'est celui qui énonce le jugement qui est le maître de sa valeur, puisque c'est lui qui choisit le rapport. Si je dis que la peste est un mal, c'est que j'ai adopté le point de vue du malade, je la jugerais bonne si j'en jugeais comme Caron, passeur des Enfers. Les vérités sont relatives parce qu'elles ne sont jamais le décalque d'un être absolu, d'une nature immuable indépendante des conditions de leur affirmation ; et l'homme est celui qui en décide, puisque c'est lui qui combine le jugement dans

1. Sextus Empiricus, *Contre les mathématiciens*, vii, 84.

2. « C'est, on le sait, au nom de la vérité que la sophistique a d'abord et toujours été condamnée : l'accusation majeure portée par Platon comme par Aristote se laisse consigner dans le terme de *pseûdos* » (B. Cassin, « Du faux ou du mensonge à la fiction », art. cité, p. 6).

lequel se formule la connaissance, avec le rapport qui en fait une vérité[1].

L'hypothèse d'Aristote qu'il serait possible de construire un discours sans se contredire vient buter chez Protagoras contre l'affirmation contraire des bifurcations de la vérité au cours du déroulement d'un discours, c'est-à-dire la fin de son unicité. C'est encore l'argumentation de Protagoras, telle que la rapporte Platon dans le *Phédon* :

> C'est surtout à ceux dont le temps se passe à raisonner pour et contre qu'il arrive, tu le sais bien, de s'imaginer enfin que, parvenus au comble de la sagesse, ils sont les seuls à avoir reconnu qu'il n'existe, dans les *pragmata* (phénomènes) pas plus que dans les *logoi* (propositions ou arguments), rien de rien qui soit sain ni davantage stable ; toute la réalité étant au contraire tout bonnement dans une manière d'Euripe, remontant et descendant tour à tour le courant, sans aucun moment de repos, en aucun point que ce soit[2].

La valeur d'un espace de modélisation ne se mesure pas, aux yeux des sophistes, à la vérité qu'il pourrait restituer dans son unicité, mais à son efficacité (pragmatique) dans un monde humain. C'est ce que résume très bien Kojève :

> Protagoras exclut tous les dires moralistes « contraires » aux siens uniquement en fonction de l'*efficacité* exclusive de ces derniers. Or cette « efficacité » est un critère « expérimental » et donc non discursif. Ceux qui contre-disent les dires (moralistes) de Protagoras peuvent être, selon lui, tout aussi *cohérents* qu'il l'est lui-même. Et ce qu'on dit, en le contre-disant, d'un comportement moral contraire à celui dont il parle, peut être, d'après lui, tout aussi *adéquat*. Il n'y a donc pas de critère *discursif* qui permettrait à Protagoras d'exclure les dires moralistes qui contre-disent les siens. Un tel critère d'exclusion ne peut être trouvé qu'en-dehors du Discours et, pour Protagoras, ce critère est l'efficacité. Ceux qui le contre-disent parlent (en principe, d'une façon cohérente et adéquate) d'un compor-

1. Cité par E. Dupréel, *Les Sophistes*, *op. cit.*, p. 43.
2. Platon, *Phédon*, 90b, 9-c, 6, trad. de L. Robin légèrement modifiée, in *Œuvres complètes*, Gallimard, coll. « Bibliothèque de la Pléiade », t. I, 1940, p. 814.

> tement « exclusivement » *efficace*. Si l'on définit la Vérité discursive par la cohérence ou bien par l'adéquation, le discours moraliste de Protagoras n'est, pour lui, ni plus ni moins « vrai » que le discours qui le contre-dit. Mais son discours (exclusif) est seul à avoir une *valeur* (*non* discursive) d'efficacité : on peut donc le maintenir seul, à l'exclusion de tous les autres. Aussi bien peut-on dire, si l'on veut, que ce discours est seul à être « vrai » ; mais il faut alors ajouter que le critère de cette « vérité » discursive est un critère qui n'est pas discursif. « Pour moi, elles [les opinions] ont plus de *valeur* les unes que les autres ; plus de *vérité*, pas du tout » (*ibid.*, 167 b). Or, si le Sage « dit vrai », tandis que le Fou « se trompe », on peut dire qu'« il y a des gens plus sages les uns que les autres, sans que personne ait des opinions fausses » [1].

À cela, Aristote — ni personne après lui — n'a jamais pu répondre. Hegel faisait ce constat : « En réalité, on ne peut pas triompher de quelqu'un qui veut absolument être sceptique, en d'autres termes, il ne peut être amené à la philosophie positive, — pas plus qu'on ne peut faire se tenir debout un homme paralysé de tous ses membres [2]. » Et il en concluait que leur esprit critique avait fait des sceptiques, au premier rang desquels s'étaient trouvés les sophistes, les premiers intellectuels authentiques [3]. Plus récemment, Charles S. Griswold a cependant noté très justement : « Socrate ne présente pas une réplique directe à la position sceptique radicale de Ménon. Au contraire, il essaie de *montrer* à Ménon une *action* dont Ménon est lui-même obligé de tirer la conclusion que son propre paradoxe peut être résolu [...]. La réfutation cruciale des sceptiques tient simplement au fait que *le savoir existe* (autrement que par le fait d'apprendre par cœur). La réfutation prend effet seulement quand le sceptique a soit appris, soit reconnu que quelqu'un vient d'apprendre [4]. »

1. Id., *Théétète*, 167d, cité par A. Kojève, *Essai d'une histoire raisonnée de la philosophie païenne*, t. II, *op. cit.*, pp. 333-334.
2. G. W. Friedrich Hegel, *Leçons sur l'histoire de la philosophie*, t. IV [1829-1830], trad. P. Garniron, Vrin, 1975, p. 760.
3. Cf. *ibid.*, pp. 798-799.
4. Charles L. Griswold, « La naissance et la défense de la raison dialogique chez Platon », *in* Jean-François Mattei (dir.), *La Naissance de la raison en Grèce*, actes du congrès de Nice, 18-21 mai 1987, PUF, 1990, pp. 379-380.

## *La vérité des philosophes*

Les sophistes s'intéressaient donc au phénomène même de la persuasion, à cette capacité « magique » pour quelqu'un de convaincre quelqu'un d'autre de quelque chose, et ils considéraient que l'un des moyens utilisés pour convaincre une personne consiste à lui dire qu'elle doit croire à un état de choses parce que « cet état de choses est vrai », mais il ne s'agissait là, selon les sophistes, que de l'un des multiples moyens qui permettent d'emporter la conviction, un artifice rhétorique, un argument polémique parmi tant d'autres.

Cela dit, la proposition sophistique inverse — que l'on peut emporter la conviction aussi bien relativement à un état de choses postulé qu'à son contraire — révolte les philosophes. À leurs yeux, une chose et son contraire ne peuvent s'équivaloir. De deux discours non contradictoires mais inconciliables, l'un doit pouvoir prévaloir sur l'autre : celui qui est vrai. Si l'on veut créer un système de savoir, comme ce fut le cas d'Aristote (et peut-être de Platon — ce dont nous ne sommes pas sûrs puisque ses textes théoriques sont perdus), fonder le concept du vrai était d'une importance cruciale.

Le système philosophique d'Aristote, malgré son bel ordonnancement, sa cohérence et sa complétude, est particulièrement fragile sur ce point : il est incapable de fonder le concept du vrai. La seule chose qu'il ait pu faire qui s'apparente au plus près à donner un fondement au vrai, c'est prouver que si l'on part de quelque prémisse que l'on sait vraie (c'est-à-dire, comme on l'a vu, dénotant un état de choses sur lequel chacun s'accorde), alors il sera possible de déterminer des règles qui, si deux orateurs s'y conforment, feront que non seulement ils ne se contrediront jamais eux-mêmes, mais, en plus, ils ne se contrediront jamais entre eux. C'est ce qui le conduisit à définir puis à créer de toutes pièces l'analytique et la dialectique.

Les philosophes développeront alors une approche du

problème entièrement neuve, à l'époque précisément dont je parle : que la question de la compatibilité des propositions qui composent un discours pourrait se juger autrement qu'en examinant leur séquence. L'idée s'est imposée qu'il devrait être possible de contourner la question de savoir si ces suites d'enchaînements ne se contredisent pas entre elles, en jugeant chacun de ces enchaînements pour soi, par rapport à une qualité intrinsèque qu'ils posséderaient chacun individuellement, à savoir leur vérité ou leur fausseté. Serait-il possible, s'est-on demandé, de juger chacun des enchaînements associatifs séparément de telle sorte que, si chacun surmontait victorieusement une épreuve spécifique, la compatibilité de leur suite serait nécessairement assurée ? Dans les termes de Kojève :

> Si le Discours théorique veut maintenir la Vérité exclusive, il doit trouver un « critère » autre que celui de la Vérité *axiomatique*. Il le trouve en se trans-formant en Discours *dogmatique*. Le discours axiomatique admettait un critère immanent au discours, en se contentant de l'absence de contradiction « interne ». Mais le discours sceptique a montré que cette absence n'excluait pas la présence d'une contradiction « externe » : deux discours non contradictoires ou « cohérents » pouvaient (et devaient) se contre-dire mutuellement. Le Discours dogmatique admet donc que le critère de la Vérité *exclusive* doit être *transcendant* par rapport au Discours en tant que tel. D'où le critère de l'*adéquation* entre le Discours et la Réalité, c'est-à-dire (le sens de) ce que l'on dit et (l'essence de) ce dont on parle : la Vérité est un discours « adéquat » et elle exclut l'Erreur en tant que discours « inadéquat » [1].

Arrivé à ce point, le choix serait simple : ou bien la vérité de chaque proposition examinée indépendamment de toute autre serait définie localement, en situation, par les parties en présence, et, dans ce cas, il y aurait autant de vérités que d'accords singuliers (ce serait la position des sophistes et des autres sceptiques qui leur succéderaient), ou bien l'on s'accorderait une fois pour toutes sur la manière de définir

1. A. KOJÈVE, *Essai d'une histoire raisonnée de la philosophie païenne*, t. II, *op. cit.*, p. 247.

une vérité universelle (ce qui obligerait à constituer un corps d'autorités), et chacun se verrait désormais obligé d'y référer.

On affirmerait désormais qu'un jugement est vrai s'il dit les états de choses tels qu'ils sont et qu'un discours est vrai s'il est constitué entièrement de jugements vrais. À partir de là, et un discours étant entièrement vrai, les jugements qui le composent seraient nécessairement compatibles entre eux au sein de leur séquence, et le risque de contradiction au sein du discours serait entièrement écarté. Dans les termes de Kojève :

> D'une manière générale, le Théoricien axiomatique n'admet comme « critère de Vérité » que la « cohérence » du Discours, tandis que le Théoricien sceptique, tout en admettant ce seul « critère », nie la possibilité pour le Discours de s'y conformer. Par contre, le Théoricien dogmatique, tout en voyant dans ce « critère » la condition *nécessaire* de la Vérité (exclusive), ne le considère plus comme une condition *suffisante*, mais lui ajoute celui de l'« adéquation » [1].

Notre familiarité est telle aujourd'hui avec l'étalonnage des discours en termes de leur fausseté ou de leur véracité que nous serions enclins à juger plus plausible un mouvement historique inverse : celui qui aurait fait passer d'une interrogation sur la vérité des jugements pris un par un à une autre, relative à la non-contradiction définie comme maintien de la compatibilité globale de ces enchaînements. Il n'en est rien : la progression attestée est bien celle que je rapporte. C'est ici que se révèle si précieux pour notre compréhension de la Grèce comme de la Chine antiques le concours que nous procurent les textes anciens conservés : c'est, en effet, passablement acculé par l'argumentation sophistique qui défend la non-contradiction comme seul critère valide pour l'argumentation (et la persuasion qu'elle emporte) que Platon introduit une autre approche, celle du critère de la vérité. Il énonce à cette occasion une thèse qu'Alfred Tarski se contentera de répéter vingt-cinq siècles

1. *Ibid.*, pp. 249-250.

plus tard quand il s'efforcera de lui donner une validité formelle en dépit de sa nécessité purement tautologique : « La neige est blanche si et seulement si la neige est blanche », affirmera-t-il, sans pouvoir résoudre pour autant aucune des innombrables difficultés épistémologiques que ce principe emporte avec lui [1].

Je commenterai au fur et à mesure le passage fameux du *Sophiste* où Platon établit, pour ainsi dire « une fois pour toutes », la vérité en tant que l'*adæquatio rei et intellectus*, c'est-à-dire en tant qu'adéquation des mots aux états de choses, comme le critère d'évaluation de la validité des discours au sein de notre culture occidentale :

> L'ÉLÉATE. — De même donc que, parmi les choses, les unes vont ensemble et les autres non, de même en est-il pour les signifiants : alors que certains ne peuvent pas aller ensemble, ceux qui le peuvent réalisent un discours [2].

La signification du passage est celle que j'ai rappelée un peu plus haut à propos de la *Logique sans peine* de Lewis Carroll : un enchaînement associatif n'est authentique que s'il rapproche des signifiants qu'associerait effectivement la pensée commune, « des choses qui vont ensemble ». « Quelques poulets sont des chats » n'est en ce sens qu'un pseudo-enchaînement associatif. J'ai traduit par « signifiant » ce que Robin rend par « signe vocal », à savoir très exactement ce que nous appelons aujourd'hui un signifiant.

> L'ÉLÉATE. — Un discours, par le fait même qu'il existe, est relatif à un certain sujet : il est impossible qu'il ne porte sur rien. [...] Je vais prononcer un discours en unissant un sujet à une action, à l'aide d'un verbe et d'un nom. Tu me diras à quoi se rapporte ce discours.
>
> THÉÉTÈTE. — Je le ferai dans la mesure de mes moyens.

1. Alfred TARSKI, *Logic, Semantics, Metamathematics*, New York, Clarendon Press, Oxford University Press, 1956.
2. Cette citation et les suivantes, PLATON, *Le Sophiste*, 262c-263b, trad. L. Robin modifiée, in *Œuvres complètes*, *op. cit.*, t. II, 1943, p. 328.

L'Éléate a préalablement (262 a) défini l'unité élémentaire du discours comme « combinaison de nom(s) et de verbe(s) », soit ce que j'appelle enchaînement associatif.

L'ÉLÉATE. — « Théétète est assis. » Est-ce un trop long discours ?

THÉÉTÈTE. — Non, il est de bonne dimension.

L'ÉLÉATE. — Explique-moi alors de quoi il parle et qui en est le sujet.

THÉÉTÈTE. — Il parle de moi et j'en suis le sujet.

L'ÉLÉATE. — Et celui-ci [...] : « Théétète à qui je parle, vole dans les airs. »

THÉÉTÈTE. — Celui-là aussi, personne ne me contredira si je dis qu'il parle de moi et que j'en suis le sujet.

On observe que le critère invoqué par Théétète est celui de la contradiction éventuelle par un interlocuteur.

L'ÉLÉATE. — Or, nous pouvons dire que chaque discours est nécessairement d'une certaine nature ?

THÉÉTÈTE. — Oui.

L'ÉLÉATE. — Et maintenant, chacun de ces deux-là, quelle est sa nature ?

THÉÉTÈTE. — Du second, nous devons dire, je pense, qu'il est faux, et du premier, qu'il est vrai.

L'ÉLÉATE. — Or, celui des deux discours qui est vrai dit, te concernant, ce qui est, comme il est.

THÉÉTÈTE. — Je ne peux le contredire.

Nouveau renvoi à une contradiction éventuelle.

L'ÉLÉATE. — Et, évidemment, celui qui est faux dit ce qui est, autrement qu'il n'est ?

THÉÉTÈTE. — Oui.

Et l'Éléate de poursuivre sa démonstration en rattachant le vrai à l'intervention de l'Être dans le discours et le faux à l'irruption du Non-Être, reprenant ainsi l'argument qu'il avait introduit avant le passage cité[1], et justifiant encore une fois sa qualité d'Éléate, élève de Parménide et de

1. *Ibid.*, 237-260.

Zénon, par laquelle Théodore l'avait présenté à Socrate dans les premières lignes du dialogue.

Aristote ne fera rien de plus que répéter Platon quand il affirmera qu'il faut dire le vrai et s'abstenir de dire le faux, et que cela peut se faire en disant de ce qui est qu'il est et de ce qui n'est pas qu'il n'est pas : « Dire de l'Être qu'il n'est pas, ou du Non-Être qu'il est, c'est le faux ; dire de l'Être qu'il est et du Non-Être qu'il n'est pas, c'est le vrai ; de sorte que celui qui dit d'un être qu'il est ou qu'il n'est pas dira ce qui est vrai ou ce qui est faux[1]. »

Le critère de la vérité, introduit de cette manière par Platon, constitue effectivement un moyen d'atteindre l'objectif visé : celui de la non-contradiction, mais outre qu'il est dé-tourné par rapport à l'évaluation de la compatibilité globale de la suite des enchaînements associatifs, il est aussi tout à fait particulier au sens où sa méthode ne permet de reconstituer qu'un sous-ensemble restreint des discours non contradictoires que la pensée commune a coutume de juger valides.

Les sophistes poursuivraient la laïcisation du discours en mettant en évidence le caractère parfaitement suffisant de la « transcendance » sociologique que constitue l'assentiment des citoyens. Ils trouveraient un réconfort dans le fait qu'Aristote lui-même ne parvenait pas à fonder entièrement la compatibilité des éléments d'une argumentation en fonction de leur adéquation individuelle par rapport à une réalité « objective », mais serait obligé dans certains cas de se satisfaire d'une vérité d'un autre type, celle qu'assure l'assentiment commun, d'où son partage de ce que nous appelons aujourd'hui la logique en deux parties : l'analytique, qui juge de la compatibilité entre eux des jugements qui composent un discours par rapport à la réalité « objective », et la dialectique, qui a pour garantie de la vérité les opinions communément admises.

Bien plus, comme on l'a vu, l'analytique elle-même ne pourrait éviter de trouver son fondement dans l'opinion : Aristote se verrait obligé de reconnaître un élément consen-

1. Aristote, *La Métaphysique*, *op. cit.*, t. I, *gamma*, 7, 25-28, p. 235.

suel à la racine aussi bien de la démonstration analytique que du développement dialectique : leurs fondements premiers, qu'il appelle *arxé* et que Thomas d'Aquin distingue, comme on l'a vu, en « dignités » et en « positions ». Dans le contexte chinois, on l'a vu aussi, c'est le monde sensible lui-même qui fait office de réalité « objective ». On peut considérer qu'au sein d'une telle culture, la rectification des noms est l'équivalent de la méthode expérimentale dans un univers culturel, le nôtre, où le monde sensible (de l'Existence-empirique, selon l'expression de Kojève) est doublé d'une Réalité-objective plus réelle que ce monde sensible lui-même bien qu'invisible au premier examen.

Certains se sont sans doute satisfaits d'une transcendance « laïque » — l'accord entre les hommes ; mais l'histoire allait se montrer adverse à leur projet —, tandis que d'autres se sont sentis obligés de remplacer l'ancienne transcendance par une nouvelle et ont inventé pour ce faire la Réalité-objective. Socrate faisait ici, selon Kerferd, figure de pionnier[1] :

> [...] sa fameuse nouvelle méthode, parfois appelée la méthode de l'*hupothesis* [...], fait référence à une conversion de l'âme qui se détourne des objets visibles et sensibles au profit des *logoi*. Il s'agit ici de toute évidence de *logoi* qui sont distincts des *logoi* qui reflètent l'expérience du monde sensible. Ce qui est visé, c'est la recherche de la vérité et, surtout, la recherche des vraies causes dans le cadre des *formes*[2]. Socrate conclut qu'il faut renoncer aux explications qui sont de l'ordre du phénomène, puisque celles-ci ne mènent qu'à des contradictions inévitables.

Et cette vérité ne pourrait se jauger que par la correspondance des mots à des états de choses qui cessent d'être ceux du monde sensible pour devenir ceux d'un espace de modélisation supposé réel, et même plus réel que le monde sensible, puisque débarrassé de l'illusion des phénomènes,

1. G. B. Kerferd, « Le sophiste vu par Platon : un philosophe imparfait », art. cité, pp. 16-17.

2. Qui peuvent être des « idées » au sens platonicien ou des « essences » du *monde en puissance* chez Aristote.

des *pragmata*, des *apparentiae*, qu'impose obligatoirement à nos sens le monde sensible. Comme le dit excellemment Guthrie à propos d'Aristote : « Aristote parle de son propre point de vue et de celui de la philosophie platonicienne, selon lesquels il existe une réalité qui se trouve au-delà de notre connaissance ou de nos opinions et qui en est indépendante, et il y oppose la doctrine de Protagoras qui veut que rien n'existe à l'exception de ce que chacun de nous perçoit et connaît[1]. »

La philosophie platonicienne postule en effet « une réalité qui se trouve au-delà de notre connaissance » : Platon situe les mathématiques sur un feuillet intermédiaire entre l'Être-donné, le monde en soi, inaccessible à notre représentation, et l'Existence-empirique, le monde sensible. Aristote écrit à propos de son maître : « [...] il avance qu'entre les choses sensibles et les Formes[2], il existe une strate intermédiaire, celle des objets mathématiques, qui diffèrent des choses sensibles parce qu'elles sont éternelles et immuables et diffèrent des Formes parce qu'il existe des objets mathématiques similaires, alors que chaque Forme est unique[3]. » Que l'invention de cette Réalité-objective ait un rapport avec la logique, Aristote est encore le premier à l'observer : « La distinction qu'établit [Platon] entre l'Un et les nombres et les choses ordinaires [en quoi il se sépare des pythagoriciens] et l'introduction des Formes étaient dues à ses recherches sur le *logos* [les penseurs antérieurs ignoraient la dialectique][4]. »

## *Logique antique et logique formelle*

Pour éviter tout malentendu, il me faut revenir brièvement au sentiment, fondé sur un anachronisme, que la syllogistique aristotélicienne constituait la préfiguration d'une

1. W. C. K. Guthrie, *Les Sophistes*, *op. cit.*, p. 193.
2. C'est-à-dire les « Idées » platoniciennes.
3. Aristote, *Metaphysics*, I, vi, 4, 987b, 15-18, in *Aristotle XVII*, *op. cit.*, p. 45.
4. *Ibid.*, 7.

logique formelle. On trouve à l'origine de cette illusion le caractère à première vue automatique de « règles » du type :

> Si tous les *A* sont *B*
> Et que tous les *B* sont *C*
> Alors tous les *A* sont *C*.

Tout cela est bien vrai, mais à une seule condition, que l'on peut aisément perdre de vue : que les *A* soient effectivement des *B* et que les *B* soient effectivement des C. Si *A* représente « ours » et *B* « animal », alors tous les *A* sont bien des B. Si *A* représente « chaton » et *B* « poulet », alors tous les *A* ne sont pas des B. Autrement dit, il convient de reformuler toute règle de logique formelle sous la forme de ce qu'on appelle aujourd'hui des « probabilités conditionnelles » : s'il existe des *A* et des *B* tels que tous les *A* sont des *B*, et s'il existe des *C* tels que tous les *B* sont des *C*, alors il est exact de dire que tous les *A* sont des C. Autrement dit, les propositions de ce type ne sont vraies que s'il existe un certain type de rapport préalable entre *A* et *B*, d'une part, et *B* et *C*, d'autre part. Cela signifie que les propositions logiques du type « Tous les *A* sont *B* » ne sont vraies qu'une fois interprétées, c'est-à-dire qu'une fois que les *A* et *B* ont été remplacés par des données intuitives, des catégorèmes, qui sont, comme on l'a vu précédemment, des mots de la langue « à contenu » dénotant des signficats : ce à quoi ils réfèrent. Je reviendrai plus longuement, à propos de la démonstration en mathématiques, sur cette particularité des jugements de la logique qui les distingue des formules algébriques.

Aristote lui-même n'a jamais été victime d'une telle confusion : il n'a jamais pensé qu'il serait possible d'énoncer une logique formelle, indépendante des contenus. Il s'est arrêté au seuil d'une formalisation authentique. Hamelin observe que « [...] même dans les *Premiers Analytiques*, l'unique ouvrage où Aristote ait fait quelque chose qui approche de la logique formelle, les considérations matérielles interviennent sans cesse : témoin, entre autres, le fait qu'Aristote s'occupe tout de suite des propositions modales[1] ». « Matériel » s'entend ici comme « lié au contenu propre ». La logique modale s'intéresse aux jugements envisagés non comme vrais ou faux, mais comme possibles ou impossibles, nécessaires ou contingents. On conçoit immédiatement qu'en logique modale, la fiction qu'il serait possible de s'abstraire entièrement de l'état de choses qu'évoque la proposition est absolument intenable ; qu'on pense à certains des exemples proposés par Lewis Carroll (« Tous les chats comprennent le français » ou « Certains poulets sont des chats »), s'il est encore imaginable qu'on puisse considérer ces propositions, en faisant un certain effort, comme dénotant un état de choses « vrai » (« [il est vrai que] certains poulets sont des chats »), aucun lecteur ne serait disposé à consentir l'effort nécessaire s'il lui était demandé de les interpréter comme « [il est possible que] tous les chats comprennent le français » ou « [il est contingent que] certains poulets so(ie)nt des chats », etc.

La formalisation de la logique se résume en réalité au forçage du système de ses règles sur un objet mathématique que l'on appelle « algèbre de Boole » — du nom de George Boole, qui en offrit en 1847 la première formulation (il s'agit en fait d'un « treillis orthomodulaire distributif »). La tentation d'une caractéristique à la Leibniz, une représentation du monde à l'aide d'un langage idéalement entièrement symbolique, n'a pas su être évitée, et l'on a fait équivaloir les « connecteurs logiques » à des « opérateurs algébriques », ce qui implique par la même occasion, comme on vient de le voir, que les catégorèmes soient censés se comporter comme des symboles non interprétés. C'est un logicien, Bernard Bolzano, qui confirma (à son corps défendant) l'impossibilité d'une authentique formalisation de la logique, dont Aristote avait déjà établi la vacuité. La méthode de variation de Bolzano constitue en réalité une reconnaissance du caractère incontournable de l'état de choses auquel les catégorèmes renvoient pour le maintien de la compatibilité entre les éléments consécutifs d'un discours, autrement dit, une reconnaissance de

1. O. Hamelin, *Le Système d'Aristote*, *op. cit.*, p. 111.

l'impossibilité de mettre entre parenthèses les contenus associés aux catégorèmes qui apparaissent au sein du syllogisme. Je rapporte la description que propose Jean Sebestik de la méthode de variation :

> Pour définir les opérations et les relations logiques fondamentales, Bolzano a inventé une méthode spécifique qu'on appelle *méthode de variation*. [...] Sa méthode consiste à prendre une ou plusieurs propositions, à y choisir des (termes), qu'on considérera comme variables, et à y substituer successivement des représentations d'un certain domaine [...]. Par substitutions successives aux (termes) considérés comme variables dans la même proposition, on obtient toute une classe de propositions et on examinera leur valeur de vérité. [...] on s'aperçoit que trois cas peuvent se présenter :
>
> 1) la classe obtenue contient aussi bien des propositions *vraies* que des propositions *fausses* [...] ;
>
> 2) la classe des propositions obtenues par substitution contient uniquement des propositions *vraies* [...] ;
>
> 3) la classe obtenue contient uniquement des propositions *fausses* [1].

Ce que Bolzano mit en évidence, c'est l'incapacité des syncatégorèmes à assurer seuls la compatibilité des phrases consécutives d'un même discours, puisque les catégorèmes, quant à eux, les entraînent là où bon leur semble : vers le faux aussi bien que le vrai. Il ruina ainsi involontairement l'ambition d'une logique purement formelle ; ni ses contemporains, ni ses successeurs n'en ont encore tiré les conclusions qui s'imposent [2].

La logique formelle contemporaine définit des algorithmes qui permettent d'enchaîner des propositions « sans se tromper », indépendamment du sens des mots dont elles sont composées. Le prix à payer pour en arriver là est cependant exorbitant : il a fallu, *primo*, restreindre considérablement le champ d'application de la logique par rapport

1. Jan SEBESTIK, Antonia SOULEZ, *Le Cercle de Vienne : doctrines et controverses. Journées internationales*, Créteil-Paris, 29-30 septembre-1er octobre 1983, Méridiens Klincksieck, 1986, pp. 27-28.

2. Cf. aussi Joëlle PROUST, *Questions de forme : logique et proposition analytique de Kant à Carnap*, Fayard, 1986, pp. 116-123.

à celui de la langue et de la pensée ordinaire et, *secundo*, fournir un modèle mathématique de ce champ d'application réduit. Je développe ces deux points dans cet ordre.

Premièrement, on affirme que ne relèvent de la logique que les questions qui permettent de construire une table de vérité. C'est-à-dire que l'on reprend la question à la manière d'Aristote : sachant que l'on est « sur les rails » définis par une proposition initiale dont on sait qu'elle est vraie — ce qui signifie, sans plus, qu'en tant que locuteur on y adhère pleinement —, comment faire pour enchaîner d'autres propositions de manière à minimiser le risque de « dérailler » par la suite ? Et l'on entend se garantir indépendamment du contenu, c'est-à-dire uniquement par calcul, sans faire confiance à l'association libre. On voudrait pouvoir penser, je dirais « les yeux fermés », sans prendre en considération en aucune manière le sens des mots, uniquement à partir de la forme de la phrase (au temps de la scolastique, on aurait dit « en ne pensant qu'aux *syncatégorèmes*, en considérant les catégorèmes comme des variables indifférentes [1] »).

Or cela n'est possible que si l'on n'envisage que des phrases d'une forme très particulière, celles qui permettent justement de construire une table de vérité. Ces phrases, nous les avons rencontrées, ce sont celles qui contiennent « tous les... » et « certains... », et où les propositions sont reliées entre elles par « et » ou « ou » ou « si... alors... », etc. Une table de vérité se construit de la manière suivante : si je dis « *A* et *B* », « *A* et *B* » n'est vrai que si *A* et *B* sont vrais, et dans tous les autres cas, « *A* et *B* » est faux ; si je dis « *A* ou *B* », il existe deux cas : ou bien le « ou » est dit inclusif, et la phrase « *A* ou *B* » est vraie dès que l'un des deux *A* ou *B* est vrai, et fausse uniquement si tous les deux sont faux ; ou bien le « ou » est exclusif, et alors la phrase n'est vraie que si l'un des deux, *A* ou *B*, est vrai, et l'autre, faux, et « *A* ou *B* » est fausse non seulement si *A* et *B* sont tous les deux faux, mais aussi si *A* et *B* sont tous les deux vrais. Etc.

Construire la logique de cette manière permet effectivement de déterminer des algorithmes qui opéreront indé-

1. Cf. P. Jorion, *Principes des systèmes intelligents*, *op. cit.*, chap. XX.

pendamment du contenu des mots. Mais, comme on vient de le voir, ces algorithmes ne pourront s'appliquer qu'à des phrases très particulières : le champ d'application d'une telle logique ne vaut que pour une partie très restreinte de la pensée commune, un petit sous-ensemble des phrases que l'on prononce tous les jours. Pour toutes celles qui ne se coulent pas dans ce moule, il n'existe pas de solution de rechange à l'association libre pour que le sens « reste sur ses rails »[1].

Les scolastiques, Guillaume de Sherwood en particulier, tentèrent une expansion du champ de la logique comprise de cette manière en étendant la catégorie des connecteurs logiques à d'autres, tels que « bien que... », « néanmoins », etc., mais ils échouèrent : des tables de vérité ne peuvent être construites que dans des circonstances très spéciales, pour des phrases très « guindées », en général très éloignées de la pensée ordinaire. Hegel dit à propos de ces dernières que ce sont précisément leurs syncatégorèmes, les « et », les « ou », les « si... alors... », qui en constituent le véritable contenu : « [Les lois du syllogisme] peuvent bien être dépourvues de contenu empirique, elles sont elles-mêmes le contenu ; — c'est une vraie science, la science du penser : cela n'est rien de formel, c'est un contenu. Le penser et son mouvement sont le contenu ; — il n'y en a pas de plus intéressant, il est vrai pour soi[2]. »

1. On a espéré à une époque pouvoir fonder l'intelligence artificielle sur la logique formelle, c'est-à-dire sur une algèbre de Boole. Le langage de programmation Prolog a été créé à partir de cette hypothèse, et, d'une certaine manière, également le Lisp, qui repose sur le « calcul lambda » introduit par Alonzo Church pour définir une fonction mathématique dans un cadre de logique formelle. La raison pour laquelle il n'est pas possible de fonder l'intelligence artificielle sur la logique formelle devrait être maintenant évidente, l'historique que je viens de brosser de la manière dont elle fut construite fournissant de lui-même l'explication : la logique formelle nous offre un modèle de la pensée dans la mesure où celle-ci est, disons, « calcul sur des mots », mais non dans la mesure où elle est association libre. Par « association libre », il faut entendre l'expression au sens que je lui ai donnée plus haut : une association « pas si libre que ça », puisque c'est une dynamique d'affect qui lui est sous-jacente qui décide, en réalité, de l'endroit où elle se dirige.

2. G. W. F. HEGEL, *Leçons sur l'histoire de la philosophie*, t. III, *op. cit.*, p. 604.

Deuxième point donc : du fait que l'on peut établir pour cette partie restreinte de la pensée que couvre la logique des tables de vérité indépendantes du contenu, on peut automatiquement en proposer une modélisation algébrique.

### *Mythes théologiques et non théologiques*

Le mythe ne relève pas de la même chronologie que les événements de la vie quotidienne ; il se déroule dans un autre temps, qu'il n'est pas pertinent de vouloir situer avec précision : « Il était une fois », dit-on encore aujourd'hui aux enfants. Il arrive que les lieux de l'action soient déterminés plus exactement, mais ce n'est pas toujours le cas non plus. La détermination précise dans le temps et dans l'espace n'est pas la préoccupation principale du récit mythique. C'est nous, aujourd'hui, héritiers du miracle grec, qui, lorsque nous découvrons une parenté quant au contenu entre un mythe et des choses dont nous avons le soupçon qu'elles « se sont vraiment passées », nous interrogeons sur le rapport qui existe entre mythe et histoire.

Si ce n'est donc la vérité qui importe à l'auditeur des anciens mythes, qu'est-ce donc ? Il lui suffit que le récit se tienne — et pas nécessairement dans l'espace de vraisemblance qui règle la vie quotidienne —, il lui suffit d'apprendre ainsi quelque chose sur le plan de l'éthique ou qu'il soit confirmé dans son sentiment préexistant, il lui suffit que le récit l'émeuve aux périls rencontrés par les héros ou aux souffrances subies par eux. « Gagner l'âme », comme s'expriment les auteurs antiques lorsqu'ils évoquent la persuasion, la conviction acquise. La vérité humaine véhiculée par le mythe est à ce point prégnante qu'elle est seule pertinente, la véracité historique des événements rapportés est indifférente. Que ce que l'auditeur entend soit vrai ou faux au sens qu'introduisit Platon ne l'inquiète pas : pour lui, « le problème n'est pas là ». Shakespeare peut récrire le mythe d'un jeune homme thébain en tant que prince de Danemark : cela n'a aucune importance, tant l'histoire est « vraie », humainement et de toute éternité, et cela seul compte. Autrement dit, la force du message transcende, et de beaucoup, la trivialité de l'adéquation des mots à des états de choses.

La thèse de Max Müller s'avère toujours aussi féconde, qui voit dans toute mythologie — au sens de discours explicatif aux développements potentiellement infinis — l'élimination progressive de l'incohérence (la contradiction interne), chaque victoire locale produisant automatiquement ailleurs de nouvelles incohérences qui demandent à leur tour qu'un effort soit consenti en vue de leur élimination :

> La mythologie est inévitable, elle est naturelle, elle est une nécessité inhérente au langage pour autant que nous reconnaissions dans la langue la forme externe de la pensée, la pensée dans sa manifestation : en réalité, elle est l'ombre obscure que la langue projette sur la pensée, et qui ne disparaîtra pas avant que la langue ne vienne à se confondre entièrement avec la pensée — ce qui ne se produira évidemment jamais. [...] La mythologie, au sens le plus élevé, est le pouvoir qu'exerce la langue sur la pensée dans chacune des sphères de l'activité mentale, et je n'hésite pas à envisager l'histoire entière de la philosophie — de Thalès à Hegel — comme un combat ininterrompu contre la mythologie, une protestation constante de la pensée contre la langue [1].

L'application la plus fameuse que fit Müller de sa théorie porte sur les noms des dieux. Ceux-ci sont en effet souvent les témoins de formes archaïques de la langue, ils permirent à d'antiques philologues « sauvages » (au sens où l'on parle d'« analyse sauvage » en psychanalyse), bondissant d'une étymologie populaire à une autre, de les « expliquer » en multipliant à l'infini les récits relatifs aux aventures des dieux ainsi dénommés.

Par « mythologie », Müller visait cependant bien davantage que les exploits de divinités diverses : pour lui, la

1. F. Max Müller, « On the Philosophy of Mythology » [1871], in *Chips from a German Workshop*, vol. IV, *Essays on Mythology and Folk-Lore*, Londres, Longmans, Green and Co, 1900, pp. 168-169 (je traduis).

mythologie englobait tout ce qui apparaissait dans le contexte de son époque comme superstition, pensée « non positive » — au sens d'Auguste Comte. Voici par exemple l'application qu'il faisait de sa théorie à quelques concepts parfaitement profanes :

> Quand l'homme voulut, pour la première fois, saisir et exprimer une distinction entre le corps, et quelque autre chose à l'intérieur de lui-même, mais distincte du corps, un nom qui se proposa à lui de manière évidente fut « souffle ». Le souffle apparaissait comme quelque chose d'immatériel et de quasi invisible, et il était lié à la vie qui infuse le corps, puisque, sitôt le souffle interrompu, la vie du corps s'éteint. [...] Quand [le souffle] eut assumé la signification de cette partie immortelle dans l'homme, il retint cependant le caractère d'une chose indépendante du corps, conduisant ainsi à la conception de l'âme non seulement comme être sans corps mais opposée au corps de par sa nature même. Dès que cette opposition s'établit dans la langue et la pensée, la philosophie entreprit d'expliquer comment ces deux puissances hétérogènes pouvaient agir l'une sur l'autre — comment l'âme pouvait influer sur le corps, et comment le corps pouvait déterminer l'âme. Des systèmes philosophiques matérialistes et spiritualistes naquirent, et ceci afin d'éliminer une difficulté que la pensée s'est imposée à elle-même, afin de faire se rejoindre ce que la langue avait séparé : le corps vivant et l'âme vivante. La question de savoir s'il existe une âme ou un esprit, s'il existe dans l'homme quoi que ce soit qui se distingue du simple corps, est indépendante de cette phraséologie mythique[1].

Il ne s'agit de rien d'autre que de l'effet de « droit de poursuite », décrit précédemment, qu'autorise et encourage à la fois la langue du fait de l'asymétrie inhérente à certains enchaînements associatifs.

Une fois supposée une généalogie divine, et des aventures individuelles attribuées à chacun des dieux, la tâche infinie s'impose d'assurer par de nouveaux récits et de nouveaux personnages la cohérence globale de contes aux développements partiels et locaux. De même, une fois admise la nécessité de fonder la vérité de toute proposition isolée, de

1. *Ibid.*, pp. 172 et 175 (je traduis).

tout jugement, une quête potentiellement infinie s'ouvre, celle de la description cohérente de l'univers de fiction posté derrière les apparences visibles. Si bien que par leur effort commun, bien que non perçu comme tel par eux, Platon et Aristote nous apparaissent comme mettant en place une nouvelle option radicale, mais aussi bien une entreprise du même type que celle à laquelle s'étaient attelés précédemment Hésiode et Homère. La différence principale entre les deux couples est celle qui existe entre le théologique et le non-théologique, entre un ensemble de causalités mettant en jeu des volontés individuelles anthropomorphes — bien que « divines » — et les causalités « indifférentes » qui seront celles de la physique ; l'absence d'autocontradiction et la vérification expérimentale constitueront des garanties supplémentaires. Le concept même de « vérification expérimentale », c'est-à-dire au sein du monde sensible, deviendra cependant lui-même problématique quand il s'agira de l'infiniment lointain (l'expérience proprement dite est impossible) et de l'infiniment petit (il devient extrêmement difficile de distinguer dans la mesure, c'est-à-dire dans l'interférence entre l'objet à mesurer et l'instrument de mesure, ce qui revient précisément à chacun).

Le miracle grec n'est bien sûr tel que parce que nous avons bâti durant vingt-cinq siècles sur les fondations qu'il avait posées. En ce sens, tout ensemble de postulats qui aurait permis pareillement des développements discursifs cumulatifs serait tout aussi bien miraculeux. La voie ouverte est celle des espaces de modélisation « constructibles », et si rien ne vient suggérer que d'autres espaces de modélisation que celui de la Réalité-objective se seraient révélés aussi fertiles que celui-ci, rien non plus *a priori* ne permet de penser que d'autres solutions du même type n'auraient pas eu d'effets du même ordre.

## *La linguistique d'Aristote*

J'ai mentionné précédemment que, lorsque Geoffrey Lloyd tenta de comprendre pourquoi on assista à un miracle grec et non à un « miracle chinois » — alors que la Chine possède à cette époque un léger avantage technologique sur la Grèce[1], il fut obligé de considérer comme un élément essentiel de la différence, la présence en Grèce d'un penseur de la stature d'Aristote. C'est la raison pour laquelle il me faut maintenant, parachevant les observations faites jusqu'ici « en passant » à propos de l'œuvre d'Aristote, avant de pouvoir poursuivre, examiner systématiquement ce qu'il eut à dire sur la langue et sur la pensée.

Pourquoi la linguistique d'Aristote constitue-t-elle, comme je le défendrai ici, une théorie du langage plus adéquate à son objet que l'ensemble des théories linguistiques qui furent développées depuis lors ? Après tout, aucune d'entre elles n'a été conçue dans l'ignorance de ce qu'avait écrit le philosophe antique. Les facteurs qui expliquent pourquoi sont principalement de trois ordres. Le premier est qu'une vulgate s'est construite à propos d'Aristote, qui obscurcit plutôt qu'elle n'éclaire son œuvre, et qui cache la nature essentiellement différente de sa linguistique. Le deuxième facteur est que la linguistique du Stagirite est une linguistique appliquée. Et le troisième facteur est que sa linguistique est en réalité une théorie unifiée non seulement du langage, mais aussi, comme on a déjà pu s'en apercevoir, de la pensée discursive — telle qu'elle s'exprime à l'aide de mots — et ceci au contraire des théories contemporaines.

Le premier point ne me retiendra pas davantage ; en effet, Aristote a couvert de son œuvre la quasi-totalité des domaines de la connaissance et c'est lui qui a proposé pour

1. Cf. Angus C. GRAHAM, « China, Europe, and the Origins of Modern Science : Needham's The Great Titration », *in* Shigeru NAKAYAMA, Nathan SIVIN (éd.), *Chinese Science. Explorations of an Ancient Tradition*, Cambridge (Massachusetts), MIT Press, 1973, pp. 45-69.

la science une définition qui reste valide : la science est le discours qui parle des choses et tant qu'elles sont générales et non en tant qu'elles sont singulières[1]. Cela dit, les sciences particulières se sont développées en divergeant par rapport à la manière dont le Stagirite les avait abordées, et si on le relit aujourd'hui rétrospectivement à partir de chacune des postérités générées par ces sciences, sa pensée paraît sinon inexacte, du moins obscure. J'ai montré précédemment, ainsi que dans d'autres textes[2], que l'on ne peut rien saisir de ce qu'avance Aristote sur la justice, le syllogisme ou le prix en tant que proportions, si l'on ignore le rôle central joué par la théorie de la proportion attribuée à Eudoxe dans la mathématique grecque du IVe siècle. Il faut aussi, comme le montre l'exemple de René Thom à propos de la physique[3], que les descendances des sciences particulières aient d'une certaine manière échoué dans leurs objectifs pour que l'on réexamine la manière dont Aristote avait abordé ces questions et que l'on y redécouvre une approche différente, restée, pour sa grande part, inexploitée.

Le deuxième facteur est donc que la linguistique d'Aristote est une linguistique appliquée, et que, de ce point de vue, elle aborde le langage dans une perspective identique à celles que l'on rencontre aujourd'hui en intelligence artificielle et en traduction automatique. Bien entendu, l'application qui intéresse Aristote est sans rapport avec la simulation de la pensée sur l'ordinateur : elle est d'ordre philosophique, au sens où la philosophie avait un enjeu directement politique dans l'Athènes du IVe siècle. Il s'agissait en effet pour Aristote, comme on l'a vu, de « river le clou » à ses adversaires sophistes, qui prétendaient qu'il n'est pas possible de fonder un discours sur le raisonnement, parce que, si celui-ci peut sans doute conduire à

1. « […] il n'y a de science que de l'universel » (ARISTOTE, *La Métaphysique*, *op. cit.*, t. II, M, 10, 32-3, p. 791).

2. Paul JORION, « Le prix comme proportion chez Aristote », art. cité, et « Aristotle's Theory of Price Revisited », *Dialectical Anthropology*, vol. XXIII, nº 3, 1998, pp. 247-280.

3. René THOM, *Esquisse d'une sémiophysique. Physique aristotélicienne et théorie des catastrophes*, InterÉditions, 1988.

prouver une hypothèse, il permet avec la même aisance de prouver l'hypothèse contraire. En réalité, la linguistique d'Aristote est appliquée à une théorie du raisonnement : c'est une théorie de la pensée discursive, et c'est précisément à ce titre que la linguistique intéresse des technologies telles que l'intelligence artificielle ou la traduction automatique.

Le troisième facteur est donc que la linguistique d'Aristote est une linguistique unifiée en théorie de la pensée discursive, et ceci la distingue des théories linguistiques contemporaines, dont aucune n'est unifiée car toutes divisent les problèmes en questions syntaxiques, sémantiques et logiques et aucune n'est à même de nous dire ce qui articule les trois dimensions de la syntaxe, de la sémantique et de la logique. Celles qui s'y sont essayées ont même abouti à la conséquence paradoxale de devoir introduire, pour se sauver, une quatrième dimension, celle de la pragmatique, en réalité elle aussi irréductible aux trois précédentes.

En fait, la distinction entre syntaxe, sémantique et logique nous est devenue à ce point évidente que nous ne sommes même pas sûrs que leur séparation soulève quelque difficulté. Jusqu'à ce que, bien sûr, on rencontre cette séparation comme un obstacle insurmontable, par exemple en intelligence artificielle. Quoi de plus évident, en effet, que la distinction entre fond, forme et véracité ? Quoi de plus évident qu'affirmer que « Le chat sur est le tapis parce qu'il y fait chaud » est une faute de syntaxe, que « Le néanmoins est sur le tapis parce qu'il y fait chaud » est une faute de sémantique, et que « Le chat est sur le tapis parce que les chats sont des mammifères » est une faute de logique ? Mais aussitôt ces distinctions opérées, la linguistique cesse d'être une, et elle se divise en trois (ou quatre) sous-disciplines irréductibles les unes aux autres, c'est-à-dire incommensurables, parce qu'il n'existe aucune articulation connue entre elles, et que si elles se partagent le domaine de la pensée discursive, c'est en étant parfaitement étanches les unes aux autres. Entre la syntaxe et la sémantique, il n'y a en effet rien, et entre la sémantique et la logique, il n'y a rien non plus. Alors, si l'on prend son départ dans l'une ou dans l'autre, on aboutit un beau jour au bord du gouffre qui les sépare et l'on est obligé de s'arrêter là, sous peine de tomber au fond du précipice.

Comment en est-on arrivé là ? Par un processus que l'on peut étudier de manière historique : parce que chacun de ces domaines s'est constitué autour d'un objet qui est un jour apparu autonome, que ce soit la signification des mots envisagés individuellement, la position des mots dans la phrase, ou la vérité ou la fausseté des énoncés[1]. Autant, en réalité, de considérations disparates, construites autour de « boîtes noires », inanalysées, et inanalysables dans la perspective d'une autonomie des objets. La signification est le trou noir de la sémantique ; la position du mot, le trou noir de la syntaxe (voir ce qu'en dit, dans le même sens, Jean-Claude Milner[2]) ; la vérité, le trou noir de la logique. Une fois que l'on a dit, à la suite de Tarski, que « la neige est blanche » est vrai si la neige est blanche, on peut aussi bien rentrer chez soi : la question de la vérité et de la fausseté des énoncés ne court plus aucun risque de se voir un jour éclairée.

On sait que le premier geste de toute théorie linguistique contemporaine est de distinguer des parties du discours, « substantif », « verbe », « préposition », etc., et de considérer les différents éléments de ces classes comme les briques à partir desquelles la langue est bâtie. Ici aussi, la démarche nous est à ce point familière qu'il paraîtrait incongru de la remettre en question ; et pourtant, dès que nous tentons d'appliquer cette classification à d'autres langues que celles qui nous sont les plus proches, nous allons de déconvenue en déconvenue. Il suffit d'ouvrir

1. La première autonomisation a eu lieu longtemps avant qu'Aristote n'ait étudié les lois de la pensée discursive. Que sont donc les mathématiques, sinon l'autonomisation, la constitution en domaine propre, de ce qu'Aristote appelle la catégorie de la quantité ? (cf. Paul JORION, « L'intelligence artificielle au confluent des neurosciences et de l'informatique », *Lekton*, vol. IV, n° 2, 1994, pp. 85-114).

2. Jean-Claude MILNER, *Introduction à une science du langage*, Éd. du Seuil, 1989, pp. 282-284.

aujourd'hui une grammaire chinoise et d'y lire, comme titres de chapitres, « Nom employé comme verbe[1] », « Adjectif employé comme nom[2] » ou « Verbe employé comme adverbe[3] », pour constater le caractère inadéquat en chinois d'une division en parties du discours, qui nous semble pourtant si évidente dans les langues qui nous sont familières.

L'impossibilité de recourir de manière féconde aux distinctions entre syntaxe, sémantique ou logique et à la classification en parties du discours résulte probablement de ceci : les instruments de la linguistique moderne n'ont pas été produits dans la perspective d'une théorie unifiée du langage, ils ont été élaborés au sein d'une langue naturelle particulière par des locuteurs dont elle est la langue maternelle. L'absence de recul critique débouche sur l'impossibilité intrinsèque d'élargir le cercle d'application de ces outils trop focalisés. Or ces divisions ne sont pas nécessaires : la preuve en est qu'Aristote s'en passa très bien en produisant dans l'*Organon* une théorie linguistique qui est tout à la fois une syntaxe, une sémantique, une logique et une pragmatique (on ajoutera sa *Rhétorique* à l'*Organon* pour couvrir entièrement le domaine de la pragmatique), et qui néglige la classification en parties du discours.

Alors, que trouve-t-on chez Aristote dans ces lieux où règnent aujourd'hui linguistique et logique ? On trouve l'*Organon*, composé de livres aux titres apparemment obscurs : *Catégories*, *Herméneutique*, *Premiers* et *Seconds Analytiques*, *Topiques* et *Réfutation des arguments sophistiques*. À première vue, rien qui puisse non plus constituer une théorie unifiée de la pensée discursive ; et pourtant, c'est précisément à cela que l'on a affaire. Pas d'hiatus ici, comme ceux que j'ai mentionnés à propos des théories contemporaines. En bref, les *Catégories* parlent des termes pris individuellement, les concepts ; l'*Herméneutique* parle

1. FAN Keh-Li, *Le Mot vide dans la langue chinoise classique*, Librairie You Feng, 1991, p. 68.
2. *Ibid.*, p. 76.
3. *Ibid.*, p. 78.

des concepts envisagés par paires pour constituer des jugements ; les *Premiers* et *Seconds Analytiques* et les *Topiques* parlent des jugements envisagés par paires pour constituer des syllogismes ; et la *Réfutation des arguments sophistiques* parle des déraillements possibles de la pensée lorsque les syllogismes sont concaténés au sein de discours [1].

Bien entendu, ce n'est pas de cette manière que l'on caractérise d'ordinaire l'*Organon*, et pourtant c'est exactement de cela qu'il s'agit dans cette œuvre : on distingue un élément linguistique, puis l'on examine ce qui se passe lorsqu'il est envisagé par paires pour constituer une nouvelle entité d'une autre nature, et l'on recommence de même avec celle-ci, jusqu'à ce que soit atteint le niveau le plus élevé, celui où il cesse d'être pertinent d'envisager les éléments par paires.

Les moments successifs s'articulent sans difficulté les uns aux autres, toujours par un mouvement similaire : envisager une entité, puis la faire disparaître en tant qu'entité séparée en l'envisageant par paires, envisager la nouvelle entité en tant que telle, puis la faire disparaître à son tour en la considérant par paires, et ainsi de suite. Le mouvement consistant à s'élever d'un degré et à négliger désormais la séparation des éléments, est à la fois une synthèse et une transcendance. L'anglais a pour cela le mot *chunking* [2] ; le français ne possède pas de mot réellement adéquat. L'allemand a *Aufhebung*, que les philosophes traducteurs de Hegel se sont accordés à traduire par « sursomption [3] » ; je suivrai ici cet usage.

Dans un premier temps, le mot isolé est envisagé en soi à l'intérieur d'une classification qu'Aristote appelle les

1. Hegel : « [...] il s'agit des tours suivants lesquels la contradiction est produite dans la représentation, — dans le cours inconscient de la pensée au sein de ce qui est matériel, où elle se met en contradiction constante avec elle-même » (G. W. F. HEGEL, *Leçons sur l'histoire de la philosophie*, t. III, *op. cit.*, p. 601).

2. Cf. Douglas R. HOFSTADTER, *Gödel, Escher, Bach, An Eternal Golden Braid*, Brighton, The Harvester Press, 1979, pp. 285-288.

3. Cf. la note de Jean Hyppolite dans sa traduction de G. W. Friedrich HEGEL, *Phénoménologie de l'esprit* [1807], t. I, Aubier-Montaigne, 1941, pp. 19-20.

catégories[1]. Dans la terminologie hégélienne, qui correspond point par point à celle d'Aristote, il s'agit du niveau du concept.

Dans un deuxième temps, les termes sont envisagés par paires : l'un (le prédicat) est dit prédiqué de l'autre (le sujet). Toutes les relations possibles dans cette perspective sont envisagées. La paire constituée de la chose dite et de celle dont il est dit crée par sursomption une nouvelle unité qu'Aristote désigne de deux expressions : *apophansis* et *protasis*[2]. Dans la terminologie hégélienne — reprise ici à Kant —, il s'agit du niveau du jugement (*Urteil*).

Dans un troisième temps, ce sont les jugements qui sont envisagés par paires. Quand il existe à ces deux jugements un terme commun, moyen (*meson*), il est en général possible de générer à partir d'eux un troisième où les deux termes extrêmes (ceux qui ne sont présents que dans un seul des deux jugements) interviennent, l'un comme sujet, l'autre comme prédicat. La pensée résulte de cette capacité de deux jugements liés par un terme commun à en générer un troisième distinct. Ce mécanisme est celui du syllogisme. Par ailleurs, quand les quatre termes sont distincts, mais que les deux jugements expriment une même proportion (*analogia*), il existe ce que nous appelons aujourd'hui une analogie (*paradigma*) ; Aristote, on l'a vu, ne reconnaît à l'analogie qu'un rôle heuristique, comme source d'inspiration dans la découverte scientifique.

On peut bien sûr établir un parallèle entre ces trois temps aristotéliciens et les distinctions modernes : envisager le terme seul, « non combiné », cela ressemble à la

1. Qu'il s'agisse à proprement parler de ce que les Grecs appelaient « catégories » a été mis en cause par Frede ; son argumentation n'est cependant pas entièrement convaincante (Michael Frede, *Essays in Ancient Philosophy*, Minneapolis, University of Minnesota Press, 1987, chap. II).

2. Dans les termes de Hamelin : « [...] pour désigner l'expression du jugement, Aristote est en possession de deux termes au moins : *apophansis* et *protasis*. Mais *apophansis* désigne la proposition en tant qu'elle est prise en elle-même. [...] L'usage du mot *protasis* est réservé aux *Analytiques* et aux *Topiques*, parce que ce mot désigne la proposition en tant qu'elle est destinée à servir de prémisse dans un syllogisme [...]. En effet, une *protasis* est un discours qui est mis en avant (*proteinomenos*) par celui qui veut préparer une conclusion » (O. Hamelin, *Le Système d'Aristote*, *op. cit.*, p. 162).

sémantique ; envisager les termes combinés en jugements, cela rappelle la syntaxe ; envisager les jugements par paires, cela ressemble à la logique. Quant à la pragmatique, elle traite d'une dimension qu'Aristote n'a pu traiter qu'imparfaitement et qui se trouvait au centre de son débat avec les sophistes : l'adhésion du sujet parlant à la phrase qu'il énonce. J'y reviendrai.

La différence entre la linguistique d'Aristote et la linguistique moderne est qu'alors que pour celle-ci, sémantique, syntaxe et logique sont trois réalités désarticulées et irréconciliables, pour Aristote, le concept, le jugement et le syllogisme constituent trois niveaux emboîtés que l'on atteint par sursomptions successives : le jugement comme paire de concepts, et le syllogisme comme paire (féconde) de jugements.

La théorie linguistique d'Aristote est à ce point satisfaisante qu'il faut découvrir une explication au fait que l'on en a produit d'autres depuis, et moins satisfaisantes. La raison principale, à mon sens, est qu'en général on ne sait pas qu'Aristote a produit une linguistique : si l'on évoque abondamment l'*Organon* dans tout ouvrage consacré à l'histoire de la logique, l'œuvre d'Aristote n'est pas mentionnée dans les histoires de la linguistique. L'origine du malentendu réside là : la logique moderne s'est développée à partir de l'*Organon* ; la linguistique, non. D'où la représentation *a posteriori* que l'*Organon* est un ouvrage de logique et non de linguistique, ce qui est faux. Le projet d'Aristote a perdu le sens qui était le sien initialement du fait de sa progéniture. J'entends dire que les développements de la logique, au Moyen Âge et au cours des temps contemporains, ont contribué à une reconstruction rétrospective de l'*Organon* dans une perspective logiciste qui lui était étrangère. Octave Hamelin[1] et William D. Ross[2] ont sans doute été les plus proches d'une reconstruction du projet aristotélicien tel qu'il était en l'état.

Pour comprendre cette déperdition du projet, il faut faire un retour en arrière et examiner dans une perspective

1. *Ibid.*
2. William D. Ross, *Aristotle*, Londres, Methuen, 1923.

historique comment la théorisation des processus de pensée discursifs (en tant qu'enchaînements de mots) s'est construite. À l'heure actuelle, les disciplines qui s'occupent des lois de la pensée discursive à titre spécifique (par opposition à celles qui les traitent à titre incident, comme la philosophie, la psychologie ou l'anthropologie) sont la linguistique (incluant la rhétorique) et la logique. Au sein de cette division, la linguistique constitue une simple expansion de la grammaire. Le partage en ces trois disciplines correspond aux trois préoccupations qu'évoquait le scolastique Guillaume de Sherwood : « La grammaire enseigne à parler correctement, la rhétorique à parler élégamment, enfin la logique à parler véridiquement[1]. »

Pour ce qu'il en est de la grammaire en particulier, la syntaxe s'occuperait de l'articulation correcte des parties du discours, laissant en suspens — en principe — la question de la signification ; la sémantique traiterait spécifiquement de la question du sens ; tandis que la pragmatique s'occuperait de la langue dans une troisième dimension qui serait le « rapport des signes au sujet parlant[2] » — ce que j'ai appelé[3], en reprenant un terme à Thomas d'Aquin, l'adhésion. La rhétorique, quant à elle, traiterait des tropes, c'est-à-dire des manières légitimes de s'écarter dans la phrase du sens manifeste, littéral, des mots tout en maintenant son sens global inchangé, et ceci à des fins de figuration. Quant à la logique, on pourrait la caractériser, dans cette perspective d'une « division disciplinaire des tâches », comme énonçant les règles formelles de l'engendrement légitime de la signification, à partir de la signification.

La manière dont les responsabilités ont été réparties correspond sans doute à une division pratique du travail de théorisation, mais celle-ci ne constitue en aucune façon une partition au sens mathématique, à savoir au sens où ces

1. Alexander Broadie, *Introduction to Medieval Logic*, Oxford, Clarendon Press, 1987, p. 1 ; Robert Blanché, *La Logique et son histoire d'Aristote à Russell*, Armand Colin, 1970, p. 137.

2. Émile Benveniste, *Problèmes de linguistique générale*, t. II, Gallimard, coll. « Bibliothèque des Sciences humaines », 1974, p. 234.

3. P. Jorion, *Principes des systèmes intelligents*, *op. cit.*, *passim*.

disciplines ne se chevaucheraient pas et traiteraient chacune d'un aspect distinct de celui dont s'occupent les autres, tout en ne laissant aucun aspect de la langue inanalysé. Cet état de choses résulte du fait que chacune de ces disciplines s'est constituée récemment « pour son compte », autour d'un objet qui paraissait isolable, sans souci d'un partage systématique entre dimensions authentiquement distinctes du langage. On a vu que, du temps d'Aristote déjà, un partage existait, la rhétorique (et il faudrait y ajouter la poétique), se distinguait du corps de réflexion que constitue l'*Organon* et dont l'objet est bien unique dans la mesure où, comme je l'ai souligné plus haut, on y passe, de sursomption en sursomption, d'un niveau d'analyse à un autre.

En fait, la question de la pensée discursive a été parcellisée au fil des siècles par suite de l'émergence historique de disciplines diverses à partir de possibilités aperçues, l'une successivement à l'autre, et, comme je l'ai dit tout à l'heure, du fait d'autonomiser au sein de la langue des objets et des problématiques. Du coup, l'objet d'investigation unifié auquel Aristote avait affaire s'est éparpillé en autant de spécialisations, privées désormais d'un langage commun. Ce qui a permis cet éparpillement, c'est la disparition du souci d'application qui motivait Aristote lorsqu'il s'efforçait de fonder la véracité face à ses adversaires sophistes. Et ce qui pousse aujourd'hui à la réunification, ce sont d'autres perspectives d'application, entièrement distinctes, telles l'intelligence artificielle ou la traduction automatique.

Il faut toutefois insister sur le caractère récent de cette dispersion des approches : s'il nous paraît aujourd'hui évident que la grammaire et la logique traitent de questions différentes, il n'en était pas de même à une époque aussi proche de nous que le XVII^e^ siècle. *La logique ou l'Art de penser*, dite aussi *Logique de Port-Royal*, d'Antoine Arnauld et Pierre Nicole, considère encore à propos des parties du discours qu'« il est peu important d'examiner si c'est à la Grammaire ou à la logique d'en traiter [1] ». Quant à

1. Antoine ARNAULD, Pierre NICOLE, *La Logique ou l'Art de penser* [1662], Vrin, 1981, p. 103.

Leibniz, il insiste sur le fait que l'analyse grammaticale constitue une condition de l'analyse logique, et il caractérise la grammaire comme *ars intelligendi*, « art de comprendre », qualification que l'on pourrait imaginer plus propre à décrire la logique[1], et que l'on peut rapprocher de la *scientia sermocinalis* des scolastiques[2].

Ce qui fait croire que l'*Organon* ne parle que de logique, c'est le fait que l'on peut y reconnaître la préhistoire de la logique formelle qui est la nôtre aujourd'hui, alors que, la linguistique ayant été reconstruite sur des bases très différentes, on ne trouve rien chez Aristote qui la préfigure vraiment. Pas question en effet chez lui de s'appesantir sur les questions de signification ou de position du mot dans la phrase, seule la vérité est abondamment traitée, et c'est là, paradoxalement, le talon d'Achille de l'*Organon* : le seul point faible, qui empêche que soit réalisée la partie proprement linguistique d'une « machine pensante » en se contentant de tourner les pages du traité tout en en traduisant le contenu ligne par ligne dans les termes d'un langage de programmation.

Qu'il soit question chez Aristote de vérité, cela explique que l'*Organon* soit tenu aujourd'hui pour l'ouvrage fondateur de la logique (et de surcroît, selon Kant et Hegel, celui qui l'achève, ayant dit au sujet de la logique tout ce que l'on pouvait en dire). Mais qu'il ne s'y agisse ni de signification ni de position des mots, cela fait comprendre pourquoi l'ouvrage est ignoré par l'histoire de la linguistique. Or, ce qu'Aristote a produit dans son œuvre fondatrice, c'est une théorie complète de la pensée discursive, une théorie non parcellisée qui ne nécessite aucune des distinctions que suggèrent les mots de syntaxe, de sémantique et de logique.

Le point aveugle de la théorisation de la pensée par Aristote, l'évaluation des phrases par rapport à une dimension qui leur serait sous-jacente, la véracité, est signalé par le fait

1. Herbert H. Knecht, *La Logique chez Leibniz. Essai sur le rationalisme baroque*, Lausanne, L'Âge d'Homme, 1981, pp. 158 et 189.

2. Ernest A. Moody, cité par Robert Blanché, *La Logique et son histoire d'Aristote à Russell*, *op. cit.*, p. 145.

qu'il existe un aspect de la pensée discursive qu'il fut obligé de traiter séparément, en composant par ailleurs une *Rhétorique*, indépendante de l'*Organon* [1]. Or, ce résidu qu'est la *Rhétorique* est un artefact, c'est un monstre qui existe uniquement parce que Aristote n'a pas pris en considération que toute énonciation a un auteur, qu'il existe pour tout discours une dimension subjective qui s'identifie à l'adhésion du sujet de l'énonciation à l'énoncé qu'il énonce, et qu'il a voulu fonder le discours par rapport à une objectivité qui serait celle des choses physiques et qu'il a appelée sa véracité.

À la décharge du philosophe, il faut signaler qu'il n'aurait pu faire autrement qu'en donnant partiellement raison à ses adversaires théoriques, les sophistes. Leur abandonner la question de la véracité comme insoluble, aurait équivalu à une capitulation sur le terrain de la connaissance. Cela, Aristote ne s'y est pas résigné et nous lui en sommes redevables. Mais aujourd'hui, il nous est possible, maintenant que du savoir a été produit de manière cumulative durant vingt-cinq siècles, de « revenir à la bifurcation » et d'achever éventuellement sous la forme pragmatique de la « machine pensante » l'édifice dont Aristote a bâti tous les étages, à l'exception du dernier.

## *La dimensionnalité de la pensée discursive*

L'hypothèse implicite chez Aristote d'une structure étagée de la pensée discursive a une conséquence immédiate :

1. Aristote estime en fait que la rhétorique devrait être considérée comme une « contrepartie » (*Art of Rhetoric*, I, I, 1354a, 1, in *Aristotle XXII*, trad. anglaise J. H. Freese, Loeb Classical Library, Londres, Heinemann, 1926, p. 3 [je traduis de l'anglais]) du sujet qu'il traite dans les *Topiques* : la dialectique ou raisonnement à partir de prémisses « généralement admises ». La rhétorique serait, selon lui, la technique qui viserait à persuader de manière indifférente au contenu (*ibid.*, I, II, 1355b, 2, p. 15) ; si tel était le cas, la rhétorique serait curieusement plus proche d'une logique formelle que l'analytique et la dialectique, pour lesquelles, selon Aristote et comme on l'a vu, le contenu n'est jamais indifférent.

l'énonciation de cette pensée dans un discours équivaut à la transformation linéaire, c'est-à-dire dans un espace à une dimension, d'un espace qui possède en réalité une dimensionnalité plus grande. Je m'explique.

Le discours est séquentiel : les mots s'enchaînent à la suite les uns des autres, et, pour s'exprimer correctement, il faut qu'ils apparaissent dans un ordre qui, bien que disposant d'une certaine liberté, respecte des principes généraux. Ou, comme l'on dit, il faut que la phrase soit grammaticalement correcte. Est-ce à dire que la pensée qui sous-tend l'expression discursive de la pensée soit également linéaire ? Pas nécessairement ; un grand nombre de phénomènes ne sont perceptibles par nous qu'à l'intérieur d'un espace qui n'est pas véritablement le leur : dans un espace dont le nombre de dimensions est inférieur à celui qui leur est « naturel ». Si l'on examine, par exemple, une courbe de prix évoluant dans le temps, on ignore en réalité une dimension pertinente à la forme qu'adopte cette courbe, le nombre des transactions qui ont eu lieu pour chacun des différents prix. Ceci veut dire que l'on examine sur une surface (un espace à deux dimensions) un phénomène qui devrait être représenté en réalité dans un volume, un espace à trois dimensions. Il en résulte un « aplatissement » qui, en général, rend le mécanisme sous-jacent au phénomène plus difficile à saisir : la courbe du prix par rapport au temps n'est qu'une projection dans un espace plus petit d'un objet dont l'espace naturel possède un nombre de dimensions plus élevé [1].

Or rien n'indique que l'espace de la pensée discursive soit linéaire comme l'est l'espace du discours : le caractère

1. Thom va jusqu'à considérer qu'un phénomène aléatoire, se déroulant apparemment au hasard, apparaît tel uniquement parce qu'il est envisagé au sein d'un espace d'une dimensionnalité insuffisante : « [...] quand un phénomène est apparemment indéterminé, on peut s'efforcer de réinstaurer le déterminisme en multipliant l'espace donné U par un espace (interne) S de variables cachées ; on considérera le phénomène initial dans U comme projection d'un système déterministe dans le produit U × S. La statistique, de ce point de vue, n'est pas autre chose qu'une herméneutique déterministe, visant à réinstaurer le déterminisme là où il tombe apparemment en défaut » (René Thom, « Halte au hasard, silence au bruit », *in* Stefan AMSTERDAMSKI (*et al.*), *La Querelle du déterminisme*, Gallimard, coll. « Le Débat », 1990, p. 76).

linéaire du discours peut très bien n'être qu'une contrainte imposée par notre appareil phonatoire. Nous sommes obligés de prononcer les mots les uns à la suite des autres, mais ceci n'est sans doute pas une tendance « naturelle » de la pensée discursive. Notre appareil phonatoire opère peut-être précisément l'« aplatissement » d'un univers de plus grande dimension. Le fait que la syntaxe soit si compliquée provient peut-être du fait que les mots « n'aiment pas » être forcés dans un mode d'expression linéaire. Il existe d'ailleurs des situations qui suggèrent qu'il en est ainsi. Comment renvoyer, par exemple, de manière anaphorique à la phrase suivante : « Arroge-toi le droit de le lui dire » ? Faut-il dire « Arroge-toi-le-lui » ? ou « Arroge-le-lui-toi » ? ou bien encore une des multiples autres combinaisons dont aucune n'est satisfaisante ?

La manière dont Aristote aborde la pensée discursive (concepts, jugements, syllogismes, discours — par surssomptions successives) suggère que la pensée discursive a comme espace naturel un espace possédant au moins quatre dimensions, et plus probablement cinq, la cinquième étant celle dont Aristote cache involontairement l'existence quand il introduit ses considérations relatives à la véracité, et où je lis, quant à moi, l'adhésion du sujet parlant à ce qu'il énonce. Cinq dimensions, qui constituent autant d'enrobages successifs. Comme dans le cas d'une confiserie que l'on trempe dans des bains successifs : caramel, chocolat, sucre, etc. Noyau du concept, enrobage du jugement, enrobage du syllogisme, enrobage de l'adhésion, enrobage du discours. Et ce que la phrase produit, c'est un aplatissement séquentiel, en une seule dimension, d'un objet qui en possède « naturellement » cinq. L'objet — tel qu'en lui-même — à l'intérieur de son espace « naturel » peut être comparé à un oignon à cinq pelures, passé au rouleau compresseur de son déroulement linéaire dans la phrase. L'oignon de la pensée discursive en devient méconnaissable : il est désormais quasi impossible de se représenter ce que pouvait être son apparence première dans l'espace à cinq dimensions qui constituait son environnement « naturel ». Il n'est pas étonnant dans ces conditions que la syntaxe soit complexe lorsqu'on essaie de la décrire comme un système de règles qu'il suffirait d'appliquer pour produire des phrases grammaticalement correctes : ce que ces règles s'efforcent de mettre en évidence, ce sont en réalité les distorsions auxquelles est soumise la projection d'un espace à cinq dimensions dans un espace qui n'en compte qu'une seule.

En fait, il existe une théorie linguistique qui envisage les faits de langue d'une manière très proche de celle que je viens de décrire, c'est la syntaxe structurale de Lucien Tesnière, construite par lui entre 1939 et 1950. Tesnière commence en effet par introduire l'idée d'un « ordre structural à plusieurs dimensions[1] », puis il souligne que « le caractère linéaire de la chaîne parlée tient à ce que nous parlons *dans le temps*, qui est lui-même à une dimension[2] ». Enfin, il ajoute à propos de l'énonciation que « [l]a transposition de l'ordre structural en ordre linéaire a [...] pour effet de faire en quelque sorte passer le *stemma* au *laminoir*. Le schème linéaire est un schème structural tréfilé et laminé[3] ». Cela dit, son concept de *stemma*, qui renvoie à « l'ensemble des traits de connexion[4] », ne correspond à aucune des dimensions envisagées par Aristote. Dans une note où il rapporte que sa conception du *stemma* était déjà attestée chez certains linguistes russes avant qu'il en ait lui-même l'idée, Tesnière observe d'ailleurs que ceux-ci « expriment dans leurs stemmas l'opposition entre le sujet et le prédicat, conception que je tiens », dit-il, « pour grammaticalement erronée ». L'opposition entre le sujet et le prédicat est au contraire, comme nous allons le voir, centrale à la conception du jugement chez Aristote, et les linguistes russes en question ont dû trouver chez celui-ci la source de leur inspiration, Aristote étant demeuré pour les Russes une référence plus constante que ce ne fut le cas en Europe occidentale ou aux États-Unis.

1. Lucien TESNIÈRE, *Éléments de syntaxe structurale*, Klincksieck, 1982, p. 16.
2. *Ibid.*, p. 17.
3. *Ibid.*, p. 20.
4. *Ibid.*, p. 15.

## *Les « catégories » aristotéliciennes*

Aristote envisage dans un premier temps ce qu'il conçoit comme les termes « non combinés », pris isolément. Et il considère que, comme tels, ils relèvent de dix catégories, expression qui, en grec ancien, renvoie très exactement à ce que nous appelons des prédicats (c'est là du moins l'opinion généralement admise par les commentateurs). Pour lui, il existe deux types de signifiants qui ont un statut privilégié en tant que « mots », et ceci par rapport à une fonction qu'ils sont susceptibles d'exercer : celle d'être soit sujet, soit prédicat dans une phrase. Ces signifiants d'un type particulier, ce sont les noms et les verbes. Les seules différences qu'Aristote juge pertinentes entre nom et verbe sont que ce dernier autorise (sans qu'il la nécessite) l'adjonction d'une indication de temps, et que le verbe joue un rôle privilégié de liaison entre les noms, le verbe ajoutant quelque chose au nom, ce que l'on peut appeler, en empruntant le terme aux grammaires du chinois, la fonction de détermination. Hamelin observe que « la fonction principale du verbe est précisément d'indiquer *la composition*, de marquer que quelque chose est *ajouté* à quelque chose[1] ».

Les catégories, ce sont les « perspectives » au sein desquelles se situent par nécessité les concepts (à savoir, donc, les noms et les verbes), et ces perspectives sont au nombre de dix : la substance, la quantité, la qualité, la relation, la possession, le temps, le lieu, la situation, l'action et la passion. Ce sont là pour Aristote « les genres élémentaires de l'être », au sens où tout être se situe automatiquement dans certaines au moins de ces dix perspectives et que dire quelque chose d'un être, c'est automatiquement dire quelque chose de lui par rapport à sa substance, sa quantité, sa qualité, son temps, son lieu, etc. Pour le Stagirite, ces dix catégories sont un donné de type empirique :

1. O. Hamelin, *Le Système d'Aristote*, *op. cit.*, p. 155.

c'est bien parce que le monde est d'une certaine manière qu'un être se situe automatiquement par rapport à elles. Il ne s'agit pas de ce que Kant appellerait plus tard des « catégories *a priori* de l'entendement humain », c'est-à-dire des contraintes imposées par la nature propre de l'esprit humain ; non : ce sont des contraintes imposées par la *physis* au sein de laquelle l'homme est plongé.

Je reproduis ici, à titre informatif, le passage où Aristote présente les catégories :

> Chaque mot ou expression non-combiné signifie l'une des choses suivantes : — quoi (ou la Substance), de quelle grandeur (à savoir la Quantité), quel genre de chose (c'est-à-dire la Qualité), comment, l'un par rapport à l'autre (ou Relation), où (c'est-à-dire le Lieu), quand (ou le Temps), dans quelle attitude (la Posture, la Position), de quelle manière (l'État ou la Condition), dans quelle activité, faisant quoi (ou l'Action), subissant quoi, souffrant de quelle manière (la Passion). Les exemples, en bref, de la Substance sont « homme », « cheval », de la Quantité, « long de deux coudées », « trois coudées en longueur », par exemple, de la Qualité, « blanc » et « grammatical ». Les termes comme « demi », « double », « plus grand que » sont utilisés pour caractériser la Relation. « Au marché », « au Lycée », et les expressions semblables expriment le Lieu, alors que le Temps est exprimé par des tournures comme « hier », « l'année dernière » et ainsi de suite. « Est couché » ou « est assis » exprime la Position, « est chaussé » ou « est armé » signifie l'État. « Coupe » ou « brûle », de même, indique l'Action, « est coupé » ou « est brûlé » indique la Passion. Aucun de ces termes n'implique en soi un état de fait. Les affirmations, de même que les réfutations, n'interviennent que quand ces termes sont combinés ou réunis. Toute proposition positive ou négative doit être vraie ou fausse — cela, en tout cas, est assuré —, mais un mot ou une expression non combinés (par exemple, « homme », « blanc », « court » ou « conquiert ») ne peuvent être ni vrais ni faux [1].

Excepté donc l'accent mis par Aristote sur les noms et les verbes, il néglige entièrement la répartition devenue classique en parties du discours. Ross note à ce propos que

1. Aristote, *Categories*, 4, 2a, 5-10, in *Aristotle I*, *op. cit.*, p. 19 (je traduis de l'anglais).

« la doctrine des catégories rassemble des choses que la grammaire sépare, et sépare des choses que la grammaire rassemble[1] ». Ceci n'a cependant pas empêché certains auteurs de vouloir rapprocher les catégories des parties du discours. Le premier à l'avoir fait fut Friedrich Adolf Trendelenburg, analyste superbe d'Aristote et adversaire implacable de Hegel. Dans les termes de Hamelin :

> Pour [Trendelenburg] la table aristotélicienne des catégories se fonde sur une classification des parties du discours : la *substance* correspond au substantif ; la *qualité*, à l'adjectif ; la *quantité*, au nom des nombres ; *par rapport à*, à toutes les formes comparatives et relatives ; *quand* et *où*, aux adverbes de temps et de lieu ; *agir, pâtir, être dans tel état*, aux verbes actifs, passifs et intransitifs ; *possession*, à la signification propre du parfait grec, exprimant l'état que le sujet *possède* comme résultat d'une action accomplie [Trendelenburg, *Geschichte der Kategorienlehre*, 1846]. Mais il convient tout d'abord d'observer qu'il n'y a pas trace chez Aristote d'une telle classification des parties du discours. De plus le parallélisme de cette classification avec la table des *catégories* est loin d'être aussi exact que le donne à entendre Trendelenburg : c'est ce qui apparaît avec évidence, notamment dans le cas de la relation[2].

La thèse de Trendelenburg fut reprise au XXe siècle par Benveniste. Après avoir observé — selon une formule devenue célèbre — que « nous ne saisissons la pensée que déjà appropriée aux cadres de la langue », et que « les catégories linguistiques, attributs d'un système que chaque locuteur reçoit et maintient, ne sont pas modifiables au gré de chacun », le linguiste ajoutait que « [dans les *Catégories*] Aristote pose [...] la totalité des prédicats que l'on peut affirmer de l'être, et il vise à définir le statut logique de chacun d'eux [...]. Il nous paraît que ces prédicats correspondent non point à des attributs découverts dans les choses, mais à une classification émanant de la langue même »[3]. Et Benveniste

1. W. D. ROSS, *Aristotle*, *op. cit.*, p. 22 (je traduis).
2. O. HAMELIN, *Le Système d'Aristote*, *op. cit.*, p. 101.
3. É. BENVENISTE, *Problèmes de linguistique générale*, t. I, *op. cit.*, respectivement pp. 64, 65 et 66.

démontait alors le mécanisme selon lequel Aristote aurait opéré :

> Inconsciemment, il a pris pour critère la nécessité empirique d'une *expression* distincte pour chacun des prédicats. Il était donc voué à retrouver sans l'avoir voulu les distinctions que la langue même manifeste entre les principales classes de formes, puisque c'est par leurs différences que ces formes et ces classes ont une signification linguistique. Il pensait définir les attributs et les objets ; il ne pose que des êtres linguistiques : c'est la langue qui, grâce à ses propres catégories, permet de les reconnaître et de les spécifier. [...] La langue fournit la configuration fondamentale des propriétés reconnues par l'esprit aux choses. Cette table des prédicats nous renseigne donc avant tout sur la table des classes d'une langue particulière [1].

Jules Vuillemin a vivement critiqué cette thèse de Benveniste quelques années plus tard :

> [La conclusion de Benveniste] outrepasse ce que l'argumentation a démontré. En effet, de ce qu'une philosophie emprunte aux oppositions d'une langue les concepts et les oppositions reconnues fondamentales pour la pensée, il est légitime de conclure non seulement que la langue propose ses suggestions à la pensée, mais qu'il est impossible de penser ce qui n'y est pas exprimé ; toutefois, il est illégitime de conclure que la table des catégories de la pensée reflète celle des catégories de la langue. Pour pouvoir aller jusque-là, il faudrait avoir montré que le tableau des catégories empruntées à la langue est aussi le tableau *complet* de ces catégories quant à la langue. Dans le cas contraire, il y aura sélection et, si le philosophe choisit dans les catégories linguistiques, c'est que son choix n'est précisément plus dicté uniquement par la considération de la langue. Or c'est bien ce qui se passe, puisqu'on ne saurait prétendre que la structure des catégories de la langue grecque est exhaustivement exposée dans le tableau d'Aristote [2].

1. *Ibid.*, p. 70.
2. Jules VUILLEMIN, *De la logique à la théologie. Cinq études sur Aristote*, Flammarion, 1967, pp. 76-77.

## *La vérité chez Aristote : l'adhésion pleine*

Je reviens maintenant sur une affirmation péremptoire énoncée plus haut : que le talon d'Achille de l'*Organon* réside dans la manière dont Aristote a traité en termes de véracité une dimension propre à la pensée discursive : celle qui marque l'adhésion du sujet parlant au contenu des énoncés qu'il prononce, dimension que l'on traite aujourd'hui de manière inappropriée en tant qu'objet de la pragmatique.

Dans *Principes des systèmes intelligents*, j'ai rapproché le concept de vérité dans la culture occidentale de celui de *k'o* dans la culture extrême-orientale, pour souligner, dans une perspective transculturelle, qu'il existe au discours d'autres étalons que ceux de la vérité et de la fausseté. Je rappelle que *k'o* renvoie à l'approprié, au convenable. De la même manière que chez nous un discours doit être vrai, en Orient classique un discours doit convenir[1]. Pour nous « la neige est noire » est faux parce que la neige est en réalité « blanche ». En Chine ancienne, « Tout le monde aime le prince » n'est pas *k'o*, car s'il est convenable d'affirmer une telle chose pour la plupart des sujets du prince, la phrase serait inconvenante dans la bouche de sa propre sœur, et ne doit donc pas être prononcée.

L'adhésion est une dimension qui sous-tend la totalité du discours, elle exerce donc son pouvoir aussi bien sur des phrases simples (propositions atomiques) que sur des phrases articulant de nombreux éléments (propositions moléculaires). Elle consiste pour un sujet parlant à identifier de manière plus ou moins marquée sa personne et le contenu qu'il rapporte. L'adhésion marque l'engagement de celui qui énonce par rapport à ce qu'il énonce, c'est-à-dire qu'elle indique vis-à-vis d'un interlocuteur la disposition de celui qui prononce une phrase à négocier comme savoir établi ou non le contenu des propositions qu'il énonce[2].

1. C. Hansen, *Language and Logic in Ancient China*, *op. cit.*, p. 59.
2. Cf. P. Jorion, *Principes des systèmes intelligents*, *op. cit.*, chap. XXI.

Soit, pour reprendre un exemple extrait de l'ouvrage cité, un ensemble de phrases classées par degré d'adhésion décroissant :

> Je crois en Dieu
> Je sais que Dieu existe
> Je crois que Dieu existe
> Je croyais que Dieu existait
> On m'a dit que Dieu existait
> Il m'a dit « Dieu existe » [1].

L'enrobage le plus superficiel de la phrase (celui qui intervient probablement en dernier lieu dans le processus effectif d'énonciation de la proposition individuelle) module l'adhésion du sujet parlant au jugement qui suit l'expression de cette modulation ; par exemple, « Je crois que l'homme est bon par nature ». Le « Je crois » introductif fournit une indication essentielle quant à l'engagement, à l'identification de celui qui parle à ce qu'il dit. « Il est vrai que l'homme est bon par nature » fournit une indication qui doit être située sur le même plan, et c'est par conséquent dans une perspective de ce type que la question de la véracité des énoncés doit être située. Mais pour comprendre comment exactement, il est préférable de l'aborder par un biais, en réservant le problème du vrai et du faux pour la fin.

On s'étonne aujourd'hui qu'Aristote aborde, dans les *Premiers Analytiques*, au beau milieu de sa discussion du syllogisme, des questions que l'on considère à l'heure actuelle comme relevant d'une variété particulière de la logique : la logique modale. Or, il est à mon sens tout à fait significatif que la question que cette logique spéciale soulève, à savoir le statut d'une phrase par rapport au possible et à l'impossible, au nécessaire et au contingent, ait été envisagée par Aristote de manière parallèle à son statut par rapport au vrai et au faux.

Aristote s'intéressa en particulier à la phénoménologie propre aux propositions qui affirment de certains faits

1. *Ibid.*, p. 148.

qu'ils sont soit nécessaires, soit contingents. De telles propositions semblent en effet poser des problèmes spéciaux, tels que déterminer si la négation de « il est nécessaire que tout *A* soit *B* », est soit « il n'est pas nécessaire que tout *A* soit *B* » (équivalant à « il est contingent que tout *A* soit *B* »), soit « il est nécessaire que nul *A* ne soit *B* ».

Or, dans une perspective qui s'apparente à l'interprétation du calcul des probabilités selon Condorcet lorsqu'il évoque la probabilité comme un « motif de croire[1] », ou à celle que Thomas Bayes défendit dans son interprétation « subjective » des probabilités[2], il est permis de considérer l'expression d'un fait considéré comme étant contingent ou comme étant nécessaire comme reflétant le degré dans lequel un sujet parlant adhère au fait qu'il présente de cette façon. L'expression de la nécessité reflète en effet un engagement personnel majeur de la part du locuteur, alors que celle de la contingence reflète au contraire un engagement minimal de type « ni oui ni non ». Or, on verra tout à l'heure que le lien qui existe entre le nécessaire et le contingent est parallèle à celui qui lie le vrai et le faux.

Dans la perspective de l'adhésion d'un sujet parlant aux propositions qu'il énonce, il est possible de répondre à la question posée plus haut quant à la négation de la phrase « il est nécessaire que tout *A* soit *B* ». Il suffit pour cela de transposer la proposition en une autre exprimant un degré d'adhésion équivalent, par exemple « je suis convaincu que tout *A* est *B* ». Et l'on peut procéder de même par rapport aux deux formes possibles de sa négation. « Il n'est pas nécessaire que tout *A* soit *B* » (qui équivaut à « il est contingent que tout *A* soit *B* ») devient « je ne suis pas sûr que tout *A* soit *B* ». Alors que « il est nécessaire que nul *A* ne soit *B* » se transpose dans une perspective d'adhésion en « je suis convaincu que nul *A* n'est *B* ».

La première « négation », celle qui transforme le « il est

1. Roshdi RASHED, *Condorcet. Mathématique et société*, Hermann, 1974, pp. 58-63.
2. Thomas BAYES, « An Essay Towards Solving a Problem in the Doctrine of Chances » [1763], *Biometrika*, n° 45, 1958, pp. 293-315.

nécessaire que... » en « il n'est pas nécessaire que... », équivaut au passage de « je suis convaincu que... » à « je ne suis pas sûr que... » et exprime donc en réalité un affaiblissement du degré d'adhésion du locuteur à ce qu'il rapporte plutôt qu'une authentique négation d'un contenu. La deuxième négation, celle qui porte sur le jugement enchâssé, maintient le degré d'adhésion constant (celui que je paraphrase en « je suis convaincu que... ») et nie la proposition introduite de cette manière : « Je suis convaincu que nul *A* n'est *B*. » La négation de « il est nécessaire que tout *A* soit *B* » est donc « il est nécessaire que nul *A* ne soit *B* ». « Il n'est pas nécessaire que tout *A* soit *B* », de son côté, ne constitue qu'une variation sur « il est nécessaire que tout *A* soit *B* » par réduction du degré d'adhésion[1].

Si l'on veut bien me suivre dans cette traduction de toute question modale en une problématique d'adhésion, on n'aura aucune difficulté à envisager dans la même perspective le couple antithétique « il est vrai que... », « il est faux que... ». Ici encore, l'enrobage superficiel de la phrase qu'il signale marque avant tout l'engagement du locuteur vis-à-vis du jugement qui suit l'expression de cet engagement dans la phrase. La perspective historique vient soutenir cette vision lorsqu'on se souvient que, comme on l'a vu, Platon d'abord, Aristote ensuite, invoquent la question de la vérité dans une perspective avant tout polémique, et principalement pour se défaire de l'objection sceptique fondamentale des sophistes lorsque ceux-ci soulignent l'insuffisance de la non-contradiction interne d'un discours à assurer sa non-contradiction avec d'autres discours qui prennent leur départ dans des prémisses identiques. Or, comme je l'ai déjà signalé, Aristote avait assigné à la dialec-

1. On peut noter qu'Hamelin, à la suite d'Aristote, établit implicitement le lien entre modalité et adhésion. À propos de l'exemple « Il est possible que nul homme ne soit cheval », il parle de « contingentes qui n'ont de contingentes que le nom et qui portent en réalité sur le nécessaire » (O. HAMELIN, *Le Système d'Aristote*, *op. cit.*, p. 195), soulignant ainsi la difficulté qui existe pour un locuteur à ne pas adhérer pleinement à un jugement dont le contenu est à ce point évident.

tique la tâche de définir une méthode qui permette d'éviter l'autocontradiction.

Le coup de force aristotélicien consiste à déplacer la question de la vérité ou de la fausseté de sa localisation d'enrobage superficiel de la phrase, telle qu'elle trouve son expression dans les « il est vrai que… », « il est faux que… » introductifs à l'expression du jugement, pour en faire l'équivalent d'une « doublure » intrinsèque à toute proposition. Il sera admis désormais qu'indépendamment de l'expression subjective et polémique des « il est vrai que… » et « il est faux que… », une proposition peut être considérée effectivement en soi comme vraie ou comme fausse.

La logique énonce les règles qui permettent de maintenir constante sur une séquence d'enchaînements associatifs l'adhésion d'un sujet parlant aux prémisses qu'il s'est choisies comme points de départ. Une définition formulée de cette manière évite les difficultés liées au problème du vrai et du faux, de l'*adæquatio rei et intellectus*, de la coïncidence de ce qui est dit avec l'état de choses visé, pour se concentrer sur la cohérence interne.

L'adhésion initiale étant donnée, la logique définit les conditions sous lesquelles il est possible — comme engagé sur des rails — d'avancer mécaniquement sans craindre que le degré d'adhésion particulier qui s'attache aux prémisses se voie en quelque manière modifié à chacune des étapes successives. Exprimé ainsi, le principe de la logique apparaît en effet purement formel, au sens d'indépendant du contenu. Or la pratique révèle que si on la prenait à la lettre, c'est-à-dire en tant que purement formelle, la logique trahirait l'attente, en générant des anomalies tout à fait inacceptables. Deux faits déjà signalés vont dans ce sens : le caractère inadmissible d'illustrations telles que celles proposées par Lewis Carroll, et la constatation établie empiriquement par Johnson-Laird que, de deux syllogismes du même type, celui dont la signification des prémisses est la plus plausible (par rapport au monde sensible) est aussi celui qui est le plus aisément généré de manière exacte par un locuteur.

Dans la mesure où l'évaluation du vrai et du faux nous

est davantage familière, dans la pratique quotidienne de la langue, que celle du contingent et du nécessaire, le parallèle existant entre les couples vrai/faux et nécessaire/contingent apparaît maintenant avec davantage de clarté. Le nécessaire s'oppose au contingent comme le vrai au vrai ou faux. De même, l'impossible s'oppose au possible comme le faux au faux ou vrai. Le double couple d'opposition nécessaire/contingent et impossible/possible, découle de la focalisation sur la détermination (« vrai » et « faux ») par rapport à l'indétermination (« vrai ou faux » et « faux ou vrai »). D'où la confusion établie par le langage courant entre les notions extrêmement proches du contingent (en tant que « vrai ou faux ») et du possible (en tant que « faux ou vrai »), d'où aussi la possibilité d'envisager les quatre modalités comme différents degrés sur l'échelle de l'adhésion. Les voici classées par ordre du degré d'adhésion décroissant, accompagnées d'une traduction approximative en termes de véracité :

| | |
|---|---|
| 1) le nécessaire | vrai |
| 2) le contingent | vrai ou faux |
| 3) le possible | faux ou vrai |
| 4) l'impossible | faux |

Puisque, d'une manière générale, le jugement présenté comme tel, c'est-à-dire sans introduction préalable explicite du degré d'adhésion de celui ou celle qui le prononce, est un jugement auquel adhère celui qui l'exprime, le « il est vrai que… » qui pourrait l'introduire est sous-entendu. Ce n'est qu'en réponse à un contradicteur éventuel qui lui opposerait un « il est faux que… », que le « il est vrai que… » interviendrait comme objection (« il est vrai que… » est également utilisé pour séparer en ses éléments constitutifs une inférence jugée douteuse par un contradicteur : « il est vrai que X mais il est faux qu'Y en découle[1] »). Ce que met en évidence le passage de l'expression polémique du carac-

1. Cf. Paul JORION, Geneviève DELBOS, « Truth is Shared Bad Faith. *Common Ground* and *Presupposition* in the Light of a Dialectical Model of

tère vrai ou faux du jugement à son expression jugée implicite et, comme je l'ai dit, comme « doublure » intrinsèque du jugement, c'est le caractère inévitable de la dimension d'adhésion, puisque tout ce qui est dit, est dit par nécessité par quelqu'un. Il existe en effet pour tout discours — quel que soit par ailleurs son caractère apparent d'anonymat —, quelqu'un quelque part qui l'a prononcé et qui y a adhéré à un certain degré. Ce sont les pouvoirs qui sont conférés à ce quelqu'un dans un certain rôle au sein d'une structure sociale spécifique qui peuvent à l'occasion gommer la certitude de cette adhésion en la soutenant d'une dimension collective et statutaire dont l'évidence pourra passer pour naturelle[1].

Il faut du coup « relativiser » la fonction de toute logique dite formelle : ce qu'elle autorise par ses règles, ce n'est nullement d'assurer la vérité d'inférences concaténées, mais, plus simplement, de maintenir constant tout au long de la chaîne le degré d'adhésion qu'un sujet parlant a marqué à ses prémisses[2]. Autrement dit, la logique définit les conditions selon lesquelles le degré d'adhésion peut être assuré de se maintenir constant, sans qu'il ait à être réévalué à chacun des pas de la chaîne d'inférences. En termes plus imagés, la logique permet, par exemple, de « croire très fort » à un jugement qui découle de manière mécanique d'un jugement initial auquel l'on « croyait » déjà « très fort ». Elle autorise tout autant à considérer comme « bien possible » un jugement qui constitue l'aboutissement d'une suite d'inférences dont le premier jugement n'était lui-même également que « bien possible ».

Lorsque Aristote oppose une analytique à une dialectique, sur la base d'une distinction qu'il établit entre les

---

Conversational Pragmatics », *in* Jens ALLWOOD, Erland HJELMQUIST (dir.), *Foregrounding Background*, Lund, Doxa, 1985, p. 89.

1. Ces observations prendront tout leur sens plus bas, quand j'examinerai la notion d'une proposition mathématique « qui dit quelque chose d'elle-même », dans la démonstration du théorème d'incomplétude de l'arithmétique de Gödel.

2. Pour un développement de ce point, cf. P. JORION, « L'intelligence artificielle au confluent des neurosciences et de l'informatique », art. cité.

*arkè*, fondateurs de l'analytique, qui seraient garantis par l'évidence du sens commun, et des prémisses simplement « généralement admises », c'est-à-dire privées de l'assentiment unanime ou autorisé (qui n'appartiennent pas aux « [opinions] qui s'imposent à tout le monde, à la majorité ou aux sages[1] »), il ne fait que prolonger la démarche polémique qui a consisté à déplacer la question de la vérité et de la fausseté, de l'adhésion personnelle du locuteur vers la signification intrinsèque de la phrase. Ce glissement a lieu à l'occasion d'un processus d'objectivation qui masque les rapports de force entre locuteurs, dont la détermination personnelle est sans doute partiellement motivée par la rigueur de leur argumentation, mais à l'intérieur seulement d'un cadre social préétabli qui donne *a priori* plutôt raison aux uns qu'aux autres : « Selon que vous serez puissant ou misérable, les jugements de cour vous feront blanc ou noir », disait La Fontaine[2].

Il est alors permis de traiter dans la perspective de l'adhésion une aporie classique, le paradoxe du menteur, dont on n'ignore pas le rôle qu'il a joué dans la philosophie contemporaine, puisqu'il a conduit Russell à mettre au point sa théorie des types logiques[3]. Dans une perspective d'adhésion, le paradoxe se dissout de lui-même. Je rappelle sa forme classique. Ses prémisses sont :

> Épiménide dit que les Crétois sont des menteurs ;
> Épiménide est lui-même crétois.

Une inférence possible en guise de conclusion est « donc Épiménide est menteur », et l'on est alors tenté de poursuivre : « S'il est menteur, il ment en particulier quand il dit que les Crétois sont des menteurs, donc les Crétois

1. Aristote, *Topica*, I, i, 100b, 22-24, in *Aristotle II*, *op. cit.*, pp. 273-275 (je traduis de l'anglais).

2. On trouvera une explication de ce rapport de force en termes de *risque* social dans Paul Jorion, « Statut, rareté et risque », *Recherches sociologiques*, vol. XXVI, n° 3, 1995, pp. 61-76.

3. William et Martha Kneale, *The Development of Logic* [1962], New York, Clarendon Press, Oxford University Press, 1986, pp. 656-657.

disent la vérité, et Épiménide étant crétois dit la vérité quand il dit que les Crétois sont des menteurs », etc., créant un cycle où Épiménide doit être successivement envisagé comme disant la vérité en tant qu'autorité sur un sujet et disant le faux en tant que membre d'une communauté. En conséquence de quoi il est à la fois vrai que les Crétois mentent (en tant que catégorie universelle) et qu'ils disent la vérité (en tant que le sujet singulier Épiménide).

Pourquoi le paradoxe se dissout-il au sein de l'approche développée ici ? En raison de la problématique même de l'adhésion. La première prémisse affirme que « Épiménide dit que les Crétois sont des menteurs », la seconde affirme que « Épiménide est crétois ». Pour illustrer le fait que l'adhésion exprime le degré d'identification d'un locuteur aux paroles qu'il prononce, j'ai donné tout à l'heure comme exemples une suite de propositions s'échelonnant de l'adhésion maximale qu'exprime « Je crois en Dieu », à l'adhésion minimale qu'exprime « Il m'a dit "Dieu existe" ». La citation pure et simple renvoie à l'engagement minimal de celui qui la rapporte. Le locuteur qui se contente de citer s'abstient en réalité de tout jugement quant à la vérité ou à la fausseté de ce qu'il rapporte. Or, « Épiménide dit que les Crétois sont des menteurs » est précisément une citation, et quiconque relate sous ce mode les propos d'Épiménide comme étant, sans plus, ceux de cet individu suggère par là même qu'il est, lui, locuteur, sur cette question, agnostique ; autrement dit qu'il la considère comme un « il est possible que... ».

La deuxième prémisse, « Épiménide est crétois », ne jouit pas du même statut ; elle est présentée telle quelle, sans modulation de l'adhésion de celui qui l'énonce. Ce qui veut dire que l'énonciateur y adhère comme quelqu'un qui la tient pour vraie. Le syllogisme sous-jacent à l'aporie a donc pour prémisses deux propositions, la seconde que le locuteur présente comme vraie, et la première pour laquelle il prend soin en réalité de faire savoir qu'il ne s'engage en rien quant à son statut de vérité — se contentant de la rapporter.

Les deux prémisses devraient alors se lire :

> (il est possible = faux ou vrai que) les Crétois sont des menteurs ;
> (il est vrai que) Épiménide est crétois.

La conclusion d'un syllogisme jouit, quant à sa véracité, du statut de la plus faible de ses prémisses. Il faut alors formuler celle-ci comme :

> (il est possible = faux ou vrai que) Épiménide est un menteur.

Bien entendu, celui qui refuse de me suivre pourra dire que le statut attribué ici à la citation relève non de considérations logiques (qui seraient ce dont on parle) mais de considérations pragmatiques (qui seraient nécessairement périphériques). J'ai soutenu ailleurs[1] que la catégorie de la pragmatique ne renvoie à aucun contenu positif : en tant que catégorie « croupion » de la linguistique, elle se contente d'entériner le fait établi que ni la syntaxe, ni la sémantique, ni la logique, séparément ou prises ensemble, ne parviennent à rendre compte du fonctionnement du langage tel qu'il existe dans sa pratique, c'est-à-dire en lui-même. La spécificité à laquelle renvoie la pragmatique est celle dont je rends compte de manière plus satisfaisante en termes d'adhésion du sujet parlant aux phrases qu'il énonce.

### *L'espèce et le genre chez Aristote*

Quelle que soit la relation qui existe entre les catégories et les parties du discours, le nœud du problème réside ailleurs. La division en parties du discours repose en effet sur une « phénoménologie » des mots, sur leur capacité à exprimer la personne et le genre, à s'accorder selon la sin-

1. P. Jorion, *Principes des systèmes intelligents*, *op. cit.*, p. 22.

gularité ou la pluralité, à se présenter en tant que tels ou à représenter d'autres mots déjà énoncés, alors que les catégories aristotéliciennes sont, comme le dit très bien Hamelin, des « points de vue sur les choses[1] », ce qu'Aristote considère comme les différents modes de l'être.

Cela dit, une chose frappe dans l'énumération que le Stagirite propose des catégories et dans les exemples qu'il en fournit. Que sont en effet ces « coupe », « brûle », « est assis », « conquiert », sinon autant de monstres de la signification : des expressions de la langue artificiellement « coupées en deux » ? La tentative des catégories d'envisager les mots « non combinés » paraît vouée à l'échec, et c'est ce qu'Aristote souligne quand il précise qu'« aucun de ces termes n'implique en soi un état de fait. Les affirmations, de même que les réfutations, n'interviennent que quand ces termes sont combinés ou réunis[2] ». Le philosophe simplifie considérablement le problème en n'envisageant dans ses exemples que des signifiants susceptibles d'intervenir dans la phrase comme sujet ou prédicat, à savoir les noms et les verbes — qu'y aurait-il à dire dans une perspective de « non-combinaison » à propos des prépositions, par exemple ? Et cette restriction serait-elle même faite, l'artificialité du « non-combiné » appréhendé en tant que tel n'en demeurerait pas moins criante. Ce qui sauve le concept de catégorie, c'est une présupposition implicite quant à la nature de la phrase, la disposition de l'une des catégories, à savoir la substance, à fonctionner de manière privilégiée en tant que sujet, et la disposition de l'ensemble des autres à fonctionner de manière privilégiée en tant que prédicats. Cette dissymétrie, Aristote l'avait lui-même observée : la substance « n'est pas présente dans un sujet », alors que toutes les catégories autres que la substance sont dites « présentes dans un sujet ».

Toutes les catégories autres que la substance présupposent en effet, d'une manière ou d'une autre, une substance : les tomates sont rouges, la bûche est coupée, le

1. O. Hamelin, *Le Système d'Aristote*, *op. cit.*, p. 106.
2. Aristote, *Categories*, 4, 2a, 4-6, in *Aristotle I*, *op. cit.*, p. 19 (je traduis de l'anglais).

ruban est long de douze centimètres, etc. Il n'y a pas de « rouge » sans un substrat sur lequel ce « rouge » trouve à se déposer, pas de « coupé » sans une bûche qui subisse cette action, ni de « long de douze centimètres » sans une chose qui le soit effectivement. On pense à la distinction entre les parties du discours que sont le substantif et l'adjectif qualificatif, mais nos langues ont déjà trop joué sur la substantivation de l'adjectif (« le juste ») et sur l'adjectivation du substantif (« le caractère félin d'une sculpture ») pour que l'évocation dans le contexte présent des parties du discours puisse être d'une très grande utilité. Il est plus judicieux de faire appel à une distinction propre à la pensée chinoise : la distinction que celle-ci établit entre le pénétrable et l'impénétrable[1]. La substance, c'est l'impénétrable, ce qui, s'il se trouve à un moment à un endroit particulier, interdit qu'un autre impénétrable y soit présent au même moment, alors que le pénétrable, c'est ce qui est potentiellement combinable à d'autres pénétrables, exactement au même endroit. Cette pierre, impénétrable, ne peut pas être au même endroit précis et au même moment exact qu'une autre pierre ou qu'un objet métallique, etc.[2]. Cela dit, rien ne lui interdit d'être à la fois, blanche, dure, abîmée, en ce moment même et à Paris, simultanément, sans qu'aucune de ces déterminations au sein d'une catégorie ne gêne en rien les autres.

Il existe donc, sous-jacent à l'approche d'Aristote, un partage entre, d'une part, la substance impénétrable (pierre) et, d'autre part, ses propriétés pénétrables qui constituent cet impénétrable pour tout ce qui n'est pas à proprement parler sa matérialité, par leur combinaison dans un mixte inextricable (blanche, dure, abîmée, en ce moment et à Paris).

1. C. Hansen, *Language and Logic in Ancient China*, *op. cit.*, pp. 155-156.

2. J'ai déjà, à propos de l'identité, cité le passage suivant d'un article de Sedley selon qui il existe un « principe stoïcien selon lequel un individu qualifié de façon particulière ne peut occuper deux substances — en d'autres termes, Dion ne pourrait pas occuper simultanément deux corps humains séparés. Les stoïciens soutenaient aussi la réciproque, à savoir que deux individus qualifiés de façon particulière ne peuvent occuper une seule et même substance » (D. Sedley, « Le critère d'identité chez les stoïciens », art. cité, p. 528).

À propos de la catégorie de la substance, Aristote introduit une distinction qui brouille passablement les pistes. Il distingue en effet entre la substance première, celle qui constitue la matérialité proprement dite d'un être et qui n'est « ni affirmée d'un sujet, ni présente dans un sujet » (par exemple, moi-même, la table de ma salle à manger, etc.), et la substance seconde, qui est « affirmée d'un sujet, mais non présente dans un sujet » (l'espèce humaine, les meubles en général, etc.). La substance seconde ne dispose pas de la matérialité qui est propre à la substance première, elle désigne son essence. Et là, Aristote se laisse peut-être prendre à un piège que lui tend la langue toute constituée, ce qu'évoque Benveniste lorsqu'il dit que « nous ne saisissons la pensée que déjà appropriée aux cadres de la langue[1] » : il envisage les espèces et les genres comme des choses, il les prend, comme le terme qu'il utilise l'indique explicitement, pour des substances.

Aristote ne saisit pas le mécanisme qui fait qu'une étiquette est apparue un jour dans la langue pour désigner l'« espèce » ou le « genre ». Pour comprendre pourquoi, il faut se pencher sur une distinction qui devint classique à partir de lui entre attributs essentiels et attributs accidentels. L'essence, c'est comme le précise Tricot dans une note relative à *La Métaphysique* : « [...] *essence* (*to ti èn éinai* = ce qui est l'être) = le total unifié des éléments de la définition quand ces éléments sont mentionnés dans l'ordre convenable[2]. » Les attributs essentiels sont ceux qui constituent l'essence d'un genre et sont donc présents dans toutes les individualités qui appartiennent au genre ; les attributs accidentels sont, eux, représentés ou non et à tel ou tel moment chez les individus qui tombent sous le genre. Aristote écrit dans les *Topiques* : « [L'accident] est quelque chose qui peut appartenir ou ne pas appartenir à une chose particulière ; par exemple, "être assis" appartient ou n'appartient pas à une chose particulière. De même pour la

1. É. Benveniste, *Problèmes de linguistique générale*, t. I, *op. cit.*, p. 64.
2. Aristote, *La Métaphysique*, *op. cit.*, t. I, p. 24.

"blancheur" ; car rien n'interdit à la même chose d'être à tel moment blanche et à tel autre non-blanche[1]. »

La substance seconde, dit-il, c'est l'essence, c'est l'ensemble des attributs essentiels des substances premières. Qu'est-ce à dire ? L'essence d'un genre, ce sont les valeurs que prennent les différents « points de vue » que sont les catégories aristotéliciennes pour l'ensemble des substances premières qui tombent sous cette espèce ou ce genre. Ce sont les attributs qui ne sont pas accidentels à ces substances premières, aux individus singuliers qui constituent l'espèce ; le fait d'être borgne est accidentel pour un homme particulier, avoir perdu ses pétales est accidentel pour une rose particulière. Autrement dit, l'essence, c'est la valeur unique que peuvent prendre les catégories quand elles sont envisagées par rapport à une collection d'individus. Soit, par exemple, « dans la salle » pour l'ensemble des spectateurs d'une pièce de théâtre, et « en scène » pour les acteurs. Je peux envisager les substances premières que sont Pierre, Paul, Ida et Eusèbe en tant qu'ils parlent, et je verrai se présenter aussitôt à la pensée la substance seconde « homme », que j'opposerai aux substances secondes de Médor, Mistigri et Aliboron, en tant qu'ils ne parlent pas. Je peux envisager aussi Paul, Pierre, Médor et Aliboron en tant qu'ils se reproduisent et qu'ils sont mobiles, et je verrai apparaître à la pensée la substance seconde « animal », qui les oppose aux substances secondes des fleurs qui sont dans ce vase ainsi qu'à ce vase lui-même.

Ce qui veut dire que les substances secondes ne sont en réalité pas des substances du tout, ce ne sont aucunement des impénétrables : ce sont des étiquettes visant à désigner des combinaisons fixes et spécifiques (génériques) de pénétrables. À l'inverse, la définition d'une telle étiquette consistera à spécifier son essence, c'est-à-dire à énumérer ses attributs essentiels (pénétrables). Les substances secondes sont des astuces qui permettent, comme on l'a déjà dit, une « économie mentale », par le regroupement de substances

1. ARISTOTE, *Topica*, I, V, 102b, 4-6, in *Aristotle II*, *op. cit.*, p. 285 (je traduis de l'anglais).

premières sous une étiquette unique. L'économie résidant en ceci, que lorsque j'aurai dit d'Anatole qu'il est un « homme », tout quiconque pourra en inférer légitimement qu'Anatole parle — à moins qu'un attribut accidentel d'Anatole en tant qu'individualité singulière soit précisément qu'il ne parle pas : qu'il soit muet [1].

Or, la distinction entre substance première et substance seconde ouvre une voie qu'Aristote n'a pas pu connaître pleinement du fait qu'elle n'a pris son véritable essor dans la pensée qu'à une époque ultérieure. Je pense à la possibilité de situer les substances secondes les unes par rapport aux autres au sein d'une construction hiérarchique pour tirer parti de cette « économie mentale » qui consiste à pouvoir faire retomber en cascade, à faire « hériter » par chaque niveau, les pénétrables qui caractérisent « en bouquet » — comme constituant leur essence — chacun des niveaux supérieurs. Moi-même, substance première, appartiens à la substance seconde homme, qui appartient elle-même à la substance seconde mammifère, qui appartient à la substance seconde vertébré, et ainsi de suite. Du fait que je suis homme on peut inférer légitimement que je parle ; du fait que je suis mammifère on peut inférer que la femelle de mon espèce allaite ; du fait que je suis vertébré on peut inférer que je dispose d'un squelette interne ; et ainsi de suite [2].

Une telle hiérarchisation peut être également imposée aux pénétrables, mais elle ne donne lieu alors qu'à des hiérarchies de faible profondeur : rouge, vert et bleu sont sans doute des couleurs, mais il faut s'arrêter là. Tandis que pour les substances, les degrés de hiérarchisation sont en principe illimités. Le principe consistant à étiqueter comme

1. C'est là l'apport de Guillaume d'Ockham. Dans les termes d'Alféri : « Affecté à une série, qui ne saurait, sans lui, se donner comme telle, le signe donne à la multiplicité une unité qui n'est pas numérique, une unité d'un autre type : une unité de signification » (Pierre ALFÉRI, *Guillaume d'Ockham, le singulier*, Éd. de Minuit, 1989, pp. 9 et 18).

2. Alféri rapportant Guillaume d'Ockham : « Lieux de la dualité entre "être un" et "être plusieurs", les signes permettent un emboîtement indéfini des séries sans aucune confusion : séries de choses, séries de signes signifiant déjà des choses, des ordres sériels distincts et hiérarchisés dans différents genres de discours » (*ibid.*, p. 19).

substances secondes de substances premières des nœuds dont l'essence est déterminée par un « bouquet » de pénétrables ne s'exerce pas de la même manière pour les hiérarchisations des pénétrables : on ne constate pas ici l'héritage en cascade des attributs essentiels. Si les hommes parlent et que je suis un homme, on peut supposer que je parle ; mais si les tomates sont rouges et que rouge est une couleur, il n'est pas vrai pour autant que les tomates sont des couleurs.

Le rôle que joue la substance première dans le système d'Aristote lui est propre. Dans les termes de Ross : « La primauté de la substance individuelle est l'un des points les plus stables de la pensée d'Aristote — le point par lequel il diverge le plus clairement de la doctrine de Platon[1]. » Son approche en termes de catégories présuppose en réalité une matérialité à ce qu'il appelle les substances. On comprend mieux du coup le sens de certaines des querelles qui agitèrent la scolastique : la possibilité de construire une hiérarchie en termes de substances secondes implique-t-elle automatiquement la matérialité des substances premières qu'elles dénotent ? « Combien d'anges sur la pointe d'une aiguille ? » s'interrogent les scolastiques : une infinité si les anges sont sans matérialité, un nombre fini, éventuellement immense, s'ils possèdent une matérialité ne serait-ce que « subtile », « éthérée », pour utiliser quelques-uns des termes auxquels on aura recours dans ces débats.

Thomas d'Aquin fera le choix d'une non-corporéité pour les anges, accompagnée d'une absence de matérialité. Ce qui lui permet d'échapper au raisonnement classique qui suppose, à partir de la capacité au mouvement — qu'on ne peut nier aux anges —, la nécessité pour eux d'avoir une forme et, à partir de la forme, la nécessité d'une matérialité[2], c'est précisément le fait de la hiérarchisation potentiellement infinie des substances secondes. Citons Étienne Gilson :

1. W. D. Ross, *Aristotle*, *op. cit.*, p. 24 (je traduis).
2. Cf. Étienne Gilson, *Le Thomisme. Introduction au système de saint Thomas d'Aquin*, Vrin, 1927, p. 156.

> Les docteurs qui veulent introduire une matière dans les substances angéliques s'y trouvent invités par le désir qu'ils éprouvent d'en rendre intelligible la distinction. C'est en effet la matière seule qui fonde la distinction numérique des êtres à l'intérieur de chaque espèce ; si donc les anges sont des formes pures que ne vient limiter et individuer nulle matière, on ne voit pas comment il sera possible de les distinguer. À quoi nous devons répondre simplement qu'il n'existe pas deux anges de la même espèce ; et la raison en est manifeste. Les êtres qui sont de même espèce, mais qui diffèrent numériquement, à titre d'individus distincts compris dans la même espèce, possèdent une forme semblable à des matières différentes. Si donc les anges n'ont pas de matière, il s'ensuit que chacun d'entre eux est spécifiquement distinct de tous les autres, l'individu comme tel constituant ici une espèce à part [1].

L'homme, bien sûr, est obligé de distinguer des « classes » parmi cette multitude innombrable d'espèces d'anges différentes, il reconnaîtra parmi eux, dans un ordre descendant de Dieu vers l'homme, les Séraphins, les Chérubins, les Trônes, les Dominations, les Vertus, les Principautés, les Archanges et, enfin, les anges « gardiens » des hommes, ou anges proprement dits [2]. À cette hiérarchie qui établit une quasi-continuité entre Dieu et l'homme, correspond l'équivalent de cet « héritage des propriétés » qui caractérise les hiérarchies : « Chaque ange transmet à l'ange immédiatement inférieur la connaissance qu'il reçoit lui-même de plus haut, mais il ne la transmet que particularisée et morcelée selon la capacité de l'intelligence qui la suit [3]. »

Ce présupposé de matérialité attaché à la notion même de substance première souligne que la tentative d'une détermination du terme isolé, non combiné, chez Aristote est la conséquence d'un préjugé physiciste : il considère *a priori* les termes comme reflets du monde sensible. On peut noter à ce propos que la possibilité même d'une dérive dans les interprétations qui ont été faites de son œuvre provient

1. *Ibid.*, p. 158.
2. *Ibid.*, pp. 162-164.
3. *Ibid.*, p. 164.

d'une particularité de l'*Organon* : le tiraillement conceptuel propre à cet ouvrage entre deux modèles distincts des fonctions du langage qui sont, sinon contradictoires, du moins conflictuels. D'une part, une tentative de phénoménologie de la capacité des mots à faire sens par leur simple composition en séquences ; d'autre part, une théorie du langage en tant qu'outil de description du monde sensible. Autrement dit, d'une part, une tentative de physique de l'univers autonome que constitue l'ensemble des mots d'une langue ; d'autre part, une représentation du langage comme reflet plus ou moins fidèle de la physique qui règle le monde sensible lui-même.

Il ne faudrait pas supposer pour autant que la démarche aristotélicienne des catégories, qui consiste à prendre son départ dans le terme non combiné, est dénuée d'intérêt. Sans doute le terme non-combiné n'est-il envisagé comme tel qu'artificiellement. Mais l'examen qui vient d'être fait a permis de dégager deux objets distincts dont on peut faire son profit lorsqu'on vise à modéliser le premier de ces « niveaux d'enrobage » que j'ai évoqués, celui où se constituent ces noyaux que sont le sujet et le prédicat du jugement.

La tentative faite par Thomas d'Aquin de classer les anges et de juger à cette occasion de leur matérialité, peut nous sembler aujourd'hui, sinon risible, du moins vaine. Or, ce qu'il parvint à établir n'est pas sans conséquence dans l'histoire de la pensée : des hiérarchies complexes peuvent être construites pour de purs concepts, sans qu'il faille se soucier de la matérialité ou de l'immatérialité des objets classés. De plus, ces objets bénéficient, par une « économie mentale » inhérente à ces structures (qui constituent un ordre au sens mathématique) — et quel que soit leur degré d'abstraction —, d'un héritage automatique des attributs essentiels de chacun des objets plus généraux qui les surmontent (qui les « précèdent » dans l'ordre). Ou bien, le phénomène étant observé dans la direction opposée, c'est-à-dire de bas en haut, chaque concept recueille comme attributs essentiels l'intersection, la partie commune, des attributs essentiels des objets qui se trouvent immédiatement en dessous de lui. Selon la formule de Jean Scot Érigène, synthétisée par Étienne Gilson, « [t]oute division est une descente d'un principe un à d'innombrables espèces particulières, et elle se complète toujours par une réunion qui remonte des espèces particulières jusqu'à leur principe[1] ». Sachant que les mammifères et eux seuls ont des mamelles, savoir que le tigre est un mammifère permet d'inférer qu'il a des mamelles. Inversement, sachant que le tigre et le lion ont des mamelles, cette propriété apparaît comme un candidat possible à la définition (de l'essence) d'une catégorie qui les rassemblerait, et que l'on pourrait appeler « mammifères ».

Si l'on se tourne alors à nouveau vers les catégories aristotéliciennes, il est permis de tirer parti de la distinction que le Stagirite établit parmi elles entre, d'une part, la catégorie de substance et, d'autre part, l'ensemble des autres catégories et d'affirmer que cette distinction signifie la chose suivante : il existe pour tous ces mots susceptibles d'apparaître soit comme sujet, soit comme prédicat dans une phrase (les substantifs, adjectifs, verbes, ce que la pensée scolastique appellera, comme on l'a vu, les catégorèmes) un double réseau qui leur est sous-jacent et dont on peut décrire la forme. Quelle que soit la matérialité ou l'immatérialité du signifiçat[2] d'un catégorème, il est relié aux autres catégorèmes du réseau d'une des deux façons suivantes : soit de manière réticulaire à un autre catégorème, qui représente alors l'un de ses attributs au sein d'une des neuf catégories aristotéliciennes autres que la substance, soit comme élément d'une hiérarchie propre à la catégorie aristotélicienne de la substance (abstraction faite de l'implication de matérialité), et disposant dans ce cas de la capacité d'hériter des concepts qui le surmontent (qui le « précèdent ») les attributs dont ceux-ci disposent de manière réticulaire et de la capacité inverse de faire hériter les concepts qu'il surmonte (qui le « suivent ») de ses propres attributs.

1. Étienne Gilson, *La Philosophie au Moyen Âge*, Payot, 1922, p. 15.
2. Ce que l'on désigne aujourd'hui du terme moins heureux de « référent ».

Autrement dit, et dans une perspective plus formelle, les catégorèmes existent au sein d'une double structure, l'une, hiérarchisée, correspondant à un treillis, et l'autre, réticulaire, correspondant à un graphe orienté. Chaque concept en tant qu'il fait partie du treillis hérite des attributs des objets qui l'y précèdent en tant que ceux-ci font partie du graphe orienté. Dans la langue française, quand ce sont deux substantifs qui sont connectés, l'inscription dans le treillis se signale par l'usage de la copule « être » : « la taupe est un rongeur », et l'inscription dans le graphe orienté, le plus souvent, par l'usage de la pseudo-copule « avoir » : « la taupe a de petits yeux »[1]. Les traits que j'ai décrits précédemment comme étant propres à la mentalité primitive, peuvent être éclairés dans la perspective développée ici, par le fait que les structures homomorphes aux treillis y sont quasiment absentes.

L'ordre dans lequel nous sont proposés aujourd'hui les ouvrages composant l'*Organon* suggère qu'Aristote avait choisi de procéder du concept au jugement, et du jugement au syllogisme. Cet ordre ne constitue cependant certainement pas un ordre chronologique de rédaction puisque, par exemple, l'*Herméneutique* renvoie aux *Analytiques* et aux *Topiques*, à moins que — comme le supposent certains commentateurs — l'*Organon* tout entier ne soit qu'un compendium de notes d'auditeurs de leçons professées par le philosophe. Si l'ordre admis des livres avait été voulu par Aristote lui-même, il y aurait là cependant à mon sens une erreur méthodologique. Rien de plus « logique », *a priori*, que de partir du terme isolé, de l'examiner ensuite dans son fonctionnement par paires, et de découvrir enfin l'effet proprement miraculeux qui consiste dans l'engendrement

1. On pourrait dire que la distinction entre les deux parties superposées du réseau est sous-jacente chez Aristote. Divers auteurs l'ont décelée dans ce double recours à « être » et à « avoir », sans bien en saisir le sens. Ainsi, Ross observe que, dans les *Premiers Analytiques*, « Aristote formule toute proposition sous la forme "A est B" ou "B appartient à A" » (W. D. Ross, *Aristotle, op. cit.*, p. 28 ; je traduis), et Hamelin : « [...] pour marquer l'attribution Aristote ne dit pas "B est A", mais "à A, B appartient" » (O. Hamelin, *Le Système d'Aristote, op. cit.*, p. 158).

d'une nouvelle paire de concepts à partir de deux autres. Mais ce qui fait précisément qu'existe la pensée, c'est ce « miracle » du syllogisme, et c'est lui qui est fondateur de la pensée.

Le traitement proposé par l'*Organon*, tel qu'il nous est parvenu, est progressif, partant du terme isolé pour aboutir au discours. L'existence du mot comme entité isolable (du moins lorsque la parole devient écriture) encourage dans cette voie. La capacité du mot à servir d'étiquette d'un objet — d'une substance — dans le cas très spécifique du nom concret, semble justifier cette approche. Pourtant, la démarche d'Aristote lorsqu'il évoque les mathématiques aurait pu l'encourager à adopter la même dans sa théorisation de la pensée discursive, je veux dire qu'il aurait pu partir du discours entier et complet comme étant la « donnée élémentaire » et descendre ensuite de degré en degré jusqu'à parvenir à la « brique » que constitue le mot. C'est de cette manière que procède également aujourd'hui la théorie des ensembles, qui envisage comme donnée première l'ensemble, pour parvenir par un enchaînement d'étapes successives jusqu'au nombre — considéré comme aboutissement ultime.

Que dit Aristote à propos de l'arithmétique[1] ? Qu'il s'agit du point d'arrivée, lorsque l'on part de la description du monde naturel, de la mécanique physique ; que l'on simplifie, que l'on stylise cette première description par la géométrie dans l'espace, ensuite celle-ci par la géométrie plane, et finalement cette dernière par l'arithmétique, qui ne voit

1. Duhem, paraphrasant Aristote : « Les Mathématiques considèrent les mêmes êtres que la Physique ; mais, en ces êtres, elles suppriment tout ce qui est sensible, la gravité ou la légèreté, la dureté ou la mollesse, le chaud ou le froid, pour n'y plus considérer que la grandeur et la continuité ; par cette abstraction, elles constituent l'objet propre de leur spéculation. De même, la Physique étudie les êtres et leurs principes non pas en tant qu'êtres, mais en tant qu'ils sont mobiles, qu'ils sont sujets au changement, qu'ils peuvent s'engendrer ou périr. Par une abstraction plus radicale, la Philosophie première délaisse en ces êtres tout ce qui est génération, modification, corruption ; purement et simplement, elle les considère en tant qu'êtres et, par là, s'élève à la connaissance générale de l'être » (Pierre DUHEM, *Le Système du monde*, t. I, Hermann, 1965, p. 137).

plus que des symboles (vides de sens) là où il y avait au point de départ des choses (significatives)[1].

Le mouvement « rétrograde » paraît dans ce cas-ci naturel : le monde physique est concret ; l'objet mathématique, abstrait. On part de la chose significative pour aboutir en fin de course au symbole vide. Mais n'a-t-on pas affaire, avec la pensée discursive, exactement au même phénomène ? Ce qui est significatif, au-delà de tout doute possible, c'est le discours dans son entier. La phrase envisagée indépendamment de son contexte fait en général problème. Quant au mot individuel, il n'a de signification comme telle que dans quelques cas exceptionnels. Sans prédication, le sujet n'est qu'un être fictif (en termes hégéliens, le sujet est particularité, la prédication le met en rapport avec l'universalité des catégories aristotéliciennes[2]).

Szabo observe d'ailleurs qu'à l'époque d'Euclide, « tout se passe comme si la dialectique et les mathématiques ne s'étaient pas encore pleinement séparées, comme si, en ce temps-là, les mathématiques constituaient toujours une branche de la dialectique[3] ». Aristote disait : « Il existe une ressemblance étroite entre la dialectique et les processus géométriques[4]. » La dialectique régissant, faut-il le rappeler, les techniques de persuasion se fondant sur les opinions généralement admises et auxquelles l'on recourt au tribunal ainsi que dans les assemblées populaires, par opposition à l'analytique, qui se fonde, elle, sur les propositions vraies et qui prévaut dans la démonstration scientifique, et à la rhétorique, encore plus lâche que la dialectique dans

1. Cf. *Metaphysics*, XIII, III, 1077b, 19-1078b, 8, in *Aristotle XVIII*, trad. anglaise H. Tredennick, Loeb Classical Library, Londres, Heinemann, 1935, pp. 187-193, et A. KOJÈVE, *Essai d'une histoire raisonnée de la philosophie païenne*, t. I, *op. cit.*, p. 168.

2. Jarczyk : « En fait, l'exigence d'unité que porte en soi le jugement (étant donné qu'il se pose à l'intérieur même de cette unité) donne au sujet toute sa signification : c'est en lui, singularité, que s'enracine le prédicat, l'universalité, — car c'est bien jusqu'où va l'affirmation d'une singularité qui est en fait universelle » (Gwendoline JARCZYK, *Système et liberté dans la logique de Hegel*, Aubier-Montaigne, 1980, p. 55).

3. A. SZABO, *Les Débuts des mathématiques grecques*, *op. cit.*, p. 262.

4. ARISTOTE, *Topica*, VIII, III, 159a, 1-2, in *Aristotle II*, *op. cit.*, p. 701.

ses fondements et à qui l'on fait appel dans les discours, voire dans la conversation courante.

La pensée aristotélicienne relève d'une logique associationniste, je l'ai signalé précédemment en citant un passage de *De la mémoire et de la remémoration*. Or, lorsque l'on regarde de quelle manière Aristote examine le concept, c'est-à-dire le terme non combiné, on s'aperçoit en réalité qu'il n'y parvient pas : la démarche qui est la sienne consiste à définir des catégories, des modes de prédication. Et chacun des prédicats est en fait dit d'un sujet ; ce qui signifie qu'Aristote n'arrive à parler du terme non combiné qu'à partir des termes combinés que sont un prédicat dit d'un sujet. La non-combinaison signale de manière criante son impossibilité, du moins sous l'angle d'attaque qu'adopte Aristote. L'unité de signification est sans conteste le jugement, où deux concepts sont combinés — probablement selon l'une des dix formes que répertorient les catégories —, mais toute tentative de traiter comme séparables sujet et prédicat est vouée à l'échec : le concept seul est non seulement ni vrai ni faux, comme il le souligne, mais entièrement dénué de signification.

Bien sûr les substances existent : il y a des « hommes » et il y a des « chevaux », mais non qualifiés, non combinés d'une manière ou d'une autre, ils ne sont rien que des fictions de la langue. C'est cette constatation[1] qui m'avait conduit, dans *Principes des systèmes intelligents*, à définir la signification d'un terme isolé, d'un concept, comme « l'ensemble des enchaînements associatifs (jugements) où il intervient[2] », figuration « en étoile », rayonnante autour de lui, de l'ensemble des termes qui lui sont prédiqués ou qu'il peut prédiquer lui-même, constituant cette constellation ou ce complexe (comme on l'a vu, les deux termes sont de Jung ; le second fut repris par Freud) qui est la partie du réseau mnésique (le sous-graphe) qu'un concept détermine et qui se confond avec sa signification.

1. Faite avant moi par Hegel (cf. G. JARCZYK, *Système et liberté dans la logique de Hegel*, *op. cit.*, p. 57.
2. P. JORION, *Principes des systèmes intelligents*, *op. cit.*, p. 90.

Quand le nouvel esprit scientifique émergera, à la Renaissance, le savoir neuf demeurera contraint de deux manières : par une exigence forte, celle de ne contredire en aucune façon l'enseignement de l'Église, et par une seconde exigence, moins radicale sans doute et justifiée par le gant de velours du bon sens plutôt que par le gant de fer de la foi : bâtir sur les fondations posées autrefois par Aristote.

Quiconque n'a pas lu le chapitre qui s'achève pourrait légitimement se poser la question : « Pourquoi Aristote ? Comment l'œuvre d'un seul philosophe a-t-elle pu faire contrepoids, comme son pendant, à un savoir pourtant aussi infaillible par définition que celui du dogme ? » La réponse, nous la connaissons maintenant : le Stagirite a construit, comme une œuvre solitaire, non pas la science sans doute — qui est nécessairement une tâche en constant développement sur son versant empirique —, mais ce qui constituerait son cadre conceptuel tout entier au sein de la culture occidentale.

La méthode de la raison scientifique nous a été offerte par l'analytique aristotélicienne, et celle de l'argumentation raisonnable dans la vie quotidienne par sa dialectique. Il faudrait alors combler petit à petit, par l'enquête, l'espace réservé à la connaissance empirique en décrivant de manière exhaustive ce qui est. Avec les moyens du bord, tels que le monde antique les déterminait dans son contexte historique, Aristote en avait posé les jalons lui-même ; quand sa théorie physique du mouvement se trouva ébranlée au Moyen Âge par les coups de boutoir de Nicolas Oresme, elle fut remplacée sans à-coup — au chagrin sans doute de quelques-uns, mais sans que l'édifice entier ait à en pâtir gravement — parce que son apport essentiel n'était pas de l'ordre du contenu singulier, mais de celui de la forme, relatif seulement aux concepts qui doivent être convoqués et à la manière de prouver de façon irréfutable.

Bien sûr, ce cadre aurait pu être autre qu'il ne fut, et les Chinois inventèrent la boussole, le gouvernail d'étambot et la poudre sans l'aide d'un Aristote. Mais notre civilisation technicienne est à ce point redevable au cadre épistémologique qu'il établit, engendrant à la volée la vérité et la réalité (objective) comme ses progénitures, que nous n'éprouverons pas le besoin, pour les siècles à venir, d'en sortir. Ma modeste pierre à l'édifice constitue, on l'aura compris, un tribut de plus — si la chose était nécessaire — à l'œuvre d'un homme en adéquation parfaite avec le monde tel qu'il nous est offert.

# III

## *L'émergence de l'universel : l'invention de la Réalité-objective dans la physique*

Aux Temps modernes, l'existence d'une réalité plus « solide » que celle du monde sensible de l'Existence-empirique réussit son ascension au rang de mythe dominant, un mythe non théologique sans doute mais néanmoins dogmatique : celui de la Réalité-objective. Cet avènement, dont les héros furent Kepler et Galilée, supposait une assimilation du réel à la loi des nombres, c'est-à-dire aux mathématiques, comme l'avait déjà préconisé, à la suite de Pythagore, Platon, dans sa théorie des Idées. L'avènement de la Réalité-objective suggérait conjointement une dévalorisation de l'existence présente des choses par rapport à leur essence immuable, à l'instar de celle qui avait eu lieu quand Aristote avait opposé le monde en puissance, celui de l'ensemble de tous les mondes possibles, au monde en acte, le seul monde effectivement réalisé, où se déroule notre vie quotidienne. La logique avait facilité la naissance de cette Réalité-objective en suggérant que la rationalité produite dans le développement du syllogisme décrit le monde sensible dans sa réalité véridique par-delà des apparences, du fait de sa capacité à éliminer le paradoxe et, du coup, à dissiper l'illusion.

Alors que les penseurs de l'Antiquité et du Moyen Âge étaient conscients que leurs modélisations du monde à l'aide de l'outil mathématique étaient mises en scène dans la « discursion », dont le cadre est celui de l'imagination, au sein de l'esprit, et devaient être corroborées par l'accord consensuel des « autorités » en matière de métaphysique ou, comme on disait alors aussi, de « physique », les intellectuels du tournant du XVII^e^ siècle, irrités par le monopole de l'Église sur le savoir relatif à la nature intime des choses, l'Être-donné des philosophes, décrétèrent, dans un « coup de force pythagoricien », que l'Être-donné était constitué de nombres et que leurs modèles mathématiques de la Réalité-objective — intelligible, elle, par les savants — leur procuraient une voie d'accès directe à cette connaissance de la nature intime des choses, court-circuitant ainsi le recours jusque-là nécessaire à l'autorité des docteurs de l'Église pour trancher ces questions.

Ce coup de force pythagoricien ne fut cependant pas sans conséquences pour l'évolution ultérieure de la science, permettant à des artefacts de s'introduire dans la modélisation, selon le même processus que celui que Max Müller a mis en évidence dans la « poursuite de l'anomalie » qu'engendre automatiquement l'interprétation sauvage du nom des dieux à laquelle se livre la mythologie.

L'« invention » de la Réalité-objective, prélude obligé à l'apothéose de la science contemporaine, s'accompagne d'une invention identique, structurellement isomorphe : celle de l'individuation dans nos cultures, due à l'élévation du moi dans la représentation que se donne à lui-même le sujet humain.

Puisqu'en Occident le joug qu'exerçaient les autorités religieuses sur la pensée a été secoué depuis plusieurs siècles, le moment est venu de réexaminer, en vue de leur élimination, les distorsions que la confusion entre un espace de modélisation et le réel a introduites dans les sciences qui furent élaborées à partir du XVII^e^ siècle.

## *L'explication*

L'explication est l'articulation séquentielle des connaissances en vue de leur transmission [1]. Aristote disait de

1. La dimension chronologique de l'explication avait déjà été observée par les sophistes. Tordesillas note à leur propos : « Le "temps logique" se présente

l'explication : « Enseigner, c'est dire les causes pour chaque chose[1]. » Mais la cause est une explication d'un type particulier : c'est l'explication antisymétrique. Avant la cause, et comme le symétrique qui précède toujours la brisure de la symétrie, un autre type d'explication régnait, beaucoup plus flou celui-là, à partir du signe. Les deux principaux modes de l'explication sont en effet le signe et la cause.

Le savoir empirique, la forme de savoir décrivant les pratiques efficaces au sein du monde sensible où nous vivons, porte sur la façon dont un individu est à même d'introduire un changement qualitatif dans l'Existence-empirique, c'est-à-dire de provoquer en son sein un événement[2]. Dans le monde de l'Existence-empirique, les catégories universelles n'ont pas cours, mais uniquement les cas singuliers. Le savoir empirique, par opposition au geste technique lui-même, qui est son pendant pratique, est discursif et constitue en fait par rapport au savoir scientifique l'autre terme d'une alternative, au pôle opposé de celui-ci sur un ensemble de dimensions qui traversent nécessairement tout type de savoir : a) portant donc sur le singulier là où la science est universelle ; b) mettant l'accent sur le qualitatif là où la science privilégie l'approche quantitative ; c) subjectif dans la mesure où il présuppose un sujet, alors que la science est objective au sens où elle s'efforce de gommer la présence (pourtant incontournable) de ce sujet ; d) et à usage essentiellement privé, alors que la science est fondamentalement de caractère public[3].

---

[...] comme décisif dans le développement d'une argumentation : la démarche générale suivie par une argumentation réside dans l'énoncé d'une assertion qui est le résultat d'une succession d'énoncés ou d'assertions placés dans un certain ordre, déclarés selon une certaine succession temporelle qui a égard aux situations, aux circonstances, aux moments » (Alfonso TORDESILLAS, « L'instance temporelle dans l'argumentation de la première et de la seconde sophistique : la notion de *kairos* », *in* B. CASSIN (éd.), *Le Plaisir de parler*, *op. cit.*, pp. 31-32).

1. ARISTOTE, *Metaphysics*, I, I, 981b, 30, in *Aristotle XVII*, trad. anglaise H. Tredennick, Loeb Classical Library, Londres, Heinemann, 1933, p. 9 (je traduis de l'anglais).

2. Cf. Claude LÉVI-STRAUSS, *Race et histoire*, Unesco, 1952.

3. L'ensemble de ces points a été longuement développé dans Geneviève DELBOS, Paul JORION, *La Transmission des savoirs*, Éd. de la Maison des sciences de l'homme, 1984, chap. IV. Je me contente ici de renvoyer à ce texte.

Le savoir empirique ne se construit pas dans un espace de modélisation tel que la Réalité-objective censée se cacher derrière le monde sensible de l'Existence-empirique. Il se borne au contraire à établir de ce dernier un simple relevé en termes de corrélations. Or une corrélation se contente d'affirmer que quand tel état de choses est présent, tel autre l'est aussi, sans lire dans l'un ni dans l'autre cause ou effet. Cette relation est symétrique : si *A* signale la présence de *B*, alors *B* signale aussi celle de *A*, sans préséance aucune entre eux. Le savoir empirique repose ainsi résolument sur la lecture du signe plutôt que sur la recherche de la cause.

Le postulat d'une Réalité-objective en arrière-plan de l'Existence-empirique sous-tend toute équivalence que nous pourrions établir entre le contenu de phrases linguistiquement différentes : c'est au regard de la réalité « objective » que deux phénomènes distincts sont considérés comme étant, en fait, « la même chose » (je reviendrai sur ce point). Dans la mesure où il fait l'économie d'un espace de modélisation tel que la Réalité-objective, où la multiplicité des phénomènes du monde sensible est ramenée, réduite, à un plus petit nombre d'essences, le savoir empirique ne généralise pas : chaque cas demeure pour lui un cas unique. Son mode de représentation n'est donc pas celui de la théorisation mais une mise en scène de chaque cas singulier en tant que singulier, telle qu'on la trouve dans l'approche expérimentale fondée sur la simulation, par opposition au test d'une hypothèse dérivée, elle, d'un cadre théorique.

L'appareil conceptuel d'un domaine de la physique au développement récent permet de mettre en lumière la démarche du savoir empirique. Au cours des dernières trente années, la physique des systèmes complexes s'est éloignée des idéaux d'un savoir scientifique (au sens d'un discours portant sur le général) pour se rapprocher de ceux d'un savoir empirique (au sens d'un discours portant sur le singulier). La dynamique non linéaire des systèmes complexes interdit désormais de les considérer dans leur généralité puisqu'elle évolue en alternant régimes réguliers et stochastiques d'une manière strictement dépendante des conditions initiales[1]. Leur simulation numérique permet de les examiner non plus dans leur structure, mais dans une reconstruction du comportement (pseudo-)empirique de chaque cas singulier.

Le débat qui opposa dans les années 1980 au sein de cette discipline les tenants de la « nouvelle école » de la simulation numérique à ceux de l'« ancienne école » de la modélisation algébrique, pouvait être interprété comme l'opposition entre les représentants d'un nouveau courant de savoir empirique et ceux d'un ancien courant de savoir scientifique[2]. Le passage suivant, emprunté à un texte produit par la « nouvelle école », illustre bien le changement de perspective qui intervint alors :

> [...] il est d'usage dans de nombreux domaines de la science et de la technologie de consacrer des ressources considérables à la modélisation de systèmes ou de processus physiques. Cependant, une fois que le modèle mathématique a été construit, il arrive souvent que seules quelques simulations informatiques rapides soient effectuées. Bercé par un faux sentiment de sécurité dû à sa familiarité avec la solution *unique* des systèmes linéaires, l'analyste ou l'expérimentaliste pressé s'écrie « Eurêka ! telle est la solution » aussitôt qu'une simulation se stabilise en un équilibre ou en un cycle régulier, sans se préoccuper d'explorer patiemment les évolutions ayant lieu à partir de conditions initiales différentes. Afin d'éviter des erreurs potentiellement dangereuses, voire même de réels désastres, les ingénieurs devraient être prêts à consacrer une

1. Allan J. LICHTENBERG, Michael A. LIEBERMAN, *Regular and Stochastic Motion*, New York, Springer-Verlag, 1983, pp. 1-7.

2. Dans un article très documenté et très bien informé, Farge paraphrase le couple d'oppositions scientifique/empirique, quand elle distingue la modélisation par un système d'équations différentielles de la modélisation par équations discrètes conduisant à la simulation numérique, comme constituant respectivement théorie et expérimentation ou « expérience mentale ». Pourtant, quand elle observe que « l'approche numérique doit [...] permettre d'extraire la phénoménologie qui se trouve encore cachée dans les équations fondamentales » (Marie FARGE, « L'approche numérique : simulation ou simulacre des phénomènes », *in* Jean PETITOT [dir.], *Logos et théorie des catastrophes. À partir de l'œuvre de René Thom*, Genève, Patino, 1988, p. 135), elle ne signale rien d'autre que le retour à l'empirique — même s'il s'agit d'un (pseudo-)empirique, « mis en scène » à partir du scientifique.

> plus grande part de leurs efforts à explorer l'éventail complet des comportements dynamiques des systèmes qu'ils étudient [1].

Le savoir empirique et la simulation informatique relèvent du même principe épistémologique : ils appréhendent le réel comme un ensemble de corrélations phénoménales et non comme une juxtaposition d'« expressions » phénoménales au sein de l'Existence-empirique d'une Réalité-objective sous-jacente.

L'unité de base de l'explication est la proposition au sens aristotélicien ou le jugement kantien, constituée de deux catégorèmes liés par un syncatégorème établissant une relation entre eux, soit ce que j'appelle, dans le présent ouvrage, un « enchaînement associatif ». Toute explication est constituée d'une séquence plus ou moins longue d'enchaînements associatifs — dont le syllogisme constitue le prototype.

Les différentes cultures ont fait un choix quant à leurs modes préférés d'explication : le chinois ancien, par exemple, a une prédilection pour le signe, la connexion simple et la corrélation ; le français contemporain, pour la cause, l'inclusion et l'implication.

## *La cause*

Dans l'explication, l'accent est mis soit sur le signe qui signale la corrélation de phénomènes au sein du monde sensible de l'Existence-empirique, soit sur la cause, qui porte sur la succession (implicative) des actions au sein de l'espace de modélisation qu'est la Réalité-objective. L'explication se déplace donc d'une statique dans l'Existence-empirique à une dynamique au sein de la Réalité-objective. Paradoxalement (puisque nous avons tendance à considérer notre pensée raisonnante comme émotionnellement indifférente aux contenus qu'elle manipule), c'est la mécanique du signe qui est émotionnellement neutre, alors que

1. Hugh B. STEWART, J. Michael T. THOMPSON, *Nonlinear Dynamics and Chaos*, Chichester, John Wiley & Sons, 1987, p. XIII (je traduis).

la mécanique de la cause est toujours convoquée — comme l'ont souligné de nombreux auteurs — dans la perspective de l'attribution d'une responsabilité pouvant déboucher (en principe) sur l'application d'une peine. L'expression « mettre en cause » rappelle ceci. Ainsi, comme le fait observer Austin :

> Je suppose que « causer » est une notion empruntée à l'expérience humaine des actions les plus simples. Pour l'homme primitif tout événement devait être construit selon les termes de ce modèle : chaque événement a une cause, c'est-à-dire, chaque événement est un acte posé par quelqu'un — sinon par un homme, du moins par un quasi-homme, un esprit. Lorsqu'on comprit plus tard que des événements qui ne sont pas des actes ne le sont effectivement pas, on persista cependant à dire qu'ils doivent être « causés », et le mot nous piégea : nous nous efforçons de lui attribuer une nouvelle signification non anthropomorphique ; et pourtant, constamment, dans l'enquête que nous menons visant à l'analyser, nous ramenons à la surface l'ancien modèle et nous en réincorporons les principes [1].

L'analyse de John L. Austin s'est vue corroborée par les études relatives à la conception de la causalité chez les stoïciens. Pour ceux-ci en effet, comme le note Frede, « pour tout ce qui demande à être expliqué, il existe quelque chose qui joue à son égard un rôle analogue à celui que joue la personne responsable à l'égard de ce qui est arrivé de fâcheux [2] ».

Dans nos cultures occidentales, l'explication commune (non scientifique) repose, comme on le sait, massivement sur l'assignation de la cause efficiente au sens d'Aristote, par exemple : « les nuages causent la pluie ». Mais nous recourons aussi bien et de manière tout aussi habituelle à

1. John L. AUSTIN, *Philosophical Papers*, Oxford University Press, 1961, pp. 202-203 (je traduis).

2. Michael FREDE, « The Original Notion of Cause » [1980], *in* Malcolm SCHOFIELD, Myles BURNYEAT, Jonathan BARNES (dir.), *Doubt and Dogmatism — Studies in Hellenistic Epistemology*, Oxford University Press, 1989, pp. 217-249, reproduit en français in *Revue de métaphysique et de morale*, n° 4, 1989, p. 491 ; cf. aussi Paul FAUCONNET, *La Responsabilité. Étude de sociologie*, Félix Alcan, 1928, et Herbet L. A. HART, Tony HONORÉ, « Causation in the Law », *The Law Quarterly Review*, vol. LXXVII, 1956.

la description fonctionnelle, qui rend compte du comportement du monde en termes de causes finales au sens d'Aristote, c'est-à-dire, comme guidé par le but (*goal-driven*, dit-on en anglais) ; par exemple, « le papillon a une trompe pour pouvoir boire le nectar ».

L'empirisme logique — héritier du cercle de Vienne — a mené un combat visant à ne reconnaître que la cause efficiente comme cause proprement dite, considérant la cause finale (ou téléologique) comme étant d'essence « mystique ». Aux yeux des tenants de ce courant, l'explication « mécanique » seule est valable[1]. Ce qui, à leurs yeux, rendrait irrémédiablement irréconciliables les sciences naturelles et les sciences de l'homme, ce serait précisément le fait que les secondes ne pourront jamais se passer complètement de l'explication téléologique : la nature s'expliquerait en termes de causes mais l'homme par les raisons (buts) qu'il s'assigne.

Hegel considérait tout au contraire que seule l'explication téléologique est digne de ce nom. Pour lui, l'explication « mécanique » chère aux physiciens n'en est pas authentiquement une parce qu'elle est purement extérieure à la chose ; on y voit des éléments en interaction où chacun trouve sa « cause » dans un autre mais rien n'est su — et *a fortiori* dit — de ce qui meut, « motive », aucun d'entre eux : « L'objet a [...], tout comme un être-là en général, la déterminité de sa totalité en dehors de lui, dans d'autres objets, ceux-ci pareillement à nouveau en dehors d'eux, et ainsi de suite à l'infini[2]. » Dans l'explication téléologique, au contraire, la motivation intérieure de l'objet est mise en avant : « La téléologie se trouve opposée par excellence au mécanisme, dans lequel la déterminité posée en l'objet est essentiellement, comme extérieure, une déterminité en laquelle ne se manifeste aucune autodétermination[3]. »

1. Cf. Ernest NAGEL, « Teleology Revisited » [1977], in *Teleology Revisited and other Essays in the Philosophy and History of Science*, New York, Columbia University Press, 1979, pp. 275-316.

2. G. W. F. HEGEL, *Leçons sur l'histoire de la philosophie*, t. III, *op. cit.*, p. 220.

3. *Ibid.*, p. 247.

Il y a une vingtaine d'années, les progrès faits dans le développement des systèmes experts avaient conduit les chercheurs en intelligence artificielle à s'interroger sur ce que pourrait être une description du monde qui serait dans la ligne du type d'explications communément fournies par les experts (humains), mais qui serait néanmoins complète et cohérente. Il en avait résulté le courant appelé « physique qualitative[1] », « physique » parce qu'il s'agissait bien d'une description théorique du monde — de la *physis* — et « qualitative » parce que l'explication commune est en effet centrée sur les qualités phénoménales perceptibles des objets (les qualités secondes de Locke[2]) et sur leurs modifications.

Les représentants de la physique qualitative mettaient au point une physique qui présentait la particularité de rencontrer le vœu de Hegel. Leur constatation initiale avait été que l'explication de physique mathématique, fondée sur la modélisation à l'aide de systèmes d'équations différentielles, était incapable de guider un comportement et n'avait qu'un faible pouvoir explicatif pour un agent humain ; en fait, si elle offrait un moyen utile pour prédire au moment $t_0$ dans quel état un système S serait au moment $t_n$, elle restait muette sur ce que les physiciens appellent les interphénomènes : les états successifs du système entre les moments $t_0$ et $t_n$.

L'explication des phénomènes dynamiques a pour articulation essentielle son repérage des changements de qualité, des transitions qualitatives, dues à l'existence de seuils empiriques : le moment où l'élastique casse, où le pont s'écroule, etc. Dans la plupart des modélisations faisant appel au calcul différentiel, de tels sauts sont absents ; s'il en était autrement, le modèle devrait prendre parti quant aux conditions initiales du système qui, dans les cas empiriques, sont soit inconnaissables, soit extrêmement diffi-

1. Daniel G. Bobrow (dir.), *Qualitative Reasoning about Physical Systems*, Amsterdam, North-Holland, 1984.

2. John Locke, *An Essay Concerning Human Understanding* [1689], Londres, Ward, Lock & Co., s. d., p. 444.

ciles à déterminer. En fondant sa modélisation des systèmes dynamiques sur les contraintes qui résultent de l'existence de seuils qualitatifs (assimilables aux catastrophes élémentaires de René Thom), le courant représenté par la physique qualitative débouche sur une modélisation par des systèmes d'équations non linéaires[1] dont la description discursive mêle considérations empiriques et recours aux causes finales : la fonction des divers éléments d'un mécanisme (leur cause finale) plutôt que l'action exercée par ces éléments les uns sur les autres (les causes efficientes).

Dans l'optique de la modélisation physique (qualitative comme quantitative), l'invocation de la cause efficiente suppose un choix assez arbitraire parmi l'ensemble des facteurs intervenants (les Anciens, d'Aristote aux stoïciens en étaient déjà conscients) ; de plus, l'explication par la cause (efficiente) s'avère sous-déterminée : elle est insuffisante à décrire un comportement physique de manière non ambiguë — ce qui signifie en particulier pour certains comportements cooccurrents que la désignation d'un facteur comme cause ou comme effet pourrait tout aussi bien être inversée[2]. C'est d'ailleurs ce trait qui avait fait dire à certains auteurs que le raisonnement causal (en termes de causes efficientes) est fondamentalement préscientifique.

Mais la cause finale, élément explicatif de base de la description fonctionnelle, s'avère elle indispensable à toute explication digne de ce nom du comportement d'un système. Daniel G. Bobrow note, par exemple : « Tout objet manufacturé a une *fonction* : la relation entre le but d'un utilisateur humain et le fonctionnement du système [...]. La fonction d'une pièce dans un système connecte le comportement de cette pièce à la fonction du système en tant que tout [...]. Une structure de nature toute différente peut être substituée à une partie d'un système plus impor-

1. Ces modèles appartiennent donc à la même famille que ceux de la physique du complexe et que les systèmes connexionnistes statistiques tels les réseaux de neurones formels.

2. Johan De Kleer, John S. Brown, « A Qualitative Physics Based on Confluences », *in* D. G. Bobrow (dir.), *Qualitative Reasoning about Physical Systems*, *op. cit.*, p. 69.

tant si les deux structures exercent la même fonction ; on peut, par exemple, utiliser dans une montre un cristal de quartz comme étalon temporel au lieu d'un échappement à ancre[1]. »

Benjamin Kuipers, pour sa part, souligne que seule la référence à la fonction permet d'inclure dans la description d'un objet manufacturé les effets que l'on vise à éviter et qui, du coup, n'apparaissent pas dans la modélisation mathématique classique de son fonctionnement :

> Je réserve le terme de *description fonctionnelle* pour une description qui révèle la *raison* pour laquelle un composant ou une connexion structurels engendrent comme ils le font le fonctionnement d'un système [...]. Une description fonctionnelle doit inclure des termes qui renvoient implicitement à des modifications qui n'interviennent qu'au-delà de l'état final du système (un équilibre stable, par exemple), ou même qui n'interviennent pas du tout dans la description des états qualitatifs du système (par exemple, la valve d'évacuation de vapeur empêche l'explosion). La définition de la fonction de la valve d'évacuation de vapeur doit nécessairement faire mention d'une relation *téléologique* au processus de la conception du système, au cours duquel la valve fut ajoutée à la structure en vue de prévenir un certain comportement[2].

En fait donc, avec la physique qualitative, et la simulation numérique, la science réalise le programme scientifique d'Aristote[3], développé et systématisé par Hegel. L'histoire montrera si la science d'inspiration platonicienne (du XVII^e^ au XXI^e^ siècle) s'effacera petit à petit devant cet outil plus « juste » (puisque non leurré par le mirage de la Réalité-objective) ou si elle survivra à son assaut.

1. D. G. BOBROW (dir.), *ibid.*, p. 2 (je traduis).
2. Benjamin KUIPERS, « Commonsense Reasoning about Causality: Deriving Behavior from Structure », *in* D. G. BOBROW (dir.), *ibid.*, pp. 170 et 173 (je traduis).
3. Cf. R. THOM, *Esquisse d'une sémiophysique*, *op. cit.*

## *Le signe*

Dans la logique du signe, les rapprochements entre entités se font non pas selon l'action réciproque, mais selon la corrélation, autrement dit, la proximité dans le temps ou dans l'espace : X est signe de Y et inversement, s'ils sont habituellement contigus soit dans l'espace, soit dans le temps (qu'ils soient simultanés ou apparaissent en succession immédiate). Qu'il s'agisse du temps ou de l'espace, la présence de l'un signalera la présence probable de l'autre.

Dans nos cultures, le raisonnement par le signe se présente le plus souvent comme une version naïve du raisonnement causal : soit qu'il semble une des composantes du savoir empirique : « C'est ainsi que le blé, le seigle, les fleurs de lys, de ronces, de châtaigniers ou de genêts servent de critères [pour le début du captage du naissain d'huîtres] en Morbihan, les fleurs de vigne à Arcachon, les lys de Saint-Joseph à Marennes, etc.[1] » ; soit qu'il apparaisse comme propre à la superstition, ou à la « déraison ordinaire » : « Si la mode a tendance à allonger la longueur des jupes, le marché boursier ira à la baisse. Et à l'inverse, plus la jupe aura tendance à raccourcir, plus les indices boursiers iront à la hausse. La largeur de la cravate est aussi un symptôme de la tendance boursière à venir [...]. Dans la même veine, il faut surveiller la consommation d'aspirine [ainsi que] la consommation de charbon de bois [pour barbecue]. Plus cette consommation augmente, plus le marché boursier aura tendance à diminuer de valeur[2]. »

Mais la logique du signe appartient aussi au discours scientifique comme explication de base de l'inférence statistique fondée sur la covariation, tel le taux de corrélation entre divers types d'événements, et de la taxonomie numérique fondée sur la distance calculée entre diffé-

1. Louis MARTEIL, *La Conchyliculture française*, t. III. *L'Ostréiculture et la Mytiliculture*, Nantes, ISTPM, 1979, p. 340.

2. Charles K. LANGFORD, *L'Analyse technique. Initiation au suivi boursier*, Paris, Montréal, SEFI, 1988, pp. 3-4.

rentes espèces. Une illustration intéressante en est offerte par le cladisme, qui suppose qu'une théorie de l'évolution peut émerger d'un calcul de distances opéré sur les caractéristiques morphologiques d'espèces naturelles[1]. La covariation comme la distance se déploient toutes deux dans le monde sensible de l'Existence-empirique, et ceci quelle que soit la nature abstraite de l'espace au sein duquel ces mesures sont effectivement prises, lequel n'est pas à proprement parler un espace de modélisation, mais une représentation de l'espace commun, à savoir, soit l'espace euclidien lui-même, soit l'une de ses extensions banales[2].

Les tentatives nombreuses de tirer de ces diverses mesures empiriques des conclusions quant à la forme de la Réalité-objective sont nécessairement vouées à l'échec, puisqu'elles supposent un saut proprement métaphysique du réel immédiatement donné qu'est le monde sensible à un espace de modélisation ; elles découlent toutes du postulat empiriste qui suppose que la Réalité-objective (espace de représentation fictif) peut « émerger » de l'Existence-empirique (monde sensible).

La logique du signe est essentiellement statique ; rien n'interdit cependant qu'une dynamique en dérive, et ce de deux manières distinctes :

1) Le temps est autorisé à varier tandis que l'espace est maintenu fixe, et les entités qualitativement distinctes se remplacent alors par métamorphose. La pensée chinoise traditionnelle relève de ce cas de figure : pensée de la métamorphose où la ressemblance dénote les avatars d'un être (*chih* = sorte) sous ses formes « cycliques », telle la « transformation du rat des champs en alouette[3] ». Su Tung-po (dynastie des Song, correspondant à notre haut Moyen Âge) écrit dans ses *Propos sur l'art* : « Montagne, rocher,

1. Peter H. A. SNEATH, Robert R. SOKAL, *Numerical Taxonomy. The Principles and Practices of Numerical Classification*, San Francisco, Freeman, 1973, pp. 319-356.

2. *Ibid.*, pp. 121-128.

3. Jacques GERNET, « Petits écarts et grands écarts. Chine », *in* Jean BOTTÉRO (*et al.*), *Divination et rationalité*, Éd. du Seuil, 1974, p. 65.

bambou, arbre, rides sur l'eau, brumes et nuages, toutes ces choses de la nature n'ont pas de forme fixe ; en revanche, elles ont chacune une ligne interne constante. C'est cela qui doit guider l'esprit du peintre[1]. » Rien de plus permanent dans notre pensée occidentale contemporaine que le nombre, rien de plus labile au contraire dans la pensée chinoise : « Les Nombres sont susceptibles de mutations », note Granet[2], et Vandermeersch observe à propos de la divination : « Cependant, alors que le sept était considéré comme le principe mâle jeune, ne pouvant que se développer jusqu'à neuf, neuf était considéré comme le principe mâle vieilli, prêt à se muer dans le principe femelle huit. De même, huit était considéré comme le principe femelle jeune, ne pouvant que se concentrer jusqu'à six, alors que six était considéré comme le principe femelle vieilli, prêt à se muer dans le principe mâle sept[3]. » Disposition universelle à la métamorphose que Gernet résume ainsi : « Alors que la logique du discours (occidental) vise, par une suite de propositions enchaînées les unes aux autres, à dégager des vérités immuables, la pensée chinoise apparaît au contraire orientée tout entière vers une réflexion sur le changement[4]. »

2) Le lieu est autorisé à varier, tandis que le temps est maintenu fixe, d'où l'ubiquité, la manifestation simultanée (déjà mentionnée à propos de l'identité). La conception de l'identité qui sous-tend nécessairement une telle perspective est de nature essentielle : ni la différence de forme, ni la distinction dans l'espace-temps ne sont pertinentes, un être est identique à lui-même quels que soient sa forme, son moment ou son lieu. Ainsi s'expliquent les faits d'ubiquité notés par Lévy-Bruhl : le loup-garou peut être au même moment au fond des bois et dans sa demeure et, blessé dans la forêt, la blessure apparaîtra au même moment sur

1. François Cheng, *Vide et plein. Le langage pictural chinois*, Éd. du Seuil, 1979, pp. 44-45.
2. M. Granet, *La Pensée chinoise*, *op. cit.*, p. 128.
3. Léon Vandermeersch, « De la tortue à l'achillée », *in* J. Bottéro (*et al.*), *Divination et rationalité*, *op. cit.*, p. 49.
4. J. Gernet, « Petits écarts et grands écarts », art. cité, p. 68.

son corps assis chez lui[1]. Le totémisme australien est très exactement de cette nature : l'assimilation d'un groupe de parenté et d'une espèce animale, végétale, d'un vent, d'un point cardinal, etc., est de nature essentielle, les formes phénoménales différentes n'étant qu'autant de manifestations différentes du même être essentiel.

## *Le monde du signe et celui de la cause*

J'ai mis en évidence au chapitre premier comment la relation d'inclusion résulte d'une rupture de symétrie au sein de la relation plus primitive de connexion simple[2]. De même, l'implication causale constitue une rupture de symétrie au sein de la relation plus primitive de simple corrélation qu'établit le signe. Par ailleurs, et comme je l'ai déjà signalé, une telle rupture s'accompagne (comme dans le mouvement qui conduit de la connexion simple à l'inclusion) d'un saut métaphysique passant de la description du monde sensible de l'Existence-empirique à la construction de l'espace de modélisation qu'est la Réalité-objective.

Avec l'implication causale, comme avec l'inclusion, la réversibilité de la connexion primitive a vécu. Alors que l'on peut très bien renverser « la fleur de genêt signale le naissain d'huîtres » en « le naissain d'huîtres signale la fleur de genêt », le parcours à rebrousse-poil de « les lions sont des mammifères » est « certains mammifères sont des lions », celui de « s'il y a les nuages alors il y aura la pluie » est « s'il y a la pluie alors il y a eu les nuages ».

La distinction essentielle entre logique de la cause et logique du signe fut soulignée en 1935 par Henry Margenau, le premier philosophe qui, par ses commentaires, contribua de manière essentielle au progrès de la mécanique quantique. Il écrivait alors : « À l'heure actuelle, les

1. L. Lévy-Bruhl, *Les Fonctions mentales dans les sociétés inférieures*, *op. cit.*, et *Le Surnaturel et la nature dans la mentalité primitive*, *op. cit.* ; Ch. R. Hallpike, *The Foundations of Primitive Thought*, *op. cit.*

2. Cf. aussi P. Jorion, *Principes des systèmes intelligents*, *op. cit.*, chap. IX.

sciences peuvent être partagées en deux classes. Dans la première, la corrélation des données prédomine ; dans la seconde, la méthode de l'explication symbolique [...]. Dans le premier cas, la prédiction passe directement d'un ensemble d'observations à un autre, la relation entre les deux ensembles faisant appel aux probabilités. Dans le deuxième cas, une théorie est interposée[1]. »

Le premier qui reconnut en fait toute la distance qui sépare la logique de la cause de celle du signe fut le stoïcien Chrysippe. Son opinion à ce sujet nous est connue grâce au commentaire qu'en fit Cicéron dans le *De Fato* : « À ce point, Chrysippe s'échauffe, il aimerait que les Chaldéens et autres devins se trompent, et qu'ils n'emploient pas pour exprimer leurs observations des conjonctions de propositions du genre, "Si quelqu'un est né au lever de la Canicule [l'étoile Sirius], il ne mourra pas en mer", mais disent plutôt, "Non — et quelqu'un est né au lever de la Canicule et il mourra en mer"[2]. » Cicéron écrit dans un premier temps, « *Si quis natus est oriente Canicula, is in mari non morietur* » et, dans un deuxième temps, « *Non et natus est quis oriente Canicula et is in mari morietur* »[3]. Les diverses « modernisations » du texte qui ont lieu à l'occasion de la traduction travestissent toutes ce qui est précisément dit par Cicéron dans le deuxième cas. Ainsi, Blanché écrit : « Il n'y a personne qui soit né au lever de la Canicule et qui mourra en mer[4] » ; Vuillemin : « Il n'arrive pas que quelqu'un soit né au lever de la Canicule et qu'il doive mourir en mer[5] » ; Rackham : « *It is not the case both that some person was born at the rising of the dogstar and that that person will die at sea*[6] ». J'ai personnellement donné ma préférence à une traduction

1. Henry MARGENAU, « Probability, Many-Valued Logics and Physics » [1935], in *Physics and Philosophy. Selected Essays*, Dordrecht (Holl.), D. Reidel, 1978, p. 134 (je traduis).

2. CICÉRON, *De Fato*, in *Cicero IV*, VIII, trad. anglaise H. Rackham, Loeb Classical Library, Londres, Heinemann, 1942, p. 15 (je traduis de l'anglais).

3. *Ibid.*

4. R. BLANCHÉ, *La Logique et son histoire d'Aristote à Russell*, *op. cit.*, p. 111.

5. Jules VUILLEMIN, *Nécessité ou contingence : l'aporie de Diodore et les systèmes philosophiques*, Éd. de Minuit, 1984, p. 130.

6. CICÉRON, *De Fato*, *op. cit.*, p. 209.

plus littérale sans doute, mais qui respecte le contraste établi par Cicéron entre les deux formulations.

Chrysippe reproche aux devins de formuler leurs affirmations en termes d'implications causales, alors qu'ils pourraient les énoncer sous la forme d'une simple corrélation selon la logique du signe. La corrélation peut se révéler fausse mais elle évite en tout cas l'assignation causale et le saut métaphysique que celle-ci implique. Bien sûr, l'implication causale est plus puissante du point de vue explicatif, puisqu'elle suppose un espace de modélisation dont la corrélation fait, elle, l'économie.

Cicéron ne s'y trompe pas, qui relève, sur une série d'exemples « comiques », la perte explicative qui accompagne la suggestion de Chrysippe : « Le médecin, pour commencer, qui ne proposera pas un principe de son art de cette manière : "Si le pouls de quelqu'un se comporte ainsi, il a la fièvre", mais sous ce mode, "Non — et le pouls de quelqu'un se comporte ainsi et il n'a pas la fièvre"[1]. » Et il feint de n'y voir que « contorsions discursives » (*contortiones orationis*) : « Que pourrait-il y avoir qui ne puisse être transposé sur ce mode, d'une connexion de ce type en la négation d'une conjonction[2] », écrit-il. Blanché lit dans la distinction la différence entre, respectivement, « ce qui arriverait nécessairement » et « ce qui ne manquera pas d'arriver »[3].

Vuillemin note que « la conditionnelle astrologique exprime qu'il est nécessaire que si l'événement $p$ a eu lieu l'événement $q$ aura lieu ; la "conditionnelle" de Chrysippe exprime seulement qu'il est impossible qu'on vérifie à la fois que $p$ a lieu et que $q$ n'aura pas lieu[4] », mais ce commentateur ne peut (de son propre aveu) faire la preuve que ce qui est en cause est, comme il le postule, un « affaiblissement de la nécessité ». Pour moi, le mouvement opéré par Chrysippe est bien une régression de la relation antisymé-

1. *Ibid.*, VIII, p. 15.
2. *Ibid.*, p. 16.
3. R. Blanché, *La Logique et son histoire d'Aristote à Russell*, *op. cit.*, p. 111.
4. J. Vuillemin, *Nécessité ou contingence*, *op. cit.*, p. 132.

trique (irréversible) de l'implication causale à la relation symétrique (réversible) de la corrélation dans la logique du signe, soit la régression d'une théorisation dans la Réalité-objective à un constat au sein de l'Existence-empirique. L'enfant qui demande « Pourquoi ? », tire les conséquences de l'ouverture d'un univers spéculatif infini dès que l'on introduit l'inférence causale : à partir du moment où tout phénomène se voit assigner une cause, l'enchaînement associatif « cause de X » peut être remplacé par synonymie par le Y qui lui correspond : « cause de pluie » par « nuage ». Un ensemble de cases a été créé dont il convient à l'enfant de découvrir chacune des étiquettes : le « Y ». De même, dès qu'il est établi que toute chose se compose de parties, l'enfant s'efforcera de se faire communiquer pour chaque chose le catalogue de ses parties.

Sous peine de devenir insignifiante en raison de sa régression potentielle à l'infini, l'inférence causale a cependant besoin d'un point de départ : d'un *primus movens*. Il existe à celui-ci deux variantes :

1) La variante théologique, qui consiste à poser un dieu comme cause première.

2) La solution atomiste, qui consiste à construire une chaîne explicative causale réductionniste et à l'interrompre une fois atteinte une certaine échelle de description. L'atome des philosophes antiques, c'est le concept qui interrompt la chaîne en n'ayant, quant à lui, pas de cause.

Qu'est-ce qui tient lieu d'inférence causale dans la pensée dite primitive ? Pensons au phénomène naturel : quelle est la cause de la foudre dans la pensée dahoméenne traditionnelle ? Xévioso. Quelle est la cause de la variole ? Sakpata. Et ainsi de suite. Autrement dit, l'inférence causale est interrompue, en amont, par une étiquette : la possibilité n'est pas offerte de poursuivre l'explication de la foudre, comme ce serait le cas avec « différence de potentiel électrique entre un nuage et la terre », non, l'explication s'arrête court avec un nom propre parfaitement spécifique et étranger par ailleurs à l'univers des concepts théoriques. John Barrow écrit :

> À chaque fois qu'une chaîne explicative courte (« Pourquoi pleut-il ? » — « Parce que le dieu de la pluie pleure ») se boucle, elle tend à aboutir à une divinité. Pour chaque tentative d'explication ultime — qu'elle soit mythologique ou mathématique —, il existe un ensemble d'explications par défaut qui sont acceptables d'un point de vue psychologique. Dans la plupart des récits mythologiques, l'intervention d'une divinité qui supervise un domaine constitue un point d'aboutissement acceptable dans le mouvement régressif des questions en forme de « pourquoi ». Plus nos explications des événements naturels seront arbitraires et disparates, plus grand sera le nombre des divinités que nous devrons mobiliser [1].

On aura noté qu'on rencontre ici, avec le « colmatage » d'une inférence causale à l'aide du nom d'un dieu, un processus homologue à celui qui existe dans la pensée « moderne » avec la définition. Quelle est en effet la définition de Xévioso ? C'est la cause de la foudre. Quelle est la définition de Sakpata ? C'est la cause de la variole. L'explication tourne court par l'énoncé d'un nom propre d'une entité relevant de l'Être-donné, appartenant à la réalité « dure », celle de l'inconnaissable, la cause première, ou *primus movens*. Les éléments ultimes de la définition, ceux qui en constituent les « atomes », jouent à nos yeux un rôle équivalant aux noms des dieux autrefois : ils constituent en effet ensemble l'équivalent d'un panthéon. Sorti du surnaturel, en physique ancienne, l'atome est ainsi la « brique » élémentaire : l'élément qui ne se réduit plus à un « encore plus petit » ; qui n'exige pas d'être expliqué, parce qu'il constitue précisément en soi la base. Tricot note très justement à propos de l'atomisme dans un commentaire de la *Métaphysique* :

> L'atomisme mécanique apparaît ainsi, au témoignage d'Aristote, comme ayant une origine rationnelle et non empirique, et comme constituant une sorte de compromis entre l'unité, la permanence et l'immobilité de l'être éléatique, d'une

1. John D. BARROW, *Theories of Everything. The Quest for Ultimate Explanation*, Londres, Vintage, 1990, p. 6 (je traduis).

> part, et les exigences de la diversité et de la multiplicité sensibles, d'autre part. On peut dire encore que les Atomistes ont voulu « dépasser », au sens hégélien, à la fois l'Éléatisme et l'Héraclitéisme, et « sauver » les apparences changeantes tout en conservant l'immutabilité essentielle de l'Être [1].

Là où nous disposons aujourd'hui d'un atomisme, d'atomes génériques désignés par des noms communs (particules plus petites que l'atome proprement dit : « bosons », « fermions »), la pensée primitive utilise des noms propres. Ce n'est pas tellement donc que, comme le dit René Thom, « la physique est une magie contrôlée par la géométrie [2] », mais que « la physique est une religion contrôlée par des noms communs ».

### *L'universel : moins de concepts que de choses*

Je viens d'évoquer le savoir empirique, dont j'ai signalé qu'il « fait l'économie d'un espace de modélisation tel que la Réalité-objective, où la multiplicité des phénomènes du monde sensible est ramenée, réduite, à un plus petit nombre d'essences ». Cette économie peut être qualifiée de stylisation. Une telle stylisation est opérée au niveau prélinguistique par tout animal : le monde sensible est trop compliqué pour qu'il puisse l'appréhender et y survivre s'il n'opère immédiatement dans son interprétation des simplifications regroupant les phénomènes en vastes catégories correspondant aux types de réaction qu'il est à même de produire. L'éventail des réponses possibles pour un animal aux événements susceptibles d'avoir lieu dans son environnement est par nécessité en nombre fini. Les regroupements spontanés sont fondés sur la ressemblance entre deux situations : un seuil existe en dessous duquel elles sont jugées identiques et généreront la même réaction.

1. Aristote, *La Métaphysique*, *op. cit.*, t. I, p. 40.
2. R. Thom, *Esquisse d'une sémiophysique*, *op. cit.*, p. 45.

La stylisation suppose un apprentissage ; l'autre option serait bien entendu celle d'un dispositif inné constitué de « catégories *a priori* de l'entendement », celles-ci pouvant constituer soit une grille relativement arbitraire mais adaptée aux besoins de l'animal, soit un dispositif en miroir des catégories objectives sous-tendant la diversité des manifestations phénoménales, et fondé sur la reconnaissance de celles-ci. Le monde des Idées de Platon fonctionne de cette manière, où chaque « Idée » (ou « forme ») constitue un archétype, propre à la nature des choses, se manifestant dans le monde sensible sous une forme approximée, légèrement dégradée par le fait même de son incarnation, et se présentant à l'homme comme une catégorie spontanée de son entendement ; le philosophe en tirait la conséquence inévitable que la connaissance en quoi consiste l'assignation d'un objet à son « Idée » (ou à sa « forme ») constitue en réalité un processus de reconnaissance, c'est-à-dire une réminiscence.

La fonction monstrative (pour reprendre un terme qu'utilisent les linguistes du chinois) est de « désignation » (*déixis*), comme si l'on montrait du doigt mais avec des mots ; elle est exercée par un signifiant ou par un ensemble de signifiants dont la fonction spécifique en contexte est de renvoyer à un signifcat, lequel est une entité déterminée réelle ou fictive, mais qui n'est pas de nature linguistique. Le monstratif établit donc un lien entre l'univers linguistique et un univers réel ou fictif, mais en tout cas non linguistique. Donc, et pour donner quelques exemples, « Moi », « Victor Hugo », « Dumbo, l'éléphant volant » et « cette pomme-ci, qui se trouve précisément là », exercent une fonction monstrative. Une erreur dans l'emploi d'un monstratif consiste à appliquer un signifiant erroné à la chose désignée ; à appeler « cette pomme », cette poire, par exemple. Lorsque Guillaume d'Ockham pose la collection d'objets semblables comme origine du catégorème, il met sans doute en évidence le dispositif fondateur qui conduit du monstratif au catégorème. Dans les termes excellents de Pierre Alféri :

> Il ne faut pas penser le concept comme le rapport à une essence réellement universelle, pas même comme une représentation générale que l'esprit forgerait, mais comme la visée d'une multiplicité en tant que telle, produite au terme d'un véritable processus de mise en série, par la répétition des actes internes, la mémoire. Il ne faut pas penser le concept comme un objet, mais comme un acte de référence en direction des mêmes singuliers qui furent d'abord l'objet d'une intuition : penser le concept comme le signe naturel d'une série, penser l'expérience comme production de signes [1].

Soit, par exemple, un mouvement de « ceci » — désignant les doigts — à « doigts » pour désigner une collection de « ceci » étant des doigts, pour faire retour à « ce doigt » comme étant « mon pouce ». L'image est ici essentielle, c'est la ressemblance visuelle, la contiguïté spatiale constatable, qui permet à la collection de doigts de donner lieu au catégorème « doigt ». Pour que l'opération soit possible, il faut postuler, comme le fait d'ailleurs Aristote, un dispositif qui conduit à l'agrégation de ce qui est visuellement similaire, du même ordre que celui que Sir Francis Galton avait mis au point à la fin du XIX^e^ pour construire des « images composées », par superposition de clichés photographiques, l'une de ses contributions à la méthodologie de l'identité judiciaire.

Aux yeux de ses contemporains, il ne faisait aucun doute que Platon était un disciple du philosophe-mathématicien Pythagore. Dans sa *Métaphysique*, Aristote dit des pythagoriciens qu'ils considèrent que « les nombres sont les choses ultimes de l'univers physique tout entier, ils pensent que les éléments constitutifs des nombres sont les composants de toutes choses et que l'univers tout entier est une proportion ou un nombre [2] ». Le Stagirite était conscient du fait qu'il existait une légère différence entre les vues de Platon et celles de Pythagore mais rien de plus à son sens que des nuances : « [...] car alors que les pythagoriciens disent que

1. P. Alféri, *Guillaume d'Ockham, le singulier*, *op. cit.*, p. 9.
2. Aristote, *Metaphysics*, I, v, 986a, 4-7, in *Aristotle XVII*, *op. cit.*, p. 33.

les choses existent par imitation des nombres, Platon affirme qu'elles existent par participation — un simple changement de terminologie[1]. »

Avec la dichotomie qu'il introduit, opposant le monde en acte (monde sensible où nous vivons et que nous pouvons observer) et le monde en puissance (monde des « essences » qui se réalise dans le monde en acte et que nous mobilisons dans nos explications de celui-ci), Aristote proposa une autre application surjective de ce type (où le nombre des « essences » est moins élevé que celui des phénomènes à classer), du monde sensible en direction d'une réalité « objective » (postulée). Son monde en acte est dynamique et « soumis à la corruption » dans toutes ses manifestations « sublunaires », tandis que les phénomènes cosmologiques — le « monde des sphères [célestes] » — sont, eux, incorruptibles et donc éternels. Contrairement à ce qui est le cas dans le monde en acte, au sein du monde en puissance, statique, la poule, l'œuf et le poussin sont identiques : il n'y a qu'une seule essence « poule » correspondant à une multitude de représentants de l'espèce à ses divers stades évolutifs. Comme dans le cas du monde des Idées s'incarnant dans le monde sensible chez Platon, le monde en acte aristotélicien constitue une « implémentation », une matérialisation. Mais à la différence de celui-là, le monde en puissance est, pour Aristote, un simple espace de modélisation, c'est-à-dire une « fiction ». Kojève insiste sur la différence entre les « formes platoniciennes » que sont les « Idées » et les « formes aristotéliciennes » que sont les « essences » : chez Aristote, écrit-il, « cet ensemble informe des Formes est précisément la Matière, où aucune Forme n'est en acte et où toutes les Formes sont en puissance. Autrement dit, il n'y a pas de *Cosmos noetos* en dehors du Monde phénoménal. Et si la forme d'un poussin est autre que celle de l'œuf qu'il a été et que celle de la poule qu'il sera, c'est une seule et même Forme qui informe la Matière en tant que Poule, Poussin et Œuf (de poule). On peut résumer tout ceci en

1. *Ibid.*, I, VI, 987b, 11-15, p. 45.

disant que les Formes aristotéliciennes ne sont pas les Idées platoniciennes, mais des Essences, par définition incarnées[1] ».

Dans les deux systèmes, de Platon comme d'Aristote, la diversité de l'Existence-empirique cache la présence en son sein d'une réalité « objective » aux « sortes » moins nombreuses que les phénomènes distincts, mais la ressemblance s'arrête là, car Platon est un réaliste, pour qui il y a, dans les termes que Kojève utilise dans le passage cité plus haut, un *Cosmos noetos*, c'est-à-dire une authentique Réalité-objective, parallèle à l'Existence-empirique, alors qu'Aristote est, lui, au contraire, un nominaliste, pour qui le seul *Cosmos noetos*, la seule réalité « objective » est celle du monde sensible, le monde en puissance étant pour lui simplement un espace de représentation dont la localisation n'est pas parallèle à celle du monde sensible mais uniquement un produit de l'imagination humaine. On aura reconnu ici, à son stade philosophique « prélinguistique », le débat qui opposerait au Moyen Âge les scolastiques nominalistes et réalistes lorsqu'il s'agirait de déterminer si les mots dénotant des universels opèrent par la dénotation de regroupements conventionnels, c'est-à-dire plus ou moins arbitraires, de phénomènes de l'Existence-empirique, ou si la dénotation se contente d'entériner des regroupements de fait inscrits dans la nature des choses. Les réalistes adopteraient une position historiquement « platonicienne », les nominalistes une position historiquement « aristotélicienne ».

Autre aspect : la reconnaissance de l'identité et de la différence suppose la manipulation intellectuelle d'objets dont la matérialité — support postulé de tout discours sur la réalité — est établie sans ambiguïté. Or, la notion du « matériel » repose sur l'appréhension du visible, elle-même entièrement définie par une attente théoriquement fondée quant au comportement des choses et des hommes au sein du monde sensible.

1. A. Kojève, *Essai d'une histoire raisonnée de la philosophie païenne*, t. II. *Platon-Aristote*, *op. cit.*, pp. 221-222.

Mais si un tel dispositif d'agrégation du semblable au semblable peut rendre compte du rapprochement de singuliers à l'intérieur de l'espèce et de l'agrégation subséquente des espèces en genres, il faut bien reconnaître qu'il n'a pu opérer de manière telle que pour l'agrégation de choses visibles, celles que l'on appelle traditionnellement « corporelles » pour souligner leur matérialité propre et incontournable. L'anthropologue se méfie bien sûr de l'évidence trompeuse qui s'associe à un terme comme « visible » : il sait trop bien qu'à partir du moment où le mot existe, où le signifiant s'est imposé dans la langue, la « visibilité » de son significat est quasiment assurée. Si des mots comme « fantôme » ou « sorcière » sont là, c'est en effet pour que l'on s'en serve : le mot suscite l'apparition de la chose qu'il dénote. Ainsi, telle culture retiendra comme « syndrome » de l'existence de farfadets un conglomérat de phénomènes obscurs quant à leur interprétation, que telle autre culture regroupera autrement, comme manifestation d'ancêtres toujours présents, ou dissoudra simplement, comme nous le faisons, en tant qu'effets de lois physiques disparates.

Le monde sensible facilite d'ailleurs l'opération de ce mécanisme : ses éléments visibles sont, comme le fit remarquer Eleanor Rosch[1], généralement fortement autocorrélés, si bien qu'ils se sont imposés comme autonomes dans la plupart des langues. Par exemple, la chose qui dispose d'une longue trompe grise est aussi celle qui dispose de défenses imposantes et d'oreilles en feuilles de rhubarbe. Autrement dit, la chose « éléphant » dispose d'une évidence en tant que telle, où chaque partie remarquable en appelle d'autres tout aussi idiosyncrasiques. Mais même dans un cas comme celui-ci, il faut immédiatement qualifier son jugement : l'autonomie perçue d'une individualité singulière en tant que telle dépend toujours peu ou prou de la connaissance qu'on en a à travers les mots dont on dispose. Si l'on se cantonne au cas assez simple des espèces animales, de nombreuses cultures considèrent comme espèces

1. Eleanor ROSCH, Barbara L. LLOYD (éd.), *Cognition and Categorization*, New Jersey, Lawrence Erlbaum, 1978, p. 29.

distinctes le mâle et la femelle de celles d'entre elles qui présentent un dimorphisme sexuel très marqué, faute pour les observateurs humains d'avoir pu constater l'appariement du mâle et de la femelle. Et ceci souligne les limites de l'agrégation par la ressemblance visuelle : le regroupement du même avec le même ne réussit pas toujours à rassembler l'ontologiquement identique[1].

Il existe donc un nombre énorme de scénarios possibles pour l'agrégation des « choses » en « sortes », et si l'on pense à l'« effet Max Müller » de « poursuite de l'anomalie », on comprend qu'une fois opérée par une langue particulière cette stylisation qu'est l'agrégation en espèces et en genres, la multiplicité et la diversité des phénomènes est telle que chaque langue est prise dans un mouvement divergent de dérive par rapport à toutes les autres, même si intervient alors une tendance à accorder la langue aux exigences pratiques de la vie quotidienne — d'où ces praxéologies plus ou moins adéquates et plus ou moins unifiées qui soutiennent les langues naturelles. Le contact avec d'autres cultures contribue à endiguer la tendance à la divergence par la confrontation des représentations ; c'est là qu'intervient — comme l'a souligné Lévi-Strauss dans *Race et histoire* — le bénéfice qui résulte de la présence de nombreux voisins, dont on peut comparer la « folie » avec sa propre « raison », non sans en tirer quelque profit au passage[2].

1. Dans *Le Sophiste* (253d, 1-4), Platon mentionne les trois grands types d'erreur : 1° l'(auto-)contradiction, 2° prendre une chose pour une autre, 3° distinguer deux choses qui sont en réalité la même. Klein fait le commentaire suivant : « Dans le premier cas, le plus grave, la distinction même entre le Même et l'Autre est ignorée ou perdue de vue ; dans le second cas, quelque chose d'"autre" est pris pour du "même" ; dans le troisième cas, une chose dans sa propre identité n'est pas perçue comme la "même" » (Jacob KLEIN, *A Commentary on Plato's Meno*, Chicago University Press, 1965, p. 28 ; je traduis).

2. Dans son *Alien Wisdom* (Cambridge University Press, 1975), Arnaldo Momigliano rapportait l'intérêt des Grecs de la Grèce hellénistique pour des comptes rendus des mœurs et des systèmes de croyance des habitants des grandes nations voisines. Ces ouvrages n'étaient pas écrits par des Grecs, leur rédaction était confiée à des membres de ces communautés elles-mêmes. L'auteur décrit avec humour certains incidents diplomatiques consécutifs à la publication de ces rapports ainsi que l'incrédulité des lecteurs devant certaines assertions particulièrement fanfaronnes.

Mais il n'est pas concevable — contrairement à ce que suppose tout débat opposant les options réaliste et nominaliste — que tous les catégorèmes aient pu émerger selon le mécanisme du regroupement par la ressemblance visible : il existe nécessairement une différence essentielle sous ce rapport entre ce que Pascal distinguait comme « choses corporelles » et « choses spirituelles ». Définissons grossièrement les premières comme visibles et susceptibles, individuellement ou collectivement, d'une détermination spatio-temporelle stricte, ce qui implique aussi qu'elles puissent apparaître dans la langue sous la forme de monstratifs, c'est-à-dire qu'elles soient définissables « en extension », autrement dit, par énumération complète des individus qui les composent. Quant aux choses spirituelles, elles sont invisibles et leur détermination est uniquement sémantique : elles n'existent en fait au sein de la langue qu'au titre de catégorèmes, ce qui veut dire que leur existence a pour seul support l'inscription de leur signifiant dans un ensemble d'enchaînements associatifs et les effets de signification qui en résultent automatiquement, par exemple, dans la production du syllogisme. En conséquence, les choses spirituelles ne peuvent être définies qu'« en compréhension », c'est-à-dire uniquement par référence à l'« étiquette » qui renvoie au concept.

Si « l'Homme » est bien un universel au sens où il se réfère aux hommes singuliers sous le rapport de l'espèce, « la justice » n'est pas un universel parce que l'expression ne renvoie pas aux choses justes sous le rapport de leur espèce ou de leur genre. Aristote avait déjà noté cela, mais la plupart des philosophes ultérieurs l'ont perdu de vue : les mots abstraits n'existent jamais comme singuliers, ni — j'ajoute —, par conséquent, comme universels : « La langue n'offre pas, pour les substantifs abstraits, la dichotomie singulier/universel qu'on rencontre lorsqu'il s'agit de diviser les substantifs concrets », observait Vuillemin[1]. « La justice » n'est nullement l'universel de la chose juste, mais

1. J. Vuillemin, *De la logique à la théologie. Cinq études sur Aristote*, *op. cit.*, p. 49.

la chose spirituelle la « justice » en elle-même, à savoir le mot dont la signification ne passe pas par le renvoi déictique à une collection de monstratifs, mais celui dont la signification est tout entière dans l'ensemble des enchaînements associatifs où il apparaît, c'est-à-dire comme concept pur. Le mécanisme de l'émergence du catégorème n'est pas ici comme pour les choses corporelles, la collection, la mise en série (ou si l'on préfère s'exprimer dans le langage de la théorie des ensembles : la constitution d'une classe d'équivalence), mais la substantivation (c'est-à-dire la constitution conventionnelle en un catégorème) d'une « catégorie aristotélicienne » (qui est un déterminant restreignant la champ d'application d'un catégorème : les actes « justes » par opposition aux actes « injustes »), la substantivation d'un attribut non corporel, non spatio-temporel, car indissociable d'un singulier empirique dont il est l'un des aspects (l'une des perspectives selon lesquelles il peut être envisagé, c'est-à-dire l'une des « catégories » aristotéliciennes), et non l'une des parties, l'une des authentiques composantes. Soit, dans les termes de Kojève, qui qualifie, comme on l'a vu, de « parathèse » les compromis discursifs — voués à l'échec — que les partisans de l'antithèse consentent aux partisans de la thèse dans les arguments philosophiques :

> […] la « partialité » parathétique exige une « partialisation » ou un « morcellement », voire une « quantification » qui admettent le *plus-ou-moins* simultané, c'est-à-dire purement spatial. Or, les substantifs s'y prêtent mal, pour ne pas dire qu'ils ne s'y prêtent pas du tout : on est un rossignol ou on ne l'est pas et il est tout aussi difficile de l'être un peu ou beaucoup, que de ne l'être qu'à moitié. Par contre, les adjectifs sont pour ainsi dire pré-adaptés à ces sortes de mise en pièces, étant en quelque sorte pré-déterminés aux mélanges quantifiés du plus avec le moins ou de l'égal avec l'égal […]. Aussi bien toutes les parathèses ont ceci de commun qu'elles transforment en adjectifs les substantifs thétique et antithétique en cause, en vue de les soumettre au morcellement qui rend possible le double jeu qu'elles jouent avec eux[1].

1. A. Kojève, *Essai d'une histoire raisonnée de la philosophie païenne*, t. I. *Les Présocratiques*, *op. cit.*, pp. 114-115.

Il est vrai que, dans nos langues indo-européennes, cette substantivation de la propriété est pour ainsi dire calquée sur le mode de la constitution du genre, et c'est ce qui leur permet à tous deux de fonctionner, grâce à cette « trans-substantiation », comme catégorèmes. Ainsi, si l'universel d'une chose corporelle peut être l'individualité d'un genre (« l'éléphant est un mammifère »), la propriété substantivée peut faire de même (« la justice est un devoir de l'État »). Une telle assimilation procède essentiellement de l'utilisation de la même copule dans un contexte syntaxique quasi identique (« le cygne est un oiseau », d'une part, et « le cygne est blanc », d'autre part), d'où la tentation deux fois millénaire de confondre le genre et l'attribut. L'identité postulée est toutefois irréalisable, comme l'atteste l'impossibilité de définir à la fois et le genre et l'attribut, soit tous deux en extension (par l'énumération complète des représentants), soit tous deux en compréhension (par seule référence au domaine d'application de l'« étiquette »), exercice qui a vainement occupé les logiciens durant ces deux millénaires.

Autrement dit, si les choses corporelles peuvent apparaître dans la langue comme façonnées « en gros » par l'opération d'un dispositif cognitif qui trie et regroupe selon la ressemblance visuelle, les choses spirituelles, quant à elles, apparaissent comme le fruit d'une activité plus ou moins délibérée de modélisation dont le point de départ est, comme je l'ai dit, le souci rationnel de faire disparaître certaines anomalies locales, apparues comme artefacts de la stylisation induite par ce dispositif cognitif. Dès lors, tout regroupement opéré par la langue et qui ne soit pas entièrement défini par la ressemblance visuelle (opérant éventuellement à différents niveaux : gardon, poisson, animal) dépend d'une modélisation implicite qui apparaîtra « naturelle » à tout utilisateur de la langue puisqu'elle constitue la grille première à travers laquelle il perçoit le monde sensible, mais apparaîtra peut-être « arbitraire » au représentant d'une autre culture où une telle modélisation n'aurait pas cours (tout polyglotte sait que certaines choses « s'expriment mieux » dans telle ou telle langue qu'il maîtrise).

Le théorème « La substantivation de l'adjectif entraîne la substantialisation de la propriété » constituerait alors un cas convaincant de l'« effet Max Müller ». La tendance générale de la linguistique contemporaine est de supposer *a priori* au substantif un substrat de type « substantiel » et à l'adjectif une disposition « incorporelle », « spirituelle » à se trouver un substrat. La linguistique ne fait là qu'entériner la tendance commune : supposer *a priori* au catégorème un substrat, ce qui conduit à envisager pour la chose spirituelle un substrat au moins résiduel. La scolastique, comme chacun le sait, à partir de la question « Combien d'anges sur la pointe d'une aiguille ? », consacrera des efforts considérables à contrer les effets de cette tendance naturelle à supposer à tout catégorème au moins un substrat croupion.

La possibilité même d'un discours de type scientifique dépend de manière cruciale de ces deux possibilités ouvertes par la langue : la substantivation de l'adjectif et l'adjectivation du substantif. Dans le premier cas, la propriété dont est porteur l'adjectif renvoie à l'idée d'un substrat qui lui serait inhérent, alors que dans le deuxième cas, le concept semble se défaire de toute attache pour partir à la recherche d'un substrat sur lequel se poser.

La question se pose tout à fait autrement, bien sûr, si l'on conçoit le substantif comme catégorème soit corporel — c'est-à-dire supposant une collection de monstratifs —, soit spirituel — c'est-à-dire ne supposant pas de monstratifs — et l'adjectif comme déterminant, c'est-à-dire comme restreignant le champ d'application du catégorème (à bien distinguer de son extension, puisque le spirituel est sans extension) dans la dimension de l'une des catégories aristotéliciennes.

Quoi qu'il en soit, ce n'est nullement cette voie d'interprétation là qui fut empruntée par la pensée occidentale en voie de constitution mais bien celle de la corporéité supposée *a priori* au substantif et de la spiritualité supposée *a priori* à l'adjectif. On conçoit la plasticité qu'autorise à la réflexion le double mouvement possible de la substantivation de l'adjectif et de l'adjectivation du substantif, et leurs implications en termes de substrat ou d'absence de substrat. On conçoit aussi le risque que fait courir cette liberté fondée sur des bases incertaines : une infinité de chimères peuvent s'égailler dans l'univers de la langue dont — du fait de leur présence réelle dans l'univers des mots — la nature de fiction est aussitôt oubliée.

### *La langue génère une* physis

En fait, le germe de toute stylisation réside dans le fait linguistique qu'il est possible de dénoter le même état de choses à l'aide de phrases différentes, autrement dit, qu'il est possible de regrouper des propositions sur la base du fait qu'elles renvoient strictement au même état de choses. Ainsi, si je dis par exemple que « Paul lance la balle à Jacques », je renvoie au même état de choses que quand je dis « La balle est lancée par Paul à Jacques ». Les équivalences sont — selon la conception commune — imposées par le monde tel qu'il est, la *physis*. En fait c'est le contraire qui est vrai : ce sont les principes d'équivalence qui fondent la cohérence d'une langue particulière ; ce sont eux qui supportent une *physis*, au sens où ils l'engendrent. Autrement dit, une langue ne représente pas une *physis* : elle la génère, et cette dernière peut être réelle comme elle peut tout aussi bien être fictive. Dire « la licorne ne possède qu'une seule corne » et « une seule corne est possédée par la licorne », c'est renvoyer au même état de choses, mais le fait que les deux phrases s'équivalent dans la langue est entièrement indépendant du fait qu'elles décrivent ou non le monde tel qu'il est : la preuve en est que les licornes n'existent ni dans le monde sensible de l'Existence-empirique ni dans celui, construit, de la Réalité-objective.

Le postulat d'une réalité « objective » sous-tend donc automatiquement la démarche consistant à établir dans le discours des équivalences entre phrases composées d'enchaînements associatifs distincts : c'est au regard d'une réalité « objective » que deux phénomènes distincts rapportés à l'aide de phrases distinctes sont décrétés comme renvoyant « en réalité » à « la même chose ». On peut envisager la question du relativisme dans cette perspective : il existe de multiples manières de définir les principes d'équivalence pouvant s'appliquer aux enchaînements associatifs produits par le même locuteur, c'est-à-dire à partir d'un « réseau mnésique » stocké dans un cerveau, chaque ensemble établissant une partition de ces suites (finies) d'enchaînements associatifs. Chaque partition distincte définit en réalité une *physis* spécifique, et il n'existe aucun facteur objectif qui permette de privilégier l'une d'entre elles par rapport aux autres.

L'interprétation réaliste prend son départ dans la constatation d'un fondement effectif à certaines ressemblances, à savoir la participation à une nature commune. Il est normal que deux blocs de marbre se ressemblent s'ils furent découpés dans la même veine. Il est normal que deux poulets se ressemblent, puisque les poulets engendrent d'autres poulets : la ressemblance est ici intrinsèque, inscrite dans le mécanisme de la génération. La causalité efficiente dont Aristote établit le principe dans sa *Physique* et dont il justifie l'épistémologie dans sa *Métaphysique* rend compte de manière satisfaisante ici du mécanisme à l'œuvre, du moins si l'on est prêt à repousser comme relevant de l'Être-donné, c'est-à-dire de la réalité « dure », inconnaissable, la cause première, ou *primus movens*.

La position héraclitéenne, qu'il n'existe pas deux choses identiques, s'obtient en repoussant le seuil entre la ressemblance et la différence de telle sorte que l'identité ne vaille plus que pour une chose par rapport à elle-même, et à l'intérieur de l'espace d'un seul instant puisque, étant inscrite au sein d'un devenir généralisé, même l'identité de la chose à elle-même se perd rapidement du simple fait de l'écoulement du temps. Les limitations pratiques de cette position signalent cependant le lieu où l'idéalisme mathématique « platonicien », c'est-à-dire en réalité pythagoricien, trouve sa place. En effet, quelle que soit la radicalité du critère de l'identité, le nombre lui offre toujours un ancrage : le quatre est toujours identique au quatre, la racine carrée de cinq est identique à la racine carrée de cinq — même si dans ce dernier cas sa qualité de nombre irrationnel lui interdit d'être exprimée comme suite finie de nombre. L'identité du nombre à lui-même signale le point fort de l'idéalisme platonicien en même temps que son talon d'Achille ; en effet, si la réduction du phénomène à un ensemble de nombres (ses mensurations, l'équation qui décrit sa trajectoire, etc.) signale un niveau où la pensée peut manipuler des objets immuables, ce fait révèle en même temps les limitations de l'entreprise : les mathématiques sont précisément le langage qui permet de manipuler des entités immuables et se situe donc du côté du monde en puissance, plutôt que du monde en acte ; c'est-à-dire qui permet la modélisation sans dire quoi que ce soit quant à la nature véritable des choses. Et c'est bien sûr là ce que Hegel reprochera aux mathématiques : de parler de la chose physique « en extériorité » ; il en conclura : « Évitons [...] de confondre ce qui concerne les rapports formels propres aux mathématiques avec les rapports physiques, en assignant une réalité physique à ceux dont la réalité est seulement mathématique[1]. »

Kojève écrit :

> Les motifs qui ont poussé Démocrite et Platon à postuler une Réalité-objective, censée être en relation avec l'Existence-empirique tout en en étant radicalement distincte, et qui ne détermine chez l'un et chez l'autre la structure qu'ils assignèrent tous les deux à cette Réalité, ont été, en fait et pour nous, les mêmes. À savoir, le désir de remplacer le discours fluctuant qui parle de phénomènes fluides, par un discours qui soit définitivement stabilisé ou valable tel quel partout et toujours, tout en se raccordant, ne serait-ce que pour le contredire, au discours contra-dictoire se référant à l'Existence-empirique dans toute la diversité de sa durée-étendue[2].

1. G. W. Friedrich HEGEL, *Les Orbites des planètes* [1801], trad. F. de Gandt, Vrin, 1979, p. 131.

2. A. KOJÈVE, *Essai d'une histoire raisonnée de la philosophie païenne*, t. II. *Platon-Aristote*, *op. cit.*, p. 76.

## *Les propositions vraies chez Aristote*

On a vu que, bien qu'il traite de l'ensemble des questions que nous appelons aujourd'hui de logique dans l'ensemble des textes réunis ensuite sous le nom d'*Organon*, Aristote distingua toujours clairement ce qu'il appelait analytique de ce qu'il couvrait du nom de dialectique ; l'unification des questions traitées séparément par le Stagirite sous l'appellation unique de logique date de sept siècles plus tard et est attribuée à Alexandre d'Aphrodisie [1].

On considère aujourd'hui que les deux domaines distincts de l'analytique et de la dialectique traitent des mêmes questions selon les mêmes méthodes, à la différence près que l'analytique parle des conclusions que l'on peut tirer de deux prémisses certaines, alors que la dialectique évoque les conclusions que l'on peut tirer de prémisses seulement généralement admises.

Bien qu'une telle formulation soit en effet l'une des manières dont Aristote envisageait la question [2], elle ignore et masque cependant quasiment dans son entier une conception du monde qui a cessé de nous être familière. J'avance ici que la façon dont s'est constituée et continue de se constituer la science moderne est liée de manière essentielle à l'effacement de la distinction entre analytique et dialectique et, du coup, à l'introduction dans l'explication scientifique et dans la démonstration mathématique d'éléments que le Stagirite considérait seulement d'opinion (*doxa*) et par conséquent étrangers à la problématique scientifique (épistémè). Je mettrai ceci tout particulièrement en évidence dans mon analyse de la démonstration du « second théorème » de Gödel au chapitre IV.

Et si nous, aujourd'hui, confondons analytique et dialectique sous le nom de logique, c'est parce que cette distinction essentielle à l'époque d'Aristote entre un point de départ certain et un point de départ seulement vraisem-

1. W. et M. Kneale, *The Development of Logic*, *op. cit.*, p. 7.
2. Aristote, *Organon*, vol. VI, *Réfutations sophistiques*, II, 165b, 1, *op. cit.*

blable (les « opinions généralement admises »), nous ne la jugeons plus pertinente, car nous croyons avoir trouvé, dans la vérification expérimentale que nous propose la science moderne, le moyen infaillible de distinguer le vrai du faux.

J'ai expliqué au chapitre II la manière différente dont procèdent l'analytique et la dialectique : l'analytique fait progresser le savoir certain en générant des conclusions certaines à partir de prémisses certaines [1], tandis que la dialectique fait progresser l'opinion commune en mettant en évidence :

a) laquelle de deux opinions, de l'une et de sa contradictoire, est la plus vraisemblable, en testant une prémisse par rapport à une autre et à une conclusion (engendrement des hypothèses) ;

b) certaines inductions possibles à partir d'une prémisse et d'une conclusion.

À partir de là, il est permis de dresser le catalogue des types de propositions vraies : il y a celles qui sont vraies parce qu'elles tombent sous le sens et que, chacun les tenant pour vraies, il est légitime de les faire intervenir comme prémisses dans des raisonnements. Il y aussi celles qui sont vraies pour avoir été avérées en tant que conclusions de démonstrations syllogistiques. Il y a enfin celles qui sont vraies par convention, parce qu'elles sont des définitions, c'est-à-dire des raccourcis que se donne la langue en remplaçant plusieurs termes par un seul (illustration de ce que Ernst Mach appela l'« économie mentale »). Ainsi,

1. Cette notion du « certain » fondée sur le consensus commun (« [les opinions] qui s'imposent à tout le monde, à la majorité ou aux sages — c'est-à-dire à tous les sages ou à leur majorité ou à ceux d'entre eux qui sont les plus fameux et les plus distingués » [*Topiques*, I, I] demeure, bien entendu, le talon d'Achille de la doctrine. Les sceptiques se feront une joie d'en souligner les ambiguïtés. Diogène Laërce rapporte : « En effet, disent [les sceptiques], toute démonstration est faite ou d'après des choses démontrées ou d'après des choses qui ne le sont pas. Si c'est des choses démontrées, ces choses mêmes auront besoin d'une démonstration, et ainsi de suite jusqu'à l'infini. Et si c'est d'après des choses non démontrées (que toutes, quelques-unes ou une seule soit dans ce cas), l'ensemble n'est pas démontré » (Diogène LAËRCE, *Vie, doctrines et sentences des philosophes illustres*, t. II, Garnier, 1965, pp. 201-202).

« le faon est le petit du cerf ». On pourrait continuer de dire « le petit du cerf », mais on aura la liberté désormais de dire à la place « le faon ». Dans cette perspective, la définition permet de remplacer une phrase par un terme unique. Inversement, du point de vue du terme unique, la phrase qu'il remplace est celle qui dit qui il est vraiment : qui définit son essence.

Dire l'essence n'est cependant pas l'objet d'une démonstration. Hamelin : « [...] définir, c'est indiquer l'essence, et la démonstration suppose l'essence, au lieu d'y aboutir. Et ce à quoi la démonstration aboutit, c'est à l'établissement d'une propriété ; or les propriétés sont quelque chose de dérivé et ne figurent point directement dans l'essence, objet de la définition [...]. Enfin on peut aisément se rendre compte qu'il est impossible de constituer un syllogisme propre à donner comme conclusion une définition[1]. » Il ajoute : « [...] la définition et la démonstration sont bien différentes l'une de l'autre, et les définitions ne se démontrent pas. — Il faut même ajouter qu'il n'y a pas de procédé discursif pour les établir[2]. »

La différence entre l'explication et la définition est que, dans la définition, un mot nouveau est introduit comme équivalent d'une sursomption (*Aufhebung*) opérée par ailleurs : « faon » sert à remplacer désormais « le petit du cerf ». Dans l'explication, c'est le même principe qui joue, mais au lieu qu'un enchaînement associatif (« petit du cerf ») soit remplacé par un signifiant nouveau (« faon »), un enchaînement associatif est remplacé par un mot qui existe déjà par ailleurs dans le réseau du savoir où, ayant été préalablement inscrit, il est automatiquement défini par son essence, sa signification, qui s'identifie à l'ensemble des enchaînements associatifs où il est susceptible d'apparaître[3]. L'explication établit ainsi un rapport de synonymie,

1. O. HAMELIN, *Le Système d'Aristote*, *op. cit.*, p. 249.
2. *Ibid.*, p. 250.
3. Lacan exprime la même idée de la manière suivante : « Nulle chaîne signifiante en effet qui ne soutienne comme appendu à la ponctuation de chacune de ses unités tout ce qui s'articule de contextes attestés, à la verticale, si l'on peut dire, de ce point » (J. LACAN, *Écrits*, *op. cit.*, p. 503).

jette un pont, constitue une classe d'équivalence entre un sous-réseau du réseau global du savoir et un signifiant singulier préexistant ailleurs dans le réseau.

Le rapprochement entre la définition et l'explication (causale en particulier), comme deux démarches parallèles de sursomption, permet d'éclairer un aspect de la différence existant entre pensée « moderne » et pensée « primitive ». Dans la définition, on observe, pour ainsi dire, le degré zéro de la sursomption : une séquence d'enchaînements associatifs est « colmatée », « saturée », par un nouveau terme, une étiquette, un néologisme *ad hoc*, alors que, dans l'inférence causale, le terme associé à une séquence lui préexistait ailleurs dans le réseau[1]. Dans cette perspective, le syllogisme, lui, prend un catégorème : Oscar (le terme majeur), dans un de ses usages, « Oscar est catholique », reprend au vol l'autre catégorème du même enchaînement associatif, « catholique » (le moyen terme), et évoque celui-ci dans un de ses usages à lui, « les catholiques sont baptisés », introduisant un troisième terme, « baptisé » (le terme mineur), après quoi il connecte le mineur au majeur au sein d'un enchaînement associatif novateur : « Oscar est baptisé ». On dit souvent, à la suite de John Stuart Mill, que la conclusion du syllogisme ne nous apprend rien que nous ne sachions déjà, qu'il s'agit, pour reprendre ses termes, d'« un simple déchiffrage de nos notes[2] ». Il n'en est rien : le syllogisme convoque un mot dans un de ses usages et lui crée dans la conclusion un nouvel usage grâce au recyclage de l'usage d'un mot présent dans l'un de ses usages. Il s'agit donc bien d'une extension : si je considère que les usages d'un signifiant constituent autour de lui une zone d'influence de rayon 1, le syllogisme lui permet, grâce au terme moyen, de se constituer cette fois une zone d'influence de rayon 2. Ce n'est pas trivial, c'est tout simplement prodigieux.

Comme de deux prémisses vraies on ne peut tirer qu'une seule conclusion vraie, on sera obligé, pour poursuivre ses

1. Ces questions sont examinées plus systématiquement et plus en détail dans P. Jorion, *Principes des systèmes intelligents*, *op. cit.*

2. R. Blanché, *La Logique et son histoire d'Aristote à Russell*, *op. cit.*, p. 252.

raisonnements, soit d'introduire de nouvelles définitions — et les nouvelles vérités que l'on générera ainsi seront de simples conséquences de ces définitions —, soit d'aller chercher dans le monde de nouveaux faits qui « tombent sous le sens », des observations venant corroborer soit des hypothèses, soit des faits d'induction.

La philosophie naturelle, c'est-à-dire la science telle que la pratiquait Aristote et telle que Hegel propose que l'on continue de la pratiquer, se caractérise de la manière que je viens de dire. La science au sens moderne du terme a introduit par rapport à celle-ci deux innovations :

1) La première innovation est d'une certaine manière involontaire, car elle résulte d'un mouvement inaperçu : elle s'est autorisée de procéder à la fois de manière analytique (sur le mode démonstratif) ET de manière dialectique (sur le mode de l'opinion) : elle a introduit dans les démonstrations des propositions seulement « généralement admises » car n'ayant passé que le test dialectique d'être une prémisse possible entre une prémisse tenue pour vraie et une conclusion tenue pour vraie.

2) La seconde innovation est délibérée : elle consiste dans l'introduction, au sein de l'appareil démonstratif, de propositions de nature mathématique.

Or, les mathématiques constituent un système de savoir qui se caractérise par le fait qu'il prétend[1] être constitué entièrement à partir de définitions, sans l'intervention de constatations faites dans le monde et qui du coup « tomberaient sous le sens ». Ces prémisses constituées de définitions, ce sont les axiomes.

Caractérisons la science comme étant le discours dont l'objectif est la description exhaustive, dynamique comme statique, de la Réalité-objective. Les termes de cette description sont mixtes : partiellement discursifs, partiellement mathématiques. Dans sa partie discursive, la science se donne comme garantie de sa rigueur sa référence (le plus souvent implicite) aux règles de la logique ; dans sa

1. J'expliquerai au chapitre IV pourquoi je recours ici au verbe « prétendre ».

partie mathématique, elle se donne comme garantie de sa rigueur la cohérence interne de l'outil mathématique lui-même[1]. (Le statut de la pseudo-mathématique, reconnue comme un « usage discursif du symbolisme mathématique », s'éclaire donc immédiatement : la garantie de sa rigueur est d'ordre logique uniquement.)

## *De l'Antiquité au Moyen Âge*

Au cours des quatre siècles où fleurit la scolastique, les philosophes allaient tenter d'éliminer les multiples inconséquences de la nouvelle approche en termes de vérité et de fausseté introduite par Platon et Aristote, où l'acceptation du message transmis par un discours ne se juge pas à sa nature non contradictoire dans son ensemble mais par rapport à la véracité individuelle des jugements qui le composent ; ils y réussirent si bien que les solutions qu'ils proposèrent (sur l'« incorporéité », l'immatérialité des notions abstraites, comme nous venons de le voir) nous semblent aller de soi, et la nécessité qui s'imposait à eux de les résoudre pour qu'émerge une pensée moderne nous est devenue, à nous les bénéficiaires de leurs efforts, le plus souvent incompréhensible.

Et pourtant, que de difficultés, quasiment insurmontables, la transposition de la question de la non-contradiction en celle de la vérité ne véhiculait-elle pas ?

Il faudrait tout d'abord s'efforcer de fonder le rapport des mots aux choses : comment une suite apparemment immatérielle de signifiants peut-elle équivaloir à un état de choses ancré dans la matérialité du monde sensible ? La scolastique tardive traiterait de manière incomplète la question sous le nom du complexe significabile[2] ; elle réapparut quasiment intacte au cours des vingt dernières

1. Whitehead et Russell eurent l'ambition « logistique » de fonder les mathématiques elles-mêmes sur la logique dans les *Principia mathematica*. J'y reviendrai plus longuement au chapitre IV.

2. Hubert ÉLIE, *Le Complexe significabile*, Vrin, 1936 ; Ruprecht PAQUÉ, *Le Statut parisien des nominalistes*, PUF, 1985.

années en tant que question du réalisme, et demeure non résolue[1].

Il faudrait ensuite se prononcer sur le statut des innombrables constituants du discours pour lesquels la question de leur vérité ou de leur fausseté ne peut être envisagée que de manière artificielle. Il en va ainsi de familles entières de propositions : les impératifs, les interrogations, les interjections, par exemple. Il en va de même pour certaines des propositions analytiques au sens de Kant, qui établissent en réalité une définition de manière conventionnelle : si j'appelle « coloro-plasticité » la capacité du caméléon à changer de couleur, qui pourra me dire que cela est vrai ou que cela est faux ?

Aussi — et la philosophie trouverait là une source inépuisable de perplexité —, quel statut de vérité attribuer aux propositions portant sur l'avenir, sujet que nous avons abordé à propos de la question de la canicule soulevée par le stoïcien Chrysippe ? Le problème serait traité successivement sous les noms du « dominateur » par le mégarique Diodore[2], des « futurs contingents » au XV^e^ siècle[3] et des « contrefactuels » au XX^e^ siècle[4]. La logique formelle serait obligée à cette occasion d'engendrer comme l'un de ses sous-genres la logique modale, traitant, comme on l'a vu au chapitre II, d'un pseudo-faux (l'impossible), d'un pseudo-vrai (le nécessaire) et de deux ni-vrai/ ni-faux (le possible et le contingent)[5].

Il faudrait encore inventer une manière spécifique d'adapter la problématique du vrai et du faux au discours de fiction, pour lequel elle s'avère parfaitement inappro-

1. Jarrett LEPLIN, *Scientific Realism*, Berkeley, University of California Press, 1984 ; Hilary PUTNAM, *Representation and Reality*, Cambridge (Massachusetts), MIT Press, 1988.

2. ARISTOTE, *On Interpretation*, IX, 18a, 38, et 18b, 17-25, in *Aristotle I*, *op. cit.*, pp. 133 et 135 ; J. VUILLEMIN, *Nécessité ou contingence*, *op. cit.*

3. Léon BAUDRY, *La Querelle des futurs contingents (Louvain 1465-1475). Textes inédits*, Vrin, 1950.

4. David K. LEWIS, *Counterfactuals*, Cambridge (Massachusetts), Harvard University Press, 1973.

5. A. BROADIE, *Introduction to Medieval Logic*, *op. cit.*, pp. 34-37 ; cf. aussi P. JORION, *Principes des systèmes intelligents*, *op. cit.*, pp. 133-134.

priée. En l'absence d'un état de choses auquel renverrait le discours de fiction, les notions de faux et de vrai sont sans portée pour juger de la validité de ses propositions constitutives : on en est réduit à le juger faux dans son ensemble, en ayant perdu tout critère permettant d'évaluer sa cohérence interne. Or il existe des discours de fiction qui se contredisent au cours de leur exposé, et d'autres qui ne le font pas ; les œuvres de fiction les plus réussies réalisent cette gageure de ne pas être contradictoires. Dans la mesure où la compatibilité des jugements y est assurée — forme initiale, je le rappelle, de la question que la logique a voulu ensuite traiter sous l'espèce du vrai et du faux —, le lecteur de fiction ne rencontre aucune difficulté à se plonger dans un discours qui pourtant ne renvoie à aucun moment à un état de choses observable dans le monde sensible de l'Existence-empirique. Ici aussi il faudra « adapter » le couple vrai/faux pour qu'il puisse apporter un semblant de réponse à la question de la validité des propositions constitutives des discours de fiction au sein de leur univers propre, cette fois sous la forme d'un pseudo-vrai, le vraisemblable, et d'un pseudo-faux, l'invraisemblable.

L'ancienne transcendance faisait du langage lui-même une émanation divine. La conscience nouvellement apparue en Grèce ancienne du caractère conventionnel de la langue écartait cette hypothèse. Il demeurait cependant possible de reproduire la transcendance sous une forme renouvelée. Si les mots procuraient le moyen (profane) de lire la nature physique comme un livre écrit par la divinité, alors une nouvelle référence stable et indiscutable pour tout discours redevenait disponible : la lecture juste de ce grand livre. Bien sûr, la tâche serait désormais plus difficile, puisqu'il est toujours également possible de mal ou de bien lire le livre de la nature. Un protocole de lecture, une méthode de test, allaient se mettre en place sous la forme de la méthode expérimentale. Grâce à celle-ci, il serait désormais possible de vérifier l'adéquation de ce qui est dit et de l'état de choses dont on parle, et la vérité comme adéquation à la chose apparaîtrait comme moyen ponctuel d'assurer la compatibilité des enchaînements associatifs composant un discours.

Notons cependant au passage que la vérification d'une hypothèse est une entreprise considérablement plus ambitieuse que sa falsification au sens de Karl Popper. Avec cette dernière, on se contente en effet de ne pas infirmer une proposition théorique si elle survit à un test expérimental. La falsification s'apparente donc au « sauvetage » d'une prémisse dans l'engendrement de l'hypothèse chez Aristote (dont le mécanisme a été examiné au chapitre II) ou au « sauvetage » d'un phénomène par un modèle mathématique en astronomie (dont il sera question par la suite). Il s'agit donc avec la falsification de Popper d'un concept épistémologique bien davantage scolastique que moderne. Bien entendu, ceci ne constitue pas en soi, sous ma plume, une critique, mais plutôt un compliment. La falsification ne décrit cependant pas la pratique effective des scientifiques des Temps modernes et des Temps contemporains, qui se sont livrés, au contraire — comme chacun en convenait d'ailleurs avant que Popper ne propose son concept —, à des vérifications d'hypothèses.

### *L'engendrement de la Réalité-objective par la logique*

Heidegger, à la suite de Husserl, pensa trouver dans la logique un noyau dur à la pensée. La transposition algébrique que lui offrit, le premier, Boole, lui procura une solidité. Mais sur quoi repose celle-ci ? Est-elle dans le monde (dans la *physis*), comme semble le suggérer Aristote dans les *Catégories* ? Ou bien dans le psychisme humain ? Ou encore dans l'un et l'autre à la fois, en étroite correspondance, comme le suppose la théorie de la vérité présente chez Platon, celle de l'*adæquatio rei et intellectus*, de l'adéquation entre la représentation et la chose représentée ? Quelle est cette magie propre à la logique produite lorsque l'agencement de l'enchaînement des phrases est soumis à un système de contraintes ?

La réponse à cette question est apportée par Kojève

lorsqu'il distingue, au sein des ontologies des philosophes antiques, une triade à laquelle j'ai déjà fait une brève allusion, celle de l'Existence-empirique, à savoir le monde sensible, de l'Être-donné, c'est-à-dire la réalité ultime et irréductible, et de la Réalité-objective : la réalité supposée véritable et connaissable servant d'« espace de modélisation » au scientifique.

L'Existence-empirique n'est autre que le monde sensible tel qu'il s'offre immédiatement à la perception. Le fait même de l'illusion et du paradoxe suggèrent la présence d'un Être-donné à l'arrière-plan de l'Existence-empirique. L'illusion révèle la faillite de notre perception à appréhender en toute instance l'Existence-empirique de manière non trompeuse. Aristote en fait la remarque en réponse aux sophistes : si la perception n'est jamais fausse, l'impression qui résulte de la perception peut l'être, elle : « Et pour ce qui touche à la réalité, que toute apparence (*phainomenon*) n'est pas réelle, on peut dire, d'abord, qu'en effet la perception, du moins de l'objet propre d'un sens, n'est pas fausse, mais l'impression (*phantasia*) que nous en avons, n'est pas la même chose que la perception[1]. » Le phénomène au sens où la notion est conçue de l'Antiquité à la Renaissance, est très proche de ce que Marx entendra par le concept de fétiche, à savoir une chose qui se présente aux yeux des hommes de telle façon à être interprétée à l'inverse de ce qu'est sa véritable essence[2]. Le paradoxe est alors l'appa-

1. Aristote, *Metaphysics*, IV, v, 23, 1010b, 1-3, in *Aristotle XVII*, *op. cit.*, p. 191 (je traduis de l'anglais).

2. Cela s'applique en particulier chez Marx au capital, qui se présente à la perception commune, 1° comme un objet matériel, 2° comme ayant une disposition « naturelle » à grossir, alors qu'il n'est en réalité que la forme matérielle sous laquelle émerge au monde sensible un rapport de force entre des groupes d'hommes : d'un côté les capitalistes, qui possèdent les moyens de production, de l'autre les prolétaires, qui ont perdu (le plus souvent par l'exode rural) tout accès aux moyens de production, les capitalistes spoliant les prolétaires en s'appropriant le surplus créé par le travail de ceux-ci, à la faveur de la possession exclusive par eux des moyens de production. La qualité de phénomène au sens ancien, ou de fétiche au sens de Marx, de la nature en tant que catégorie culturelle, a été mise en évidence par nous dans Geneviève Delbos et Paul Jorion, « La nature ou le réel forclos », *in* Anne Cadoret (dir.), *Chasser le naturel*, *Cahiers d'études rurales*, n° 5, 1988, pp. 15-21.

rition « spontanée » de la contradiction dans la description de l'Existence-empirique, en raison précisément de l'éventualité de l'illusion : lorsque les choses sont dites de la manière dont elles apparaissent, alors une chose comme son contraire peuvent occasionnellement être prétendues simultanément.

Au sein de l'histoire de la science, le paradoxe joue un rôle particulier : il sert à écarter une hypothèse relative à la structure de la Réalité-objective en mettant en évidence la contradiction qui existe entre une implication de cette hypothèse au sein de l'Existence-empirique et un principe que l'on croit savoir de manière sûre à propos de cette même Existence-empirique. Ainsi, le « paradoxe du chat de Schrödinger » consiste dans le fait que le principe d'incertitude quantique, d'application au sein de la Réalité-objective, implique qu'au sein de l'Existence-empirique un chat puisse être à la fois mort et vivant ; or cette supposition est inadmissible. Le recours au paradoxe comme contre-argument révèle en général (c'est le cas d'Einstein, en particulier) une ontologie proclusienne, c'est-à-dire supposant que la Réalité-objective n'est rien de plus qu'un espace de modélisation, c'est-à-dire, en fait, une fiction.

Si la logique autorise le raisonnement juste — sur un mode tout à fait hypothétique — quant à l'Être-donné, ou constitue — en tant que dialectique — un outil d'exploration du monde de sens commun qu'est l'Existence-empirique, elle est devenue historiquement avant tout — en tant qu'analytique — la manière codifiée d'enchaîner les phrases qui génèrent un discours garantissant qu'un portrait juste de la Réalité-objective soit dressé. Cette Réalité-objective soutient alors à son tour la validité de la logique, puisque celle-ci constitue la méthode permettant de la représenter elle, version véritable du réel, plutôt que l'Existence-empirique qui n'en est que la version sujette au phénomène, à l'apparence : à l'illusion éventuelle.

L'autre branche de l'alternative, qui verrait dans la Réalité-objective un artefact de la logique, est ignorée. Or, cette autre hypothèse ne peut être rejetée sans risque : la question ontologique que suppose la logique est celle de la réalité intrinsèque de la Réalité-objective, dont elle dresse le portrait. Si — comme dans l'acception courante de l'expression — la Réalité-objective est une réalité authentique, cachée en temps ordinaire par le foisonnement de l'Existence-empirique, alors la capacité de la logique à reproduire à l'aide de mots une représentation véridique de l'essence de l'Existence-empirique à quoi s'identifie la Réalité-objective, doit être justifiée autrement que sur sa propre foi. Quelle est l'étiologie de cette concordance, non pas entre la perception brute des sens et l'Existence-empirique, phénoménale, mais entre la raison qui émerge du syllogisme et la Réalité-objective, la réalité vraie, celle qui demeure cachée à l'appréhension spontanée des sens ?

Si la Réalité-objective est la manière dont l'Existence-empirique est représentée automatiquement par tout discours codifié selon les règles de la logique, alors le miracle de leur concordance s'explique aisément : la Réalité-objective est le discours sur l'Existence-empirique qu'engendre la logique grâce à la vertu qui lui est propre d'éliminer de son compte rendu l'illusion à laquelle est sujette la perception, prévenant ainsi l'apparition du paradoxe en son sein. Cette élimination est automatique, car fondée sur les trois termes du syllogisme : les deux extrêmes mis en communication par le moyen terme.

J'ai mis en évidence au chapitre premier que certains faits dits de mentalité primitive, tels les Nuer affirmant que les jumeaux sont des oiseaux, peuvent être produits sans difficulté dans la langue, à condition de lever la contrainte d'antisymétrie existant dans la relation d'inclusion. En effet, dans la relation d'inclusion, si tous les lions sont des mammifères, alors seuls certains mammifères sont des lions. Si l'on tient au contraire que, d'une certaine manière, les lions sont des mammifères, alors, d'une certaine manière aussi, les mammifères sont des lions. Et semblablement, si, d'une certaine manière, les jumeaux sont des oiseaux, alors, d'une certaine manière aussi, les oiseaux sont des jumeaux. J'avais d'ailleurs rappelé qu'Evans-Pritchard, l'ethnographe des Nuer, rapportait ces deux jugements conjointement, alors que les commentateurs ultérieurs ne s'étaient jamais intéressés qu'au seul premier, comme si la nature gémellaire des oiseaux était moins problématique que celle, avienne, des jumeaux[1].

De la même façon que des effets étonnants de mentalité primitive peuvent être engendrés en imposant la symétrie aux jugements connectant des concepts, j'ai pu montrer également, dans ce qui précède, le développement automatique du discours lorsque l'on impose aux jugements l'antisymétrie, dont les deux modes les plus simples sont soit — sur le mode statique — l'inclusion, comme partie dans un tout ou comme espèce dans un genre, soit — sur le mode dynamique — la causalité. Ce qui apparaîtra en pleine lumière, c'est ce que j'ai suggéré à l'instant : que le portrait étonnant de l'Existence-empirique qu'offre la Réalité-objective est le fruit d'une astuce : le mystère de l'harmonie préétablie entre la logique et la Réalité-objective n'en est pas véritablement un, puisque c'est la première qui engendre la seconde, en la présupposant conforme simplement au principe de ses règles.

Nietzsche accuse Socrate d'avoir posé le premier pas dans la voie de la faiblesse insigne : avoir remplacé la force physique comme fondement de l'organisation sociale par le discours construit à partir d'une armature logique. Aristote codifie cette structure d'une manière si complète que Hegel, à la suite de Kant, constate qu'il n'a pas été possible au cours de vingt siècles de parfaire sa tâche. Lorsque Boole suggère dans son petit ouvrage de 1847 (*Mathematical Analysis of Logic*) que l'on peut mathématiser la logique, il pose le premier jalon d'une démarche qui mettra en évidence l'identité de structure entre l'objet mathématique qu'est un treillis orthomodulaire et l'ensemble des raisonnements posés sur un mode logique. Lorsque, près de cent ans plus tard, en 1944, Hans Reichenbach suggère que l'examen des faits de mécanique quantique requiert le recours à une logique d'un type différent, la suspicion est désormais jetée sur une éventuelle collusion antérieure

1. E. E. Evans-Pritchard (Sir), *Nuer Religion*, *op. cit.*, p. 129.

entre la logique et la Réalité-objective, même si c'est en des termes qui se révéleront inexacts.

Dans le discours de la science, la Réalité-objective joue par rapport au monde sensible de l'Existence-empirique, le rôle d'un réel authentique par rapport à un semblant. La nature foisonnante du monde sensible est censée masquer la régularité de la Réalité-objective qui le sous-tend[1]. Le mot « phénomène » (*phainomenon* = *apparentia* = apparence) est là pour souligner la nature souvent trompeuse des faits relevant du monde sensible, leur façon de déguiser leur vérité en une apparence ininterprétable, porteuse d'illusion, ou en tout cas troublante. Ainsi, pour Johannes Kepler, la précession des planètes au firmament (le phénomène saisonnier de l'inversion apparente de leur direction) constitue-t-elle l'exemple même du phénomène : une apparence paradoxale, distorsion « anamorphique » d'une réalité en fait assez simple (en l'occurrence, une conséquence du fait que les planètes parcourent des orbites elliptiques de périodes différentes autour du Soleil).

D'Aristote à Husserl (*Der Ursprung der Geometrie*, 1936), en passant par Reichenbach (*Philosophie der Raum-Zeit-Lehre*, 1927), nombreux ont été les penseurs qui suggérèrent que toute reprise critique de la notion de « discours

1. La dynamique du chaos brouille ici les cartes, puisqu'elle réussit à modéliser le foisonnant par de l'également foisonnant au sein même du monde sensible (par opposition à l'espace de modélisation mythique au sein duquel l'outil mathématique construit son édifice). La simulation informatique est donc l'équivalent, du point de vue topologique, de ce qu'est la maquette de l'ingénieur du point de vue géométrique. On voit tout ce qui sépare ainsi la dynamique du chaos des sciences « classiques », la physique des particules élémentaires, par exemple, dont le foisonnement est censé être celui même de la Réalité-objective, soit d'un monde à l'arrière-plan du réel sensible. Comme le faisait remarquer un commentateur récent, le fait qu'il existe maintenant dans la théorie plus de cent familles de particules dont l'existence est simplement postulée, en dehors de toute vérification expérimentale, souligne les « rendements décroissants » atteints aujourd'hui par la physique des particules élémentaires. Celle-ci participe du projet « classique » de la science de confirmer ses modélisations par l'observation (mesure) de l'« ombilic » dont ses objets théoriques sont censés disposer au sein du monde sensible de l'Existence-empirique ; c'est là le sens même de l'expérimentation, dont les « règles de correspondance » que se donne la science établissent la « relation » (au sens mathématique de *mapping*) précise entre objet théorique et objet observable (mesurable).

de savoir » exige comme sa condition que la réflexion fasse retour au lieu d'origine de tout discours à vocation empirique (celui qui énonce le synthétique *a posteriori* de Kant) — par opposition au discours à vocation « lexicale » (qui se contente d'énoncer le « sémantiquement bien-formé », c'est-à-dire le rapport légitime entre les mots au sein de la langue[1], à savoir, la description du monde sensible, le seul qu'il nous soit donné de percevoir entre les bornes temporelles qu'établissent notre naissance et notre mort[2].

Si l'on se fixe l'objectif d'une reconstruction explicite de la manière dont le savoir scientifique s'est bâti (chaque science particulière le fait pour son compte à tout moment, mais de manière implicite), de Démocrite à aujourd'hui, il faut s'interroger sur la manière dont le monde sensible de l'Existence-empirique a perdu en cours de route son statut de réel, au profit de la Réalité-objective. Celle-ci apparaît en effet comme une élaboration historiquement datable en tant qu'espace de modélisation, telle que la langue autorise à en construire dans la « discursion », comme l'appelle Platon dans la *République*, au sein de l'imaginaire humain, mais dont il convient de ne jamais oublier le caractère de fiction.

Excepté la signification que la Réalité-objective puise dans son histoire et telle qu'on peut en mesurer la portée en

1. Gustave Guillaume aurait dit qu'il s'agit de cette partie du discours (phrases) qui résulte du simple rapprochement lexicalement (sémantiquement) légitime des éléments de langue (mots). C'est-à-dire l'exercice consistant, pour chaque signifiant (l'exercice n'a de sens que s'il porte exclusivement sur les catégorèmes, soit les substantifs, les adjectifs et les verbes « pleins » — par opposition aux copules et auxiliaires), à l'associer à tous ses « complémentaires » (oiseau — voler), à tous ceux dont il porte la marque en creux (l'architrace derridéenne), ou, dans les termes du vocabulaire que j'ai introduit dans *Principes des systèmes intelligents*, à tous ceux qui lui sont directement reliés (ce que j'ai appelé plus haut la zone d'influence de rayon 1) au sein d'un réseau sémantique.

2. L'existence matérielle du monde est retenue au titre de postulat, ou plutôt au titre de ce que Thomas d'Aquin distingue comme *dignitas* ou *maxima propositio*, à savoir comme principe premier (métaphysique) nécessaire à l'établissement de toute définition (« transcendentaux ») ou de toute démonstration (« fondamentaux ») — cf. E. F. Byrne, *Probability and Opinion*, *op. cit.*, pp. 172-174 — et dont Aristote considérait qu'il devait présenter les propriétés d'être « vrai, premier, immédiat, mieux connu que, antérieur à et causatif de (toute) conclusion » (*Posterior Analytics*, I, II, 71b, 20-23, in *Aristotle II*, *op. cit.*, p. 31 [je traduis de l'anglais]).

entreprenant son archéologie, sa signification contemporaine ici et maintenant est de rendre compte de la réalité foisonnante de l'Existence-empirique comme d'un objet explicable en termes de combinaisons, dynamiques ou statiques, d'éléments repérables, éventuellement descriptibles de manière économique, et en tout cas en nombre fini. Cet optimisme qui considère la tâche d'explicitation comme légitime et réalisable va à l'encontre d'un ancien désespoir de l'âme que véhiculent encore les religions, et il insuffle à la science un enthousiasme qui lui permet de remporter, dans cette part de la technologie qui est véritablement de « science appliquée », d'authentiques victoires — pour autant que l'on qualifie raisonnablement ainsi l'amélioration matérielle du sort de l'homme que constitue la prolongation de la durée de sa vie.

La dissemblance existant entre la Réalité-objective et l'Existence-empirique dont elle est censée rendre compte continue de rencontrer l'incrédulité du sens commun, c'est-à-dire du savoir pragmatique que véhiculent les hommes à propos du monde sensible. En ce sens, la science requiert pour que l'on croie au monde qu'elle décrit, le même type d'engagement qui faisait autrefois que l'on croyait au monde des anges : l'acte de foi qui permet de croire sur parole à l'existence de l'inobservable. D'où la nécessité toujours présente d'un clergé attitré. En d'autres termes, le discours tenu par la science quand elle affirme qu'il est naturel que le monde sensible apparaisse à nos yeux tel qu'il est, étant donné que la Réalité-objective est telle et telle, ce discours exige de notre part une adhésion qui va bien au-delà d'une simple caution accordée à ce que nos yeux voient et à ce que nos oreilles entendent.

Or, parmi l'ensemble des espaces de modélisation que l'on peut imaginer à l'Existence-empirique, la Réalité-objective présente la particularité que possédait déjà la philosophie naturelle (préscientifique) d'Aristote de ne pas modéliser le monde tel qu'il existe ici et maintenant (le monde en acte), mais partout et toujours (le monde en puissance). Si l'on convient, comme l'usage commun y autorise, d'appeler « mythes » la famille des espaces de modélisation produits par des cultures humaines ainsi que les entités qu'ils postulent (de l'ange à l'énergie), il faut reconnaître que ceux-ci se partagent en deux genres distincts, les mythes de l'en puissance (ou à « universaux ») et les mythes de l'en acte (ou à « singularités »). Au nombre des premiers on peut compter les mythes théologiques qui soutiennent les religions, et la Réalité-objective qui sous-tend la science ; au nombre des seconds, la « théorie » qui correspond aux pratiques magiques et divinatoires, ainsi que le savoir qui soutient les « arts », qu'ils soient technologiques (savoirs « empiriques » par opposition à « science appliquée ») ou cliniques (« chirurgie » opposée à « médecine » — au sens où ces termes étaient utilisés à la Renaissance — ; psychanalyse).

Qu'un discours (comme la science ou les religions) soit sous-tendu par un mythe à universaux ne signifie pas qu'il prétende modéliser entièrement — par ce mythe — le monde sensible dans son existence dynamique : certains mythes, telle la Réalité-objective, ont cette prétention, d'autres non, tel, par exemple, le mythe théologique qui sous-tend le christianisme et qui réserve en soi une plage d'indicible correspondant à un ombilic du mythe dans l'Être-donné. Kojève parle dans ce dernier cas de « mythe authentiquement platonicien » : « [...] un mythe n'est authentiquement platonicien que dans la mesure où il admet un Quelque-chose dont il ne parle pas parce que ce Quelque-chose est "transcendant" par rapport à ce qu'il dit, étant "au-delà" de ce dont il parle[1]. »

Qu'un discours soit sous-tendu par un mythe à universaux signifie simplement qu'il modélise, complètement ou en réservant des plages d'indicible, un ensemble de mondes possibles et non le seul monde en acte. Rendre compte de l'ensemble des mondes possibles n'est pas, comme on pourrait spontanément l'imaginer, plus ambitieux que de rendre compte du seul monde réel en acte, mais l'est au contraire beaucoup moins. Tout discours de l'en puissance s'épargne

1. A. Kojève, *Essai d'une histoire raisonnée de la philosophie païenne*, t. II. *Platon-Aristote*, *op. cit.*, p. 34.

— par le fait même — de devoir prendre parti pour ce qui touche aux futurs contingents, c'est-à-dire, s'épargne la nécessité de parler avec certitude de l'avènement de singularités. Au contraire, tout discours de l'en acte (ou du singulier) doit se prononcer avec assurance quant aux futurs contingents : il contient toujours, comme sa part essentielle, un élément de cause finale qui s'exprime dans le pronostic.

Cette distinction entre mythe à universaux et mythe à singularités est cependant fondamentale, puisqu'elle permet de répondre à un certain nombre de questions :

1) « Pourquoi la science a-t-elle pu si facilement advenir au même lieu qu'occupait la religion ?

— Parce que, comme les religions qui l'ont précédée, elle modélise l'ensemble des mondes possibles à l'aide d'un mythe à universaux. »

2) « Pourquoi la science ne parvient-elle pas à éliminer l'astrologie ?

— Parce que l'astrologie est un discours du singulier portant sur le monde en acte, alors que la science est un discours de l'universel portant sur le monde en puissance. C'est pour les mêmes raisons que les religions n'ont pu éliminer les diverses mantiques divinatoires. »

3) « Pourquoi la psychanalyse ne peut-elle être une science ?

— Parce qu'elle apparaît, en tant que discours du singulier, au même lieu que la magie et le savoir empirique, et non comme la science au même lieu que la religion. »

On peut appeler théorique tout discours sur le monde sensible (phénoménal) qui modélise celui-ci au sein d'un espace qui peut être décrit discursivement par un « mythe ». Mais si l'on dit cela, qu'un discours théorique « modélise », on affirme par là même que ce mythe ne parle pas du réel, mais d'un double fictif de ce réel, que l'on peut appeler « espace de modélisation », mais aussi bien, à la suite de Platon, « simulation » ou, à la suite de Proclus, « imagination ». Or, pour la science, il ne fait aucun doute que la description de la Réalité-objective n'est pas générée comme une fiction mais comme un discours portant sur un réel.

Il faut alors pouvoir expliquer pourquoi pour la science la qualité de réel s'est déplacée du monde sensible de l'Existence-empirique au monde fictif de la Réalité-objective. Car il faut bien voir que c'est cette croyance dans la qualité réelle de la Réalité-objective qui permet à la science de se contenter de parler du monde en puissance et non du monde en acte sans voir dans cette lacune un vice rédhibitoire.

La Réalité-objective ne modélise pas le monde sensible (historique et réel) de l'Existence-empirique, mais une multitude (finie mais innombrable) de mondes (semblables mais différents les uns des autres), dont le monde sensible de l'Existence-empirique n'est que l'un d'eux. Or, si la science ne se préoccupe ni d'expliquer pourquoi parmi la multitude des mondes possibles (que modélise la Réalité-objective) un seul se soit réalisé, ni pourquoi ce soit précisément celui (historique et réel) que nous connaissons, c'est que, pour elle, le monde de l'Existence-empirique est un semblant (puisque la Réalité-objective est, elle, censée être un réel). Dans ces conditions, le fait que la science ne puisse expliquer pourquoi le monde sensible (réel et historique) existe seul (dans sa singularité) ne lui est jamais apparu comme un problème sérieux remettant en question la validité de son entreprise.

Il existe donc de bonnes raisons de se demander comment il se fait qu'un espace de modélisation comme la Réalité-objective ait pu passer du statut (clairement reconnu, aussi bien par Proclus que par Platon) de fiction à celui de réel.

La première raison est que le mythe de la Réalité-objective a atteint aujourd'hui en physique les limites de son recours possible comme support à l'explication, dans la mesure où ses entités ne peuvent plus se prêter à une mise en scène quasi phénoménale qui fasse encore sens.

La deuxième raison est que la méconnaissance qui résulte de la confusion d'un espace de modélisation avec un réel empirique n'est pas sans conséquences fâcheuses quand, comme c'est le cas, par exemple, avec la prétendue

« logique quantique », des artefacts de la modélisation sont traités comme autant de nouvelles données empiriques.

La troisième raison est que, si nous voulons tenir sur le singulier un discours qui ne soit pas contradictoire, il nous faut faire appel aux ressources de la logique et des mathématiques, dont la science nous affirme qu'elles sont indissociables de son propre espace de modélisation qu'est la Réalité-objective. J'ai affirmé précédemment que la Réalité-objective est le mythe que l'analytique engendre nécessairement. Mais, et comme on en verra un exemple dans la démonstration du théorème de Gödel relatif à l'incomplétude de l'arithmétique, la science s'est construite à partir d'une combinaison bien spécifique d'arguments analytiques, d'une part, et dialectiques, d'autre part. Une autre combinaison de déductions, fondées, d'une part, sur le vrai et, d'autre part, sur le vraisemblable, aurait-elle conduit aux mêmes résultats ? Ou bien est-il concevable au contraire que logique et mathématiques puissent être mobilisées dans la construction de mythes différents (au sens où nous entendons ce mot, c'est-à-dire comme édifices discursifs relevant de l'imaginaire et, partant, nécessairement fictifs) ?

La production des mathématiques dites pures est celle d'un outil sans attaches empiriques *a priori*, que l'on peut appeler si l'on veut, et à la suite de Kojève[1], ontométrie. Quant aux mathématiques dites appliquées, elles sont de deux types : soit phénoméno-métriques, quand elles sont mises au service de la stylisation du monde empirique telle que la suggère « lalangue » (de la mesure au calcul des corrélations) ; soit énergo-graphiques (topologiques et géométriques) ou énergo-métriques (algébriques), quand elles sont mises au service de la modélisation du monde empirique au sein de la Réalité-objective. La logique, quant à elle, m'apparaît, comme je l'ai dit, comme modélisation normative de l'usage spontané des stylisations inscrites dans « lalangue ». Comme on a eu l'occasion de le voir

1. A. Kojève, *Essai d'une histoire raisonnée de la philosophie païenne*, t. I. *Les Présocratiques*, *op. cit.*, p. 303.

précédemment, la logique est indissociable des familles de langues doublement fondées, syntaxiquement sur la structure de prédication sujet/verbe/objet et sémantiquement sur la stylisation en fonction de la ressemblance visible : il conviendrait de reprendre entièrement — et à la suite de Lévy-Bruhl — la question d'une logique qui correspondrait aux langues isolantes, fondées sémantiquement sur la stylisation en fonction de l'affinité essentielle — stylisation dite totémique.

L'approche que je propose est, bien entendu, distincte de celle que postule la « philosophie spontanée » des mathématiciens quant à leur pratique mathématique. Du fait qu'ils contribuent au développement historique de l'espace de modélisation Réalité-objective, et comme cet espace fictif est tenu par la science non pour une fiction mais pour un réel, les mathématiciens peuvent entretenir la croyance qu'ils travaillent — dans une certaine mesure — au sein du monde de l'Existence-empirique. Cette croyance se voit renforcée par le sentiment qu'ils ont souvent de se laisser guider par l'intuition dans le processus de production des mathématiques. Ainsi, pour Alan Turing : « Le raisonnement mathématique peut être considéré schématiquement comme l'exercice d'une combinaison de deux facultés, que nous pouvons appeler l'intuition et l'ingéniosité [...]. L'activité de l'intuition consiste à produire des jugements spontanés qui ne sont pas le résultat d'enchaînements conscients de raisonnements[1]. » Ils ne s'aperçoivent pas que, si cette intuition dans le processus de « découverte » a effectivement (à l'origine même des mathématiques) un ancrage dans le monde phénoménal, cette intuition est cependant massivement « éduquée », modelée sur le comportement « habituel » des objets (non empiriques) qu'ils manipulent professionnellement. Car le fait qu'ils soient fictifs n'empêche pas ces objets d'avoir un comportement, qui résulte tout simplement des propriétés qui leur sont assignées conventionnellement. L'introduction en mathé-

1. Cité par Andrew HODGES, *Alan Turing. The Enigma of Intelligence*, Londres, Unwin Paperbacks, 1983, p. 144 (je traduis).

matiques d'objets dont il n'a plus été possible de penser avec la moindre vraisemblance qu'ils entretenaient un lien quelconque avec le monde phénoménal de l'Existence-empirique (par exemple, les suites infinies ou la composante imaginaire des nombres complexes) a été pour les mathématiciens l'occasion d'une crise. Crise injustifiée, car si une partie des mathématiques qu'ils créaient pouvait servir dans la stylisation du monde de l'Existence-empirique opérée par la phénoméno-métrie, la plupart des objets créés par eux n'auraient jamais à intervenir que comme outils au sein d'espaces de modélisation (nécessairement fictifs), et en particulier au sein de celui que s'est donné la science, à savoir, la Réalité-objective, dont il convient maintenant d'étudier la construction historique. Je reviendrai longuement sur ceci au chapitre IV.

### *L'astronomie moderne ou la victoire de Pythagore*

La naissance de l'astronomie aux Temps modernes constitue, comme nous allons le voir maintenant, une victoire retentissante, bien que tardive, de la conception pythagoricienne, qui suppose que la Réalité-objective est constituée de nombres. Cette entreprise sera qualifiée par Théodore W. Adorno de « naïveté qui confond le simple reflet du monde, les faits et les chiffres, avec son principe » (dans *Trois études sur Hegel*). Jacques Lacan fera, lui, observer qu'« il est clair que notre physique n'est qu'une fabrication mentale, dont le symbole mathématique est l'instrument » (dans son *Discours de Rome*). Il notera ailleurs que le « petit jeu symbolique à quoi se résument le système de Newton et celui d'Einstein a finalement fort peu de choses à voir avec le réel. Cette science qui réduit le réel à quelques petites lettres, à un petit paquet de formules, apparaîtra sans doute avec le recul des âges comme une étonnante épopée, et aussi s'amincira peut-être comme une épopée au circuit un peu court » (dans le *Séminaire II*, 1954-1955).

Platon est sans doute le premier qui développa un mythe visant la totalité de l'Existence-empirique, en toute connaissance de cause et sans pour autant le prendre « au sérieux ». Comme le dit excellemment Kojève :

> Pour nous (depuis Hegel, qui faisait correspondre les -graphies à la Vorstellung [et qui « ignorait » les -métries !]), toute Énergo-graphie est donc « imaginaire » ou « fictive » en ce sens qu'elle fait correspondre une Réalité-objective à des notions (d'ailleurs para-discursives) qui ne se rapportent en fait qu'aux phénomènes. Mais en règle générale, les Énergo-graphies furent développées « pour de vrai » par leurs auteurs, qui les prenaient parfaitement « au sérieux ». Toutefois, ce n'est pas le cas de Platon lui-même, qui soulignait toujours le caractère mythique, c'est-à-dire « fictif » de ses développements énergo-graphiques et qui se rendait parfaitement compte que le « langage imagé » ou para-discursif de ses Mythes se rapportait en fait aux phénomènes et que le Monde idéel ne pouvait être dit correspondre à ce langage que grâce à une transposition, d'ailleurs purement « imaginaire », de ce Monde dans la durée-étendue de l'Existence-empirique [1].

Kojève, je l'ai dit, attribue à Démocrite l'invention de la Réalité-objective ; en effet, son monde des atomes se distingue clairement et du monde sensible (phénoménal) et de l'Être-donné, et il constitue bien un « feuillet » intermédiaire entre eux. Il existe de bonnes raisons de suivre Kojève dans cette assignation de paternité : a) la Réalité-objective supposée par la science reconnaîtra bien comme ses « briques » des corpuscules censés (au départ) être insécables ; b) Démocrite (pour autant que nous puissions le savoir) prendra bien (comme le fera aussi la science) son espace de modélisation au sérieux en y voyant un réel plus réel que le monde sensible.

Mais ces deux bonnes raisons suffisent-elles pour considérer, à la suite de Kojève, que Démocrite est bien l'inventeur de ce qui sera, pour la science, la Réalité-objective ? Si l'on examine le second critère : prendre son mythe au

1. A. Kojève, *Essai d'une histoire raisonnée de la philosophie païenne*, t. II. *Platon-Aristote*, *op. cit.*, p. 33.

sérieux, c'est-à-dire prendre un espace de modélisation pour du réel, il s'agit là d'un trait extrêmement répandu : en sus de Démocrite et de la science, on peut dire que toutes les religions, primitives ou universelles, ont toujours pris leurs mythes au sérieux. Quant au premier critère, celui de l'atome comme composant ultime de l'espace de modélisation, il faut se demander s'il s'agit là d'autres chose qu'une simple rencontre fortuite, car, et comme on le verra, si la Réalité-objective est bien atomique dans sa constitution (nécessairement chez Newton, de façon contingente chez Galilée), sa nature atomique ou non est indifférente chez Kepler, alors que (sans doute possible) la Réalité-objective de Kepler est déjà bien celle de la science moderne. La condition déterminante pour l'avènement de la Réalité-objective c'est, comme nous allons le voir, sa nature mathématique. Ni les adversaires, ni les alliés de Kepler et de Galilée ne s'y trompèrent lorsqu'ils qualifièrent leurs systèmes de « pythagoriciens ».

Que la publication du *De revolutionibus orbium cœlestium* (1543) de Copernic ait constitué une rupture — ou ait été à l'origine d'une rupture — dans notre manière de concevoir le monde, Kant avait été le premier à le souligner. Depuis, différents penseurs se sont essayés à déterminer la nature précise de cette « coupure épistémologique ». Pour Alexandre Koyré, la nouvelle conception du monde se caractérise par « la destruction du cosmos, et la géométrisation de l'espace[1] ». Pour Kojève, Copernic projette « la Terre où nous vivons, avec tout ce qui s'y trouve, dans le ciel aristotélicien[2] », ce qui ouvre le domaine sublunaire à la modélisation mathématique réservée jusque-là au « monde des sphères » incorruptible des planètes et des étoiles. La Terre se meut et le Soleil lui aussi, et au sein d'un espace à qui fait défaut un repère absolu. Il n'est donc pas plus vrai, comme l'a fait remarquer Einstein, de dire que la Terre

1. Alexandre KOYRÉ, *Études d'histoire de la pensée scientifique* [1957], Gallimard, 1973, p. 11.
2. Alexandre KOJÈVE, « L'origine chrétienne de la science moderne », in *L'Aventure humaine. Mélanges Alexandre Koyré*, t. II, Hermann, 1964, p. 304.

tourne autour du Soleil que de dire que le Soleil tourne autour de la Terre : la seule chose qui soit indiscutable, c'est que si l'on fait appel à des équations mathématiques pour décrire le mouvement de notre planète et celui de notre étoile, il est beaucoup plus simple de modéliser le mouvement de la Terre autour du Soleil que celui du Soleil autour de la Terre. L'innovation majeure dont l'ouvrage de Copernic est la source est que cette simplicité d'une modélisation par rapport à une autre va servir de critère pour déterminer quelle est la nature réelle des choses.

C'est à Allister C. Crombie que l'on doit la formulation la plus exacte de ce qui nous apparaît aujourd'hui comme la coupure décisive intervenant avec la nouvelle cosmologie qui naît à cette époque : « Le changement capital introduit par Galilée, avec d'autres mathématiciens platonisants, comme Kepler, dans l'ontologie scientifique, fut d'identifier la substance du monde réel aux entités mathématiques contenues dans les théories utilisées pour décrire les "apparences"[1]. »

Le qualificatif « platonisant », s'il s'applique à juste titre à Descartes, qui peut découvrir le monde entier sur le mode déductif, sans quitter sa chambre (sa « chaudière »), est cependant inapproprié pour Kepler et Galilée, dans la mesure où ce qui caractérisera leur coup de force, ce sera (dans un geste typiquement non platonicien) de prendre « au sérieux » un mythe qui avait été jusque-là reconnu comme indiscutablement « fictif ». Quels que soient le mépris affiché par Galilée (dans le *Dialogue* comme dans *L'Essayeur*) à l'encontre des pythagoriciens et sa sympathie affichée pour les platoniciens[2], sa démarche effective est bien plus pythagoricienne que platonicienne[3], si l'on

1. Alistair C. Crombie, *Robert Grosseteste and the Origins of Experimental Science, 1100-1700*, Oxford University Press, 1953, p. 310.

2. Cf. A. Koyré, « Galilée et Platon », in *Études d'histoire de la pensée scientifique*, *op. cit.*

3. La confusion s'explique cependant partiellement par le fait que, pendant la première partie du Moyen Âge, ne fut connu de Platon que le *Timée*, le plus pythagoricien de ses dialogues (cf. Edwin A. Burtt, *The Metaphysical Foundations of Modern Science* [1925], Londres, Routledge, 3e éd. révis., 1980, p. 53).

admet avec Aristote[1] que, comme on l'a vu, Platon « place les nombres en dehors des objets sensibles, tandis que les pythagoriciens prétendent que les choses mêmes sont nombres[2] ». Ceci est à rapprocher des passages des *Discours et démonstrations mathématiques concernant deux sciences nouvelles* où Galilée insiste sur le fait que la matière est constituée d'un nombre infini de parties indivisibles et sans grandeur[3] ; ce que Pietro Redondi commente ainsi : « Nous ne sommes plus dans le monde matériel de la physique, mais dans l'abstraction mathématique[4]. » Nous sommes en fait au sein de la Réalité-objective qui, pour Galilée, est abstraction mathématique.

Quant à Kepler, le qualificatif « platonisant » pourrait lui être appliqué comme allant de soi du fait de la référence constante dans ses écrits au néoplatonicien Proclus. Mais, comme il a été dit, Proclus pas plus que Platon ne prend le mythe qui sous-tend chez lui le monde sensible au sérieux, alors que Kepler y trouve au contraire, comme nous allons le voir, sa réalité vraie. Dans la *République* (511 d), Platon fait dire à Glaucon, résumant ce que Socrate vient de lui exprimer[5] : « Ce nom de discursion, tu le donnes, je crois, à la manière de penser propre aux géomètres et à leurs pareils, au lieu de l'appeler intellection[6], dans l'idée que la discursion est quelque chose d'intermédiaire entre l'opinion[7] et la pure intellection[8]. » Et de la même manière, Proclus : « La pure intellection n'a affaire qu'aux concepts originaires éternels [...]. La sensation en est l'opposé ; elle "s'ordonne à l'extérieur" et ne comporte aucune détermination permanente parce qu'elle ne supporte pas les "causes" du connu. Le mathématique, de par son caractère

1. ARISTOTE, *La Métaphysique*, *op. cit.*, t. I, A, 6, pp. 53-66.
2. *Ibid.*, p. 62.
3. Cf. GALILÉE, *Discours et démonstrations mathématiques concernant deux sciences nouvelles* [1638], Armand Colin, 1970, pp. 32-33 et 37.
4. Pietro REDONDI, *Galilée hérétique*, Gallimard, 1985, p. 27.
5. PLATON, *La République*, in *Œuvres complètes*, t. I, *op. cit.*, p. 1101.
6. Au sens de intellection intuitive de l'Être-donné.
7. Qui porte sur le monde sensible de l'Existence-empirique.
8. Qui porte sur l'Être-donné.

médian, est aussi à cet égard un authentique “médiateur”[1]. »

Pour Proclus comme pour Platon, donc, les mathématiques ne relèvent ni du monde sensible de l'Existence-empirique, ni de l'Être-donné, mais d'un troisième « feuillet » intermédiaire :

> Lorsque la géométrie traite du cercle, du diamètre, de la tangente, etc., elle n'établit ses constructions ni sur le cercle sensible, ni sur le cercle purement intelligible [...]. [...] il y a maintenant trois choses à distinguer : d'abord le cercle visible, celui qui est tracé dans la matière sensible, puis le pur concept de cercle dont parle le théorème en tant que tel, c'est-à-dire le modèle dans la pensée, et enfin le cercle sur lequel porte la preuve (Proclus, *Commentaires sur les éléments d'Euclide*, LIV, 25 *sqq*) [...]. La figure est toujours formée et imaginée dans une matière : en cela consiste son existence mais elle est totalement différente selon qu'elle est produite dans la matière intelligible ou dans la matière sensible. Dans le premier cas, nous avons un modèle géométrique, dans l'autre une chose géométrique[2].

Il ne fait donc aucun doute que, pour Proclus (comme pour Platon), la discursion, pensée intermédiaire entre l'intellection (qui porte sur l'Être-donné) et l'opinion (qui porte sur l'Existence-empirique), s'applique à des modèles et non à des choses proprement dites : « La discursion développe (ses raisons) et les pose au-dehors comme fondements ; elle les produit dans l'imagination qui attend sur le seuil de la connaissance et déroule dans l'imagination et avec elle la connaissance de ces raisons ; car elle cherche la séparation d'avec le sensible, mais ne trouve que la matière imaginaire comme réceptacle approprié de ses concepts[3]. »

Il devrait alors être clair que, lorsque Kepler, et après lui Galilée, nous présente une Réalité-objective mathématique

1. Cité par Nicolai Hartmann, « Proclus, principes philosophiques des mathématiques » [1909], *in* Stanislas Breton, *Philosophie et mathématique chez Proclus*, Beauchêne, 1969, p. 224.

2. *Ibid.*, pp. 215-217.

3. Proclus, *Commentaires sur les éléments d'Euclide*, LIV, 27-55, 6 ; cité par Id., *ibid.*, p. 217.

censée être un réel au lieu même où se trouvait pour Proclus (comme pour Platon) la discursion, il ne suit celui-là en aucune façon malgré ses allégations du contraire. Et il est donc faux de qualifier sa démarche sous cet aspect comme étant platonicienne (ou néoplatonicienne), alors qu'il est exact de la qualifier de pythagoricienne pour autant que, comme l'affirme Aristote, les pythagoriciens « prétendent que les choses mêmes sont nombres ».

Cela étant dit, il est maintenant possible d'étudier l'avènement de la Réalité-objective, sans pour autant s'imaginer que l'on assiste soit à la simple résurgence d'un type de mythe déjà présent sous la même forme chez Démocrite, soit à un simple retour de pendule platonicien au sein de la cosmologie aristotélicienne cautionnée par la haute scolastique.

C'est dans le domaine de ce que nous appelons aujourd'hui la physique, et plus particulièrement l'astronomie, que l'on va assister à l'invention de la Réalité-objective entendue non comme espace de modélisation imaginaire, mais comme réel du réel.

Jusqu'à ce que soit atteinte cette charnière décisive du début du XVII^e^ siècle, le contexte épistémologique est clair et très différent de ce qu'il est aujourd'hui : il existe à l'astronomie (comme nous la concevons à l'heure actuelle) deux versants : l'astronomie et la physique. L'astronomie est une activité de modélisation strictement mathématique ; elle s'efforce de rendre compte des phénomènes (ce qu'on appelle, dans la tradition scolastique, « les sauver ») de la manière la plus exacte possible à l'aide d'hypothèses qui sont autant de modèles mécaniques. André Césalpin écrit (en 1569) que les astronomes (par opposition aux physiciens) « considèrent [...] les corps naturels non pas en tant que naturels, mais selon le mode mathématique[1] ».

Que les astronomes développent des modèles fondés sur les hypothèses des épicycles et des excentriques dans le cadre d'une cosmologie géocentrique, ou qu'ils s'essaient ensuite aux orbes circulaires dans le cadre héliocentrique,

1. Cité par Pierre DUHEM, *SOZEIN TA PHAINOMENA*. Sur la notion de théorie physique de Platon à Galilée [1908], Vrin, 1982, p. 99.

comme le fera Copernic, il s'agit en tout cas d'une activité de pure modélisation (encore que, comme on le verra, les opinions contemporaines diffèrent quant aux intentions réelles de Copernic lui-même). Comme l'écrit en 1503 Jacques Lefèvre d'Étaples : « [...] notre intelligence [...] compose en elle-même des cieux fictifs et des mouvements fictifs ; ce sont des simulacres de vrais cieux et de vrais mouvements[1]. »

Entre ces diverses hypothèses et leur support mathématique, l'astronome ne tranche pas lui-même, ce rôle étant réservé au physicien. Jean de Jandun écrit en 1330 : « [...] car l'Astronome n'a pas à se soucier du pourquoi (*unde*), pourvu qu'il ait le moyen de déterminer exactement les lieux et les mouvements des planètes, il ne demande pas si cela provient ou non de l'existence réelle de telles orbites dans le ciel ; cette recherche regarde le physicien[2]. »

L'exposé le plus circonstancié du rôle de l'astronome, par opposition à celui du physicien, on le trouve dans la préface qu'Andreas Osiander écrivit au *De revolutionibus orbium cœlestium* de Copernic. Certains ont prétendu qu'il s'agissait d'un discours de mauvaise foi destiné à tromper les docteurs de l'Église. Cette interprétation paraît peu vraisemblable, elle n'acquiert une certaine plausibilité qu'à la lumière du procès qui serait intenté à Galilée un siècle plus tard (et dont on sait aujourd'hui qu'il aurait pu facilement être évité si le Florentin s'était montré moins provocateur à l'égard de ses adversaires intellectuels), et cette interprétation apparaît du coup comme une supputation mal informée de ce qu'était l'esprit du temps. Quoi qu'il en soit, et dans la mesure où Osiander se contente de redire ce qui fut dit avant lui durant plusieurs siècles par quantités d'astronomes, il est, de toute manière, loisible d'interpréter littéralement ce qu'il écrivait alors :

> L'astronome conçoit et imagine des hypothèses quelconques, de telle manière que ces hypothèses une fois posées,

1. *Ibid.*, p. 66.
2. *Ibid.*, p. 50.

ces mêmes mouvements puissent être exactement calculés, au moyen des principes de la Géométrie, tant pour le passé que pour l'avenir [...]. Il n'est même pas nécessaire que ces hypothèses soient vraies ; il n'est même pas nécessaire qu'elles soient vraisemblables ; cela seul suffit, que le calcul auquel elles conduisent s'accorde avec les observations [...]. Les causes fictives que [la science astronomique] conçoit pour la plupart comme si elle les connaissait avec certitude, jamais cependant, elle ne les conçoit en vue de persuader qui que ce soit qu'il en est ainsi dans la réalité, mais uniquement en vue d'instituer un calcul exact[1].

À l'opposé, le rôle du physicien consiste à trancher entre les diverses hypothèses (et leur support mathématique) proposées par les astronomes, et ceci selon les principes de la physique, c'est-à-dire en fonction de ce qui est su par ailleurs de la nature des choses. Dans l'optique qui est celle de l'époque, ce savoir de la physique relève de l'opinion probable (au sens, on l'a vu, de « généralement admise »), ce qui veut dire que, sans avoir pour lui la nécessité qu'emporte avec elle la démonstration, il se trouve cependant soutenu par l'autorité consensuelle des docteurs (ou, comme nous dirions aujourd'hui, par l'autorité des experts). La vérité du savoir de la physique est donc fondée sur une « plausibilité » qui résulte de l'accord « moyen » de la communauté des physiciens, et où se conjuguent, à l'époque qui nous occupe, deux « paradigmes » : d'une part, les Écritures et le dogme, d'autre part, sur toutes les questions de « philosophie naturelle » sur lesquelles les Écritures demeurent muettes, le système d'Aristote.

Il est piquant de constater que — mis à part la référence obligée aux Écritures et au dogme — la nouvelle perspective introduite au cours des cinquante dernières années en histoire des sciences par des auteurs tels que Thomas Kuhn ou Paul K. Feyerabend, a consisté à montrer que ce qui était la norme en matière de savoir aux temps de la scolastique, c'est-à-dire que les questions métaphysiques

1. *Ibid.*, p. 78.

se posant dans la production scientifique soient résolues par l'opinion « probable » des experts, deviendrait ensuite la pratique de fait dans la communauté des chercheurs, dorénavant, toutefois, de manière implicite et en toute méconnaissance de cause.

Il est donc possible de faire le point sur la situation qui prévalait dans le monde intellectuel occidental au moment où Copernic publia sa thèse : il existait alors en astronomie (au sens moderne du terme) deux types d'activité, l'une de modélisation, apanage des astronomes et fondée sur la démonstration, l'autre d'explication (proprement dite), apanage des physiciens et fondée sur l'opinion (*doxa*). Il faut bien sûr entendre physique et physiciens au sens où l'on dit aujourd'hui métaphysique et métaphysiciens, et certains auteurs utilisent indifféremment ces termes les uns pour les autres. Kepler, par exemple, écrit (en 1596) « des raisons de Physique ou, si vous préférez, de Métaphysique[1] ».

Dans la mesure où rien n'est plus mal compris aujourd'hui que l'argument d'autorité tel que le concevait la pensée scolastique, je vais décrire de manière plus précise les principes de l'explication valide en astronomie en vigueur à l'époque. Je rappelle d'abord que la modélisation mathématique était jugée légitime dans ce domaine depuis l'époque d'Aristote, en raison de la nature cyclique supposée parfaite du « monde des sphères ». L'explication valide est celle qui combine une hypothèse mathématique juste (sans erreurs de calcul) et une représentation « probable » (soutenue par l'opinion des experts) quant à la nature des corps impliqués. La première partie parle du comment, la seconde du pourquoi. Quand, à la suite d'Ernst Mach, les positivistes déclareront dénuées de sens les questions portant sur le pourquoi, c'est-à-dire les questions métaphysiques, ils élimineront du fait même de l'explication ce qui avait jusque-là été considéré comme l'une de ses deux composantes clefs ; il s'agira cependant là, aux yeux du public, de la première capitulation majeure de la science contem-

1. *Ibid.*, p. 120.

poraine, puisque le sens commun continuera, quant à lui, d'exiger de l'explication qu'elle réponde à la fois au pourquoi et au comment (combinaison qu'offrait en son temps la « science » aristotélicienne).

La difficulté à laquelle se heurte la science scolastique à partir de Thomas d'Aquin provient du fait que la même certitude ne s'attache pas à l'activité de l'astronome et à celle du physicien. Les modèles de l'astronome peuvent être vrais (au sens de justes) dans la mesure où ils se fondent sur la démonstration que l'on tient (depuis Aristote[1]) pour exacte (car nécessaire dans ses enchaînements) pour autant que ses prémisses soient vraies. Or, les prémisses des mathématiques sont « garanties », qu'il s'agisse des « dignités », qui sont vraies pour tout savoir (par exemple, le principe du tiers exclu), ou des « positions », qui sont vraies pour le savoir mathématique en particulier (par exemple, le postulat d'Euclide).

Donc l'astronome peut proposer au physicien un ensemble d'hypothèses mathématiques (modèles) vraies au sens de justes, mais la vérité de ces modèles est circonscrite à ce que nous appellerions l'espace de modélisation (que Platon et Proclus appellent, on l'a vu, la discursion et dont le cadre est celui de l'imagination) ; elle n'implique encore rien quant à la validité de ces hypothèses comme adéquates à la modélisation du monde phénoménal de l'Existence-empirique (l'*adæquatio rei et intellectus* chez Thomas d'Aquin[2]). De cette adéquation ou non, il est entendu que c'est aux physiciens de juger.

Or le physicien juge d'une hypothèse selon l'opinion « probable » (c'est-à-dire soutenue par les arguments qui plaident en sa faveur parmi les spécialistes de la discipline) qui ne jouit aucunement de la certitude qui s'attache à la démonstration car, comme le dit Thomas d'Aquin en répétant Aristote, l'opinion est la « connaissance qui s'attache à ces choses sur lesquelles nous n'avons pas de jugement

1. Cf. ARISTOTE, *Posterior Analytics*, I, II, 71b, 15-25, in *Aristotle II, op. cit.*, p. 31.
2. Cf. É. GILSON, *Le Thomisme, op. cit.*, p. 240.

certain [...]. [...] l'opinion est un acte de l'intellect qui penche pour une des branches de l'alternative tout en conservant du respect pour l'autre[1] ». C'est pourquoi l'on ne pourra jamais dire d'une opinion qu'elle est « vraie », on se contente de dire, comme l'explique Aristote, qu'elle est « sauvée » si elle triomphe de sa contradictoire dans la *disputatio*. C'est dans le même sens que l'on dira d'une hypothèse mathématique (modèle) qu'elle sauve ou non les phénomènes qu'elle modélise, selon que cette modélisation est adéquate ou non. Entre plusieurs hypothèses (modèles) qui sauvent également les phénomènes sera dite vraie (sur le mode de l'opinion) celle qui est (méta-)physiquement vraisemblable à la lumière de ce qui est su (par ailleurs, et sur le mode de l'opinion) de la nature des choses (dans la mesure où le dogme ne pose sous ce rapport que deux exigences : que la possibilité du miracle soit maintenue, et que la transsubstantiation soit conçue littéralement et non symboliquement).

On peut alors resituer la distribution des tâches et des responsabilités dans le cadre qu'Aristote avait défini en distinguant l'analytique qui génère le syllogisme à partir de jugements dont on peut établir s'ils sont vrais ou faux, et la dialectique où le syllogisme est produit à partir de jugements qui sont ou non probables au sens de « généralement admis ». L'astronomie relève donc de l'analytique et la physique de la dialectique. Une différence cruciale existe cependant entre la manière dont le rôle de la modélisation est conçu à l'époque et aujourd'hui dans la pratique scientifique : la décision quant à savoir si un modèle correct, c'est-à-dire à même de rendre compte du phénomène (autrement dit capable de sauver le phénomène), est aussi celui qui parvient à exprimer la nature exacte des choses, est produite par un autre discours (la physique) qui relève de l'opinion (*doxa*) ; la véracité du modèle à rendre compte du monde n'est pas, comme c'est le cas pour nous aujourd'hui, déterminée par le seul fait qu'il parvienne ou non à rendre compte des phénomènes.

1. E. F. BYRNE, *Probability and Opinion*, *op. cit.*, p. 68.

On ne peut plus concevoir aujourd'hui l'extraordinaire prudence épistémologique qui présidait à la méthode scolastique. Cette prudence repose, comme on l'aura compris, sur le souci très platonicien de maintenir séparés la modélisation et le discours relatif à la nature des choses. L'explication résulte de la conjugaison d'un modèle avec un pari d'ordre ontologique, pari, puisque l'Être-donné demeure essentiellement inconnaissable. En l'absence de certitude (sauf au regard de Dieu), les hommes ne peuvent prendre parti qu'en s'accordant, tout en gardant présente à l'esprit la nature seulement consensuelle de leur accord. On peut reconnaître dans cette conception tout entière une position authentiquement néoplatonicienne, puisqu'elle s'efforce de concilier une épistémologie platonicienne avec le discours de « science » naturelle aristotélicien. On peut d'ores et déjà imaginer la déperdition épistémologique qui résultera du coup de force pythagoricien de la Renaissance, lorsque la nature des choses sera dite mathématique, avec pour conséquence que la modélisation cessera d'être perçue comme imagination pour être perçue comme réel.

C'est, il faut le répéter, notre meilleure connaissance aujourd'hui du processus historique de la genèse de la science qui nous permet de comprendre quelle était véritablement la situation à l'aube de la science moderne, c'est-à-dire à la veille de l'invention de la Réalité-objective. Puisque l'une des interprétations les plus populaires du tournant épistémologique, celle de Koyré, repose sur une profonde mécompréhension du processus tel qu'il eut lieu, je vais, avant d'aller plus avant, mettre en évidence ses insuffisances. Koyré écrit en effet ceci :

> Le positivisme fut conçu et développé non pas par les philosophes du XIII^e^ siècle mais par les Astronomes grecs qui, ayant élaboré et perfectionné la méthode de la pensée scientifique — observation, théorie hypothétique, déduction et finalement vérification par de nouvelles observations — se trouvèrent dans l'incapacité de pénétrer le mystère des mouvements vrais des corps célestes, et qui, en conséquence, limitèrent leurs ambitions à un « sauvetage des phénomènes », c'est-à-dire à un traitement purement formel des données de l'observation.

> Traitement qui leur permettrait de faire des prédictions valables, mais dont le prix était l'acceptation d'un divorce définitif entre la théorie mathématique et la réalité sous-jacente (tel est le point de vue formulé par Proclus et Simplicius, et auquel Averroès a étroitement adhéré) [...]. Et c'est par révolte contre ce défaitisme traditionnel que la science moderne, de Copernic à Galilée et à Newton, a mené sa révolution contre l'empirisme stérile des Aristotéliciens, révolution qui est basée sur la conviction profonde que les mathématiques sont plus qu'un moyen formel d'ordonner les faits et sont la clef même de la compréhension de la Nature [1].

Koyré entérine purement et simplement le coup de force « mystique » de type pythagoricien opéré à la Renaissance, à partir du principe que « les mathématiques sont plus qu'un moyen formel d'ordonner les faits », ce qui veut dire sans doute qu'elles entretiennent un rapport essentiel avec la nature des choses, coup de force justifié par « l'empirisme stérile des Aristotéliciens ». En réalité, la modélisation était conçue jusque-là comme un simple pari ontologique. C'est toujours le cas, mais on en a perdu la conscience (le coup de force est passé par là), car, là où l'on échangeait des opinions (« acte de l'intellect qui penche pour une des branches de l'alternative tout en conservant du respect pour l'autre »), seraient désormais produits des jugements tenus pour vrais, susceptibles de servir de prémisses à un savoir généré sur le mode de la démonstration. Rien, bien sûr, n'était venu justifier cela. Le fait que la modélisation mathématique puisse être adéquate était déjà connu, comme on l'a vu, des prégaliléens ; il n'implique en aucune manière la vérité du pari ontologique que la nature des choses serait en soi d'ordre mathématique.

On voit mal pourquoi le fait de concevoir la modélisation comme telle et non comme une représentation du réel « tel qu'en lui-même » pourrait empêcher de « pénétrer le mystère des mouvements vrais des corps célestes ». On sait aujourd'hui que Kepler n'aurait pu construire un modèle de l'orbite de Mars si, d'une part, il n'avait pu disposer des

1. A. Koyré, *Études d'histoire de la pensée scientifique*, *op. cit.*, pp. 81-82.

observations de Tycho Brahé (d'une précision jamais atteinte jusque-là) et si, d'autre part, il n'avait fait preuve d'un entêtement intellectuel inégalé, qui lui fit noircir neuf cents pages (en texte serré) consacrées au calcul (d'un modèle) de l'orbite de la planète rouge. Il faut ajouter que le rôle de l'observation demeure tout aussi crucial, et strictement le même, qu'on prenne la modélisation pour ce qu'elle est effectivement ou qu'on la confonde avec un réel.

Si Koyré considérait que le « sauvetage des phénomènes » constituait un manque coupable d'ambition intellectuelle, c'est probablement que le sens même de l'expression lui échappait. Dans la perspective de la conversion « mystique » pythagoricienne qui frappa Einstein comme tant d'autres avant lui et après lui (Einstein : « [...] la nature est la réalisation des plus simples idées mathématiques concevables [1] »), la prudence épistémologique qui consiste à considérer les paris ontologiques comme relevant de l'opinion « probable » (c'est-à-dire consensuelle) apparaît à Koyré non comme de la prudence, mais comme « un divorce définitif entre la théorie mathématique et la réalité sous-jacente » que rien n'autorise, selon moi, à confondre sans autre justification. Et comme c'est le plus souvent le cas, la prudence apparaît aux yeux de l'inconscient comme un « défaitisme ».

Pour faire sauter le verrou que constituait le soutien des Écritures à l'hypothèse géocentrique, il fallait sans doute une mobilisation des forces intellectuelles (encore que, comme Arthur Koestler a pu le montrer, les adversaires jésuites de Galilée avaient déjà fait un premier pas en direction de cette hypothèse en cautionnant le modèle « semi-héliocentrique » de Tycho Brahé [2]). Le coup de force pythagoricien permit de faire sauter le verrou ; la confusion qu'il impliquait entre un espace de modélisation (fictif) et un réel apparut peu coûteuse tant que l'on observait

1. Cité par Gerald HOLTON, « Mach, Einstein and the Search for Reality », *Dædalus* n° 97, 1968, p. 650.

2. Cf. Arthur KOESTLER, *The Sleepwalkers. A History of Man's Changing Vision of the Universe* [1959], Harmondsworth, Penguin Books, 1968, p. 433.

des phénomènes authentiquement visibles du monde sensible. Toutefois, dès que l'on s'attaqua à de l'empirique microscopique — qui doit toujours être, du fait de sa nature invisible, au moins partiellement « reconstruit » —, la confusion entre modèle et réel devint inextricable. On en vint à modéliser à leur tour des artefacts de la modélisation que l'on avait pris pour du réel ; les modèles se mirent à en engendrer d'autres par génération spontanée, et l'on s'extasia toujours davantage devant les progrès inexorables de la connaissance[1].

Récapitulons donc : à la veille de l'invention de la Réalité-objective, disons vers le milieu du XVIe siècle, lorsque paraît l'ouvrage de Copernic, toute représentation se situait par rapport à trois « espaces » distincts :

1) Le monde sensible de l'Existence-empirique. C'est celui que, du fait de son foisonnement et de la nature souvent trompeuse des « phénomènes » (= *apparentiæ*), il s'agit d'expliquer.

2) L'espace de modélisation (« explication comment ») de la discursion, dont le cadre est celui de l'imagination et qui recourt volontiers aux mathématiques, dont la méthode est garantie par la vérité qui caractérise la démonstration (épistémè).

3) Un espace d'explication ontologique (« explication pourquoi ») portant sur l'Être-donné essentiellement inconnaissable et dont on ne peut parler que sur le mode de l'opinion (*doxa*).

Et ce qui eut lieu est ceci : un coup de force ontologique d'inspiration pythagoricienne décréta que l'Être-donné est non seulement connaissable, mais qu'il est d'ores et déjà connu : ce dont les choses sont composées, ce sont les entités mathématiques. Plusieurs conséquences s'ensuivirent. La première est que les modèles mathématiques s'en trouvèrent automatiquement « ontisés » : ils sont faits du même matériau que l'Être-donné lui-même. On avait cru, avec Platon et Proclus, qu'ils relevaient de l'imagination ; que

1. Je reviendrai plus loin sur cette question à propos d'un article de Georges Lochak.

nenni, ils sont faits de réel, et d'un réel plus réel même que le monde sensible : la Réalité-objective. La deuxième conséquence est qu'il devint superflu de parler de science avec prudence sur le mode de l'opinion (en combinant modèles justes et réflexions sur la nature des choses) ; il fut désormais possible de parler de la science de manière « ambitieuse », comme dirait Koyré, avec la certitude qu'emporte tout discours prononcé sur le mode de la démonstration.

Le mythe qui sous-tend le discours de la science perd donc son ombilic dans l'Être-donné inconnaissable et cesse du même coup d'être « authentiquement platonicien » : la Réalité-objective est un mythe sans transcendance, complet au sens où le monde sensible dans son entièreté peut (en droit) être expliqué dans ces termes. C'est pourquoi la Réalité-objective est semblable aux mythes complets qui sous-tendent les religions dites primitives (par opposition aux religions universelles qui sont fondées sur des mythes réservant une plage d'indicible correspondant à l'Être-donné). Et c'est bien ce que dit aussi Hegel de cette absence de transcendance dans les religions dites primitives : « Ces forces naturelles, et aussi le soleil, la lune, les arbres, les animaux, sont bien pour eux des forces, mais des forces qui n'ont pas derrière elles une loi éternelle, une providence, et par conséquent ne constituent pas une force naturelle solide et universelle[1]. »

Mais comment fera-t-on désormais pour discriminer entre plusieurs modèles mathématiques qui « sauvent les phénomènes » de manière aussi satisfaisante les uns que les autres, puisqu'ils sont, sur le mode de la démonstration, aussi « vrais » les uns que les autres et que la modélisation étant désormais censée produire sa propre garantie métaphysique, il n'y a plus de place pour le physicien qui tranchait en fonction de ce qui était su de la nature des choses ?

Pour Kepler, la réponse se trouve dans une sorte de sélection naturelle ; les hypothèses fausses finiront automatiquement par se trahir : « Un proverbe dit que les

1. G. W. Friedrich HEGEL, *La Raison dans l'histoire* [1828], UGE, 1979, p. 254.

menteurs ont besoin d'avoir bonne mémoire ; il en serait de même des hypothèses fausses qui auraient conduit par hasard à une conclusion juste ; au cours des démonstrations, au fur et à mesure qu'elles seront appliquées à des cas de plus en plus variés, elles ne garderont pas toujours cette habitude de fournir des conclusions vraies ; elles finiront bien par se trahir[1]. »

Cette suggestion épistémologiquement très douteuse ne sera heureusement pas retenue. Avec Galilée, c'est à l'expérimentation que sera confié le soin de trancher entre diverses hypothèses. Comme l'écrit Duhem, « [Galilée] conçoit la preuve d'une hypothèse à l'imitation de la démonstration par l'absurde usitée en géométrie ; l'expérience, en convainquant d'erreur un système, confère la certitude au système opposé ; la Science positive progresse par une suite de dilemmes dont chacun est résolu à l'aide d'un *experimentum crucis*[2]. »

On aura alors compris pourquoi il n'y a pas, contrairement à ce qu'avance Koyré, continuité entre les savants grecs et les savants modernes. Pour les premiers, l'expérimentation est un moyen pour mettre en scène de nouveaux phénomènes, qui seront traités dans une perspective inductive comme nouvelles observations, et dont il faudra toujours rendre compte par une explication combinant modèle et savoir relatif à la nature des choses. Au contraire, à partir de Galilée, et puisque la nature des choses ne fait prétendument plus problème, l'expérimentation, en conduisant au choix entre diverses hypothèses, a nécessairement portée ontologique puisqu'elle décide, entre tout ce « vrai », lequel vaut pour le monde sensible. Toute considération de prudence est désormais hors de saison et l'erreur logique est d'ailleurs patente, comme le souligne Duhem :

1. Kepler [1601], cité par P. DUHEM, *SOZEIN TA PHAINOMENA*, *op. cit.*, p. 122.

2. *Ibid.*, p. 132. Je reviendrai plus loin, à propos du théorème d'incomplétude de l'arithmétique de Gödel, sur la faible valeur démonstrative de la preuve par l'absurde. Sa faiblesse réside, comme Duhem le souligna dans un passage que je vais citer, dans les ambiguïtés qui s'attachent à la notion même de « système opposé », qu'il faut entendre au sens de « contradictoire » du système en question.

> Cette manière de concevoir la méthode était appelée à avoir une grande vogue, parce qu'elle est très simple ; mais elle est entièrement fausse, parce qu'elle est trop simple. Que les phénomènes cessent d'être sauvés par le système de Ptolémée, le système de Copernic soit vrai — parce que le système de Copernic n'est pas purement et simplement la *contradictoire* du système de Ptolémée. Que les hypothèses de Copernic réussissent à sauver toutes les apparences connues ; on n'en conclura pas qu'elles sont certainement vraies ; pour légitimer cette conclusion, il faudrait prouver auparavant qu'aucun autre ensemble d'hypothèses ne saurait être imaginé, qui permît de sauver tout aussi bien les apparences ; et cette dernière démonstration n'a jamais été donnée. Au temps même de Galilée, toutes les observations que l'on pouvait invoquer en faveur du système de Copernic ne se laissaient-elles pas tout aussi bien sauver par le système de Tycho Braché [1] ?

Qu'on me comprenne bien : tout n'était pas dès lors perdu quant à la construction du savoir, puisque l'on continuerait à produire des modélisations mathématiques du monde phénoménal. Mais, en recourant à un garde-fou aussi incertain que l'*experimentum crucis* comme garant de la dimension ontologique, on se condamnait en fait, et comme les historiens des sciences récents ont pu le mettre en évidence au-delà de tout doute possible, à trancher les questions métaphysiques (ontologiques) — qui continueraient bien sûr de se poser — de manière implicite, c'est-à-dire à partir de la métaphysique spontanée des savants, généralement fondée sur un sens commun peu critique et soumis à tous les effets de mode. Bref, on passait, par le fait du coup de force pythagoricien, d'une science qui savait ce qu'elle faisait, en toute connaissance de cause, à une science qui n'en avait plus la notion exacte, et ceci avec les conséquences que l'on sait : alors que la science prégaliléenne disait (à juste titre) pouvoir rendre compte (prudemment) des deux composantes de l'explication, le comment et le pourquoi, la science galiléenne cesserait de prétendre pouvoir répondre au pourquoi dès la fin du XIX^e siècle (les positivistes, tels

1. *Ibid.*, pp. 132-133.

Mach ou Carnap, entérinèrent cette première capitulation en y voyant une vertu), et, cinquante ans plus tard, elle abandonnerait toute prétention à rendre compte du comment (c'est là le message de nos modernes « instrumentalistes » quand ils affirment qu'il est bien suffisant pour une théorie scientifique de prévoir avec exactitude « ce qui va se passer », la nature de « ce » qui se passe étant devenue, par ailleurs, impénétrable). Autrement dit, la physique contemporaine n'explique plus ni le pourquoi ni le comment et déclare toutefois, à qui veut bien l'entendre, ne pas s'en porter plus mal pour autant.

## *Le livre de la nature*

J'ai décrit jusqu'ici ce que j'appelle l'invention de la Réalité-objective, qui correspond chronologiquement à l'avènement de la science moderne, dite galiléenne. Si j'ai pu convaincre par les arguments que j'ai présentés (à la suite de Duhem et de Kojève essentiellement), on admettra que le bénéfice de la transformation de la science prégaliléenne en science galiléenne est loin d'être évident. Il n'est même pas sûr qu'il y ait à l'opération un bénéfice quelconque, puisque l'on passe à cette occasion d'une connaissance à une méconnaissance de ce que l'on fait. Étant entendu, je le souligne une fois de plus, que la science galiléenne n'introduit pas la modélisation mathématique, mais prend pour la première fois cette modélisation — qui date au moins d'Archimède — pour une façon de dire le vrai sur le vrai ; c'est-à-dire que la science galiléenne se met pour la première fois à prendre des vessies pour des lanternes (ce qui n'était pas le cas auparavant).

J'ai rendu compte jusqu'ici du comment les choses se sont passées ; il me faut encore, pour ne pas m'exposer à la critique que j'adresse précisément aux autres, répondre aussi à la question : « Pourquoi se sont-elles passées de cette manière ? »

Au sein du débat autour de modèles contradictoires du

système solaire et planétaire, Copernic apportait une nouvelle hypothèse astronomique (c'est-à-dire mathématique). Or, celle-ci se vit refuser les mêmes droits à la concurrence intellectuelle que d'autres hypothèses astronomiques qui l'avaient précédée, à savoir celles, géocentriques, de Ptolémée ou de Tycho Brahé. C'est que le modèle copernicien était, lui, héliocentrique, alors que les Écritures, sans se prononcer explicitement sur le sujet, soutiennent de fait l'hypothèse géocentrique, par exemple lorsque Josué obtient de Dieu qu'il contienne la course du soleil (Jos., X, 12).

On a appris depuis que la question n'était pas aussi essentielle aux yeux de l'Église que le voudrait la version romancée des aventures de Galilée qui fit longtemps foi ; on sait que son procès n'est devenu *exemplum* (*issue* en anglais) qu'au XIXe siècle. Redondi s'est efforcé de montrer que le Florentin fut condamné en fait non pour son soutien au modèle héliocentrique, mais pour son atomisme incompatible avec le dogme de l'Eucharistie[1]. Redondi se trompait sans aucun doute : les attendus du procès de Galilée sont sans équivoque, il s'agissait bien d'astronomie. Mais ce dont il fit ainsi la preuve, c'est qu'il s'agissait en fait de mettre un terme aux provocations du Florentin, et qu'il aurait sans doute été possible de le coincer de multiples manières. La question cosmologique n'était pas essentielle.

L'attitude de Galilée n'en était pas moins révélatrice. On connaît aujourd'hui avec suffisamment de précision la personnalité de ces acteurs formidables : Giordano Bruno est un illuminé cherchant le martyre ; Kepler, un mystique doublé d'un obsessionnel, plongé dans ses calculs alors que la guerre civile fait rage sous ses fenêtres ; Galilée, un rationaliste amateur de scandales ; Newton, le dernier des mages. Pas grand-chose de commun entre ces hommes, qui sont aujourd'hui les héros du savoir, si ce n'est précisément une chose : que la prétention de l'Église à réglementer en dernière instance les questions de métaphysique leur était devenue insupportable.

Le système d'Aristote est incomplet pour ce qui touche

1. P. REDONDI, *Galilée hérétique*, *op. cit.*

au mouvement, l'optique arabe présente des anomalies qu'il faut expliquer ; voilà la science ordinaire. Mais qu'il faille se préoccuper du fait que les modèles produits réservent la possibilité du miracle, ou restent compatibles avec les implications substantielles de l'Eucharistie, voici ce qui était devenu exorbitant aux intellectuels de l'époque. Alors on opposa le livre de la nature, comme message divin, aux Saintes Écritures. En astronomie, la dictature intellectuelle des docteurs de l'Église disparaîtrait si l'astronome (mathématicien) pouvait se dispenser de l'aide encombrante du physicien, expert quant à la nature des choses, mais contraint par le respect des Écritures et du dogme. Bruno, en 1584, est le premier à affirmer que l'astronome peut se passer du physicien. Il écrit en effet que « [Copernic] a non seulement fait l'office du mathématicien qui suppose le mouvement de la Terre, mais encore du physicien qui le démontre [1] ». Tel n'est pas l'avis de Kepler, qui s'attribue personnellement cette innovation : « Dès ce moment, j'avais l'intention d'attribuer à la Terre non seulement le mouvement du premier mobile, mais encore le mouvement solaire ; et tandis que Copernic le lui attribuait pour des raisons de Mathématiques, je le lui attribuais pour des raisons de physique ou, si vous préférez, de Métaphysique [2]. »

Tous s'accordent : le physicien a fait son temps, il doit disparaître. Mais comme il n'est pas admissible, bien sûr, pour l'astronome de se proclamer son propre métaphysicien, sans autre garantie extérieure, il affirme que la nature étant dans son essence d'ordre mathématique (comme est censé le confirmer le fait que l'on puisse en produire des modèles mathématiques parfaitement adéquats), l'astronome n'a pas besoin de davantage de métaphysique que celle qui se trouve déjà dans les objets mathématiques eux-

1. Bruno, cité par P. DUHEM, *SOZEIN TA PHAINOMENA*, *op. cit.*, p. 119.

2. *Ibid.*, p. 120. Ce qui souligne encore davantage la méprise commise par Koyré quand il écrit que Kepler « veut reconstituer (ou plus exactement établir) l'unité entre la physique et l'astronomie » (Alexandre KOYRÉ, *Du monde clos à l'univers infini* [1948], Gallimard, 1973, p. 96). Comme le confirme la suite de son texte, Koyré lit chez Kepler le mot « physique » dans son sens moderne.

mêmes. Il se verra encouragé dans cette attitude par Proclus, connu de tous les beaux esprits de l'époque, quand celui-ci affirme que le mathématicien ne doit s'autoriser que de lui-même[1]. C'est une attitude tout à fait semblable que l'on retrouvera chez Mach, quand il déclarera que les scientifiques peuvent se passer de philosophie[2].

L'argument relatif à la possibilité de modéliser comme preuve de la nature mathématique du réel est, comme on l'a vu, spécieux : le fait de la modélisation mathématique prouve seulement que les mathématiques peuvent se développer dans l'espace de modélisation, dans la discursion, c'est-à-dire dans l'imagination, ce qui va de soi. Il était d'ailleurs connu dès l'Antiquité que la modélisation peut achopper déjà dans les cas les plus simples ; l'apparition de nombres irrationnels dans une modélisation signale cet échec : le nombre π, par exemple, prouve que le rapport d'une circonférence à son diamètre n'est pas modélisable de manière mathématiquement exacte. On a vu précédemment que la théorie de la proportion d'Eudoxe avait été créée spécifiquement pour résoudre ce type d'obstacle. J'en dirai davantage au chapitre IV.

## *Physique contemporaine et mythologie*

Si le coup de force des astronomes des Temps modernes qui assimilèrent un espace de modélisation fictif, la Réalité-objective, à la réalité vraie du monde sensible de l'Existence-empirique, peut sembler indifférent, ses conséquences apparaîtraient dans une lumière plus crue dans les développements ultérieurs de la physique. Sans m'y attarder, j'en offrirai cependant deux indications.

J'ai appelé, au chapitre II, « poursuite de l'anomalie » ou « effet Max Müller » la suggestion faite autrefois par le

1. Cf. N. HARTMANN, « Proclus, principes philosophiques des mathématiques », art. cité, p. 239. Nous avons vu cependant plus haut que Proclus, quant à lui, ne confondait nullement modélisation et réel.

2. Cf. John T. BLACKMORE, *Ernst Mach, his Work, Life and Influences*, Berkeley, University of California Press, 1972, pp. 166-167.

philologue qu'une grande part de nos théorisations visent simplement à rendre compte d'artefacts, d'anomalies introduites par nos tentatives malheureuses de théorisations antérieures. Il écrivait : « Des systèmes philosophiques matérialistes et spiritualistes naquirent, et ceci afin d'éliminer une difficulté que la pensée s'est imposée à elle-même, afin de faire se rejoindre ce que la langue avait séparé : le corps vivant et l'âme vivante. La question de savoir s'il existe une âme ou un esprit, s'il existe dans l'homme quoi que ce soit qui se distingue du simple corps, est indépendante de cette phraséologie mythique[1]. »

Le concept de « poursuite de l'anomalie » me semble rendre compte très adéquatement d'une dimension particulière de l'histoire de la physique moderne. Il existe, en effet, dans l'évolution de ce domaine, un processus récurrent : l'« apothéose » soudaine (datable) d'une notion accédant au statut de concept théorique, c'est-à-dire à sa détermination désormais sans équivoque comme variable au sein d'une modélisation mathématique.

La manière dont les choses se passent est la suivante. Voici le mot « A », concept théorique, c'est-à-dire mot à la réputation bien établie : sa signification est stabilisée — fixée, dirait Peirce (*The Fixation of Belief*, 1877[2]) — par sa connexion stricte (formelle) avec d'autres concepts ; il est utilisé dans un contexte scientifique dans une seule de ses acceptions ou, pour utiliser le vocabulaire introduit précédemment, il est utilisé de manière privilégiée dans un seul de ses enchaînements associatifs. Autrement dit, « A » est un concept théorique, tel que « masse », « énergie ». Voici maintenant le mot « B ». Il traîne dans les raisonnements des physiciens depuis un bon moment, où sa signification est dans une large mesure déterminée par le sens global des phrases où il est mentionné ; autrement dit, sa réputation n'est pas sans équivoque : il est ce que Wolfgang Stegmüller

1. F. M. Müller, « On the Philosophy of Mythology », art. cité, pp. 172 et 175 (je traduis).

2. *In* Charles S. Peirce, *The Philosophy of Peirce. Selected Writings*, Londres, Routledge & Kegan Paul, 1940.

appelle une « notion présystématique[1] ». Le sentiment s'impose qu'il faut intervenir en sa faveur (ce qui veut dire que le moment est venu pour « *B* » de son apothéose) : sa signification va être fixée une fois pour toutes. Le savant professeur D*** établit alors la formule suivante :

$$B = A \times C$$

ou bien

$$B = n\,A \text{ exp } 4/\text{e exp } C$$

etc.

*B* aura désormais pour signification celle, unique, que lui assigne la nouvelle formule : il a acquis le statut de concept théorique : sa réputation est faite.

« Oui, mais, direz-vous, qu'en est-il maintenant de *C* ?

— Eh bien, *C* est encore une notion présystématique.

— Cela signifie-t-il qu'il va falloir s'occuper très sérieusement de lui ?

— Parfaitement ! Et nous voici repartis pour un tour. »

J'écrivais, dans *Principes des systèmes intelligents :* « Quand, par exemple, Newton parle d'"accélération", en parle-t-il comme ses prédécesseurs "pour faire image", ou bien s'agit-il réellement chez lui d'un concept théorique ? C'est-à-dire, peut-on toujours le remplacer par un nombre qui fasse sens au sein d'une modélisation mathématique[2] ? »

Or, la manière dont cette apothéose du passage au statut de concept théorique a lieu en physique contemporaine rappelle souvent, et de manière étrangement inquiétante, la pathologie décrite autrefois par Müller, au sens où l'on ne cesse de colmater les crevasses apparues à la suite de rafistolages négligents, créant par le fait même d'autres fissures auxquelles il faudra appliquer alors de nouvelles rustines défectueuses.

1. Wolfgang STEGMÜLLER, *The Structure and Dynamics of Theories*, New York, Springer-Verlag, 1976, p. 42 (je traduis).

2. P. JORION, *Principes des systèmes intelligents*, *op. cit.*, p. 159.

D'une certaine manière, l'histoire critique de la mécanique d'Ernst Mach (1893) propose un examen de l'« effet Müller » pour des concepts comme « accélération », « masse » et « énergie », mais ce que je propose ici à la lecture est un extrait d'un article écrit par Georges Lochak, « La géométrisation de la physique ». Il suffit sans doute de lire le passage suivant avec légèreté, sans trop se préoccuper de son contenu exact, mais tout en gardant à l'esprit la théorie hérétique de Max Müller (je me suis contenté, sur le mode facétieux, de marquer au passage les fissures par *fiss.* et les rustines par *rust.*) :

> [L]orsqu'on cherche à exprimer sous forme relativiste une certaine théorie physique, on ne cherche absolument pas, par le menu, quels sont les différents termes qu'il faudrait modifier ou rajouter dans les équations pour exprimer telle ou telle propriété relativiste : on recherche d'emblée l'invariance par rapport au groupe de Lorentz (exprimant la symétrie interne de la théorie) et c'est cela qui devra « automatiquement » renfermer toutes les modifications de détail. [Or,] les lois de symétrie font surgir certaines grandeurs mathématiques dont la présence s'impose à nous, au début comme celle d'objets un peu incongrus, voire encombrants et inutiles [*fiss.*], mais dont l'interprétation nous révèle, pour certains d'entre eux, des propriétés physiques nouvelles ou des objets physiques entièrement nouveaux [*rust.*] ; tandis que d'autres de ces grandeurs mathématiques restent longtemps rebelles à toute interprétation dans l'espace physique et conservent leur mystère [*fiss.*]. Le cas le plus criant est celui de l'équation de Dirac, où l'on s'aperçoit que la conservation du moment cinétique n'est assurée que si l'on admet que l'électron possède une rotation propre (sur lui-même) : le *spin* [*rust.*], dont l'existence était déjà connue quand Dirac écrivit son équation, mais qu'il n'y avait pas consciemment introduite. De même, l'équation nous impose un certain type de solutions qui furent jugées, au début, plutôt étranges et embarrassantes [*fiss.*], mais dont on finit par comprendre qu'elles représentent le *positron* [*rust.*], anti-particule de l'électron, dont l'existence, aujourd'hui certaine, n'avait même pas été soupçonnée jusque-là. Mais inversement, d'autres grandeurs, comme les deux « invariants » de Dirac [*fiss.*], s'imposent tout autant, mais leur signification reste mystérieuse. De même, la décomposition hydrodynamique du tenseur d'énergie de Dirac comporte certains termes qui font image et qui donnent à penser que cette décomposi-

> tion a un sens, mais il en est d'autres [*fiss.*], liés aux deux invariants et qui, sans doute pour cela, gardent leur secret[1].

Lu dans la perspective que j'ai indiquée, ce passage est sans nul doute inquiétant, puisqu'il suggère que la théorisation de la physique contemporaine procède essentiellement comme pathologie de la langue. Mais, et cela devrait nous rassurer, la physique ne contrôle-t-elle pas à tout moment sa démarche par une référence extérieure : par le recours à l'expérimentation qui décidera de la validité d'une hypothèse ? Je repasse la parole à Georges Lochak :

> En se développant ainsi, la physique théorique creuse un fossé entre elle-même et l'expérience car, bien qu'elle continue de rendre compte ou de prévoir des faits, son langage et ses modes de pensée s'éloignent de plus en plus du langage et de l'intuition physique habituels, ou bien elle impose à l'expérience son propre langage et ses concepts qui, descendant des raisonnements abstraits où ils ont pris naissance, acquièrent une espèce de surréalité. [...] En somme, malgré les succès prévisionnels de la théorie, les ponts qui la relient à l'expérience sont de plus en plus longs, étroits et fragiles, faute de savoir associer des images (autres que celles de la géométrie abstraite) aux calculs qui fournissent les prévisions ; je doute que l'on puisse indéfiniment continuer de la sorte en fermant les yeux sur cette difficulté[2].

Autrement dit, Lochak considère que la garantie par l'expérimentation a cessé d'être effective. Il existe cependant une garantie au discours de la physique, comme Margenau le soulignait déjà en 1935, établissant lui aussi un parallèle entre la physique contemporaine et la mythologie :

> L'affirmation ici implicite d'une similarité méthodologique entre la mythologie et l'analyse physique moderne peut ne pas être au goût de tous les physiciens. Il doit pourtant être évident aux yeux du penseur impartial que l'électron et les dieux antiques ont bien des choses en commun pour ce qui

1. Georges LOCHAK, « La géométrisation de la physique », *in* Jean PETITOT (dir.), *Logos et théorie des catastrophes. À partir de l'œuvre de René Thom*, colloque de Cerisy-la-Salle, Genève, Patino, 1988, pp. 188-189.
2. *Ibid.*, pp. 195-196.

> touche à l'observabilité directe, leur fonction de point focal dont découlent de nombreux phénomènes observables, et leur fonction de terme ultime de l'investigation. La raison, toutefois, pour laquelle la mythologie n'est pas une science, se trouve dans un détail simple mais significatif : l'usage déductif de ses constructions n'est ni invariable ni dépourvu de contradictions internes. La pratique débridée de l'explication symbolique (spéculative) ne fait pas automatiquement d'un domaine une science[1].

La mythologie classique et, ajouterai-je, les mythes théologiques dans leur ensemble, ne sont pas parvenus à éviter l'écueil de l'autocontradiction. La science y parvient, et l'on retrouve comme seule garantie ultime de la scientificité cette absence d'autocontradiction. Mais, comme les sophistes l'avaient démontré de manière convaincante, il existe une multiplicité de discours non contradictoires, et, comme je l'ai déjà signalé, de nombreux discours de fiction (les meilleurs) présentent, eux aussi, cette particularité.

J'écrivais un peu plus haut, à propos de la physique contemporaine, qu'on « en vint à modéliser à leur tour des artefacts de la modélisation que l'on avait pris pour du réel ; les modèles se mirent à en engendrer d'autres par génération spontanée, et l'on s'extasia toujours davantage devant les progrès inexorables de la connaissance ». Ce que l'on constate donc effectivement, et l'extrait cité d'un texte de Lochak le confirme, c'est un auto-engendrement des modèles tout comme il y a auto-engendrement des explications nécessaires dans la conception par Müller de la mythologie comme pathologie de la langue. Mon propos ici n'est pas la physique contemporaine, je me contenterai donc de présenter très brièvement deux illustrations de l'« effet Müller » : la relation d'incertitude qui existe entre position et vitesse d'une particule élémentaire en mécanique quantique, un exemple convaincant, selon moi, de « réalité objective » engendrée simplement par une particularité du modèle utilisé, et la suggestion faite par certains

1. H. MARGENAU, « Probability, Many-Valued Logics and Physics », art. cité, p. 134 (je traduis).

d'éliminer les difficultés rencontrées dans la description des phénomènes quantiques en modifiant de manière *ad hoc* la logique invoquée dans leur explication.

### *La « relation d'incertitude » et son modèle*

En mécanique classique, on modélise la vitesse et la position d'un corps en déplacement à l'aide d'un « hamiltonien », un modèle algébrique où ces deux attributs sont représentés sous forme de vecteurs. En fait, on n'appréhende pas à proprement parler la vitesse, mais le moment, c'est-à-dire la résultante de la vitesse et de la masse. Roger Penrose souligne l'une des faiblesses de cette approche :

> Avec la formulation hamiltonienne, il faut sélectionner les *moments* des particules plutôt que les vitesses [...]. [...] la position et le moment de chaque particule doivent être traités comme s'ils étaient des quantités *indépendantes* [...]. On prétend donc, d'abord, que les moments des diverses particules n'ont rien à voir avec le taux de changement des variables de leur position respective mais ne sont qu'un ensemble séparé de variables, de sorte que l'on pourrait imaginer qu'ils « auraient pu » être relativement indépendants du mouvement de leur position[1].

Penrose attire l'attention sur le fait que le modèle de l'hamiltonien suppose que le moment et la position de la particule sont des variables indépendantes, ce qui n'est pas le cas. En effet, le moment est une vitesse instantanée multipliée par une masse ; la vitesse est, bien entendu, une distance parcourue en un certain temps ; cette distance est mesurée sur un espace ; or la position de la particule fait partie de cet espace, c'est son « bord » le plus récent dans la durée.

À l'échelle macroscopique, ce modèle produit des résultats non problématiques ; il permet d'assigner à un corps en

1. Roger Penrose, *The Emperor's New Mind. Concerning Computers, Minds and the Laws of Physics* [1989], Londres, Vintage, 1990, pp. 226-227 (je traduis).

mouvement, pour toute position, sa vitesse à cet endroit de sa trajectoire. La description fournie par l'hamiltonien est complète : on ne peut rien souhaiter de plus que l'information qu'il procure. À l'échelle microscopique des phénomènes quantiques, la modélisation par l'hamiltonien se révèle cependant problématique du fait qu'on ne peut plus considérer le mouvement comme véritablement continu : il existe en effet, à cette échelle, une unité minimale de déplacement, la constante de Planck $h$. Il n'y a pas de mouvement de plus faible amplitude que $h$, tout déplacement s'opère nécessairement par « sauts » dont la constante de Planck $h$ fournit l'unité minimale [1].

Dans l'hamiltonien, la nécessité d'envisager des moments plutôt que des vitesses met en évidence une particularité du calcul matriciel liée à la représentation des variables comme des vecteurs (une matrice est constituée d'un ensemble de vecteurs) : la non-commutabilité de l'opération de multiplication pour les matrices. Contrairement à ce qui se passe, par exemple, pour les nombres réels sous la loi de la multiplication, à savoir $a \times b = b \times a$, pour les matrices, on a $A \times B \neq B \times A$. Il existe ici une différence entre le produit des deux matrices selon l'ordre de leur multiplication, et, en mécanique quantique, la différence entre le résultat des deux opérations est une fonction de $h$, la constante de Planck : on a en effet $A \times B - B \times A = h/2\pi$.

Du coup, l'hamiltonien d'une particule au niveau quantique ne permet plus d'assigner une valeur précise à la fois à sa position et à sa vitesse (ici son moment). Il faut choisir : soit on détermine avec précision sa position, et l'on ne dispose pour le moment que d'une connaissance « affaiblie » : une distribution dans un espace de probabilité ; soit, à l'inverse, on détermine avec exactitude le moment, et la position n'est plus connue que comme une distribution au sein d'un espace de probabilité. C'est ce choix que Werner

1. Lochak dit, à propos de Louis de Broglie, qu'il « comprit que, lorsque Einstein imposait à l'action, le long d'une trajectoire fermée, d'être égale à un multiple de la constante de Planck, il ne faisait rien d'autre que d'imposer à l'onde associée à la particule d'être en résonance sur la trajectoire » (Georges LOCHAK, *La Géométrisation de la physique*, Flammarion, 1994, p. 124).

Heisenberg caractérisa de « relation d'incertitude » ou d'« indétermination ».

Ce sujet demande quelques remarques, toutes attestées d'ailleurs comme des objections qui firent l'objet de débats historiques en mécanique quantique. On peut, et les profanes seront très tentés de le faire, avancer la chose suivante :

« Cette prétendue relation d'incertitude n'a manifestement rien à voir avec le comportement objectif des particules au niveau quantique : il s'agit là clairement d'une conséquence du fait que l'on modélise position et vitesse — au niveau macroscopique — à l'aide d'un modèle spécifique, l'hamiltonien, qui fait intervenir des objets mathématiques particuliers — les matrices — qui présentent une bizarrerie comportementale si l'on s'avise de les multiplier entre elles. Une faiblesse intrinsèque du modèle (le fait qu'il suppose, à tort, que position et moment sont indépendants), qui n'introduit pas de distorsion notable au niveau macroscopique, se révèle au contraire rédhibitoire au niveau microscopique. Qu'on représente donc la position et la vitesse à l'aide d'un modèle mathématique plus performant que l'hamiltonien, et la prétendue relation d'incertitude disparaîtra d'elle-même !

— Non, répondent les mécaniciens quantiques, l'hamiltonien est parfaitement adapté à sa tâche : il fournit une information complète sur la position et la vitesse ; le fait qu'au niveau quantique la connaissance de l'une des deux doive nécessairement se contenter du flou d'une distribution dans un espace de probabilités, reflète ce qui doit être une propriété objective des entités existant à cette échelle. »

Le profane sera rassuré d'apprendre qu'il n'est pas seul à exprimer ici un certain scepticisme ; un physicien — et non des moindres — a défendu une position similaire. Interpellant Niels Bohr, qui assurait au contraire qu'en dépit de la relation d'incertitude l'explication fournie en mécanique quantique était complète [1], Einstein affirma, en effet, que la

1. MacKinnon écrit : « L'idée de [Bohr] est [...] qu'une explication scientifique est complète s'il s'agit d'une utilisation rationnelle et non contradictoire

description du comportement d'une particule élémentaire qui n'attribue pas une valeur précise à sa position et à son moment est tout simplement incomplète. Selon lui, la distribution au sein d'un espace de probabilité qui s'offre à la place d'une valeur précise signale simplement la présence d'une « variable cachée » qu'il s'agit de faire apparaître en surface pour déterminer ensuite les valeurs précises qu'elle prend dans chaque cas particulier[1]. En 1935, Einstein défendit cette thèse dans un article célèbre écrit en collaboration avec Boris Podolsky et Nathan Rosen, où il présente un paradoxe, le plus souvent mentionné sous l'acronyme de leurs trois initiales : « le paradoxe EPR ». Dans ce texte, les auteurs introduisent un critère de réalité, qui, selon eux, ne peut être enfreint par aucune théorie physique : « Si, sans perturber en aucune manière un système, nous pouvons prédire avec certitude (c'est-à-dire avec une probabilité égale à un) la valeur d'une quantité physique, alors il existe un élément de la réalité physique correspondant à cette quantité physique[2]. »

MacKinnon résume les positions des deux parties en présence dans la confrontation :

> « (1) la description de la réalité offerte par la fonction d'onde en mécanique quantique n'est pas complète ; ou (2) quand les opérateurs correspondant à deux quantités physiques ne commutent pas, les deux quantités ne peuvent disposer d'une réalité simultanée. » La position (2), la version orthodoxe en

---

de toutes les sources d'information disponibles. C'est ce que fait la mécanique quantique. Donc elle est complète » (Edward M. MacKinnon, *Scientific Explanation and Atomic Physics*, Chicago University Press, 1982, p. 345 ; je traduis).

1. René Thom explique cela dans une remarque déjà citée : un phénomène aléatoire, se déroulant apparemment au hasard, apparaît tel uniquement parce qu'il est envisagé au sein d'un espace d'une dimensionnalité insuffisante : « [...] quand un phénomène est apparemment indéterminé, on peut s'efforcer de réinstaurer le déterminisme en multipliant l'espace donné U par un espace (interne) S de variables cachées ; on considérera le phénomène initial dans U comme projection d'un système déterministe dans le produit U × S. La statistique, de ce point de vue, n'est pas autre chose qu'une herméneutique déterministe, visant à réinstaurer le déterminisme là où il tombe apparemment en défaut » (R. Thom, « Halte au hasard, silence au bruit », art. cité, p. 76).

2. E. M. MacKinnon, *Scientific Explanation and Atomic Physics*, *op. cit.*, p. 341 (je traduis).

> mécanique quantique, est généralement justifiée par l'argument que l'information que l'on peut obtenir de la fonction d'onde constitue une description complète de l'état d'un système parce qu'elle contient toute l'information que l'on peut obtenir sans altérer cet état. L'article EPR défend la position (1). Ce qu'il propose, c'est une preuve par l'absurde dirigée contre la position (2). Dans un cas au moins, la position (2), associée au « Critère de Réalité », conduit à une contradiction. Si le « Critère de Réalité » est accepté comme valide, alors la position (2) doit être jugée incorrecte. Si les positions (1) et (2) représentent les seules alternatives, alors la réfutation de la position (2) sert à confirmer la position (1)[1].

Faute, pour Einstein et ses associés, d'avoir pu mettre en évidence la variable cachée dont ils supposaient l'existence, c'est la position (2), dite de Copenhague, qui l'emporta historiquement dans le débat en mécanique quantique. Dans les biographies consacrées au savant, sa conviction que la mécanique quantique offre une explication incomplète, trahissant la présence de « variables cachées », est généralement présentée comme la seule erreur majeure d'une carrière intellectuelle sinon irréprochable.

### *La « logique quantique »*

Évoquons maintenant brièvement le concept de « logique quantique ». J'expliquerai plus longuement, dans quelques pages, pourquoi offrir aux mathématiques un fondement logique au sens de Frege et de Russell et Whitehead signifie qu'on les fonde sur une de leurs parties constituantes : une algèbre de Boole, ce qui revient à dire que leur fondement est autoréférentiel. C'est en ayant cette remarque à l'esprit que l'on peut aborder ce que l'on a appelé l'approche logico-algébrique de la mécanique quantique.

En 1936, George D. Birkhoff et John von Neumann affirmèrent, dans un article intitulé « The Logic of Quantum Mechanics », qu'il était possible de modéliser le compor-

1. *Ibid.*, p. 342.

tement de particules au niveau quantique par une algèbre qui, sans être booléenne, appartenait à la même famille d'algèbres (les treillis orthomodulaires séparables[1]). Ils ajoutèrent que, de même qu'une algèbre de Boole peut constituer le modèle d'une logique, de la même façon une algèbre différente, mais appartenant à la même famille, était susceptible de modéliser une logique différente. En conséquence, affirmaient-ils, une autre logique — que celle qui régit le discours valant pour le monde sensible (macroscopique) — règle les propositions décrivant le comportement des particules au niveau quantique.

Dans les années qui suivirent, une chercheuse, Paulette Février, en 1937, et un philosophe, Hans Reichenbach, en 1944, dans des tentatives indépendantes de celle de Birkhoff et von Neumann, proposeraient, eux, de décrire les phénomènes quantiques dans le cadre d'une logique à plus de deux valeurs de vérité.

Reichenbach avait fort bien caractérisé les difficultés épistémologiques que soulevait la mécanique quantique lorsqu'il considérait que « la structure causale de la microphysique peut être représentée de manière également satisfaisante soit par des assertions relatives à des processus extraordinaires à l'intérieur d'un langage pourvu d'une structure logique ordinaire, soit par l'absence remarquée (visible) de telles assertions à l'intérieur d'un langage pourvu d'une structure logique extraordinaire[2] ».

On vient de voir que la théorisation classique (dite de Copenhague) de la mécanique quantique conduisait effectivement à des incohérences, telle l'infraction au critère de réalité proposé par Einstein, Podolsky et Rosen dans leur article de 1935. Résoudre ces difficultés en modifiant la logique s'appliquant à ces phénomènes signifiait cependant ouvrir une boîte de Pandore : la tentation pouvait naître

1. Cf. Clifford Hooker (dir.), *The Logico-Algebraic Approach to Quantum Mechanics*, Dordrecht (Holl.), Reidel, 1975.

2. Hans Reichenbach, *Philosophic Foundations of Quantum Mechanics*, Berkeley, University of California Press, 1944 ; cité par Donald R. Nilson, « Hans Reichenbach on the Logic of Quantum Mechanics », *Synthese*, vol. XXXIV, n° 3, 1977, pp. 465-466 (je traduis).

alors de découvrir, pour toute théorie fausse, une logique qui lui correspondrait et qui permettrait de la maintenir en existence. Créer de nouvelles logiques *ad hoc* enfreignait un principe que Feyerabend exprime ainsi : « [Il convient de ne pas] violer l'un des principes fondamentaux de la méthodologie scientifique, à savoir de prendre les réfutations au sérieux[1]. »

Il existe de plus une objection de fond à la création de logiques autres pour rendre compte de faits physiques particuliers. On a vu que la logique formelle se fait forte de définir les conditions qui permettent d'assurer la cohérence interne d'un discours indépendamment de son contenu, c'est-à-dire de manière que la signification des monstratifs et catégorèmes présents dans les jugements soit indifférente. L'hypothèse d'une logique propre à la mécanique quantique implique alors la chose suivante : que les conditions de cette indifférence de la signification des monstratifs et des catégorèmes au sein des jugements sont d'une autre nature au niveau quantique que ce qu'elles sont au niveau macroscopique.

Or, la chose est connue depuis que les anomalies de la mécanique quantique font problème : le monstratif envisagé dans le cadre de la mécanique quantique renvoie à la question difficile de la mesure (le catégorème pose, comme on l'a vu, la question indépendante de son statut comme notion présystématique au sens de Stegmüller ou comme concept théorique). Le monstratif suppose que quelque chose soit effectivement montré. Or, pour ce qui touche aux objets quantiques, le montré ne peut l'être que de manière très indirecte : par une mesure qui ne mérite ce nom que grâce à une extension considérable du sens courant du mot. On peut mesurer la largeur d'une rue avec un degré d'approximation préétabli à l'échelle même de l'objet mesuré, puisque la mesure porte ici sur l'objet en soi, sans interférence de l'instrument de mesure. Au contraire, une mesure portant sur un objet quantique est une opération

1. Paul K. FEYERABEND, *Against Method*, Atlantic Highlands (New Jersey), Humanities Press, 1974, p. 109 (je traduis).

d'une tout autre nature, parce qu'elle est lue au niveau macroscopique par le truchement d'un mécanisme d'amplification transformant un effet microscopique en effet macroscopique[1]. L'effet de monstration est donc ici médié par un dispositif d'amplification. Rien ne s'oppose donc en principe à ce que la nature même d'un tel dispositif modifie les conditions sous lesquelles le sens d'un monstratif peut apparaître indifférent à la validité des enchaînements associatifs où il intervient, c'est-à-dire les conditions sous lesquelles des monstratifs peuvent intervenir au sein de phrases indépendamment de leur contenu. Autrement dit, la nécessité invoquée de faire appel à une logique autre en mécanique quantique renvoie forcément au caractère problématique de la mesure des phénomènes quantiques, et devrait en toute rigueur méthodologique être traitée et résolue à ce niveau, plutôt qu'à tout autre.

## *La naissance du sujet*

Il me faut encore dire, pour clore ce chapitre, pourquoi le coup de force pythagoricien put réussir au moment où il intervint, à savoir au XVIe siècle, mettant sur la touche le métaphysicien. Pour la première fois, en effet, l'exaspération semble se concrétiser en un passage à l'acte. Mais il y a là sans doute une illusion rétrospective due au fait que l'histoire de la physique fait aujourd'hui partie de l'imaginaire populaire (parce que la science est devenue la religion du savoir scolaire). Des tentatives isolées de s'autoriser de soi-même sur tel ou tel point, la scolastique en est pleine (et l'exemple en avait été donné par Socrate lui-même, comme

1. Dans les termes de Niels Bohr : « [...] toute mesure de la position d'un électron à l'aide d'un certain dispositif, tel un microscope, faisant appel à une radiation à haute fréquence sera connectée à un échange de moment entre l'électron et l'instrument de mesure (selon les relations fondamentales [$E = \hbar\nu$ et $P = \hbar\sigma$]), qui sera d'autant plus grand qu'une mesure plus exacte de la position sera visée » (Niels BOHR, « Discussion with Einstein on Epistemological Problems in Atomic Physics » [1949], *in* Paul A. SCHILPP [éd.], *Albert Einstein : Philosopher-Scientist*, La Salle [Illinois], Open Court, 1970, pp. 208-209 ; je traduis).

le rappelle splendidement Hegel quand il affirme que, oui, « Socrate est bien ce héros qui mit à la place de l'oracle de Delphes le principe que l'homme doit se sonder lui-même pour savoir ce qu'est la Vérité [1] ») ; mais, comme il ne s'agit alors que de la logique et de la théologie, les querelles qui animèrent, par exemple, la Sorbonne au XIVe siècle, n'intéressent plus guère que les historiens, et les incartades individuelles n'ont pas pris force d'événement pour la pensée contemporaine ordinaire.

Plus pertinente pour ce qui nous occupe ici est la montée du protestantisme, qui, puisqu'il implique une relation directe entre la personne et la divinité, n'est pas sans rapport avec la volonté de s'autoriser de soi-même. Mais le protestantisme ne précède que de peu l'invention de la Réalité-objective et se révélera, à quelques nuances près, sans incidence sur la science galiléenne, qui se développera aussi bien dans les pays de Réforme que de Contre-Réforme. Reijer Hooykaas montre, par exemple, dans son *Religion and the Rise of Modern Science* comment le soutien à Copernic se développe en ignorant la barrière des religions [2]. Le protestantisme est bien plutôt un autre symptôme du courant intellectuel qui produira également l'invention de la Réalité-objective.

Ce qui est remarquable dans le tournant de la fin du XVIe siècle, ce n'est pas son caractère pythagoricien, dont on a vu qu'il est « logique » dans la mesure où les mathématiques peuvent se prévaloir d'une « vérité » intrinsèque en raison de la rigueur et de la nécessité de ses enchaînements, c'est le fait qu'il existe alors une proportion suffisante de scientifiques de premier plan qui soient prêts à sauter le pas.

L'anthropologue ne peut s'empêcher alors de penser à un phénomène propre à ces sociétés où la personnalité n'a

1. G. W. Friedrich HEGEL, *Lectures on the History of Philosophy*, t. I. *Greek Philosophy to Plato* [1840], trad. anglaise E. S. Haldane, introduction F. C. Beisler, Lincoln, University of Nebraska Press, 1995, pp. 432-435 (je traduis en français).

2. Cf. Reijer HOOYKAAS, *Religion and the Rise of Modern Science*, Edinburgh, Scottish Academic Press, 1972, pp. 98-114.

pas, en règle générale, pour réceptacle, comme chez nous aujourd'hui, l'individu singulier, mais un groupe plus large, en général fondé sur l'identité substantielle attachée à la parenté. Dans ces sociétés l'individuation de la personne ne touche qu'un nombre restreint de membres de la communauté, ceux qui peuvent s'identifier à un destin singulier, ou bien n'intervient dans la vie de l'individu qu'à certains moments, et s'exprime alors dans une parole qui attribue les sentiments subjectifs liés à l'individuation (un basculement « paranoïaque ») à l'ensorcellement[1]. Les données historiques suggèrent que l'individuation généralisée (qu'il faut se garder de confondre avec l'individualisme) peut apparaître à certains moments de l'histoire d'une société. Sa présence dans l'Antiquité, suivie de sa disparition au bas Moyen Âge, rappelle que le mouvement n'est pas nécessairement irréversible. L'individuation trouve un facteur favorisant dans la solution de continuité qui apparaît dans le tissu social lorsque les enfants cessent de remplacer automatiquement leurs parents dans le processus de travail de la ferme ou, d'une manière générale, de l'unité de production familiale. Une démographie soudain plus favorable, en raison d'une meilleure alimentation ou d'une meilleure hygiène, obligera d'écarter un certain nombre d'enfants surnuméraires, que la ville pourra éventuellement absorber. L'urbanisation, dans la mesure où elle diversifie les activités, favorise l'apparition de stratégies de vie concurrentes, créant ainsi les conditions de l'individuation.

Or, ce que Lacan a décrit comme le « stade du miroir », c'est très exactement l'individuation généralisée dans ses effets subjectifs. Je rappelle que le stade du miroir manifeste « le dynamisme affectif par où le sujet s'identifie primordialement à la *Gestalt* visuelle de son propre corps : elle est, par rapport à l'incoordination encore très profonde de sa propre motricité, unité idéale, *imago* salutaire ; elle est valorisée de toute la détresse originelle, liée à la discor-

1. Cf. Paul Jorion, « Le sujet dans la parenté africaine », in *Aspects du malaise dans la civilisation*, actes du colloque du CNRS, groupe Psychanalyse et pratiques sociales, juin 1984, Navarin, 1987, pp. 174-181.

dance intra-organique et relationnelle du petit d'hommes, durant les six premiers mois, où il porte les signes neurologiques et humoraux d'une prématuration natale physiologique[1] ».

Ce qui caractérise le sujet humain, dont le stade du miroir contribue de manière décisive à la constitution, est la nature proprement imaginaire du moi qui lui servira de référent lorsqu'il aura à invoquer sa propre personne : « Il [...] suffit de comprendre le stade du miroir comme une identification au sens plein que l'analyse donne à ce terme : à savoir la transformation produite chez le sujet, quand il assume une image, — dont la prédestination à cet effet de phase est suffisamment indiquée par l'usage, dans la théorie du terme antique d'*imago*. [...] La fonction du stade du miroir s'avère pour nous [...] comme un cas particulier de la fonction de l'*imago*, qui est d'établir une relation de l'organisme à sa réalité — ou, comme on dit, de l'*Innenwelt* à l'*Umwelt*[2]. »

Cette confusion d'un imaginaire (d'un modèle), l'enfant qui s'identifie à son image dans le miroir, avec un réel, le sujet humain qu'il est en réalité, peut être reconnue comme « méconnaissance constitutive du moi[3] » : « [...] cette forme (imaginaire) situe l'instance du moi, dès avant sa détermination sociale, dans une ligne de fiction, à jamais irréductible pour le seul individu[4]. »

Il n'est sans doute pas nécessaire d'insister sur l'homologie qui existe entre l'invention de la Réalité-objective et la définition que je viens de rappeler du stade du miroir. Dans un cas comme dans l'autre on a affaire à une méconnaissance résultant de la confusion d'une forme fictive et proprement « imaginaire » (ici le modèle, là la *Gestalt* du corps) avec un réel. Dans le texte « Stade du miroir comme formateur du Je » (1949), Lacan considère le stade du miroir comme propre à l'espèce. On sait cependant aujourd'hui

1. J. Lacan, *Écrits, op. cit.*, p. 113.
2. *Ibid.*, pp. 94 et 96.
3. *Ibid.*, p. 99.
4. *Ibid.*, p. 94.

que, semblable en cela au petit chimpanzé, l'enfant autiste ne s'identifie pas à son image au miroir et que le processus n'est donc pas « spécifique » au sens d'inéluctable pour tout membre de l'espèce. Dans un autre texte, Lacan devait cependant suggérer au contraire une origine historique et culturelle au stade du miroir : « Qui, sinon nous, remettra en question le statut objectif de ce "je", qu'une évolution historique propre à notre culture tend à confondre avec le sujet[1] ? »

Il est peut être alors permis de penser que si une génération de savants accepte au tournant du XVII^e^ siècle d'abandonner toute prudence épistémologique en confondant un espace de modélisation fictif avec un réel, cet événement n'est pas sans rapport avec un processus d'individuation généralisé dont la caractéristique est précisément de constituer le sujet sur la méprise qui lui fait prendre la fiction qu'est son image au miroir pour son propre réel. Si, d'une part, l'individuation généralisée encourage le savant à « ruer dans les brancards » en ne s'autorisant que de lui-même, est-il possible, d'autre part, qu'étant pris au leurre de la constitution imaginaire du moi, il en vienne à considérer la « prise au sérieux » du fictif comme de l'ordre du raisonnable ?

Un autre rapprochement s'impose. Une des caractéristiques majeures de la science moderne est son objectivisme ; je n'en ai pas parlé ici car nous pouvions nous en passer aisément[2]. La séparation du sujet (observant) et de l'objet (observé) était encore étrangère à des hommes de la Renaissance comme Jérôme Cardan ou Paracelse ; elle s'opérerait d'ailleurs bien plus aisément dans le domaine de l'astronomie que dans celui de la médecine (comme théorie de l'art de guérir). Cette acceptation de l'objectivisme, qui nous paraît aujourd'hui évidente, puisqu'il fait partie de l'horizon cognitif du monde où nous sommes nés, ne l'était nullement dans un monde socialement plus proche du

1. *Ibid.*, p. 118.
2. Cf. cependant G. DELBOS, P. JORION, *La Transmission des savoirs, op. cit.*, pp. 164-174.

communautaire et dont le « mythe » comprenait une foule d'« incorporels » disposés à répondre aux sollicitations des êtres humains.

Une autre caractéristique majeure de la science moderne, que j'ai cette fois longuement évoquée, est la mise entre parenthèses de la nature consensuelle du savoir qui s'opère quand l'astronome évince le physicien. Il y aura encore, comme avant, accord consensuel au sein de la communauté scientifique pour tout ce qui touche à des choix métaphysiques, mais il s'agira désormais de ce qu'on appelle un « effet sociologique » pour souligner qu'il n'apparaît pas à la conscience des acteurs, alors qu'auparavant, comme on l'a vu, la nature consensuelle de l'accord sur l'explication (que symbolisait le dialogue obligé « astronome/physicien ») faisait partie de la règle explicite du jeu, et était à ce titre présente à la conscience des acteurs.

Qu'il s'agisse donc de l'objectivisme ou de la disparition d'une conscience de la nature consensuelle du savoir, il s'agit toujours d'une double forclusion, celle du rapport immédiat d'« un vivant avec le vivant » et celle de la réalité intersubjective du « désir du désir » dans la constitution du savoir, ou, en d'autres termes, et dans ce cas comme dans l'autre, d'une illusion d'autonomie. Or, ce sont précisément là les mots qu'utilise encore Lacan pour caractériser l'effet des « méconnaissances constitutives du moi [1] ».

J'avance bien sûr ici en terrain incertain, celui d'une « métapsychologie historique » censée refléter un ensemble complexe de conditions politico-socio-économiques, et je la mets en rapport avec le développement interne du savoir, sous les formes successives de la science prégaliléenne, puis galiléenne. Cela peut évoquer une problématique proche de celle de Michel Foucault lorsqu'il révèle, dans son « archéologie du savoir », les strates que constituent des épistémès successives. Le complexe de « connaissance/méconnaissance » que constitue une épistémè porte non seulement sur un ensemble de représentations mais aussi sur le sujet producteur de ces représentations lui-même.

1. J. Lacan, *Écrits*, *op. cit.*, p. 99.

Une archéologie est bien sûr résolument héraclitéenne, car s'il est concevable que le savoir su revienne de façon cyclique, le sujet sachant, lui, ne le fera jamais. Il n'y a pas de « retour à… » qui soit un réel retour ; et la « clôture de la métaphysique » apparaît bien relative, puisque, si le savoir su peut demeurer immuable dans les mots où il s'écrit, le sujet sachant porteur du (et porté par le) sens des mots, poursuivra toujours sa fuite en avant.

Lacan écrivait de la psychanalyse que « son action thérapeutique […] doit être définie essentiellement comme un double mouvement par où l'image, d'abord diffuse et brisée, est régressivement assimilée au réel, pour être progressivement désassimilée du réel, c'est-à-dire restaurée dans sa réalité propre [1] ».

J'ai présenté ici l'invention de la Réalité-objective comme assimilation régressive de l'image au réel. L'effort d'élucidation qui est le mien quand j'analyse cette invention entend contribuer à la désassimilation progressive du réel en vue de sa restauration « dans sa réalité propre » d'espace de modélisation. C'est notre rapport ici au savoir en tant que reflux de la méconnaissance.

1. *Ibid.*, p. 85.

# IV

## *La revanche de Pythagore :*
## *les mathématiques contemporaines*

C'est Aristote qui fixa la norme en matière de démonstration, distinguant trois familles de discours selon le statut de leurs prémisses pour ce qui touche à la vérité. La plus rigoureuse des trois est l'analytique, dont les prémisses doivent être reconnues comme indiscutablement vraies, suivie de la dialectique, dont les prémisses sont seulement probables, généralement admises plutôt que vraies, et enfin de la rhétorique, qui ne connaît pas de contraintes quant à la qualité des prémisses (le discours de fiction, par exemple, en relève). À l'intérieur même de chacune de ces trois familles, le Stagirite distingua les types d'argumentation utilisés en fonction de leur valeur probante.

Seule l'analytique relève de la science, et c'est donc elle qui devrait, seule, présider à la démonstration mathématique. Or, durant les Temps modernes, d'abord, et durant les Temps contemporains, ensuite, les mathématiciens recoururent toujours davantage dans la démonstration aux types d'argumentation les plus faibles quant à la valeur probante. On pourrait lire là sans doute le signe d'une simple décadence dans la manière dont les mathématiciens démontrent leurs théorèmes. Cette lecture n'est pas fausse, mais elle demeure insuffisante, parce qu'elle ignore le glissement « idéologique » qui rend compte du comment et du pourquoi de cette évolution. Ce glissement reflète en fait la conviction croissante des mathématiciens que leur tâche ne s'assimile pas à un processus d'invention, mais à une authentique découverte ; autrement dit, que leur tâche n'est pas de contribuer à la mise au point d'un outil, mais de participer à l'exploration d'un monde. Si l'on souscrit à ce point de vue, la distinction se brouille entre la science, dont l'ambition est de décrire le monde de la Réalité-objective, et les mathématiques, qui lui offrent le moyen de réaliser cette ambition. Et cette absence de distinction suppose à son tour non seulement que la Réalité-objective est constituée des nombres et des relations que les objets mathématiques entretiennent entre eux, mais encore que la réalité ultime inconnaissable, l'Être-donné de la philosophie, est la source d'un tel codage. Or une telle conviction est avérée historiquement et, comme on le sait, caractérisa les disciples du mage présocratique Pythagore, au rang desquels se comptait Platon.

Si le mathématicien est un découvreur et non un inventeur, alors la manière dont il inculque la preuve importe peu, puisqu'il décrit en réalité un monde spécifique, celui des nombres et de leurs relations, et qu'il peut se contenter d'en faire ressortir les qualités par une méthode apparentée à la méthode expérimentale : circonscrire une réalité et utiliser tous les moyens dont on dispose pour faire émerger une appréhension intuitive de ce qu'elle est ; dans cette perspective, seul compte le résultat, quelle que soit la manière dont on s'y est pris. On verra en particulier, à propos du « second théorème » de Gödel, à l'aide duquel il prouve l'incomplétude de l'arithmétique, que la faible valeur probante de certaines parties de sa démonstration n'est pas pertinente à ses yeux, puisque sa tâche consiste, selon lui, à décrire un objet existant en soi. Ne se concevant nullement comme l'inventeur de mathématiques nouvelles mais comme un explorateur de l'univers des nombres et de leurs proportions singulières, il n'a que faire d'une méthodologie dont la rigueur seule garantirait le résultat auquel il aboutit.

Je proposerai de réconcilier les points de vue des mathématiciens réalistes, qui se conçoivent comme découvreurs, et des mathématiciens antiréalistes, qui s'imaginent inventeurs, en offrant une définition opérationnelle de leur activité à tous qui y voie la génération d'un produit culturel, c'est-à-dire relevant de la manière propre dont notre espèce offre une extension aux processus naturels. Ce produit culturel que les mathématiciens génèrent est une « physique virtuelle » permettant la modélisation du monde sensible de l'Existence-empirique en vue de sa prévisibilité à nos yeux. Cette physique virtuelle n'est ni contrainte de s'astreindre à la rigueur irréprochable des modes de preuve les plus exigeants aux yeux de la logique, ni ne doit s'imaginer décrire une Réalité-objective constituée d'essences mathématiques. La mise au point du calcul différentiel nous offrira à ce point de vue une illustration lumineuse.

Notre exposé s'achèvera de la manière qui sied à une perspective critique ; en posant une question qui, si sa réponse devait être positive, remettrait en cause la thèse que nous avons défendue : l'existence d'un codeur, que notre démonstration ici ferait sûrement sourire.

## *Où vivent les objets mathématiques ?*

Au cours des vingt-cinq siècles qui nous séparent d'Euclide, la représentation des phénomènes de l'Existence-empirique sous la forme stylisée de modèles mathématiques est devenue pratique courante. Mieux, et comme on l'a vu, ces modèles ont été conçus en Occident comme représentant automatiquement la réalité « objective » des phénomènes ainsi capturés, réduits et résumés sous une forme mathématique. De tels modèles ont constitué par ailleurs la voie royale vers une application technologique mettant en scène l'objet sous-jacent au phénomène modélisé, et cela parce que le modèle, en en ayant fait le relevé, a suggéré la méthode permettant de le manipuler et de le transformer.

La possibilité même de la stylisation ainsi que la capacité du modèle à constituer une porte s'ouvrant sur l'application pratique amènent à se poser la question de la nature précise d'une telle efficacité. Si la transformation du monde par la technique a nécessairement lieu au sein de l'Existence-empirique, où se situe alors exactement le modèle vis-à-vis des trois instances de l'Existence-empirique (le monde sensible), de la Réalité-objective (la vérité du monde telle qu'elle nous est accessible) et de l'Être-donné (le monde en soi, inaccessible à notre représentation) ?

J'ai sans doute déjà partiellement répondu à ces questions mais d'une manière trop générale et en mettant l'accent sur la modélisation qu'autorise la logique bien davantage que sur celle que produisent les mathématiques. Les questions plus précises auxquelles il nous faut maintenant répondre sont en particulier celles-ci :

1) Quel est le statut ontologique du nombre : appartient-il à l'Existence-empirique, à la Réalité-objective ou à l'Être-donné ?

2) Quel est le statut ontologique de l'objet mathématique, qui appelle à l'emplacement du signe symbolique le nombre et opère ensuite sur lui ?

3) Comment caractériser très exactement la stylisation qu'opère le modèle mathématique sur un objet situé, lui, dans l'Existence-empirique ?

4) Et en conséquence, que se passe-t-il exactement dans la transformation d'un objet appartenant à l'Existence-empirique en un objet décrit dans la Réalité-objective ?

Explorons ces questions une par une.

Les mathématiques ont sans aucun doute possible leurs racines au sein du monde sensible de l'Existence-empirique : dans tout ce qui a à voir avec les nombres et leurs relations, autrement dit ce qu'Aristote considérait comme la catégorie de la « quantité » (par opposition à d'autres catégories, comme la substance, le temps, le lieu, etc.) et celle de la « relation », ou « configuration » qui préside aux formes géométriques ou à l'appréhension du monde en termes de longueurs et de proportions entre ces longueurs.

L'arithmétique a son fondement dans le monde physique, où des objets distincts se présentent à nous en nombre variable que nous avons la capacité d'énumérer. L'arithmétique est le moyen de parler des choses dans la perspective de l'une des catégories aristotéliciennes, celle de la quantité, de la même manière, par exemple, que la géographie permet de parler d'elles selon la catégorie du lieu et l'histoire selon celle du temps. Elle constitue alors le déploiement, le « développement », comme dit Hegel à propos du syllogisme[1], des propriétés des nombres :

$$4 = 2 + 2$$
$$25 = 5^2$$

Comme je l'ai déjà signalé au passage, une manière de concevoir le développement de la science moderne consiste à l'envisager comme la colonisation des autres catégories par celle de la quantité. Qu'on envisage la science comme traduction des catégories de la qualité, du temps et du lieu dans les termes de la catégorie de la quantité et l'on aura caractérisé ainsi de manière économe la tâche à laquelle se sont consacrés les Kepler, Huygens et Galilée, ainsi que l'ensemble de leurs successeurs. La colonisation par la catégorie de la quantité consiste à remplacer dans chacune des catégories de la qualité, du temps et du lieu, le nombre fini des cas *a priori* possibles et qui opèrent une partition de leur univers (cas irréductibles les uns aux autres) par un nombre quasiment infini de cas envisageables mais tous mesurables, en définissant pour chacune de ces catégories un espace particulier et en pourvoyant celui-ci d'une métrique. Ainsi le chaud et le froid se trouvent remplacés par la température mesurable, les couleurs par la longueur d'onde, etc.

La géométrie aussi a son fondement dans le monde physique : elle décrit les propriétés des proportions remarquables que l'on observe sur les surfaces et dans les volumes, espaces respectivement à deux et à trois dimensions ; et l'on peut étendre abstraitement la géométrie aux objets à $n$ dimensions (qui sont alors imaginaires au sens de non empiriques quand $n$ est plus grand que trois).

1. G. W. Friedrich HEGEL, *Science de la logique*, t. II. *La logique subjective ou doctrine du concept* [1816], trad. P.-J. Labarrière et G. Jarczyk, Aubier-Montaigne, 1981, p. 153.

L'algèbre joue, pour les deux domaines de la mathématique à fondement empirique que sont l'arithmétique et la géométrie, le rôle d'une logique, à savoir qu'elle répertorie l'ensemble des propriétés que l'on peut supposer à leurs objets à partir d'une déduction purement formelle, c'est-à-dire indépendamment des contenus que constituent les propriétés intrinsèques des nombres ou les rapports « harmoniques » (harmonieux) ou non entre les grandeurs[1].

Tous les nouveaux développements en mathématique semblent avoir suivi la même évolution : se laisser guider par une intuition du monde sensible et générer un univers mathématique qui soit conforme à cette intuition. Ainsi pour l'arithmétique : prenons notre point de départ dans les nombres et explorons cet univers systématiquement. Laissons-nous guider par notre intuition spontanée de l'espace et bâtissons la géométrie ; les entiers et les nombres rationnels (auxquels conduisent les fractions en divisant les entiers les uns par les autres) n'y suffiront pas et nous y ajouterons donc les irrationnels. Théorisons notre sentiment intuitif du mouvement et mettons au point le calcul différentiel ; soyons parcimonieux dans notre recours aux infinitésimaux pour éviter les pièges que nous tendent les paradoxes de Zénon, remplaçons — si possible — les infinitésimaux par le raisonnement en termes de limites. Partons de la plausibilité intuitive de certaines prévisions et développons à partir de là une théorie des probabilités ; apprivoisons la logique modale et faisons-en la mesure des cas équiprobables. Traduisons la logique élémentaire en tables de vérité et projetons-la sur une algèbre. Enfin, suivons notre appréhension intuitive des collections et des éléments qui les composent et créons la théorie des ensembles ; introduisons de nouveaux types d'infinités pour éviter que

1. Dans les termes de Kojève : « [...] la formule mathématique ("algorithme") [...] n'a aucun sens du tout et est donc non pas un discours, même au sens large, mais une "variété" du Silence [...]. Les formules mathématiques sont donc non pas discursives, mais symboliques. Pour "mathématiser" un discours quelconque, il faut donc lui enlever toute espèce de sens » (A. Kojève, *Essai d'une histoire raisonnée de la philosophie païenne*, t. I. *Les Présocratiques*, *op. cit.*, p. 168).

n'apparaissent des paradoxes, mais rappelons-nous que derrière chaque paradoxe se cache peut-être une simple impossibilité.

Pour comprendre alors le rapport qui existe entre les mathématiques et la pensée discursive, c'est-à-dire en tant qu'elle est constituée de mots, il faut examiner les trois grands types d'hypothèses qui ont été proposés quant aux fondements des mathématiques :

1) Le fondement des mathématiques est dans la *déixis*, dans le fait de montrer, de désigner : elles sont fondées dans le monde sensible par le fait de compter, comme le fait l'arithmétique, et dans le fait d'appréhender les surfaces et les volumes dans l'espace, comme le fait la géométrie.

2) Le fondement des mathématiques est autoréférentiel : vide de contenu, il est dans sa seule cohérence interne, dans son absence de contradiction entre ses opérations successives.

3) Le fondement des mathématiques est logique, c'est-à-dire discursif, puisque la logique est le système qui définit les conditions de cohérence interne du discours.

L'origine dans la *déixis* me semble seule défendable ; elle est double, comme je viens de le dire : dans la propriété intrinsèque des nombres discrets, sur laquelle s'appuie l'arithmétique, et dans la mesure de grandeurs continues, sur laquelle s'appuie la géométrie. C'est là la formulation même d'Aristote, qui envisage le passage de l'analyse mécanique à l'analyse géométrique puis à l'analyse arithmétique comme étapes successives dans l'abstraction [1].

Le fondement purement autoréférentiel de l'arithmétique est indéfendable : il vaut sans doute pour l'algèbre dans le rôle de « logique formelle de l'arithmétique ET de la géométrie », mais, à ce titre, l'algèbre les suppose toutes les

1. Cf. ARISTOTE, *La Métaphysique*, *op. cit.*, t. II, M, 3, pp. 727-733. Ainsi, comme le dit Duhem, paraphrasant Aristote : « Les Mathématiques considèrent les mêmes êtres que la Physique ; mais, en ces êtres, elles suppriment tout ce qui est sensible, la gravité ou la légèreté, la dureté ou la mollesse, le chaud ou le froid, pour n'y plus considérer que la grandeur et la continuité ; par cette abstraction, elles constituent l'objet propre de leur spéculation » (P. DUHEM, *Le Système du monde*, t. I, *op. cit.*, p. 138).

deux, et suppose donc automatiquement leur propre fondement déictique, monstratif, dans le monde empirique.

Le fondement logique des mathématiques, c'est-à-dire discursif, constitue une hypothèse intéressante et, à première vue, un substitut radical des deux premières. En réalité cette hypothèse se ramène à la deuxième. On peut montrer pourquoi aisément, en se contentant d'ailleurs de répéter des choses dites auparavant : la difficulté fondamentale que l'on rencontre à vouloir donner un fondement logique, c'est-à-dire dans la pensée discursive, aux mathématiques, résulte du fait que j'ai mentionné plus haut quand j'ai parlé de la « formalisation » qui fut imposée à la logique à partir du XIX^e^ siècle : que seule une partie réduite de la cohérence discursive est susceptible d'une formalisation, celle qui débouche sur l'établissement de tables de vérité, c'est-à-dire sur un calcul du maintien de la vérité (adhésion du sujet parlant) indépendant du contenu des jugements. Et comme les quelques éléments du discours susceptibles de formalisation sont homéomorphes à une algèbre particulière, appelée depuis algèbre de Boole, une telle algèbre est donc ce que l'on parvient à traduire en mathématiques des principes de cohérence interne du discours, autrement dit, et dans le langage de la théorie des ensembles : la logique formelle, modélisée sous forme d'algèbre de Boole, est l'intersection de la pensée discursive et de la mathématique.

Assigner aux mathématiques un fondement logique, au sens de Frege et de Russell et Whitehead, dans leur effort conjoint des *Principia mathematica*, consiste donc à leur donner comme fondement l'une de leurs parties constituantes : une algèbre de Boole — dont le rapport avec le discours est qu'elle est susceptible d'en modéliser (indépendamment du contenu) une partie (minuscule) : celle où interviennent un petit nombre de mots comme « et », « ou », « si... alors... », etc. Ce qui revient à dire que l'on fonde les mathématiques sur l'un de leurs sous-ensembles qu'est l'algèbre de Boole. Le fondement « logique » des mathématiques revient par conséquent à leur attribuer un fondement autoréférentiel.

Les mathématiques, si on les envisage comme cet ensemble constitué de l'arithmétique, de la géométrie et de l'algèbre, sont donc ce qui existe au point de rencontre d'une appréhension spontanée du monde physique (arithmétique et géométrie) et d'une abstraction de la pensée discursive ordinaire (logique). En considérant comme un pôle le phénomène sensoriel, la perception spontanée du monde physique, et comme l'autre pôle le phénomène linguistique, l'association libre, on découvre à leur point de rencontre le lieu où se sont constituées les mathématiques.

D'une part, l'homme a conçu une appréhension spontanée du monde physique qui consiste à compter les objets empiriques (l'arithmétique), à observer leurs propriétés remarquables en tant que surfaces et que volumes (la géométrie). D'autre part, l'homme a généré une réflexion sur sa pensée spontanée. Et, à partir des deux, il a abstrait la logique en tant que la pensée peut être envisagée comme un simple « calcul sur les mots ». Ensuite, l'homme a décrit la logique particulière qui règle l'arithmétique et la géométrie, l'algèbre, en tant qu'on peut envisager les propriétés de ces deux branches des mathématiques indépendamment de leur contenu — de la même manière exactement que la logique classique avait été abstraite de l'observation du comportement spontané de la pensée. C'est alors que l'on s'est aperçu qu'il était possible de modéliser l'armature formelle de la pensée qu'est la logique classique elle-même, sous la forme d'un objet algébrique spécifique : le treillis orthomodulaire que constitue l'algèbre de Boole.

Toute question relative au fondement des mathématiques doit pouvoir rendre compte de sa double nature, semblable en cela à celle du langage, écartelé entre forme et contenu, entre syntaxe et sémantique. D'une part, sa dimension purement formelle, régie par le principe de non-contradiction d'enchaînements associatifs « formels », au sens de vides de contenu ; d'autre part, son double ancrage incontestablement empirique : dans la catégorie aristotélicienne de la quantité, pour l'arithmétique, et dans celle de la relation, pour la forme géométrique, comme appréhension approximée des objets de l'espace sensible à partir de leurs grandeurs, c'est-à-dire de leurs proportions remarquables[1].

C'est sur ces bases qu'ont été bâties les deux principales entreprises de refondation des mathématiques au XX^e^ siècle, orientées dans des directions opposées : l'approche formelle de Russell et Whitehead, renvoyant au critère de non-contradiction de jugements concaténés, et l'approche « sémantique », pseudo-empirique, de George Cantor et Richard Dedekind. Cette dernière renvoie à une « physique intuitive » des ensembles, augmentée d'un processus absent de la logique de premier ordre : la consécution ou itération (connue d'Aristote), processus renvoyant lui aussi à une physique intuitive, puisque l'inscription dans le temps, nécessaire à la consécution, échappe à la logique : le temps est en effet, comme la quantité, l'une des catégories aristotéliciennes, c'est-à-dire, dans les termes que j'ai déjà utilisés, l'un de ces déterminants qui restreignent le champ d'application d'un catégorème et le situent par rapport aux « où », « quand », « comment », etc. Le défaut majeur de la théorie des ensembles due à Cantor réside dans le fait qu'est combiné en son sein le renvoi à une physique intuitive inaperçue et à une logique intuitive, elle aussi inaperçue, et qui restent alors toutes deux à fonder. La fonction qu'introduit la théorie des ensembles n'est pas tant celle de la consécution que celle qui, essentielle à l'apparition du discours — par opposition au cri —, permet de passer du simple monstratif au catégorème (sur laquelle Guillaume d'Ockham avait déjà insisté), celle qui constitue une collection de monstratifs en un catégorème unique : les doigts de la main sont constitués du premier, du deuxième..., du neuvième et du dixième ; et ensemble, ils sont dix.

1. « Une multiplicité est une quantité, si elle est nombrable, une grandeur, si elle est mesurable. On appelle multiplicité ce qui est, en puissance, divisible en parties non continues, et grandeur, ce qui est divisible en parties continues » (ARISTOTE, *La Métaphysique*, *op. cit.*, t. I, *delta*, 13, 7-10, p. 289).

## *Les pythagoriciens et nous*

Quelle est la part de l'explication scientifique qui relève d'un enchaînement logique de propositions et quelle est la part qui relève de raisonnements d'ordre mathématique ? Telle est la manière dont Émile Meyerson résumait en 1921 la question de l'explication dans les sciences. Comment, s'interrogeait-il ensuite, les différents courants épistémologiques se sont-ils situés par rapport à cette problématique ? Parmi ceux-ci Meyerson distinguait alors trois grandes tendances : l'idéalisme mathématique, héritier d'une tradition inaugurée par Pythagore et poursuivie par Platon ; la philosophie de la nature telle que l'exposèrent Schelling et Hegel, et le positivisme d'Auguste Comte, Sophie Germain et Ernst Mach.

Pour ce qui touche à la représentativité de ces courants parmi les praticiens contemporains, Meyerson constatait que, pour la quasi-totalité d'entre eux, la « philosophie spontanée des savants » — selon l'expression introduite plus tard par Althusser — se confond avec l'idéalisme mathématique ; une poignée se déclarent positivistes, tandis que plus personne ne s'affirme « philosophe de la nature ».

En dépit de leur grand nombre, les tenants de l'idéalisme mathématique ne retiennent que très peu l'attention de Meyerson : il n'a aucune peine à mettre en évidence, comme l'avait fait avant lui Pierre Duhem — dans une perspective strictement positiviste, lui —, que l'idéalisme mathématique se confond avec la simple naïveté épistémologique : la voie qu'emprunte spontanément le sens commun lorsqu'il se complexifie sans s'interroger sur ce qui constitue ses fondements[1]. En bon kantien, Meyerson n'a que peu de respect

1. Dans la neuvième partie du livre A de *La Métaphysique*, Aristote propose un catalogue très complet des incohérences du réalisme pythagoricien. Sa réfutation n'a pas porté, puisque le réalisme mathématique a non seulement survécu à l'Antiquité, mais aussi à la période scolastique, où la querelle du nominalisme s'éteignit en raison de la lassitude des combattants et non du fait de la victoire de l'un des deux camps.

pour toute pensée qui se révèle non critique ; sa position est radicale, cependant, en ce qu'elle disqualifie la quasi-totalité des savants en tant que juges de la signification épistémologique de leur propre démarche.

Restent alors en lice, à ses yeux, le positivisme et la philosophie de la nature, que l'on peut brièvement caractériser comme tenant, respectivement, que l'explication dans les sciences relève essentiellement de la modélisation mathématique complétée de la confirmation expérimentale, ou qu'elle relève essentiellement de l'enchaînement logique des propositions. Le talent de Meyerson consiste à mettre en évidence que les deux positions épistémologiques fortes que sont le positivisme et la philosophie de la nature se situent sur le même axe, dont elles constituent les pôles, et à prôner pour l'explication dans les sciences une position médiane entre Hegel et Auguste Comte. Il aura au passage pu étayer sa critique de l'idéalisme mathématique en mettant en évidence la validité des arguments avancés par Hegel et par Comte lorsqu'ils soulignent les dangers auxquels expose une confiance excessive accordée aux pouvoirs de la modélisation mathématique.

La première étape consiste à observer que positivistes et philosophes de la nature sont également convaincus que l'explication scientifique se compose à la fois et nécessairement d'un apport de nature logique et d'un apport de nature mathématique. Le second pas consiste à observer que philosophes de la nature comme positivistes attribuent les mêmes « maladies infantiles » à la déduction logique et à la déduction mathématique : la logique tend à masquer les présupposés métaphysiques (ontologiques) qu'elle véhicule, c'est-à-dire les paris qu'elle fait quant à la nature ultime des choses, tandis que les mathématiques tendent toujours à suggérer que leur capacité à l'explication transcende le domaine légitime de la modélisation — qui se limite en fait à la représentation quantifiée des choses observées et des rapports que ces choses observées entretiennent entre elles. La différence fondamentale entre positivistes et philosophes de la nature se situe sur ce plan. D'un côté, pour les positivistes, le danger que représentent les

« passagers clandestins » ontologiques, danger inhérent à la déduction logique, apparaît plus sérieux que celui du « débordement » intempestif de l'explication lors du recours à la modélisation mathématique. De l'autre, et à l'inverse, les philosophes de la nature sont convaincus de savoir comment tenir la métaphysique en respect en n'exerçant l'enchaînement logique des propositions qu'à partir de termes préalablement passés au filtre de l'examen critique, à partir de termes appréhendés uniquement, selon les termes de Hegel, « au niveau du concept ».

Positivistes et philosophes de la nature s'accordent donc sur un point essentiel ; ils rejettent, les uns comme les autres, le credo central à l'idéalisme mathématique : que le monde est un reflet parfait des entités mathématiques ou, formulé de manière inverse, que l'univers est entièrement modélisable à l'aide de l'outil mathématique. Pour eux, unis dans leur réponse à cette question, s'il est indéniable qu'il est possible de mesurer le monde physique — il est possible en effet de constituer ce que Kojève appelle une « phénoméno-métrie » —, le développement de cette quantification selon la « déclinaison » que suggère l'objet mathématique de la modélisation (une « énergo-métrie ») ne pourra jamais se révéler fructueux que par pure coïncidence : accidentellement et accidentellement seulement. La meilleure illustration de cette position est sans doute proposée par Hegel quand il explique pourquoi, selon lui, sur la question de l'orbite des planètes, Kepler est un génie et Newton un charlatan : « Et ceci montre combien plus purs furent le talent et l'intuition spontanée de Kepler : il ne fit intervenir rien de plus que la relation entre [le temps et l'espace] susceptibles de véritablement croître et décroître et ne gâcha pas l'expression pure et réellement céleste de ces relations en déterminant des quantités de gravité, qui n'a pas de quantité [1]. »

Kepler découvre, grâce à la mesure (effectuée par son

1. G. W. Friedrich HEGEL, *Miscellaneous Writings*, dir. J. Stewart, Evanston (Illinois), Northwestern University Press, 2002, p. 184 (je traduis de l'anglais).

prédécesseur Tycho Brahé) et par le calcul, trois lois, trois proportions significatives, et, parmi elles, que l'aire balayée par le rayon vecteur joignant la planète au Soleil est constante pour des intervalles de temps réguliers, ce qui établit une correspondance entre le carré des temps et le cube des distances. Évoquant cette loi dans le *Précis de l'encyclopédie des sciences philosophiques*, Hegel observe qu'elle « est si sublime parce qu'elle décrit simplement et directement la raison de la chose [1] ».

Newton tenta d'unifier les découvertes de Kepler en un objet mathématique unique et fut obligé, pour ce faire, d'introduire dans la modélisation ce qui, aux yeux de Hegel, apparaît comme autant de « monstres ontologiques » : les forces centripète et centrifuge [2], entités « spirituelles » — car agissant à distance — et donc « superstitieuses », « préscolastiques », que rien ne vient imposer comme faits, sinon la seule volonté d'établir une identité entre la forme d'un objet du monde sensible et la forme d'un objet mathématique.

Pour les philosophes de la nature comme pour les positivistes, l'étonnante harmonie préétablie que l'idéaliste mathématique ébloui croit observer de manière toujours renouvelée entre le monde de la nature et le monde des mathématiques, n'est qu'illusion : le fruit seulement de sa volonté de concevoir les choses de cette manière ; poussé au-delà de sa capacité à représenter la nature « au coup par coup », le modèle mathématique ne connaît en effet que des victoires à la Pyrrhus, apparentes mais fictives.

La classification par Meyerson de trois types élémentaires d'épistémologie devient ainsi parfaitement claire. L'idéalisme mathématique modélise la nature sur le mode

1. G. W. Friedrich Hegel, *Encyclopedia of the Philosophical Sciences in Outline and Critical Writings* [1817-1830], éd. E. Behler, New York, Continuum, 1990, p. 158 (je traduis de l'anglais).

2. André Doz montre fort bien que Newton lui-même ne fait pas intervenir la force centrifuge dans l'explication qui lie vitesse et distance au Soleil, échappant ainsi sous ce rapport à la critique de Hegel, mais que l'ensemble de ses vulgarisateurs l'ont fait, ainsi d'ailleurs que Huygens (G. W. Friedrich HEGEL, *La Théorie de la mesure*, avec un commentaire d'A. Doz, PUF, 1970, pp. 182-190).

mathématique mais se laisse toujours « déporter », succombant à la tentation d'attribuer à la nature, et par un effet « en retour », la totalité des propriétés qui n'appartiennent qu'au modèle lui-même, alors que seules celles qui reflètent l'essence du phénomène modélisé — et qui justifièrent au départ le projet de modélisation — sont en réalité présentes.

La philosophie de la nature, elle, fait confiance, jusqu'à plus ample informé, à l'enchaînement logique des propositions, ne se tournant vers la modélisation mathématique de faits d'expérimentation que pour en obtenir un « supplément d'information[1] ». À l'inverse, le positivisme bâtit sa demeure sur l'expérience contrôlée et soigneusement quantifiée, évitant, autant que faire se peut, la déduction logique, toujours suspectée d'implications métaphysiques mal maîtrisées. L'un et l'autre cantonnent la modélisation de la nature à sa mesure, seul mode de quantification susceptible de ne pas se laisser entraîner sur la pente d'une assimilation simpliste et hâtive de la nature aux idéalités mathématiques.

On le voit, la démonstration de Meyerson est très élégante, et sa conclusion, le vœu d'une épistémologie combinant les mérites du positivisme et de la philosophie de la nature, paraît entièrement justifiée. Elle repose cependant sur le postulat d'une différence essentielle entre les principes du raisonnement logique et ceux du raisonnement mathématique. Dans *De l'explication dans les sciences*, Meyerson reprend la thèse centrale de son ouvrage antérieur, *Identité et réalité*, que « le cheminement de la pensée » (titre cette fois d'un de ses ouvrages ultérieurs) consiste dans l'identification d'entités conçues à l'origine comme distinctes et assimilées maintenant comme identiques sous un certain rapport. Ainsi, si j'ai un et trois, ce sont deux

1. Cela autorisait, bien sûr, les adversaires des idéalistes à ironiser sur certaines des implications de leurs vues. Ainsi Hegel marqua-t-il son irritation devant la remarque faite par Wilhelm Krug, qui avait mis en demeure l'idéaliste de d'abord « déduire sa plume », en consacrant une critique acerbe à l'un des ouvrages de ce kantien conservateur. Cf. G. W. F. HEGEL, *Miscellaneous Writings*, *op. cit.*, p. 226.

entités distinctes : un d'un côté et trois de l'autre. Mais sous un certain rapport, si j'ignore leur distinction initiale en les considérant cette fois ensemble, regroupés, un et trois font quatre.

Ce qui fait alors la distinction entre l'enchaînement logique et l'enchaînement mathématique des propositions, c'est la manière dont le premier coule de source sur le mode du « si... alors... », tandis que le second est forcé, prend le sens à contre-courant sur le mode du « bien que... néanmoins... ». En mathématiques, on ne suit pas le simple cours de la rivière, au contraire : on passe des cols escarpés qui vous font déboucher sur d'autres bassins fluviaux ; on ne passe plus de l'identique à l'identique mais désormais de l'analogue à l'analogue, toujours sous le mode d'un certain rapport.

Meyerson ne dit rien de la logique, qu'il considère comme connue de manière intuitive par son lecteur[1], mais il présente ce qu'il conçoit comme les principes directeurs des mathématiques. Ainsi, dans la démonstration classique du théorème de Pythagore, le « forçage » auquel pense Meyerson s'observe dans le caractère absolument arbitraire des constructions qu'exige la démonstration. Hegel avant Meyerson avait attiré l'attention sur le fait que le tracé des droites qui permettront de voir l'équivalence entre les aires des carrés construits sur les côtés de l'angle rectangle et celle du carré construit sur l'hypoténuse, implique un choix que rien ne motive *a priori* parmi les dizaines de droites qui pourraient être construites aussi bien et qui sont, elles, indifférentes par rapport à la preuve. Meyerson approuve ici pleinement Hegel qui considère que « la représentation mathématique est une représentation torturée » (*Philosophie de la nature* ; cité par Meyerson[2]). Le débat se poursuit toujours : s'il est clair que la logique se découvre, il n'est pas

1. À la façon de Lévy-Bruhl, qui, comme on l'a vu, jusqu'au revirement des *Carnets* (M. Leenhardt, *Les Carnets de Lucien Lévy-Bruhl*, *op. cit.*), considérera que la « mentalité primitive » est une question de logique, mais ne définira jamais pour autant ce qu'il entend par ce terme.

2. Émile Meyerson, *De l'explication dans les sciences* [1921], Fayard, 1995, p. 461.

certain pour autant que les mathématiques (ou toutes les mathématiques) se découvrent aussi, et si elles s'inventent, qu'est-ce qui privilégie leur fiction par rapport à d'autres fictions moins prestigieuses ? Nous tenterons plus loin d'apporter une réponse à cette question.

### *Le second théorème de Gödel*

Une manière de caractériser la naissance de la Réalité-objective est d'y lire le fruit d'une décadence de l'explication dans la période qui s'étend du Moyen Âge aux Temps modernes. J'illustrerai un processus de dégradation parallèle dans la démonstration mathématique en analysant le second théorème de Gödel, relatif à l'incomplétude de l'arithmétique, publié par Kurt Gödel en 1931.

Pour autant que je puisse en juger, je ne pense pas que Gödel se soit trompé dans sa démonstration d'un point de vue technique, c'est-à-dire aux yeux des autres mathématiciens, ni lui, ni non plus tous ceux qui démontrèrent par la suite des formes plus générales du même argument[1]. Mon propos n'est donc pas de prouver que le théorème est vrai ou est faux : s'il est en effet indispensable que je démonte tous les rouages de sa démonstration, il n'est pas nécessaire qu'elle soit paraphrasée dans le détail. D'une certaine manière, la complication même de cette démonstration apparaîtra significative dans mon exposé, cette particularité expliquant sans doute pourquoi une incongruité centrale à l'argumentation de Gödel est restée inaperçue des nombreux profanes, non-mathématiciens, qui ont fondé sur son théorème certaines des analogies dont ils ont émaillé leurs écrits au cours des dernières soixante-quinze années. Je procéderai donc de manière impressionniste,

1. Ladrière : « Le théorème de Gödel et celui de Church ont été retrouvés par Kleene sous forme de corollaires d'un théorème plus général qui porte sur la forme des prédicats dans un système formel » (Jean LADRIÈRE, *Les Limitations internes des formalismes. Étude sur la signification du théorème de Gödel et des théorèmes apparentés dans la théorie des fondements des mathématiques* [1957], Jacques Gabay, 1992, pp. IX-X).

introduisant d'abord « naïvement » la question que pose Gödel, puis les principaux concepts et techniques qu'il fait intervenir dans son exposé. Arrivé là, il me sera possible de concentrer mon attention sur le cœur de la démonstration, le lecteur ayant acquis en cours de route une compréhension adéquate des enjeux.

En 1930, Kurt Gödel démontra un premier théorème mettant en évidence que « la logique des prédicats de premier ordre est complète[1] » ; je n'en dirai pas davantage. Le second théorème de Gödel, publié une année plus tard, prouve, lui, que « l'arithmétique est incomplète ». Ce dont il est question, c'est de l'arithmétique « intuitive », en gros celle que l'on apprend à l'école, où l'on manipule des nombres à l'aide des opérations élémentaires de l'addition, de la soustraction, de la multiplication et de la division. Le titre officiel du second théorème est « À propos de propositions formellement indécidables de *Principia mathematica* et de systèmes apparentés[2] ». Comme j'y ai déjà fait allusion, au début du XXe siècle, Alfred N. Whitehead et Bertrand Russell avaient, dans leurs *Principia mathematica*, exposé l'arithmétique de manière formelle (j'expliquerai plus loin ce que cela veut dire exactement), à partir de la prémisse « logiciste » selon laquelle les mathématiques peuvent être exprimées entièrement dans les termes de la logique.

La démonstration de Gödel est extrêmement complexe, si bien que de nombreux mathématiciens s'y sont perdus. Dans un article consacré à la réception du théorème, John W. Dawson junior rapporte que, non seulement les mathématiciens et logiciens qui soulevèrent des objections peu de temps après sa publication[3] n'avaient pas parfaitement compris sa démonstration, mais qu'il en allait de même de

1. Cf. Kurt GÖDEL, « Die Vollständigkeit des Axiome des Logischen Funktionenkalküls », *Monatshefte für Mathematik und Physik*, vol. XXXVII, 1930, pp. 349-360 (je traduis).

2. Cf. Kurt GÖDEL, « Über formal unentscheidbare Sätze der *Principia Mathematica* und verwandter Systeme I », *Monatshefte für Mathematik und Physik*, vol. XXXVIII, 1931, pp. 173-198 (je traduis).

3. Au premier rang desquels mon maître Chaïm Perelman.

certains qui vinrent au renfort de Gödel[1]. Toute tentative de la présenter sous une forme simplifiée dénature du coup les questions épistémologiques importantes qu'elle soulève. Il existe une introduction fort populaire au théorème, due à Ernest Nagel et James R. Newman, qui n'a pas su éviter cet écueil : dans leur souci de rendre la question « abordable » par les profanes, les auteurs de ce texte de vulgarisation ont « simplifié » leur exposé de la démonstration d'une manière qui rend méconnaissables ses enjeux épistémologiques réels[2].

Cela dit il existe sur la question une littérature plus intéressante, à laquelle je me suis référé. Je pense en particulier à l'« Introduction » par Richard B. Braithwaite à la première publication du théorème en anglais, en 1962. Je pense aussi à l'ouvrage magistral de Jean Ladrière *Les Limitations internes des formalismes*, publié en 1957[3].

Dans la perspective critique que j'adopte ici, deux auteurs surtout ont ouvert la voie. Le premier est sans conteste un géant : le philosophe Ludwig Wittgenstein. Le théorème de Gödel fut l'un de ses objets de réflexion favoris : on le retrouve comme un thème récurrent de ses études sur les fondements des mathématiques et il est évoqué dans plusieurs des ouvrages que ses élèves publièrent après la mort du philosophe à partir de ses notes. Jacques Bouveresse a commenté les travaux de Wittgenstein consacrés aux

1. Dawson : « La controverse ouverte par l'article de Perelman mit en évidence non seulement la fragilité de l'acceptation antérieure des résultats obtenus par Gödel, mais aussi les malentendus dont ceux-ci furent l'objet parmi leurs défenseurs également. Ainsi, pour Grelling et Helmer qui, alors qu'ils critiquaient la confusion de Perelman entre langage-objet et métalangage, n'étaient eux-mêmes pas à l'abri des confusions syntaxiques. Grelling voyait une contradiction métamathématique là où il n'y en avait pas, et Helmer attribuait à tort l'erreur de Perelman à une formule pouvant en réalité être prouvée (pas aussi aisément cependant que Perelman le supposait) ; quant à Rosser, il échoua à localiser la source réelle du malentendu de Grelling du fait qu'il traduisit de manière fautive le mot "Satz" » (John W. Dawson Jr., « The Reception of Gödel's Incompleteness Theorems », *in* Stuart G. Shanker [dir.], *Gödel's Theorem in Focus*, Londres, Croom Helm, 1988, p. 87 ; je traduis).

2. Cf. Ernest Nagel, James R. Newman, *Gödel's Proof*, Londres, Routledge & Kegan Paul, 1959.

3. J. Ladrière, *Les Limitations internes des formalismes*, *op. cit.*, 1992.

fondements des mathématiques, en particulier dans son *Le Pays des possibles. Wittgenstein, les mathématiques et le monde réel* (1988). Dans le monde anglo-saxon, Stuart G. Shanker a lui aussi consacré un certain nombre d'articles à une analyse d'inspiration wittgensteinienne du théorème de Gödel, en particulier « Wittgenstein's Remarks on the Significance of Gödel's Theorem » (1988). Il a également consacré un livre entier, publié en 1987, à la philosophie des mathématiques de Wittgenstein.

## *La culture mathématique*

Ce qui frappe d'abord à la lecture du théorème de Gödel c'est à quel point le profane se retrouve sur des terres éloignées de ce que l'énoncé du théorème semblait annoncer initialement, à savoir apporter la preuve que l'arithmétique est incomplète. Aucun des mots « preuve », « arithmétique », « incomplet » n'est pris dans son sens usuel. Dans les premiers paragraphes de sa démonstration, Gödel écrit : « [...] il existe en fait des problèmes relativement simples de la théorie des nombres entiers ordinaires qui sont indécidables à partir des axiomes[1]. » Une proposition est dite « indécidable[2] » au sein d'un système formel où existe un opérateur de négation, si elle est vraie mais que l'on ne peut ni la prouver ni l'infirmer, ce qui veut dire que l'on ne peut ni la prouver, elle, ni sa négation. Le second théorème de Gödel démontre qu'il existe en arithmétique des propositions indécidables. Cela établit que l'arithmétique est « incomplète[3] ». « Incomplet » ne doit donc pas s'entendre au sens où un puzzle peut être incomplet parce qu'on a égaré certaines de ses pièces. Il n'y a pas

1. Kurt GÖDEL, *On Formally Undecidable Propositions of "Principia Mathematica" and Related Systems* [1931], introd. R. B. Braithwaite, trad. anglaise B. Meltzer [1962], New York, Dover Publications, 1992, p. 38 (je traduis de l'anglais).

2. L'allemand dit *unentscheidbar :* que l'on ne peut pas séparer, démonter en parties. La nuance est différente en français et en anglais.

3. On dit aussi « non saturée ».

là de quoi s'étonner : chaque domaine un tant soit peu technique se constitue ses propres outils et son propre vocabulaire. Tout lecteur étranger au sous-domaine des mathématiques spécifique au théorème de Gödel qu'est la théorie de la démonstration (un hybride entre mathématiques et logique) et au climat intellectuel au sein duquel il est apparu (le programme de Hilbert, sur lequel j'aurai l'occasion de revenir) aurait du mal à imaginer à la lecture du théorème et de sa démonstration que Gödel a « prouvé que l'arithmétique est incomplète ».

Autre chose qui frappe : le non-dit à propos des règles du jeu. Voici plusieurs années que j'essaie de comprendre la manière dont se déroule une partie de base-ball. Chaque fois qu'un nouvel aspect du jeu me devient compréhensible, il s'avère qu'il ne s'agissait pas d'une règle qui m'était jusque-là inconnue mais plutôt d'un principe implicite non formulé, dont on m'affirme alors qu'il ne s'agit pas d'une règle à proprement parler mais de « quelque chose que tout le monde sait ». Bien entendu il s'agit alors de « tout le monde » sauf moi. Par exemple que le *pitcher* ne doit pas (je ne dis pas n'« a pas le droit ») recourir au moyen simpliste de gagner qui consisterait à systématiquement viser le *batter* entre les deux yeux. Un peu comme aux échecs, où l'on ne peut pas placer une pièce dans une case où une autre se trouve déjà, sans que ceci fasse partie des règles explicites du jeu. Dans ce postulat que l'on ne vise pas le *batter* à la tête, il s'agit de ce qu'on appelle le fair-play. Mais le fair-play n'est rien d'autre qu'un principe implicite à tout jeu ou à tout sport, qui exige qu'en dépit du fait que chaque joueur doit à son équipe de s'efforcer de gagner, il lui faut aussi consacrer une partie non négligeable de ses efforts et de son talent à assurer simplement la bonne marche du jeu, par-delà ce qu'énoncent les règles explicites. C'est-à-dire en réalité qu'il lui faut dans une certaine mesure collaborer avec son adversaire pour la cause supérieure de la bonne santé du sport (ce qu'Aristote appelait la *philia*). Ce « tout le monde le sait » est bien sûr lié au fait que mes interlocuteurs se sont familiarisés avec ce sport durant leur enfance, et l'ont appris dans leur corps, de la même manière que l'on apprend sa langue maternelle, avant même d'avoir conscience que l'on peut effectuer une tâche particulière en suivant plutôt un ensemble de règles. Il en va de même pour les mathématiciens : ils tiennent compte de règles implicites qu'ils n'ont jamais apprises en tant que telles mais qui font partie de ce savoir intériorisé qui se bâtit parce que l'on fait simplement « comme tout le monde », à savoir comme ses maîtres, puis comme ses collègues.

À l'inverse des règles implicites qui correspondent en gros au fair-play, il y a la réalité du fait que les mathématiciens apparaissent quelquefois tricher délibérément par rapport aux principes qu'ils se sont imposés. Il s'agit alors toujours du même procédé à l'œuvre, celui qu'Émile Meyerson a appelé (dans une transposition audacieuse de Hegel) la « rationalité » ou « ignorance de l'irrationnel » : le fait de repérer un obstacle, de tenter de le vaincre, d'y échouer et — au lieu alors de s'y arrêter — de simplement nier au bout d'un moment qu'il ait jamais existé[1]. Cantor, à la fin du XIX^e siècle, se révéla le champion d'une telle démarche : il nia l'irrationnel à de nombreuses reprises à propos des transfinis, entités d'ordre infini sur lesquelles certains types de calculs peuvent être opérés, et eut recours en particulier à la méthode dite de diagonalisation, qui propose un moyen astucieux de le dépasser, méthode sur laquelle je reviendrai beaucoup plus longuement car elle offre une très intéressante illustration de la thèse que je développerai plus loin et qui voit dans les mathématiques la mise au point d'une « physique virtuelle ». L'indécidabilité de Gödel, dans

1. Meyerson voyait dans cette ignorance délibérée de l'irrationnel un des principes selon lesquels la science assure son progrès : « [...] chaque fois qu'il y a un irrationnel, on le reconnaît sans doute, si l'on veut s'en donner la peine, en étudiant le chapitre correspondant de la science ; on le reconnaît notamment aux efforts passionnés que l'on a faits ou que l'on fait encore pour le réduire, à la multiplicité des théories qui ont surgi autour de lui, à l'embarras qu'éprouvent les manuels quand il s'agit des phénomènes qui y ont trait [...]. Mais cela n'empêche que, dans le chapitre suivant de la science, cet obstacle, l'obstacle du chapitre précédent, sera considéré en quelque sorte comme non existant, la science de ce chapitre sera traitée, par implication, comme entièrement rationnelle, puisqu'elle sert à la rationalisation du chapitre suivant » (É. MEYERSON, *De l'explication dans les sciences*, *op. cit.*, pp. 368-399).

laquelle certains de ses collègues ne virent rien de plus qu'une simple contradiction, constitue un tel exemple d'obstacle redéfini de manière optimiste en une ouverture sur de nouveaux horizons.

## *La démonstration mathématique*

Comment prouve-t-on ou démontre-t-on une proposition en mathématiques ? On dispose d'un certain nombre de propositions valides susceptibles de servir de point de départ, généralement appelées axiomes. On a également à sa disposition des « règles d'inférence », qui spécifient comment construire d'autres propositions valides à partir des axiomes ; ces nouvelles propositions peuvent alors servir à leur tour de point d'application des règles d'inférence. Wittgenstein dit qu'« une proposition mathématique [...] est le chaînon final d'un enchaînement visant à la preuve[1] ». Une fois une proposition prouvée, on peut l'appeler « théorème » lorsqu'elle est particulièrement significative. Ladrière écrit : « Les énoncés vrais sont les *axiomes* et les *théorèmes*. Un théorème est un énoncé que l'on peut déduire des axiomes ou de théorèmes déjà démontrés au moyen d'un enchaînement d'énoncés intermédiaires qui constitue une *démonstration*[2]. »

On savait certainement démontrer un théorème avant qu'Euclide ne rédige ses *Éléments*, mais pour ce qui touche aux textes en notre possession, c'est bien lui qui introduisit en mathématiques le style « axiomatique », où de nouvelles propositions, les théorèmes, sont engendrées de manière systématique à partir d'un corpus d'axiomes, c'est-à-dire à partir de thèses non contradictoires (celles-ci étant soit des hypothèses, soit de simples définitions). L'ensemble de ces termes fonctionnent encore aujourd'hui dans les acceptions qu'en proposa Aristote :

1. Ludwig WITTGENSTEIN, *Philosophical Remarks*, trad. anglaise R. Hargreaves, R. White, Oxford, Basil Blackwell, 1975, 122 (je traduis de l'anglais).
2. J. LADRIÈRE, *Les Limitations internes des formalismes*, *op. cit.*, p. 41.

> J'utilise le terme *thèse* pour le premier principe immédiat et indémontrable d'un syllogisme, dont la compréhension n'est pas nécessaire dans l'acquisition de certains types de savoir. Mais celui qui doit être clairement conçu lorsqu'un certain autre type de savoir doit être acquis, celui-là, je l'appelle un *axiome* ; car il existe certains domaines de ce genre et nous avons coutume alors d'utiliser plus spécialement ce terme. Une thèse où une partie de la proposition est une supposition, c'est-à-dire ou l'on infère que quelque chose existe ou n'existe pas, est une *hypothèse* ; une thèse dont aucune partie n'implique une supposition est une *définition* [1].

Il y a, dans la *République* de Platon, un passage qui révèle la manière dont était conçu le rôle des axiomes à l'époque où l'on « axiomatisa » les mathématiques pour la première fois : « Supposons *ex hypothesi* que ce principe est vrai et procédons. Mettons-nous simplement d'accord qu'au cas où — ultérieurement — nous changerions d'avis quant à ce principe, toutes les conclusions auxquelles nous avions abouti grâce à lui seraient invalidées [2]. »

Au début du XX^e^ siècle, certains mathématiciens, au premier rang desquels David Hilbert, voulurent dépasser l'axiomatisation en s'assurant que les mathématiques soient complètement formalisées, c'est-à-dire fonctionnent entièrement sur la base de symboles non intuitifs, qui pourraient alors, dans un deuxième temps et séparément, être « interprétés » en termes de réalités empiriques intuitives telles que le temps, les distances, la vitesse, l'accélération, etc. L'une des motivations essentielles d'un tel projet était de libérer les mathématiques de certains paradoxes contrariants, tels qu'ils florissaient alors dans la théorie des ensembles due à Cantor. Hilbert écrivait : « [...] je voudrais rendre aux mathématiques leur ancienne prétention à une

1. ARISTOTE, *Posterior Analytics*, I, II, 72a, 19-25, in *Aristotle II*, *op. cit.*, p. 33.

2. PLATON, *Plato's Republic*, trad., prés. I. A. Richards, Cambridge University Press, 1966, IV, 437 a (je traduis de l'anglais). Szabo fait observer que Platon appelle souvent ces points de départ *omologèmata*, c'est-à-dire « ce qui est accordé », « ce sur quoi les interlocuteurs se sont mis d'accord » (A. SZABO, *Les Débuts des mathématiques grecques*, *op. cit.*, p. 257).

vérité inattaquable, que les paradoxes de la théorie des ensembles ont paru leur enlever[1]. » Hilbert lui-même proposa une formalisation de la géométrie euclidienne. En principe, les bases étaient ainsi assurées, qui permettraient d'établir une séparation nette entre la syntaxe des mathématiques (les opérations dénuées de signification portant uniquement sur des symboles) et leur sémantique (l'utilisation d'objets mathématiques en tant que modèles permettant de représenter des phénomènes ou des mécanismes empiriques). En promouvant la « formalisation », Hilbert ouvrait la voie à l'utilisation algorithmique « automatique » des mathématiques qui serait au cœur du calcul opéré par des machines, autrement dit, au centre de l'informatique naissante. Alan Turing, Alonzo Church, Stephen Kleene seraient les pionniers de la mise au point de la théorie de la « calculabilité », car tel serait le nom de cette nouvelle spécialité.

Gottlob Frege le premier, à la fin du XIX^e siècle, ensuite, comme je l'ai dit, Bertrand Russell et Alfred N. Whitehead ensemble, au début du XX^e, entreprirent de manière ambitieuse de procurer aux mathématiques un fondement purement logique. Si leur tentative ne fut pas entièrement couronnée de succès, elle joua cependant un rôle important dans la tâche de clarification qu'Hilbert avait inaugurée de son côté bien qu'avec une intention différente. Qu'est-ce qui aurait pu fournir, en effet, à une théorie de la démonstration sa cohérence, sinon les principes généraux de la logique ?

Au sein d'un objet mathématique, les différents symboles qui le constituent se définissent les uns par rapport aux autres, chacun imposant certaines contraintes sur la manière dont les autres, présents au sein du même contexte, vont pouvoir opérer, jouant vis-à-vis d'eux un rôle de renforcement, d'inhibition, de catalyse, de délimitation de leur territoire, etc. Certains sont purement passifs, n'ayant pas d'autre pouvoir que de refléter les contraintes

1. Hilbert, cité par J. LADRIÈRE, *Les Limitations internes des formalismes*, *op. cit.*, p. 5.

que les autres leur imposent. Un objet mathématique d'une certaine ampleur articule les éléments « atomiques » que sont des propositions mathématiques liées entre elles de manière cohérente (non contradictoire).

Une proposition mathématique est bien formée ou non. C'est-à-dire que les symboles qui la composent sont utilisés à bon escient ou non, respectant les règles de position et de contexte qui président à l'expression de formules valides. Ainsi $23 + 13 = x$ est une formule valide. Telle quelle, elle est vraie dans la mesure où elle assigne la valeur 36 à $x$. « Interprétée », à savoir appliquée, c'est-à-dire lorsque des valeurs sont assignées aux symboles représentant des variables telles que $x$, sa vérité dépend de la valeur de $x$, du nombre que $x$ représente : si $x$ tient lieu de 36, en plus d'être valide, la formule est aussi vraie. Par contre, $23 + x - =$ n'est pas une formule valide : les signes composent une suite non grammaticale.

La manière de prouver qu'une formule est vraie consiste à la démontrer. Le fait qu'elle soit vraie dépend donc du fait qu'elle soit démontrable. Il existe cependant une différence évidente entre :

(a)

$$4 + 5 = 9$$

et (b)

« la proposition (a) est démontrable »

La proposition (a) est vraie, la proposition qui lui est liée et qui serait fausse est :

$$4 + 5 \neq 9$$

La proposition (b) est vraie, la proposition qui lui est liée qui serait fausse serait celle-ci :

« la proposition (a) n'est pas démontrable »

C'est donc une chose d'engendrer des propositions mathématiques vraies, c'en est une autre d'énoncer des propositions vraies relatives à la démontrabilité de propositions mathématiques (vraies). On prit l'habitude, au début du XX$^{e}$ siècle, d'appeler « méta-mathématiques[1] » de telles considérations relatives à des propriétés d'objets mathématiques. Les mathématiciens considérèrent donc, à partir de cette époque, que l'on avait affaire à deux domaines distincts de l'activité mathématique : celui des propositions mathématiques et celui des propositions méta-mathématiques. En réalité le simple fait d'appeler « 4 + 5 = 9 », « proposition (a) » est déjà en soi une démarche méta-mathématique, mais les mathématiciens établirent la démarcation au-delà. Il y a là, comme on le verra, un danger.

Pour ce qui touche à leur vérité et à leur fausseté, les mathématiques et les méta-mathématiques relèvent de principes différents : les premières disposent de leur propre système de validation, le système de validation des secondes est la logique commune.

En mathématiques, je peux faire la chose suivante, je peux dire :

$$(a - b) \times (a + b) = a^2 - b^2$$

où les variables $a$ et $b$ tiennent lieu de nombres réels quelconques. Pourquoi ? Parce que la multiplication des expressions entre parenthèses va produire, en sus des $a$ et $b$ qui vont se retrouver au carré (l'un, $a^2$, en tant que nombre positif, l'autre, $b^2$, en tant que nombre négatif, que l'on doit donc soustraire du premier pour obtenir le résultat final), deux expressions supplémentaires : $a \times b$, positive, affectée du signe +, et $b \times a$, négative, affectée du signe –. Or celles-ci vont s'annuler parce que la loi de multiplication des nombres réels est commutative : l'ordre dans lequel on

1. Ladrière : « [Hilbert] superpose une méta-mathématique ou théorie de la démonstration, chargée d'étudier les propriétés des formalismes de premier niveau et en particulier d'établir leur non-contradiction » (Id., *ibid.*, p. 28).

multiplie les termes est indifférent : $a \times b = b \times a$. Du coup $a \times b - b \times a = a \times b - a \times b$ et $a \times b - a \times b = 0$. Et l'on se retrouve avec les seuls carrés, $a^2 - b^2$.

Le principe, aisé à comprendre, de la formule $(a - b) \times (a + b) = a^2 - b^2$ est que les variables $a$ et $b$ représentent des nombres réels quelconques, en tiennent lieu. Mais Gödel, quand il parle d'arithmétique, ne parle plus nécessairement seulement d'opérations sur des nombres : il aborde l'arithmétique par le biais « logiciste » que lui ont imprimé Russell et Whitehead dans leurs *Principia mathematica*. Or la logique traite la représentation symbolique de manière très différente. En logique on a ceci : « (si) Certains *a* sont *b* » et « (si) Tous les *b* sont *c* », alors « (à coup sûr) Certains *a* sont *c* ». Par exemple, « (si) Certains Parisiens sont sans emploi » et « (si) Tous ceux qui sont sans emploi ont des soucis d'argent », alors « (à coup sûr) Certains Parisiens ont des soucis d'argent ».

J'ai pris la précaution de faire précéder les prémisses d'un « si » et la conclusion d'un « à coup sûr ». Ceux-ci sont toujours sous-entendus, « on sait » que la vérité de la conclusion dépend de celle des prémisses. Avec ma formule mathématique rien de semblable n'est supposé : je ne dois pas écrire « si "$(a - b)$" » et « si "$(a + b)$" », alors « à coup sûr "$a^2 - b^2$" » ; non : aucune condition particulière ne doit être remplie, ni par le « $a - b$ », ni par le « $a + b$ » pour que le « $a^2 - b^2$ » se réalise, excepté, bien entendu, le fait que, lorsque la formule est interprétée, appliquée, ce sont des nombres qui doivent intervenir aux endroits marqués par les variables $a$ et $b$.

Autrement dit, il est impossible de traiter de la vérité de propositions du type $(a - b) \times (a + b) = a^2 - b^2$ de la même manière qui vaut pour des propositions du type : « Certains *A* sont *B* » et « Tous les *B* sont *C* », alors « Certains *A* sont *C* ». Et cela parce que les premières sont vraies du moment que $a$ et $b$ sont des nombres et qu'aucune relation particulière n'est exigée *a priori* entre les valeurs choisies pour $a$ et $b$, c'est-à-dire que la proposition $(a - b) \times (a + b) = a^2 - b^2$ est vraie sous cette forme, alors que des propositions du type « Certains *A* sont *B* » et « Tous les *B* sont *C* » alors

« Certains *A* sont *C* » ne sont vraies, comme on l'a vu précédemment, que s'il existe un certain type de rapport préalable entre *A* et *B*, d'une part, et *B* et *C*, d'autre part. À savoir qu'il faut, pour que « Certains *A* soient *C* », que les états de choses « Certains *A* sont *B* » et « Tous les *B* sont *C* » soient vrais l'un et l'autre. Ce qui signifie que les propositions logiques du type « Certains *A* sont *B* » ne sont vraies qu'une fois interprétées, c'est-à-dire qu'une fois que les *A* et *B* ont été remplacés par des données intuitives, des catégorèmes, dénotant des significats. Hartmann rappelait à ce propos : « [...] nous n'oublions pas que la rigueur formelle, en tant que telle, est entièrement indépendante de la vérité comme de la fausseté des conclusions. Elle autorise seulement à dire que la conclusion doit être vraie *si* les prémisses le sont[1]. »

Cela dit la logique a aujourd'hui des ambitions plus vastes : elle ne se contente plus, comme au temps d'Aristote, de définir les conditions à remplir pour produire des conclusions vraies à partir d'affirmations ou de négations contenant des quantificateurs comme « Tous les... » ou « Certains... » ; elle autorise aussi à prévoir le caractère vrai ou faux des conclusions à partir de la figure composée et de la simple connaissance du fait que les propositions intervenantes expriment un état de choses vrai ou faux. À ce point de vue la logique vise à un statut de « méta-connaissance », affirmant ce qui est vrai et faux par rapport à des ensembles de propositions dont la vérité individuelle a été établie préalablement et par ailleurs. La distinction entre des propositions arithmétiques qui n'avancent que des choses vraies dès qu'elles sont « bien formées » et démontrées et des propositions de logique qui énoncent des inférences valides à partir d'ensembles de propositions dont on sait seulement si elles sont vraies ou fausses (et que cette véracité a été établie par ailleurs), ces distinctions cessent d'être évidentes lorsqu'on se met à parler concurremment (comme c'est le cas, on le verra, dans la démons-

1. Nicolai HARTMANN, « Hegel et le problème de la dialectique du réel », *in* Charles ANDLER (*et al.*), *Études sur Hegel*, Armand Colin, 1931, p. 24.

tration du second théorème de Gödel) d'arithmétique et de théorie de la démonstration, laquelle, dans l'approche de Russell et Whitehead, n'est qu'une variété de la logique.

### *D'où viennent les propositions mathématiques vraies ?*

On admet donc qu'une proposition mathématique est vraie si elle est démontrable. Or le théorème de Gödel avance qu'il existe des propositions arithmétiques vraies qui ne peuvent être démontrées. Il y a donc là au moins un paradoxe. Celui-ci se dissipera par la suite. Comme une préparation à la dissipation du mystère je vais cependant rappeler ce que j'ai dit précédemment de l'origine possible des propositions vraies.

J'ai déjà cité Ladrière quand il écrit : « Les énoncés vrais sont les axiomes et les théorèmes. » Or le second théorème de Gödel établit qu'« il existe en arithmétique des propositions vraies que l'on ne peut ni prouver ni infirmer (prouver leur négation) ». D'où viennent alors ces propositions vraies ? Il ne peut s'agir des axiomes, puisqu'ils sont vrais sans devoir êtres prouvés, faisant partie du cadre de base de la théorie ; il ne s'agit pas non plus des théorèmes, puisqu'un théorème est par définition une proposition qui a été démontrée.

Il y a là une difficulté d'emblée, difficulté dont Gödel était conscient. Dans l'article de John W. Dawson déjà cité, celui-ci note :

> Dans le brouillon d'une réponse à une question posée par un étudiant thésard, Gödel indiquait que c'était précisément sa reconnaissance de la différence de circonstances entre la possibilité de définir formellement la démontrabilité et l'impossibilité de définir formellement la vérité qui le conduisit à la découverte de l'incomplétude. Le fait qu'il ne signala pas ceci [en 1931] s'explique peut-être par son observation (dans un passage raturé du même brouillon) que « en raison des préjugés philosophiques de l'époque [...] le concept d'une vérité

mathématique [...] était reçu avec la plus grande suspicion et le plus souvent rejeté comme sans signification »[1].

C'est très étrange. Il y a là un flou qui — si l'on comprend bien Gödel dans ce brouillon de lettre — résulte de choses que l'on ne pouvait pas dire en 1931, en raison des « préjugés de l'époque ». Peut-être la question des propositions mathématiques vraies qui n'appartiennent cependant pas aux deux variétés de propositions reconnues comme vraies en mathématiques, les axiomes et les théorèmes, pourra-t-elle s'éclairer en répondant de manière plus générale à une question à la consonance très maoïste : « D'où viennent les propositions mathématiques vraies ? »

Comme on l'a vu, dans la perspective contemporaine, tout jugement (et idéalement toute proposition) est soit vrai, soit faux, au sens de l'*adæquatio rei et intellectus* telle qu'on la trouve déjà exprimée chez Platon, de la correspondance adéquate de la chose dite à la chose dont il est dit, et dont il a été question au chapitre II[2]. Dans cette optique, la négation est perçue comme l'envers authentique de l'affirmation. La finalité de tout discours n'étant plus aujourd'hui essentiellement d'éviter de se contredire mais de dire le vrai, deux moyens sont disponibles, comme pour Platon, pour atteindre cet objectif : soit affirmer le vrai, soit nier le faux. Autrement dit, dire du vrai qu'il est ou dire du faux qu'il n'est pas. La proposition « Cette pomme est rouge » est vraie si la pomme que je vous montre est effectivement rouge. Elle est fausse si cette pomme est de toute autre couleur. Un moyen donc d'établir la vérité d'une proposition est l'évidence des sens : la proposition doit décrire un état de choses que l'évidence des sens confirme.

Il y a d'autres vérités qui sont de convention parce qu'elles sont des définitions, c'est-à-dire des raccourcis que se donne la langue en remplaçant plusieurs termes par un seul, ce qu'Ernst Mach appelait, à la fin du XIX^e siècle, une

1. J. W. DAWSON Jr., « The Reception of Gödel's Incompleteness Theorems », art. cité, p. 92 (je traduis).

2. Cf. aussi P. JORION, *Principes des systèmes intelligents*, *op. cit.*, chap. XIX.

« économie mentale ». Ainsi, pour reprendre l'exemple déjà donné plus haut, « le faon est le petit du cerf », on pourrait continuer de dire « le petit du cerf », mais on aura la liberté désormais de dire à la place « le faon ». Ou bien « On appelle anticonstitutionnel un texte législatif dont le contenu est en contradiction avec l'esprit de la Constitution ». À partir de là, la proposition « un texte législatif dont le contenu est en contradiction avec l'esprit de la Constitution est anticonstitutionnel » est une tautologie, c'est-à-dire, dans ce cas-ci, est vraie par définition.

On peut aussi parvenir à des propositions vraies de manière déductive. Soit, par exemple, une proposition dont on peut établir la vérité immédiatement par l'évidence des sens : « la pluie mouille » ; on peut également en établir la vérité de manière déductive, à l'aide d'un syllogisme : « la pluie est faite d'eau », « l'eau mouille », donc « la pluie mouille ». Ou en faisant appel à une définition : « la proposition 22 contredit l'esprit de la Constitution, donc la proposition 22 est anticonstitutionnelle ».

On me demande s'il existe des chameaux blancs. Si j'ignore la réponse, je peux éventuellement procéder de manière déductive : « Toutes les espèces de mammifères ont une variété à pelage blanc », « le chameau est un mammifère », donc « il existe des chameaux blancs ». On ne parvient cependant pas à établir la vérité de toute proposition de cette manière : si l'on me demande cette fois s'il existe « en Amazonie une coccinelle ayant dix-sept points noirs sur fond jaune », je devrai soit découvrir la réponse dans une faune entomologique, soit entreprendre en Amazonie l'expédition qui apportera éventuellement la confirmation empirique irréfutable de la proposition.

À partir de là, il est permis de faire le catalogue des types de propositions vraies : il y a celles qui sont vraies parce que leur contenu tombe sous le sens, et que chacun les tenant pour vraies il est légitime de les faire intervenir comme prémisses dans des raisonnements ; il y a celles qui sont vraies pour avoir été prouvées vraies en tant que conclusions de démonstrations syllogistiques — dont les démonstrations mathématiques ordinaires sont des exemples. Il y a aussi celles qui sont vraies par convention, parce qu'elles sont des définitions.

Et, comme on l'a vu au chapitre II, « du fait que de deux prémisses vraies on ne peut tirer qu'une seule conclusion vraie, on sera obligé, pour poursuivre ses raisonnements, soit d'introduire de nouvelles définitions — et les nouvelles vérités que l'on générera ainsi seront de simples conséquences de ces définitions —, soit d'aller chercher dans le monde de nouveaux faits qui "tombent sous le sens", des observations venant corroborer soit des hypothèses, soit encore des faits d'induction » du genre de ceux qui sont évoqués plus haut : « Le fait de vivre longtemps caractérise les animaux sans fiel », « Être sans fiel caractérise l'homme, le cheval et le mulet », « Le fait de vivre longtemps caractérise l'homme, le cheval et le mulet »[1].

On l'a vu, le second théorème de Gödel affirme qu'il existe en arithmétique des propositions « indécidables », autrement dit, des propositions vraies que l'on ne peut pas démontrer, c'est-à-dire des propositions vraies que l'on ne peut pas prouver de manière déductive à l'intérieur de l'arithmétique. À la lumière de ce que je viens de dire ceci ne peut signifier qu'une seule chose : comme la vérité de ces propositions n'a pas été établie déductivement, elle doit résulter de l'une des deux autres sources des propositions vraies : soit il s'agit de propositions qui sont vraies par définition, soit il s'agit de propositions qui sont vraies parce que leur vérité tombe sous le sens. Or il ne peut s'agir ici de propositions qui sont vraies par définition : une proposition qui ne serait pas déductible parce qu'elle est vraie par définition devrait faire partie des axiomes de la théorie, c'est-à-dire faire partie des propositions de base par rapport auxquelles d'autres propositions vraies (théorèmes) peuvent être déduites. Par conséquent, les propositions vraies non déductibles qu'évoque Gödel doivent être vraies parce que leur vérité tombe sous le sens. La question qu'un profane en matière de mathématiques se

1. ARISTOTE, *Prior Analytics*, II, XXIII, 68b, 15-19, in *Aristotle I*, *op. cit.*, p. 513 (je traduis de l'anglais).

doit alors de poser à Gödel et à ceux qui soutiennent sa position est celle-ci : « Peut-on établir la vérité d'une proposition en arithmétique — indépendamment de sa démonstration — de la même manière que l'on fait la preuve qu'il existe en Amazonie une coccinelle à dix-sept points noirs sur fond jaune ? Autrement dit, quel est le type d'expédition à entreprendre qui permettra de confirmer la vérité de propositions dont la vérité ne peut être établie par déduction ? »

## *La « gödelisation »*

Rien n'interdit de représenter des propositions métamathématiques à l'aide d'un système de symboles. C'est ce que fit Gödel, qui utilisa le système de représentation mis au point en 1928 par Hilbert et Ackermann[1]. Je peux écrire par exemple « (a) n'est pas démontrable » sous la forme « N(D a) ». Une fois les propositions métamathématiques traduites sous forme de formules, rien n'interdit non plus cette fois de coder ces dernières de manière à leur faire correspondre des nombres. Par exemple, pour « N(D a) », « N » → 2, « ( » → 3, « D » → 5, « a » → 7, « ) » → 11. En additionnant ces nombres j'obtiens 28, et je peux désormais évoquer la formule « N(D a) » en disant « 28 ». C'est ce que fit Gödel. La manière dont il définit son codage est beaucoup plus subtile que celle que je viens d'utiliser, mais le principe en est le même : il prit simplement soin de définir les règles du codage de façon qu'à un nombre « encodeur » ne puisse correspondre qu'une seule formule « encodée ». Ceci s'obtient aisément en faisant appel aux nombres premiers (supérieurs à 1) et en tirant parti du fait que tout nombre naturel (1, 2, 3…) constitue une combinaison unique de nombres premiers

1. Cf. Richard B. Braithwaite, « Introduction », *in* Kurt Gödel, *On Formally Undecidable Propositions of "Principia Mathematica" and Related Systems* [1931], trad. anglaise B. Meltzer [1962], New York, Dover Publications, 1992, p. 10.

(théorème fondamental de l'arithmétique[1]). Dans l'exemple présenté plus haut, on peut attribuer à chacun des chiffres un exposant reflétant son rang dans la formule, puis multiplier la suite des nombres trouvés : on obtient ainsi un nombre qui peut être décodé ensuite en la formule unique qui lui correspond. Ainsi, on aurait pour la formule mentionnée plus haut : $2^1 \times 3^2 \times 5^3 \times 7^4 \times 11^5 = 163\,588$. Inversement (à condition de maintenir constant le système de correspondance entre nombres premiers et signes), il n'existe qu'une seule manière de décoder le nombre 163 588 et l'on retrouve nécessairement la formule « N(D a) ».

On appelle « gödelisation » d'une formule l'opération qui consiste à lui attribuer un « nombre de Gödel ». Il devient possible alors d'effectuer des opérations arithmétiques à partir de ces nombres et de déchiffrer ensuite le résultat (arithmétique) en la formule (méta-mathématique) qui lui correspond. Si je m'y prends habilement dans mon codage, des résultats intéressants pourront résulter de ma technique. Par exemple, et pour prendre un cas qui apparaît dans la démonstration du second théorème de Gödel[2] : « [...] sa définition 8 définit l'opération arithmétique × sur deux nombres *x* et *y* de telle sorte que le nombre $x \times y$ qui résulte de cette opération est le nombre gödelien de la formule méta-mathématique que l'on obtient en prenant la formule méta-mathématique dont le nombre gödelien est *x* et en mettant immédiatement à sa suite la formule méta-mathématique dont le nombre gödelien est *y*. » Jean Lassègue résume bien l'ambition de Gödel :

> [...] une fois constituée l'axiomatique formelle, celle-ci peut, précisément parce qu'elle n'a plus de signification, être recodée de façon rigoureuse sous forme de nombres. L'arithmétique des entiers subit donc une double transformation : on en abstrait tout d'abord l'aspect formel au moyen d'une axiomatique sans contenu et on recode ces signes interprétés, simples signes sur le papier, sous forme de nombres[3].

1. Cf. *Ibid.*, p. 9.
2. Cf. *Ibid.*, p. 10.
3. Jean LASSÈGUE, *Turing*, Les Belles Lettres, 1998, p. 57.

Cette volonté d'« éliminer la signification » est centrale au programme de Hilbert.

Grâce à un codage de ce type on parvient donc à engendrer non seulement des propositions arithmétiques vraies, mais simultanément des propositions méta-mathématiques vraies. On a réussi, au sein d'un discours unique, à énoncer, d'une part, des propositions relatives aux nombres et, d'autre part, des propositions relatives au fait que l'on puisse ou non démontrer ces propositions relatives aux nombres.

### *La force persuasive de la démonstration*

L'exercice auquel Gödel se livre alors consiste en ceci : construire un système unique se composant à la fois de l'arithmétique et du discours méta-mathématique relatif à l'arithmétique. Le moyen de réussir cette opération consiste à coder les propositions méta-mathématiques sous forme de propositions mathématiques et à effectuer ensuite sur celles-ci des opérations arithmétiques.

On conçoit qu'à partir de là il devienne possible de produire en particulier une formule arithmétique telle qu'elle est à la fois, du côté pile, en tant que message codé dans une expression arithmétique, un énoncé méta-mathématique posant un jugement sur la démontrabilité d'une proposition et, du côté face, cette proposition elle-même en qui le commentaire méta-mathématique a été codé. On aura obtenu à l'aide de ce procédé, selon les termes qu'utilisera Gödel, une formule qui « dit quelque chose d'elle-même ». L'objectif est de lier indissolublement, à l'intérieur d'une formule unique, une proposition arithmétique et un commentaire méta-mathématique qui s'applique à elle. Opérer un tel codage est bien entendu extrêmement difficile, et la plus grande partie de la « démonstration » du théorème consiste pour son auteur à mettre en place les conditions qui autoriseront un encryptage aussi spécial.

Gödel sera obligé en particulier de faire intervenir la

notion de « classe récursive », qu'il traitera comme une composante légitime de l'arithmétique. Ce faisant il opère un saut que tous les mathématiciens ne sont pas prêts à faire. Roger Daval et Georges-Théodule Guilbaud[1], en particulier, considèrent au contraire que la récursion est elle-même une notion méta-mathématique et non arithmétique : « S'il y a une méta-mathématique elle est constamment menacée d'expropriation par la mathématique. L'induction (récurrence) est-elle autre chose qu'un constat méta-mathématique[2] ? »

Sans entrer dans des détails trop techniques, la nécessité pour Gödel de manipuler des classes récursives est due au fait que ceci lui permet de lier encore davantage les notions de démontrabilité et de vérité. On a vu qu'une proposition mathématique démontrable est vraie. La définition d'une « classe récursive » à partir d'une fonction récursive lui permet de faire un pas supplémentaire : lorsqu'une instance d'une telle classe n'est pas démontrable — lorsqu'on ne peut pas la prouver vraie —, alors sa négation l'est automatiquement[3].

1. Un de mes maîtres, comme Chaïm Perelman mentionné plus haut.

2. Roger DAVAL, Georges-Théodule GUILBAUD, *Le Raisonnement mathématique*, PUF, 1945, p. 144. Sur la question plus générale de la validité de la distinction mathématique/méta-mathématique, Wittgenstein avait fait remarquer, selon Waismann : « Les "méta-mathématiques" de Hilbert se révéleront être des mathématiques sous un déguisement » (Friedrich WAISMANN, *Wittgenstein and the Vienna Circle. Conversations Recorded by Friedrich Waismann*, éd. Brian F. McGuinness ; trad. anglaise J. Schulte, B. McGuinness, Oxford, Basil Blackwell, 1979, p. 136 ; je traduis de l'anglais). Car ce « que fait Hilbert ce sont des mathématiques et non des méta-mathématiques. C'est un type de calcul différent, comme n'importe quel autre » (ID., *ibid.*, p. 121). Et aussi : « Les preuves méta-mathématiques de Hilbert ne sont pas un type de calcul d'une essence plus élevée, mais plus simplement un type de calcul différent : "Je peux jouer avec les pièces du jeu d'échecs selon certaines règles. Mais je peux aussi bien inventer un jeu où je joue avec les règles elles-mêmes. Les pièces de mon jeu sont cette fois les règles du jeu d'échecs, et les règles du jeu sont, disons, les lois de la logique. Dans ce cas, j'ai affaire à un jeu supplémentaire, non pas à un 'méta-jeu' " [*Philosophical Remarks*, p. 319] » (cité par Stuart G. SHANKER, « Wittgenstein's Remarks on the Significance of Gödel's Theorem », *in* S. G. SHANKER [dir.], *Gödel's Theorem in Focus*, *op. cit.*, p. 212 ; je traduis).

3. « L'importance de la récursivité dans la preuve du théorème d'"improuvabilité" de Gödel réside (Proposition V) dans le fait que chaque relation récursive affirmée entre des nombres $x_1$, $x_2$, ... $x_n$ peut s'exprimer par une

Une fonction récursive permet d'engendrer des nombres en les envisageant au sein de séries. De manière banale, les nombres naturels peuvent être générés à partir du principe de consécution suivant : « Un nombre est égal au nombre précédent plus un. » On produit ainsi la suite 1, 2, 3... Deux formules seulement suffisent pour engendrer la totalité des nombres naturels : celle que je viens de dire, que j'écrirai sous forme symbolique comme $a_n = a_{n-1} + 1$, et une forme initiale qui vaut pour le premier terme, celui qui n'a pas de « précédent » : $a_0 = 0$. Voici un ensemble de deux formules du même type qui permettent d'engendrer la suite des carrés : $a_n = a_{n-1} + n + (n - 1)$ ; $a_0 = 0$. On peut vérifier pour $a_n$ le carré de 1 : le carré du nombre précédent est 0, auquel on ajoute n qui est ici 1 et $(n - 1)$ qui est 0. On a « carré de 1 » égale 0 + 1 + 0. De même pour le carré de 4, par exemple : le carré du nombre précédent 3 est 9, auquel on ajoute 4 lui-même et (4 – 1) égale 3. Le résultat est 9 + 4 + 3 = 16.

Pourquoi certains, dont Daval et Guilbaud, considèrent-ils qu'une définition récursive (également appelée par induction complète) est d'ordre méta-mathématique, autrement dit qu'il s'agit d'un commentaire, plutôt que d'une propriété d'ordre mathématique, et qu'elle ne peut en conséquence être considérée comme un moyen de démonstration ? La réponse fut apportée au début du XXe siècle par Henri Poincaré, qui n'était pas seulement un grand mathématicien et un grand logicien, mais aussi un philosophe des sciences de premier rang. Il écrivait dans *La Science et l'Hypothèse* : « Le jugement sur lequel repose le raisonnement par récurrence peut être mis sous d'autres formes ; on peut dire par exemple que dans une collection infinie de nombres entiers différents, il y en a toujours un qui est plus petit que tous les autres. On pourra passer

---

formule f du système formel P qui peut être "prouvée" à l'intérieur de P si l'affirmation est vraie et peut être infirmée ("dé-prouvée") à l'intérieur de P (autrement dit, la négation de f, écrite comme Neg f, est "prouvable" à l'intérieur de P) si l'affirmation est fausse » (R. B. BRAITHWAITE, « Introduction », art. cité, p. 13 ; je traduis). « L'exigence que f soit "récursif" implique que, si f n'est pas un "théorème" de P, Neg f l'est » (*ibid.*, p. 30).

facilement d'un énoncé à l'autre et se donner ainsi l'illusion qu'on a démontré la légitimité du raisonnement par récurrence. Mais on sera toujours arrêté, on arrivera toujours à un axiome indémontrable qui ne sera au fond que la proposition à démontrer traduite dans un autre langage. On ne peut donc se soustraire à cette conclusion que le raisonnement par récurrence est irréductible au principe de contradiction. Cette règle ne peut non plus nous venir de l'expérience ; ce que l'expérience pourrait nous apprendre, c'est que la règle est vraie pour les dix, pour les cent premiers nombres par exemple, elle ne peut atteindre la suite indéfinie des nombres, mais seulement une portion plus ou moins longue mais toujours limitée de cette suite[1]. »

Une autre manière de formuler la même observation consiste à constater que la récurrence n'est pas tant, comme le disent Daval et Guilbaud, une opération méta-mathématique que, comme ils le disent aussi, une « induction ». Or, avec l'induction, on l'a vu, on sort du domaine de l'analytique au sens aristotélicien, c'est-à-dire du domaine où l'on engendre par la démonstration des conclusions vraies à partir de prémisses vraies, pour opérer au contraire sur le mode dialectique, où l'on « sauve » une prémisse vraisemblable à partir d'une prémisse et d'une conclusion, elles aussi vraisemblables, soit un mode de preuve faible, admissible pour ce qui touche à l'opinion (*doxa*) mais qui n'a pas sa place dans la démonstration scientifique.

Une fois mis au point le procédé effectuant le codage qui permet d'inscrire un commentaire méta-mathématique dans une formule arithmétique, rien n'interdit que celui-ci soit : « la proposition (a) est indémontrable ». Il ne reste plus alors qu'à encrypter ce message dans la proposition arithmétique (a) elle-même. Si l'on parvient dans un deuxième temps à démontrer (a), on aura démontré une proposition (a) qui contient le message « la proposition (a) est indémontrable ».

1. Henri POINCARÉ, *La Science et l'Hypothèse* [1906], Flammarion, 1925, pp. 22-23.

Gödel propose une telle formule[1], dont il déclare qu'elle « dit d'elle-même qu'elle n'est pas démontrable[2] ». Et il ajoute : « En dépit des apparences, il n'y a rien de circulaire dans une telle proposition, parce qu'on commence par affirmer l'impossibilité de prouver une formule parfaitement déterminée [...] et c'est seulement ensuite (et en quelque sorte par hasard) qu'il s'avère que cette formule est précisément celle par laquelle la proposition était elle-même exprimée[3]. »

En fait, Gödel ne démontre pas (a). Il effectue une « expérience mentale » : il recourt à une preuve par l'absurde. Celle qu'on appelle aujourd'hui « preuve par l'absurde », les anciens l'appelaient eux, comme on l'a vu au chapitre II, preuve *per impossibile* (*adunaton*). La dénomination originelle s'explique par le fait que, conséquence de l'une des deux prémisses, la conclusion énonce une impossibilité : qu'un état de choses et son contradictoire sont tous deux simultanément vrais. Afin d'éliminer l'impossibilité, la prémisse qui contrevient doit être inversée en sa contradictoire[4].

Il convient ici de faire un bref rappel : comme on l'a vu au chapitre II, Aristote a été le premier à établir, dans l'*Organon*, le catalogue complet des moyens de preuve auxquels on peut recourir dans une démonstration, y compris mathématique. De plus, il évalua chacune de ces méthodes en fonction de son caractère probant, la classant comme forte ou faible et expliquant de manière précise le pourquoi de cette force ou de cette faiblesse.

Il en découle, selon un principe général, qu'une démonstration qui ferait intervenir plusieurs modes de preuve aurait automatiquement la valeur probante du plus faible de ses chaînons démonstratifs. Aristote observe par exemple qu'une forme dégénérée de l'induction est le

1. v Gen q (v, G [v Gen q (v, w)]).

2. K. GÖDEL, *On Formally Undecidable Propositions of "Principia Mathematica" and Related Systems*, *op. cit.*, pp. 40-41 (je traduis de l'anglais).

3. *Ibid.*, p. 41.

4. « Par contradictoire de "s'appliquant à tous" je veux dire "ne s'appliquant pas à tous" [...] tandis que le contraire de "s'appliquant à tous" est "ne s'appliquant à aucun" » (ARISTOTE, *Prior Analytics*, II, VIII, 59b, 9-12, in *Aristotle I*, *op. cit.*, pp. 450-451 [je traduis de l'anglais]).

recours au cas isolé. Comme je l'ai déjà signalé, un grand nombre de théorèmes des *Éléments* d'Euclide utilisent ce procédé dans leur démonstration[1]. Or les mathématiciens n'évaluent pas les démonstrations de théorèmes en fonction de leur valeur probante.

Le second théorème de Gödel recourt à certains modes de preuve parmi les plus faibles : comme ici, à la preuve « par l'absurde » et, comme on l'a vu plus haut, à la récursion ou induction complète, sans que Gödel ni ses commentateurs ultérieurs fassent la moindre observation à ce sujet. Or, les adversaires « constructivistes » de Gödel avaient adopté, quant à la preuve par l'absurde, une position très claire : ils l'avaient exclue des modes de preuve valides. John D. Barrow explique cela : « N'accepter comme arguments logiques que ceux acceptés par les *constructivistes*, signifie éliminer certains procédés familiers tel que l'argument par contradiction (la *reductio ad absurdum*) [...]. Si l'on adopte la philosophie constructiviste, le contenu des mathématiques s'en trouve considérablement réduit[2]. » Or, et comme le souligne encore Barrow, l'exclusion de la preuve par l'absurde a d'autres conséquences sérieuses : en particulier en physique, où elle interdit le recours au big bang comme principe explicatif :

> Les conséquences d'un tel recalibrage sont également significatives pour le scientifique. Nous serions obligés, en effet, d'abandonner certaines déductions fameuses, telles que les « théorèmes de singularité » de la relativité générale, qui spécifient les conditions qui, lorsque la structure d'un univers et de son contenu matériel les satisfont, suffisent à indiquer l'existence d'un moment passé où les lois de la physique ont dû être suspendues — la singularité que nous appelons big bang. Car ces théorèmes ne constituent pas ce moment explicitement ; en

1. « Euclide adopte [...] toujours le schéma suivant : il pose d'abord son théorème comme une simple assertion. Puis il illustre cette assertion par un exemple ayant à ses yeux une valeur relativement "concrète". Suit alors la démonstration de l'assertion sur l'exemple "concret", puis, à la fin de la démonstration, il renvoie à la proposition posée au début et reprise à la fin, en disant : *opér édéi déixai = quod erat demonstrandum* » (A. Szabo, *Les Débuts des mathématiques grecques*, *op. cit.*, p. 202).

2. John D. Barrow, *Theories of Everything*, *op. cit.*, p. 186 (je traduis).

> fait, ils recourent au procédé de la *reductio ad absurdum* pour montrer que sa non-existence conduirait à une contradiction logique[1].

Le théorème fait également intervenir de manière très cavalière la notion de contraire ou plutôt de contradictoire d'une proposition. Je peux dire « Le chat est un mammifère » et le contraire, « Le chat n'est pas un mammifère » ; le contradictoire serait « Certains chats ne sont pas des mammifères ». D'une chose et son contraire, l'une des deux, seule, est vraie. Je peux dire aussi « Tous les chats sont des fromages » et « Aucun chat n'est un fromage » ; ici aussi, une seule des deux propositions est vraie. Dans mes exemples, les deux propositions vraies sont « Le chat est un mammifère » et « Aucun chat n'est un fromage ». Maintenant imaginons qu'il existe deux livres sur les chats ; le premier néglige de mentionner que « le chat est un mammifère », le second oublie de dire qu'« aucun chat n'est un fromage ». Lequel achetez-vous ? La bonne réponse est : le second. Pourquoi ? Parce que la première proposition signale un attribut essentiel du chat, la seconde, un attribut qui, s'il est vrai, est néanmoins sans portée, du fait que la liste est quasi infinie des choses que les chats ne sont pas. Hegel écrit à ce propos : « L'opposé signifie ici simplement le manque, ou plutôt, l'*indéterminité* ; et la proposition est si insignifiante que ce n'est pas la peine de la dire. Si l'on prend les déterminations doux, vert, carré — et l'on doit prendre tous les prédicats —, et si l'on dit maintenant de l'esprit qu'il est ou bien doux ou bien non doux, vert ou non vert, etc., c'est là une trivialité qui ne conduit à rien[2]. » Guillaume d'Ockham s'était déjà intéressé à ces questions. Broadie écrit : « [...] Ockham nie qu'"Une chimère est un non-homme" soit équivalant à "Une chimère n'est pas un homme". À ses yeux, la première proposition est fausse alors que la seconde est vraie. En effet, comme Ockham le

1. *Ibid.*, p. 187.
2. G. W. F. Hegel, *Science de la logique*, t. II. *La logique subjective ou doctrine du concept*, *op. cit.*, p. 80.

note, il faut conclure qu'une chimère n'est pas davantage un non-homme qu'un homme[1]. » Or, la démonstration du second théorème de Gödel regorge de ce genre de trivialités. Au début de la « Proposition VI » on définit la proposition *Q´*(x, y(u)) comme étant Non [x *B* y (Gy)]…, « c'est-à-dire que *x n'est pas une "preuve" de la formule* obtenue en substituant pour la variable dans la classe-signe y(u) le nombre gödelien Gy pour la classe-signe elle-même[2] ». Et un peu plus loin, il est montré que la formule v Gen r(v), n'ayant pas de variable libre, « on peut considérer qu'elle exprime la proposition que *tout n'est pas une "preuve" de* p(G)p, autrement dit que p(G)p est "improuvable"[3] ».

La raison pour laquelle Aristote considérait la preuve *per impossibile* comme le plus faible des modes d'inculcation de la preuve auquel on puisse recourir dans la démonstration scientifique (épistémè) est, comme on l'a vu au chapitre II, son caractère doublement indirect : elle implique tout d'abord de tester une prémisse *ex hypothesi*, « à titre hypothétique », puis d'examiner ses conséquences ; ensuite, si celles-ci débouchent sur une conclusion impossible, d'adopter la contradictoire de la prémisse initialement envisagée. Ce qui affaiblit encore davantage ce mode de preuve, c'est que le syllogisme sous-jacent ne s'obtient pas sous sa forme finale pour des raisons positives mais uniquement négatives. La pauvreté du lien résulte bien sûr de la prémisse « inversée », où le contraire est aisément produit en lieu et place du contradictoire, voire pis encore, lorsque la prémisse en question n'exprime pas une condition binaire de type « oui ou non » et qu'il existera plusieurs options lorsqu'il s'agira d'« inverser » le contenu[4].

1. A. Broadie, *Introduction to Medieval Logic*, *op. cit.*, p. 30 (je traduis).
2. R. B. Braithwaite, « Introduction », art. cité, p. 18 (je traduis).
3. *Ibid.*, p. 19.
4. « Quiconque démontre *per impossibile* prouve une conclusion fausse à l'aide d'un syllogisme, la chose en question étant démontrée *ex hypothesi* quand la supposition de la proposition contradictoire [à la bonne] débouche sur une conclusion impossible. Par exemple, on prouve que la diagonale du carré est incommensurable avec les côtés en montrant que si on la suppose commensurable, l'impair finit par être égal au pair. Le raisonnement aboutit à sa conclusion lorsque l'impair est démontré être égal au pair, ce qui prouve *ex hypothesi*

Gödel envisage *ex hypothesi* deux possibilités. Imaginons que je parvienne à prouver la proposition qui contient, inscrite en elle-même de manière codée, le message « je ne suis pas démontrable » ; alors, par la démonstration, le contenu se révèle, et il existe une contradiction. Imaginons à l'inverse que cette proposition soit réfutable, autrement dit, que je puisse démontrer sa négation, alors il devient possible de déchiffrer le message inscrit en elle sous sa forme négative, « Il est faux que "je ne suis pas démontrable" », autrement dit « je suis démontrable » ; or ce n'est pas la négation de la proposition originale qui affirme ceci, mais la proposition originale sous sa forme positive, ce qui veut dire que sa négation — que l'on vient de démontrer — n'est, elle, pas démontrable, et l'on obtient également une contradiction. Donc on a bien affaire à une proposition vraie qu'on ne peut ni prouver ni réfuter, à savoir prouver sa contradictoire, c'est-à-dire précisément à ce qu'on est convenu d'appeler une proposition indécidable[1].

## *Les formules qui « parlent d'elles-mêmes »*

Ce à quoi on assiste, c'est donc ceci : je démontre une proposition et je découvre que — message codé à l'intérieur de cette formule — cette proposition dit d'elle-même « je ne suis pas démontrable ». Soit, à l'inverse, je démontre la négation d'une proposition et je découvre que cette proposition dit d'elle-même « en réalité, je suis démontrable — mais sous mon expression positive ». Qu'est-ce que cela signifie[2] ?

---

que la diagonale est incommensurable, puisque la proposition contradictoire [à la bonne] engendre alors un résultat impossible. Car nous avons vu qu'atteindre une conclusion logique *per impossibile* revient à prouver, à partir de la supposition initiale [contradictoire à celle qui devrait être retenue en réalité], une conclusion qui est impossible » (ARISTOTE, *Prior Analytics*, I, XXIII, 41a, 24-34, in *Aristotle I*, *op. cit.*, p. 321 [je traduis de l'anglais]).

1. J. LADRIÈRE, *Les Limitations internes des formalismes*, *op. cit.*, p. 104.

2. Russell considère qu'il s'agit d'une simple contradiction. Dans une lettre datée du 1er avril 1963 et adressée à Léon Henkin, il écrivait : « Je me rendais

Le profane en matière de mathématiques notera d'abord qu'une formule arithmétique n'ayant pas de langue, elle ne peut rien dire à propos de quoi que ce soit, et en particulier rien à son propre sujet. Or il n'y a pas eu que des anthropologues et autres philosophes pour faire cette remarque de bon sens, des mathématiciens les ont précédés et précisément à propos du second théorème de Gödel, qui ne fait donc pas nécessairement l'unanimité dans la profession à ce sujet. En effet, en 1945, Daval et Guilbaud[1], que j'ai cités plus haut à propos de la récursion, dans leur remarquable ouvrage, *Le Raisonnement mathématique*, font observer: « Seul le mathématicien peut dire qu'une proposition est démontrable, une proposition ne peut pas dire cela d'elle-même[2]. »

Quand je démontre une proposition mathématique, disons un théorème, et qu'à l'intérieur de ce théorème se trouve caché l'énoncé « Je ne suis pas démontrable », il s'agit en fin de compte de ma parole à moi, mathématicien, contre celle de cette proposition. En ce qui me concerne, je suis un sujet humain et j'ai la capacité d'expliquer par le raisonnement pourquoi j'affirme que cette proposition est démontrable: c'est parce que je disposais au départ d'un ensemble d'axiomes, de théorèmes et de règles d'inférence qui m'ont permis, une fois tracé le chemin qui mène des axiomes et des théorèmes à la proposition à démontrer, de dire que le balisage du parcours équivaut à affirmer qu'elle a effectivement été démontrée. Au contraire, cette proposition quant à elle ne peut rien produire à l'appui de sa

---

compte évidemment que le travail de Gödel était d'une importance fondamentale, mais j'en étais perturbé. Je réalisais que j'étais content de ne plus travailler en logique mathématique. Si un ensemble donné d'axiomes débouche sur une contradiction, il est clair qu'au moins un des axiomes doit être faux » (J. W. DAWSON Jr., « The Reception of Gödel's Incompleteness Theorems », art. cité, pp. 89-90 ; je traduis).

1. Sur la question de la familiarité de Lacan avec les mathématiques, à laquelle Alan Sokal et Jean Bricmont consacrent le premier chapitre d'*Impostures intellectuelles* (Odile Jacob, 1997), ceux qui ont eu l'honneur de connaître Jacques Lacan et Georges-Théodule Guilbaud savent que le premier ne s'aventurait jamais bien loin en mathématiques sans consulter le second.

2. R. DAVAL, G.-Th. GUILBAUD, *Le Raisonnement mathématique*, *op. cit.*, p. 45.

déclaration qu'elle est indémontrable : tout énoncé suppose un sujet qui s'engage — par l'expression d'un degré d'adhésion — vis-à-vis de la vérité de ce qu'il énonce [1]. Une formule est à ce point de vue impuissante : n'étant pas un sujet humain, elle ne dispose d'aucun des outils de la panoplie discursive qui lui permettraient de prouver sa démontrabilité ou sa non-démontrabilité par les moyens habituels d'inculcation de la preuve [2]. De plus, il m'est impossible de lui assigner aucune des motivations qui pourraient jouer un rôle positif ou négatif vis-à-vis de son engagement ; je ne peux pas supposer sans doute qu'elle mente sciemment sur la question, mais à l'inverse je ne suis pas à même de lui assigner une expertise particulière quant à la possibilité ou non de sa démonstration : elle ne dispose ni de la capacité d'être bien ou mal informée sur ses propres caractéristiques, ni de celle de s'exprimer à ce sujet. Ce n'est donc pas parce qu'une formule dit au niveau méta-mathématique qu'elle est démontrable au niveau mathématique, qu'il y a là la moindre garantie de véracité [3].

L'origine du fait que cette proposition affirme sa non-démontrabilité nous la connaissons en fait parfaitement : c'est une conséquence, recherchée par son auteur, du système de codage mis en place. Je peux très bien imaginer — puisque cela dépend uniquement de la subtilité du système d'encryptage utilisé — qu'une proposition puisse « se tromper » quant à la démontrabilité de la proposition arithmétique qu'elle est à un autre titre. Je vais présenter plusieurs paradoxes, de complexité croissante, qui permettront de cerner la démarche de Gödel.

1. Cf. ce que j'en dis chapitre II de cet ouvrage, ainsi que dans *Principes des systèmes intelligents*, *op. cit.*, chap. XX.

2. C'est là une des raisons pour lesquelles Socrate refusait d'écrire : parce qu'un texte se présente comme s'il n'avait pas d'auteur, comme si sa vérité était transcendante (cf. J. KLEIN, *A Commentary on Plato's Meno*, *op. cit.*, p. 11).

3. Dans le même ordre d'idées, Wittgenstein relève que la proposition s'abstient de se mentionner : « La proposition de Gödel, qui dit quelque chose à propos d'elle-même, ne se mentionne pas elle-même » (Ludwig WITTGENSTEIN, *Remarks on the Foundations of Mathematics*, trad. anglaise G. E. M. Anscombe, Oxford, Basil Blackwell, 3e éd, 1978, p. 386 ; je traduis de l'anglais).

Premier paradoxe. Arthur ouvre une boîte. Dans celle-ci il y a un billet sur lequel il est écrit « Il n'y a pas de billet dans la boîte ». Arthur se dit : « Tiens, c'est curieux, j'aurais juré qu'il y avait un billet. » Arthur est un niais. Pourquoi ? Parce qu'il a constaté de la seule manière dont on puisse le faire valablement qu'il y avait un message dans la boîte. Le fait qu'il soit écrit sur celui-ci « Il n'y a pas de billet dans la boîte » ne devrait pas influencer Arthur dont la conviction devrait rester inentamée. Le contenu du message inscrit sur le billet nie les faits, il est erroné et devrait être ignoré par Arthur.

Deuxième paradoxe. À force d'astuce, Isidore arrive à décoder un message. Sa déception est grande, cependant, quand il constate que le message décrypté dit : « Coucou ! Tu n'es pas arrivé à me déchiffrer ! » On pourrait imaginer, bien sûr, qu'il existe plusieurs niveaux possibles d'encryptage et que celui qu'Isidore vient de découvrir n'est que le plus simple. S'il n'existe qu'un seul niveau, Isidore a cependant tort d'être déçu. Pourquoi ? Parce qu'en réalité il est parvenu à décoder le message. Ce que celui-ci exprime n'est qu'une tentative dérisoire de la part du codeur de convaincre le déchiffreur qu'il a échoué dans sa tâche. Le message ne dispose d'aucune autorité pour nier l'évidence : qu'Isidore a au contraire réussi.

Troisième paradoxe. Eusèbe a inventé un chiffre ingénieux. À partir d'un texte chinois, le code génère des phrases en français qui disent soit « Ce que dit cette phrase est vrai », soit « Ce que dit cette phrase est faux ». Eusèbe a pu constater que son système fait une analyse irréprochable de l'ensemble des textes chinois qu'il a pu lui soumettre. Un riche éditeur lui fait la proposition suivante : « À chaque phrase commentée avec exactitude je te donne cent euros, mais si ton système se trompe tu auras la tête tranchée. » Eusèbe doit-il accepter l'offre alléchante ? Il y a un rapport entre cette illustration et la question de la récursion, dont on a vu qu'il ne s'agit pas à proprement parler d'un mode de preuve, mais d'un procédé qui confirme à chaque coup sa réussite, quoique sans apporter aucune garantie « quant au fond » qu'il en sera toujours ainsi. À moins qu'Eusèbe ne soit convaincu que son procédé dépasse par ses capacités celles d'un simple système de codage, autrement dit, à moins qu'Eusèbe ne soit certain que son système « comprend » en réalité le chinois, et pose des jugements infaillibles à partir de cette compréhension, nous lui déconseillerions d'accepter l'offre du millionnaire.

Quatrième paradoxe. Imaginons que Casimir, cryptographe extrêmement habile, ait mis au point le code qui permet de faire la chose suivante : partant du texte de l'Évangile selon saint Matthieu, le système engendre, phrase après phrase, une version parfaitement correcte des *Trois Mousquetaires*. Casimir découvre, à sa grande stupéfaction, que — détonnant avec le reste du texte — la phrase qui dit « Je serai assis à la droite de mon Père » est automatiquement traduite par le système d'encryptage en « En réalité, c'est à la droite de son Oncle ». Que faut-il penser de la consternation de Casimir ? Si elle est due au fait qu'il constate ainsi les limites du chiffre qu'il a mis au point, il doit se rassurer : un effort supplémentaire lui permettrait peut-être d'améliorer son système. Si sa stupeur est due au contraire au fait qu'il suppose avoir mis au jour un secret déroutant, relatif au christianisme, il est bête : son système fonctionnait jusqu'à la phrase incriminée du texte et se remet à fonctionner ensuite, mais il fait la preuve de son incapacité à traduire un Évangile en un roman d'Alexandre Dumas à cet endroit précis. À voir la perfection avec laquelle l'encodage permet d'établir un lien entre les deux textes, Casimir s'est convaincu que la garantie divine qu'il associe à l'un des deux au moins s'attache aussi au code qu'il a mis au point. C'est lui qui l'a inventé sans doute, mais la surréalité qui s'attache à la possibilité même de cette traduction l'a convaincu que seule une inspiration divine expliquait sa genèse. Du coup, la phrase qui seule détonne ne peut manquer d'être significative à ses yeux.

Qu'ont donc en commun Arthur, Isidore, Eusèbe et Casimir ? Ce qu'ils perdent de vue, c'est que, dans chacun des cas, le contenu du message reste en extériorité par rapport à la situation qu'il commente ou exprime. Leur coïncidence apparente n'est pas la conséquence de leur consubstantialité[1] : elle est le résultat d'un artifice qui révèle en arrière-plan un acteur humain à même d'évaluer la situation en toute connaissance de cause, et qui est alors l'auteur authentique du commentaire. Lorsqu'il s'agit d'un code, comme avec Isidore, Eusèbe et Casimir, quel que soit le talent déployé dans sa mise au point, le message qui résulte du codage et le message codé demeurent étrangers l'un par rapport à l'autre, quel que soit l'effort qui a été consenti pour les lier inextricablement. Ils sont bien traduisibles l'un dans l'autre, mais ils n'ont pas acquis pour autant une identité unique qui permettrait d'interroger l'un et d'obtenir de lui une réponse justifiée portant sur l'autre.

Il est possible que la confusion qu'on constate ici ait été encouragée par l'interchangeabilité dans l'usage courant des mots codage et traduction. Alors qu'une phrase traduite d'une langue renvoie en principe à la même exacte réalité que la phrase originale, une phrase codée ne le fait pas en général : mieux, c'est la finalité même du codage qu'il n'en soit pas ainsi. Si je dis soit « je coupe cette pomme », soit « *I'm cutting this apple* », c'est la même pomme qui se trouve séparée en deux à la fin du processus. Mais si je dis « Les sanglots longs des violons », cela veut dire, pour ceux qui savent entendre : « Le débarquement en Normandie débutera demain. » La consubstantialité des états de choses connotés dans la traduction n'est pas due à une capacité dont disposeraient certaines phrases à « parler de la même chose » dans des langues différentes, elle résulte de l'activité délibérée du traducteur — celui-ci pouvant être plus ou moins talentueux — visant ce résultat exactement de la même manière que la dimension cryptique du message encodé résulte de l'intention du codeur d'en cacher la signification initiale. Pour prendre un exemple historique : « À

1. Wittgenstein : « Car qu'est-ce que cela signifie, dire que P et "P ne peut être prouvé" sont la même proposition ? Cela veut dire que ces deux phrases françaises ont une expression unique en tel ou tel système de notation » (*ibid.*, p. 119).

la recherche du temps perdu » est-il traduit plus heureusement par « *In Search of Lost Time* » ou par « *Remembrance of Things Past* » ?

Quand Gödel écrit à propos de sa proposition démontrable qui dit d'elle-même qu'elle n'est pas démontrable que « c'est seulement ensuite (et en quelque sorte par hasard) qu'il s'avère que cette formule est précisément celle par laquelle la proposition était elle-même exprimée[1] », on est alors en droit de lui demander quelle est la nature exacte de ce « hasard » qui fait qu'un commentaire méta-mathématique sur la démontrabilité d'une proposition se retrouve codé dans son énoncé. Suggère-t-il sérieusement que cet encodage ne résulte pas de l'effort considérable qu'il a lui, mathématicien, consenti pour l'obtenir ? Suggère-t-il, s'il n'y a pas eu effort, qu'il y a eu simple révélation ? À cette dernière question — et comme nous pouvions déjà nous en douter quand nous nous étions demandé plus haut « D'où viennent les propositions vraies ? » — la réponse est en réalité « Oui ».

## *Pythagore aujourd'hui*

Il convient maintenant d'en dire davantage sur le contexte au sein duquel Gödel démontra son théorème, et comment il se situait lui-même au sein de l'évolution contemporaine des mathématiques. On trouve, comme nous l'avons vu, parmi les mathématiciens contemporains, des réalistes (ceux que Meyerson qualifiait d'« idéalistes mathématiques ») et des antiréalistes (ou constructivistes). En général, à titre individuel, ils n'éprouvent pas le besoin de se situer à l'un de ces pôles, la raison en est toutefois que, dans leur grande majorité, ils se révèlent être spontanément des réalistes. Certains cependant, comme ce fut le cas pour Kurt Gödel, se font un point d'honneur de s'affirmer tels.

1. K. GÖDEL, *On Formally Undecidable Propositions of "Principia Mathematica" and Related Systems*, *op. cit.*, p. 41 (je traduis de l'anglais).

On les appelle réalistes parce qu'ils estiment que les mathématiques rendent compte de quelque chose de réel. À leurs yeux, elles sont une « science » : celle qui décrit le monde particulier où vivent les entités mathématiques. Pour eux, donc, les mathématiciens ne sont pas des inventeurs, mais des découvreurs : ils mettent au jour les objets cachés de ce monde qui, aux yeux du commun des mortels, demeure invisible[1]. Cet univers caché où vivent les entités mathématiques se confond alors avec la Réalité-objective, la réalité ultime pour autant qu'elle nous est connaissable, par opposition à l'Être-donné, qui nous demeure, lui, inapprochable. Dans cette optique, le monde sensible est la matérialisation de la Réalité-objective de nature mathématique. Dans l'usage actuel, les réalistes sont encore appelés platoniciens. La raison en est que, comme on l'a vu, Platon est considéré comme un disciple de Pythagore et supposait, comme son maître, que la réalité ultime était faite de nombres ; ou, comme on l'a vu, selon Aristote, « alors que les pythagoriciens disent que les choses existent par imitation des nombres, Platon affirme qu'elles existent par participation — un simple changement de terminologie[2] ». Comme on l'a vu aussi, selon Kojève, Platon était conscient de l'incapacité de son mythe du monde des Idées à rendre compte entièrement de la nature des choses : « [...] un mythe n'est authentiquement platonicien [...] que dans la mesure où il admet un Quelque-chose dont il ne parle pas parce que ce Quelque-chose est "transcendant" par rapport à ce qu'il dit, étant "au-delà" de ce dont il parle[3]. » Cette conscience d'un au-delà transcendant (l'Être-donné) faisait

1. « Le mathématicien est un inventeur, non un découvreur » (Ludwig Wittgenstein, *Remarks on the Foundations of Mathematics*, *op. cit.*, p. 99 ; je traduis de l'anglais). Bouveresse écrit : « Wittgenstein ne rejette pas seulement le platonisme, mais également le présupposé fondamental que le platonisme partage avec l'intuitionnisme, à savoir l'idée que les mathématiques cherchent à formuler des assertions vraies à propos d'une réalité d'un certain type » (Jacques Bouveresse, *Le Pays des possibles. Wittgenstein, les mathématiques et le monde réel*, Éd. de Minuit, 1988, p. 17).

2. Aristote, *Metaphysics*, I, vi, 987b, 11-15, in *Aristotle XVII*, *op. cit.*, p. 45.

3. A. Kojève, *Essai d'une histoire raisonnée de la philosophie païenne*, t. II. *Platon-Aristote*, *op. cit.*, p. 34.

peut-être défaut à Pythagore lui-même, puisque Aristote disait, comme on l'a vu, des pythagoriciens : « [ils considèrent que] les nombres sont les choses ultimes de l'univers physique tout entier, ils pensent que les éléments constitutifs des nombres sont les composants de toutes choses et que l'univers tout entier est une proportion ou un nombre. » Il faudrait peut-être alors qualifier les mathématiciens réalistes de pythagoriciens plutôt que de platoniciens ; je ne me conformerai donc pas, dans les pages qui suivent, à l'usage courant en philosophie des mathématiques contemporaine, et je parlerai d'eux et de leurs conceptions comme étant pythagoriciens, mais que l'on garde alors à l'esprit que pythagoricien renvoie à la même chose que platonicien dans une interprétation erronée du mythe platonicien.

Alors que, pour certains, les mathématiques sont une méthode d'abstraction de propriétés simplifiées du monde empirique ayant son origine dans les problèmes pratiques de mesure, pour les réalistes, c'est au contraire le monde sensible qui n'est qu'une vaste « application » des mathématiques. C'est à raison, dans leur perspective, qu'ils s'interrogent alors pourquoi il n'existe pas de prix Nobel de mathématiques : loin d'être la « servante des sciences », les mathématiques seraient la « mère de toutes les sciences ».

Pour les antiréalistes, les nombres sont des fabrications de l'intellect humain : ils ne sont pas découverts mais inventés, et il en va ainsi de l'ensemble des mathématiques. Les nombres furent abstraits de la réalité empirique et, de la même manière, les règles pour générer à partir de ces nombres d'autres abstractions. En conséquence, les antiréalistes font partie des mathématiciens qui comprennent fort bien pourquoi il n'existe pas de prix Nobel de mathématiques ; ils souscrivent ainsi à l'opinion d'Alfred Nobel lui-même, pour qui celles-ci sont la servante des sciences : une méthodologie pour les réaliser, et non l'une de leurs parties intégrantes.

Pour Platon, le monde sensible concrétise de manière imparfaite les Nombres (aussi appelés Idées), qui, en tant que configurations, sont aussi les Formes parfaites. Cette représentation suppose nécessairement qu'une compréhension de la manière dont ces nombres se comportent nous met en possession du plan général ou plutôt de l'ensemble des patrons des entités physiques, et qu'il ne reste plus — en vue de constituer une physique proprement dite — qu'à montrer pour chaque chose quelle est la Forme idéale de laquelle elle participe, de manière statique et dynamique.

Pour l'antiréaliste, ou constructiviste, il n'existe pas de récompense de cet ordre à la pratique mathématique, à savoir qu'une fois le modèle mathématique d'une partie phénoménale du monde empirique construit, on aurait atteint une certitude quant à l'ordre des choses. Ce qu'un modèle offre, selon eux, c'est une représentation stylisée de ce qui fut l'objet de la recherche : une autre illustration possible du « principe d'économie mentale » de Mach que j'évoquais plus haut à propos de la définition. Sur ce point comme sur beaucoup d'autres, Aristote prenait le contre-pied de Platon. On ne pourrait en effet être plus antiréaliste que ne le fut le Stagirite : pour lui, rien dans l'activité du mathématicien ne constitue la révélation d'une réalité cachée ; il ne s'agit jamais que de stylisation d'un réel complexe. Ou, dans ses propres termes :

> [...] le mathématicien étudie les abstractions (car dans ses recherches il commence par abstraire tout ce qui est sensible, comme la pesanteur et la légèreté, la dureté et son contraire, et aussi la chaleur et la froideur, et toute autre paire de contraires dans le monde sensible, pour ne laisser que la quantité et la continuité — parfois dans deux et parfois dans trois dimensions — et leurs propriétés en tant que quantitatives et continues, et ne les étudie sous aucun autre aspect, et dans certains cas envisage les positions relatives des choses et les propriétés de ces configurations, et dans certaines autres, leur commensurabilité ou leur incommensurabilité, et en d'autres encore leurs proportions. Quoi qu'il en soit, on considère qu'il n'existe ici qu'une seule et même science, à savoir la Géométrie) [1].

1. Aristote, *Metaphysics*, XI, iii, 7, 1061a, 28-1061b, 4, in *Aristotle XVIII*, trad. anglaise H. Tredennick, Loeb Classical Library, Londres, Heinemann, 1935, pp. 67-69 (je traduis de l'anglais).

Les travaux de Gödel se situent dans ce contexte. La simple supposition qu'il existe en arithmétique des propositions qui sont vraies, alors qu'elles ne sont ni des définitions, ni des propositions démontrables (déductibles), implique, comme on l'a vu plus haut, que les propositions vraies non déductibles qu'évoque Gödel doivent être vraies pour la seule autre raison possible pour qu'une proposition quelconque soit vraie : parce que leur vérité « tombe sous le sens ». C'est très exactement la position pythagoricienne : les entités mathématiques sont susceptibles de tomber sous le sens du mathématicien parce qu'elles existent effectivement, sinon dans le monde sensible, du moins dans un autre monde « réel », à savoir la Réalité-objective pythagoricienne, faite des nombres et de leurs configurations, version connaissable de la vérité ultime des choses et des états de choses que constitue l'Être-donné. Or, cet engagement pythagoricien de Gödel était bien connu, et Bertrand Russell écrivit, dans le second volume de son *Autobiography*, que « Gödel s'avéra un platonicien pur porc, et croyait apparemment qu'il existait au firmament un "non" éternel, où les logiciens les plus vertueux, ayant quitté ce bas monde, peuvent espérer le rencontrer[1] ». C'est à cette croyance en la réalité du monde des entités mathématiques que Gödel fait allusion dans le brouillon de lettre cité précédemment, quand il parle de « préjugés philosophiques de l'époque », suggérant par là que les temps plus récents se sont montrés plus favorables au type de métaphysique auquel il souscrivait personnellement.

Si les mathématiques décrivent un monde caché mais réel, on peut imaginer — avec Gödel — qu'il existe, pareils à des îles inconnues, des théorèmes qui restent non pas à construire, mais à découvrir. Sinon, si l'on adopte une position non pythagoricienne, c'est-à-dire si l'on ne croit pas à l'existence séparée d'un univers mathématique, le concept même d'une proposition mathématique vraie qui ne soit ni démontrée ni une définition, est vide de sens.

1. John W. DAWSON Jr., « Kurt Gödel in Sharper Focus », *in* S. G. SHANKER (dir.), *Gödel's Theorem in Focus*, *op. cit.*, p. 8 (je traduis).

## *Le mathématicien et sa magie*

C'est dans la croyance en une éventuelle consubstantialité authentique entre la formule codeuse et le message méta-mathématique codé que Gödel trahit sa conviction platonicienne, ou plutôt, comme il a été dit, pythagoricienne. Niant qu'il n'a opéré qu'un simple codage de phrases relatives à la démontrabilité — quelle que soit la virtuosité avec laquelle il y est parvenu —, il exclut qu'une proposition puisse « se tromper » méta-mathématiquement quant à sa vérité en tant qu'entité mathématique. Autrement dit, semblable à Casimir, il a le sentiment d'avoir créé davantage qu'un simple code, il est persuadé que la démonstration de son théorème résulte d'une révélation, qu'elle porte le sceau d'une garantie surnaturelle, qu'elle lui a permis de voir, comme le disait sarcastiquement Russell à son sujet, les Idées platoniciennes en face. Gödel considère qu'il a bien constitué une unité où le côté pile est une proposition et le côté face, un commentaire méta-mathématique pertinent à propos du côté pile ; il s'est convaincu que, d'une certaine manière, il a effectivement trouvé, avec la « gödelisation », le moyen d'autoriser les formules mathématiques à s'exprimer à leur propre sujet, qu'il n'a fait que leur procurer une voix. Il ignore qu'une proposition qui parle d'elle-même ne dispose pas de l'autorité pour le faire — parce qu'elle n'est rien de plus qu'une phrase : seul le mathématicien qui la manipule est à même de faire quoi que ce soit de semblable.

Au chapitre IX de son *Anthropologie structurale*, « Le sorcier et sa magie », Claude Lévi-Strauss analyse le mode de raisonnement du chaman Kwakiutl Quesalid, dont l'histoire avait été initialement rapportée par Franz Boas. Lorsqu'il pratiquait ses cures, Quesalid recrachait comme substrat supposé de la maladie qu'il avait extraite de son patient, un duvet imprégné de sang qu'il avait en réalité exprimé de la paroi intérieure de ses joues[1]. Bien que

1. Claude LÉVI-STRAUSS, *Anthropologie structurale*, Plon, 1958, p. 193.

parfaitement conscient de l'artifice auquel il avait recours pour convaincre son auditoire de l'efficacité de sa pratique, le sorcier s'était persuadé lui-même de l'authenticité de ce pouvoir. De la même manière, dans « Je sais bien, mais quand même... », Octave Mannoni évoque le cas de Casanova, qui, auteur d'une machination destinée à tromper le père d'une belle, se retrouva impressionné par sa propre mise en scène et craignit bientôt que ses tours de passe-passe ne puissent se révéler malgré tout efficaces[1].

Ce que supposent l'attitude de Quesalid comme celle de Casanova, c'est l'existence à leurs yeux de deux manières possibles de souscrire à un même système de croyance : d'un côté par une adhésion intellectuelle de type intuitif, que l'on peut appeler, selon l'usage, la foi, d'un autre côté grâce à la persuasion que procure un système de preuves ; tous les philosophes chrétiens qui proposèrent des preuves rationnelles de l'existence de Dieu, s'efforcèrent de compléter la première par la seconde. Quesalid sait que son pouvoir est réel. Il concède cependant que le *vulgum pecus* auquel appartiennent ses patients ne peut se convaincre de ce pouvoir pourtant effectif que si des preuves plus tangibles lui sont offertes. Il pourrait paraître paradoxal que la foi qui se passe de démonstration soit conçue par celui qui la possède comme plus haute, plus savante, que la croyance populaire qui exige de manière rationnelle — sinon rationaliste — que l'hypothèse soit soutenue par des faits : c'est que ceux-ci doivent alors être des miracles, c'est-à-dire des suspensions de la causalité ordinaire propre à l'ordre naturel.

Aux yeux du croyant savant dont Quesalid est le prototype, le fait que d'autres aient besoin de preuves matérielles pour se convaincre de choses spirituelles révèle tout simplement leur manque de sophistication. Dans le même ordre d'idées, dans *La Positivité de la religion chrétienne*, Hegel, défenseur de la foi contre la croyance populaire, reproche au Christ de s'être abaissé au niveau de cette dernière quand il soutient son message par la réalisation de

1. Cf. Octave Mannoni, « Je sais bien, mais quand même... », in *Clés pour l'imaginaire, ou l'Autre Scène*, Éd. du Seuil, 1969, pp. 27-28.

miracles. Hegel s'interroge : Pourquoi le Christ ressuscite-t-il les morts, pourquoi éprouve-t-il le besoin de marcher sur l'eau à l'instar d'un quelconque amuseur de foire ? Autrement dit, pourquoi n'est-il pas conscient lui-même de la puissance inouïe de son propre message, suffisant à générer la foi chez celui qui l'entend[1] ?

Selon moi, c'est la même dichotomie que l'on retrouve à l'œuvre chez Gödel. Pour lui aussi, il existe — en mathématiques — d'une part la foi du savant, d'autre part la croyance populaire qui exige des preuves. Shanker note très justement à propos des mathématiciens : « Pour [les platoniciens] la preuve se réduit [...] à un appendice trivial qui fut introduit pour le bénéfice des incrédules ou des moins doués ; alors que pour les [constructivistes] la preuve constitue l'essence même des mathématiques[2]. » Il existe aux yeux de Gödel deux modes d'accès aux entités mathématiques vraies : le mode de la perception directe et celui de la démonstration. Le croyant — ou faudrait-il plutôt dire le voyant, l'extralucide — dispose de la capacité à reconnaître les propositions mathématiques vraies, alors que le vulgaire ne peut se passer de la preuve qu'apporte la démonstration. C'est ainsi que doit se comprendre ce qui, sinon, ne serait qu'une simple contradiction dans l'énoncé du théorème de Gödel : qu'il existe des propositions arithmétiques vraies qu'on ne peut démontrer. L'accès privilégié dont dispose le croyant authentique au monde des Nombres l'autorise à distinguer les propositions mathématiques vraies, quelle que soit la possibilité empirique d'en apporter la preuve, parce que sa foi n'a pas à être soutenue par le miracle de la démonstration.

Pour moi qui pose un regard anthropologique sur les mathématiques, il ne peut exister de manière vulgaire et de manière savante de le faire : il n'y a que des pratiques qui se révèlent conformes ou non aux systèmes de représentation définissant la validité de ces pratiques. Soutenant

1. Cf. G. W. Friedrich HEGEL, *La Positivité de la religion chrétienne* [1796], trad. collective, PUF, 1983, pp. 41-42.

2. S. G. SHANKER, « Wittgenstein's Remarks on the Significance of Gödel's Theorem », art. cité, p. 185.

l'activité des mathématiciens, on peut découvrir à l'occasion, comme c'est le cas pour le second théorème de Gödel et de sa démonstration, une théologie très particulière : celle d'une religion pythagoricienne professée par certains mathématiciens, pour qui la réalité ultime est constituée de nombres dont il est permis aux initiés d'obtenir une intuition immédiate. Gödel fait partie de ces derniers, mais il cache son jeu : semblable aux grands initiés, il justifie de manière sibylline la nécessité du secret par « les préjugés philosophiques de l'époque ». Il nous met cependant la puce à l'oreille quand il affirme qu'il n'est pour rien dans l'encryptage du commentaire au sein de la proposition commentée (qu'il s'agit en fait d'un « simple hasard ») : s'il n'en est lui-même l'auteur, c'est que, prophète des Temps modernes, une vérité transcendante a trouvé par son truchement le moyen de se révéler. Quant à ses collègues, qui autorisèrent son tour de passe-passe sans piper, furent-ils subjugués par la complexité de sa démonstration ou bien, croyants de la même religion, souscrivaient-ils à la même théologie ?

## *Les mathématiques comme production culturelle*

Dans la représentation que nous nous faisons de la tâche du mathématicien existe cependant la possibilité de formuler le débat autrement que dans les seuls termes réaliste/antiréaliste ou pythagoricien/constructiviste. À partir de son observation de la pratique effective des mathématiciens, l'anthropologue parvient d'abord à discerner, puis à situer cette possibilité. Il constate que les mathématiques constituent une physique virtuelle, et le fait que les mathématiciens se reconnaissent à titre personnel comme découvreurs pythagoriciens ou comme inventeurs constructivistes se révèle indifférent au vu de la tâche qu'ils réalisent effectivement. Envisager les mathématiques comme une physique virtuelle rend compte d'une anomalie choquante, à savoir que, d'une part, le recours à des méthodes de preuve au statut douteux signale la présence d'obstacles conceptuels cruciaux au sein des mathématiques, mais que, d'autre part, la créativité des mathématiciens, révélée par la manière dont ils contournent distraitement ces obstacles, engendre de nouveaux objets mathématiques à l'occasion de la transgression par eux de leurs propres principes.

Si les mathématiciens se reconnaissaient comme les physiciens virtuels que je vois en eux, étudiant les « propriétés nécessaires d'objets abstraits définis de manière non ambiguë », ils se préoccuperaient moins de la manière dont ces objets sont apparus au monde. Le mathématicien qui se reconnaîtrait physicien virtuel adopterait le point de vue pragmatique — qui s'observe en fait dans les mathématiques elles-mêmes en tant que discipline — que des méthodes au statut épistémologique douteux peuvent être reconnues simultanément comme ayant été fondées à l'origine sur une astuce, un tour de passe-passe, et comme étant néanmoins légitimes d'un point de vue mathématique et peuvent dorénavant être utilisées dans la mise au point de nouveaux outils pour la modélisation.

Un tel point de vue est bien entendu irrecevable dans une perspective platonicienne, au sens de pythagoricienne, c'est-à-dire fondée sur la croyance que l'Être-donné est lui-même constitué de nombres et que les mathématiques dressent un portrait fidèle de la Réalité-objective. Cette position serait au contraire plus aisément recevable par l'antiréaliste, tout en lui offrant une liberté dont il est jusqu'ici privé. Car si la position antiréaliste est plus cohérente d'un point de vue épistémologique et plus facile à défendre que celle du réaliste, pythagoricien, elle s'est aussi révélée historiquement moins féconde. S'il n'en avait tenu qu'à elle, jamais le monument que nous appelons aujourd'hui « les mathématiques » n'aurait été bâti. On a dit du christianisme qu'il avait introduit la modernité en Occident et du marxisme qu'il en avait fait de même pour l'Orient [1] ; si

1. À l'image de Lénine affirmant du marxisme qu'il avait introduit la modernité en Russie en lui apportant l'électricité.

tel fut en effet le cas, ce ne fut jamais le but explicite ni du christianisme ni du marxisme. Un processus d'une nature très semblable fut aussi à l'œuvre en mathématiques, où c'est le pythagoricisme qui joua un rôle équivalent par une ruse de la raison.

En 1960, Eugene Wigner écrivit un article devenu fameux sur « l'efficacité déraisonnable des mathématiques en sciences naturelles [1] ». Je ne remettrai pas en cause l'efficacité mentionnée par Wigner, j'aimerais cependant m'attarder sur le qualificatif « déraisonnable » qu'il utilisa. N'est-ce pas plutôt le cas que les mathématiques se dérobent aussitôt que nous pensons à les utiliser ? Prenons par exemple une chose aussi simple que de comparer la diagonale d'un carré à son côté ou de comparer la circonférence ou l'aire d'un cercle à son diamètre. La tâche, comme l'on sait, est irréalisable : il est impossible de mesurer exactement la diagonale du carré par rapport à son côté, ni l'inverse bien entendu. Le côté et la diagonale du carré sont « incommensurables » : on ne peut les mesurer tous deux à l'aide d'une même unité. Si l'on définit le côté comme étant de longueur 1, alors la diagonale est de longueur racine carrée de 2 (une conséquence du théorème de Pythagore), c'est-à-dire 1,414 213..., qui possède une suite infinie de décimales ; si, au contraire, c'est la diagonale que l'on définit comme étant de longueur 1, alors le côté a pour longueur racine carrée de 1/2, ou 0,707 106..., qui possède elle aussi une suite infinie de décimales (et qui se trouve valoir la moitié de la racine carrée de 2). Le problème se pose dans les mêmes termes pour le pentagone, pour qui le rapport de la diagonale au côté a acquis une notoriété spéciale sous le nom de nombre d'or ou section dorée. Les rapports de la diagonale au côté (la section dorée) et du côté à la diagonale sont respectivement de 1,618 033... et 0,618 033..., c'est-à-dire identiques à une unité près [2]. La question de l'incommensurabilité entre

1. Eugene WIGNER, « The Unreasonable Effectiveness of Mathematics in the Natural Sciences », *Communications in Pure and Applied Mathematics*, vol. XIII, nº 1, 1960, New York, John Wiley & Sons.

2. Selon les historiens des mathématiques, la réflexion sur l'incommensu-

des longueurs aussi coprésentes que le côté et la diagonale, obligèrent à définir une nouvelle famille de nombres : les irrationnels. Autre défaite des mathématiques de la même nature : le rapport entre la circonférence d'un cercle et son diamètre et le rapport entre son aire et le carré de la moitié de son diamètre, qui produisent eux aussi un irrationnel : π, dont la valeur est 3,141 592...

Les irrationnels durent être distingués à leur tour en irrationnels algébriques, qui sont les racines d'une équation algébrique au nombre de termes fini et dont les coefficients sont rationnels [1], et les autres : les irrationnels transcendantaux, qui « *omnem rationem transcendunt* [2] ». Au IVe siècle avant Jésus-Christ, Eudoxe avait découvert une manière de contourner la difficulté que créaient les irrationnels : la méthode de l'exhaustion, où deux irrationnels sont soustraits l'un de l'autre jusqu'à ce que leur reste devienne négligeable [3].

Cela suffit sans doute à remettre en cause le caractère « déraisonnable » de l'efficacité des mathématiques qu'évoque Wigner dans son article. Quand il évoque les grands astronomes de la Renaissance, Arthur Koestler utilise l'expression « somnambules », du fait que la tâche qu'ils accomplirent ne fut pas celle qu'ils imaginaient : ils pensaient perfectionner l'astrologie (le titre officiel de Kepler était « astrologue impérial »), la purifiant de certaines anomalies malencontreuses, alors qu'ils creusaient bien entendu sa tombe et, à la place, posaient les fondations d'une science astronomique rationnelle. Le mathématicien pythagoricien est un somnambule de la même manière : il s'imagine explorant un univers spécifique, celui des entités

---

rabilité a sans doute débuté avec le pentagone, et s'est prolongée ensuite à propos du carré.

1. Cf. Adrien Marie Legendre (1752-1833), cité par Reinhold REMMERT dans « What is π ? », *in* Heinz-Dieter EBBINGHAUS (*et al.*), *Numbers*, New York, Springer-Verlag, 1991, p. 151.

2. *Ibid.*

3. Cf. B. L. VAN DER WAERDEN, *Geometry and Algebra in Ancient Civilizations*, *op. cit.*, pp. 89-91 ; A. SZABO, *Les Débuts des mathématiques grecques*, *op. cit.*, part. II ; D. H. FOWLER, *The Mathematics of Plato's Academy*, *op. cit.*, chap. II.

mathématiques, entretenant avec le monde sensible le rapport privilégié d'en constituer la vérité cachée. À ses yeux, une fois le relevé de cette Existence-empirique établi à l'aide des mathématiques, ce monde est compris autant qu'il peut l'être.

Lorsque le pythagoricien explore le monde des entités mathématiques, il suit — comme nous tous, dans l'ensemble de nos activités — son intuition. Quelle est l'origine de celle-ci ? Elle a deux sources : elle réside dans les observations, accumulées par nous, relatives aux hypothèses qui se sont révélées fructueuses et à celles qui, au contraire, nous ont déçus lorsque nous avons opéré au sein de l'Existence-empirique ; elle réside également dans ce que l'on nous en a dit. Autrement dit, notre intuition constitue une théorie de la décision informelle, bâtie sur l'expérience du monde dans une combinaison d'endoctrinement et de tests par essais et erreurs. Cette intuition première, le mathématicien la partage avec nous ; il la complète, à un second niveau, par son expérience de ce qui marche et ne marche pas au sein du monde des objets mathématiques qui lui est familier.

C'est ce qui explique pourquoi — que le mathématicien explore effectivement une réalité cachée à l'arrière-plan du monde sensible ou bien se contente de modéliser celui-ci — il importe, dans son exploration ou sa modélisation, une intuition qui s'est formée, elle, dans le monde sensible à partir des contraintes que celui-ci impose. Et c'est pourquoi, quelle que soit la nature profonde du monde des entités mathématiques, le mathématicien pythagoricien est nécessairement conduit à bâtir une physique virtuelle, le mot « physique » renvoyant ici simplement à tout discours à visée théorique portant sur le monde sensible.

Dans cette perspective, où les mathématiques furent bâties comme une physique virtuelle, les objets mathématiques ne sont ni inventés ni découverts : ils sont générés en tant que productions culturelles, au même titre que d'autres aboutissements de l'activité humaine, comme un prix est produit, par exemple, à l'occasion d'une transaction ; ils sont conçus dans un cerveau, autrement dit au sein d'un corps humain, de la même manière qu'un enfant est conçu, la matérialité en moins, bien entendu. Un théorème ressemble fort de ce point de vue à un néologisme, à un nouveau mot, qui est la condensation mentale d'une réalité conceptuelle, une manière d'attribuer un surnom à un complexe constitué de notions préexistantes, une innovation dans la stylisation du monde. On a vu que Guillaume d'Ockham s'interrogeait, au XIVe siècle, sur la provenance des universels, et la réponse était qu'ils sont créés au sein de la langue, comme produits d'une activité humaine. Chaque fois qu'un nouveau concept — ou un nouveau théorème — est créé, le monde s'est modifié partiellement, à condition, bien entendu, que la mémoire s'en perpétue, que sa transmission s'accomplisse.

La culture est vulnérable à une rupture de transmission, tout comme l'espèce dépend, pour sa survie, de la transmission de son patrimoine génétique : la culture requiert la présence de « répertoires », sous la forme de mémoires contenues dans des cerveaux ; elle a besoin de supports, de la même manière qu'un émetteur de télévision n'est rien sans la présence effective de récepteurs.

Cela attire notre attention sur le fait que la notion traditionnelle d'innovation dans la culture humaine comme devant être soit une découverte, soit une invention, suppose que l'homme ne peut être considéré véritablement comme partie intrinsèque de la nature : l'homme l'observe et, à partir de son observation, soit découvre, soit invente. Affirmer qu'il invente revient à dire qu'il ajoute au monde de la nature un élément qui lui est extrinsèque, c'est-à-dire artificiel, autrement dit, en quelque sorte arbitraire, alors qu'en réalité la nature poursuit son évolution par le truchement des œuvres humaines. La seule différence est que, comme l'avait noté Schelling, par l'homme la nature acquiert la conscience d'elle-même.

## *Le calcul différentiel entre mathématiques et physique*

Voici ce que l'on lit sous la plume de John D. Barrow, dans un remarquable ouvrage de vulgarisation scientifique consacré à la physique contemporaine :

> Le développement de la géométrie non euclidienne en tant que branche des mathématiques pures par Riemann au XIXe siècle, ainsi que l'étude d'objets mathématiques appelés *tenseurs*, furent une bénédiction pour le développement de la physique au XXe siècle. Les tenseurs se caractérisent par le fait que leurs composantes changent d'une manière très particulière quand leurs coordonnées sont arbitrairement modifiées. Une telle machinerie mathématique un peu ésotérique s'avéra très exactement ce dont Einstein avait besoin pour pouvoir formuler sa théorie de la relativité généralisée. La géométrie non euclidienne décrivait la distorsion de l'espace et du temps en présence d'énergie-masse, alors que le comportement des tenseurs assurait que toute loi naturelle exprimée en leurs termes demeurerait automatiquement sous une forme identique, que l'observateur soit statique ou en mouvement. Il s'agit pour Einstein d'une heureuse coïncidence que son ami de longue date, le mathématicien pur Marcel Grossmann, eut l'opportunité de le familiariser à ces outils mathématiques. S'ils n'avaient pas été disponibles, Einstein n'aurait pas pu formuler la relativité généralisée [1].

On nous explique donc qu'un objet emprunté aux « mathématiques pures » rendit possible la relativité généralisée, ce qui n'aurait pu être le cas autrement [2]. De plus,

1. J. D. Barrow, *Theories of Everything*, *op. cit.*, p. 189 (je traduis).

2. Il existe cependant des versions moins dramatiques des mêmes événements. En voici une : « Le 29 octobre 1912 [Einstein] écrivit à Arnold Sommerfeld : "Je me consacre exclusivement en ce moment au problème de la gravitation et espère qu'avec l'aide d'un aimable mathématicien qui demeure ici toutes ces difficultés seront résolues." L'aimable mathématicien était Marcel Grossmann, dont les notes méticuleuses avaient permis à Einstein, lorsqu'il était étudiant à l'ETH (l'institut fédéral suisse de technologie), de se préparer pour les examens. Lorsque Einstein était à la recherche de mathématiques qui lui permettraient d'exprimer les principes physiques sur lesquels il se fondait, Grossmann l'avait familiarisé avec le calcul différentiel de

la géométrie riemannienne étant relativement récente, puisqu'elle datait du milieu du XIX^e siècle, il y avait là un autre concours de circonstances particulièrement heureux.

Si j'ai cité ce passage du livre de Barrow, c'est à titre d'illustration seulement, comme une manière de souligner ce qui est perçu en général comme une évolution parallèle de la physique et des mathématiques. L'exemple relaté supporte la représentation en termes de « boîte à outils » selon laquelle les mathématiciens purs mettent au point les outils qui se retrouveront dans la boîte, tandis que le physicien les y choisit selon ses besoins. On constate cependant que les outils mis au point par les mathématiciens purs tombent dans l'oubli si nul ne les utilise, qu'il s'agisse d'un autre usage théorique ou en vue d'une application.

Le cas le plus remarquable sans doute de la manière dont les mathématiques se construisent comme une physique virtuelle est celui du calcul différentiel. Dans ce cas particulier, l'outil fut bâti par les physiciens eux-mêmes qui tentaient de mettre au point une théorie du mouvement qui puisse rendre compte correctement du déplacement, de la vitesse et de l'accélération. L'histoire du calcul différentiel est fort bien documentée[1] : les principaux apports au développement initial de la méthodologie furent ceux de Bonaventura Cavalieri (1598-1647), René Descartes (1596-1650) et Pierre de Fermat (1601-1665) ; elle ne prendrait cependant sa pleine mesure qu'avec les contributions de Gottfried Wilhelm Leibniz (1646-1716) et Isaac Newton (1642-1727), qui se livreraient à cette occasion à une compétition farouche. Les renvois par les créateurs de l'outil à des « différences ultimes », à des « quantités plus petites que toute quantité donnée » ou à des « zéros qualitatifs »[2],

---

Ricci et Levi-Civita » (E. M. MacKinnon, *Scientific Explanation and Atomic Physics*, *op. cit.*, p. 313 ; je traduis).

1. Voir en particulier Carl B. Boyer, *The History of the Calculus and its Conceptual Development* [1949], New York, Dover Publications, 1959, et Charles H. Edwards Jr., *The Historical Development of the Calculus*, New York, Springer-Verlag, 1979, pp. 104-127.

2. C. B. Boyer, *The History of the Calculus and its Conceptual Development*, *op. cit.*, p. 12 (je traduis).

de même que la manière apparemment arbitraire dont une technique mathématique particulière, le développement en série, serait traitée et certains des termes en leur sein, ignorés, contribuèrent à créer autour du calcul différentiel une aura de bricolage négligent. Il devint rapidement évident que, afin d'obtenir la physique visée, les mathématiques elles-mêmes se voyaient violentées toujours davantage, du moins jusqu'à ce que la modélisation qu'elles autorisaient produise le résultat espéré.

Le calcul différentiel ne constitue pas une partie mineure des mathématiques, et, pour utiliser les mots de Morris Kline : « Mis à part la création de la géométrie euclidienne, le calcul différentiel a prouvé être le concept le plus original et le plus fécond de toutes les mathématiques[1]. » C'est Archimède qui le mit en chantier quand il tenta de mettre au point un outil qui permettrait de rendre compte à la fois de la distance parcourue, de la vitesse et de l'accélération. Un début de réponse fut apporté au Moyen Âge lorsque Nicolas Oresme (1323-1382) nota qu'il devait exister une relation du même ordre entre, d'une part, distance parcourue et vitesse et, d'autre part, entre vitesse et accélération. Ce furent Newton et Leibniz qui créèrent à partir de là, au XVII^e et au début du XVIII^e siècle, un outil opérationnel mais très déficient sur le plan théorique.

La mise au point du calcul différentiel eut lieu dans une telle confusion conceptuelle que Berkeley, le fameux philosophe « sensualiste », ne cacha pas son irritation ; dans un ouvrage publié en 1734 et intitulé *The Analyst*, il somma les parties impliquées de retrouver leur dignité perdue, accusant en particulier le défunt Newton d'avoir joué avec les infinitésimaux, notions clés de la nouvelle théorie, comme avec autant de « *ghosts of departed quantities* » (« fantômes de quantités disparues »)[2], et ajoutant que toute vérité

1. Morris KLINE, *Mathematics and the Physical World* [1959], New York, Dover Publications, 1981, p. 363 (je traduis).

2. George BERKELEY, *De Motu and The Analyst. A Modern Edition, with Introductions and Commentary* [1734], trad. anglaise, éd., D. M. Jesseph, Dordrecht (Holland), Kluwer Academic Publishers, 1992, p. 199.

atteinte dans le calcul différentiel l'avait été grâce à la compensation des erreurs[1].

Berkeley se demande « si ces mathématiciens qui s'indignent à l'idée de Mystères [divins], ont jamais pensé à examiner leurs propres Principes[2] ». Dans un commentaire relatif au classement des arguments quant à leur valeur probante par Aristote (dont j'ai rendu compte à propos du second théorème de Gödel), où le syllogisme vient au premier rang en tant que mode suprême de la démonstration scientifique propre à l'analytique, alors que l'induction est, elle, un mode de preuve qui ne convient qu'à la dialectique, portant sur l'opinion, Berkeley fit observer : « [D]ans toute autre Science, les Hommes prouvent leurs Conclusions à l'aide de leurs Principes, et non leurs Principes par leurs Conclusions. Mais si dans la vôtre vous vous autorisez cette manière inhabituelle de procéder, la Conséquence sera que vous devrez vous tourner vers l'Induction et dire adieu à la Démonstration. Et si vous acceptez cela, votre Autorité aura cessé d'indiquer la voie à suivre sur les Points de Raison et de Science. Je n'ai avec vous aucune querelle quant à vos Conclusions mais seulement quant à votre Logique et votre Méthode[3]. » Quelque vingt ans plus tard, d'Alembert appellerait dans le même esprit à améliorer la qualité de la preuve mathématique quand il écrirait : « Jusqu'à présent [...] il a été consacré davantage d'attention à élargir l'édifice qu'à en éclairer l'entrée, à l'élever qu'à en renforcer les fondations[4]. »

Boyer fait observer, dans la conclusion de son *History of the Calculus and its Conceptual Development*, que « les pensées positiviste et matérialiste furent très lentes à accepter la nouvelle interprétation mathématique et insistaient

1. « J'observe [...] que la Conclusion est exacte, non parce que le Carré de *dy* était infiniment petit ; mais parce que cette erreur était compensée par une autre erreur égale et de sens contraire » (Id., *ibid.*, p. 184 ; je traduis).

2. *Ibid.*, p. 220.

3. *Ibid.*, p. 180.

4. Cité par Suart G. Shanker, *Wittgenstein and the Turning-Point in the Philosophy of Mathematics*, State University of New York Press, 1987, p. 261 (je traduis).

pour que le calcul différentiel soit interprété en termes de vélocité et d'intervalles réels, correspondant à des données expérimentales et à de l'algèbre ordinaire[1] » ; il faisait ainsi allusion à la perception persistante que le calcul différentiel avait son fondement dans la physique plutôt qu'au sein des mathématiques pures elles-mêmes, c'est-à-dire au sentiment commun que cette méthode algébrique constituait, selon mon expression, une « physique virtuelle ». À l'opposé, en effet, du cas du calcul tensoriel, mentionné plus haut à propos d'Einstein et où la théorie physique fut mise au point à l'aide d'un objet mathématique préexistant bien que récemment conçu, il s'agissait sans conteste, dans le cas du calcul différentiel, d'un effort visant à rendre compte des corps en mouvement continu, tels les planètes ou le comportement idéalisé de projectiles, à l'aide d'une méthodologie mathématique appropriée, et il fallut, comme on le verra, plus de deux siècles avant que les mathématiciens « purs » ne parviennent, à force de réécritures, à mettre au point une méthodologie qui les satisfasse au plan théorique.

La critique mordante du calcul différentiel par Berkeley avait fait apparaître au plein jour certains de ses aspects problématiques et mettait les mathématiciens en demeure de répondre. Shanker observe, à propos de l'offensive de l'évêque philosophe, que « ce qui était au cœur de [son] attaque était l'argument qu'étant donné que les mathématiques aspirent à juste titre à constituer une science de bon aloi, les vérités qu'elles génèrent exigent le même type exactement de confirmation par les faits que ce qui vaut pour les sciences[2] ». Mais c'est à Kline que revient sans doute le mérite d'avoir décrit le plus fidèlement dans quel contexte intervenait ce souci légitime d'une méthodologie de bonne qualité, lorsqu'il écrit : « Pourquoi les mathématiciens adoptèrent-ils ce bâtard ? La réponse est qu'il se montra si

1. C. B. Boyer, *The History of the Calculus and its Conceptual Development*, *op. cit.*, p. 307 (je traduis).

2. S. G. Shanker, *Wittgenstein and the Turning-Point in the Philosophy of Mathematics*, *op. cit.*, p. 263 (je traduis).

immensément utile dans l'exploration de la nature que leurs cœurs furent conquis même si leur âme demeurait réservée. Ils partageaient une idée qui faisait sens d'un point de vue physique et, puisque les mathématiques et la science physique étaient intimement mêlées et même assimilées au XVII^e et au XVIII^e siècle, ils ne se préoccupaient pas outre mesure de l'absence de rigueur mathématique. On pourrait dire que, pour eux, la fin justifiait les moyens[1]. » Berkeley avait donc vu juste : comme il l'affirmait, certains termes étaient éliminés des développements en série sans justification théorique et, si les choses finissaient par s'arranger, c'était, comme il s'en indignait légitimement, parce que l'on permettait à des erreurs de sens contraire de s'annuler. Il s'agissait d'un expédient, toléré en raison de l'efficacité de l'outil dans la prévision en physique.

Existait-il une justification théorique à cette latitude offerte d'ignorer certains termes des développements en série qui se trouvent au cœur du calcul différentiel ? À première vue, non, sinon la considération purement pragmatique qu'il fallait qu'ils disparaissent pour que la mécanique classique soit juste, c'est-à-dire pour que l'interprétation empirique du modèle fût correcte lorsqu'elle s'appliquait aux objets de la physique des corps en mouvement continu. Dans un contexte très différent, Einstein faisait preuve du même réalisme quand il écrivait, à propos du mouvement brownien et des modèles utilisés pour le représenter : « Le succès de la théorie du mouvement brownien démontra une fois de plus et de manière concluante que la mécanique classique offrait toujours des résultats dignes de foi quand elle était appliquée aux mouvements pour lesquels les dérivées d'ordre supérieur des vitesses sont à ce point petites qu'elles sont négligeables[2]. »

Mettre en évidence comment le calcul différentiel fut entièrement conçu comme une physique virtuelle exigerait

1. M. KLINE, *Mathematics and the Physical World*, *op. cit.*, p. 384 (je traduis).

2. Albert EINSTEIN, « Autobiographical Notes », *in* Paul A. SCHILPP, *Albert Einstein, Philosopher-Scientist*, vol. I, La Salle (Illinois), Open Court, 1949, p. 49 (je traduis).

une démonstration pas à pas dont le degré de détail cadrerait mal dans le présent ouvrage. Au risque donc de simplifier exagérément, je vais cependant m'efforcer — comme je l'ai fait pour la démonstration du second théorème de Gödel — de rendre le cœur de l'argumentation intuitivement intelligible au non-mathématicien.

Supposons donc que l'on utilise une courbe pour représenter (en ordonnée) la vitesse instantanée d'un corps en mouvement à différents moments dans le temps (en abscisse). Nous nous situons dans l'histoire de la mécanique classique au moment où, dans une tentative d'améliorer la théorie aristotélicienne du mouvement, nous nous intéressons à la mesure du changement instantané de la vitesse, autrement dit, à l'accélération. Admettons que nous nous sommes rendu compte (par essai et erreur) que la valeur que nous recherchons pour l'accélération peut être dérivée de la fonction que la courbe représente (graphiquement) pour la vitesse à partir des règles suivantes (la flèche dénote la dérivation de l'accélération à partir de la vitesse : « Si la vitesse peut être modélisée ainsi, alors l'accélération peut être modélisée de la manière suivante ») :

$$\alpha x^n \rightarrow \alpha n x^{n-1}$$
$$\alpha \rightarrow 0$$

où $x$ représente la variable temps, et $\alpha$, une constante. Le premier membre, à gauche de la flèche, est la fonction $y$ ; le second membre, à droite de la flèche, est sa dérivée $\acute{y}$.

Commençons par la seconde règle ; on peut la lire comme signifiant intuitivement : « Si la vitesse est constante, l'accélération est nulle. »

Supposons maintenant que la courbe représentant la vitesse ($y$) à différents moments ($x$) peut être représentée par $y = x^3$ ; il s'ensuit alors, en suivant la première règle, que la valeur de l'accélération (la valeur de la dérivée) à chaque point de la courbe est $\acute{y} = 3x^2$ ($\alpha$ dans ce cas-ci vaut 1 et $n$ vaut 3). La valeur choisie pour la fonction dans cette illustration est bien entendu arbitraire, elle aurait pu tout aussi bien être $x - 2$, ou $x^4 + 0,9x^3 - 14,7$, etc.

Comment faisons-nous pour dériver l'accélération de la vitesse ? Ce que j'offre ici est un raccourci hardi dans l'histoire du calcul différentiel, un peu cavalier sans doute mais comprenant l'essentiel de l'argumentation et demeurant suffisamment proche de la manière dont les mathématiciens ont traité cette question au fil des âges.

Ce qui nous intéresse, c'est le taux de changement en un point particulier de la courbe. Mais qu'est-ce précisément qu'un point de la courbe ? Il s'agit d'une partie de la courbe la plus petite que l'on puisse concevoir. Quelle est sa longueur exacte ? Elle est infiniment petite. Appelons-la dès lors, sur le modèle de « décimal », un infinitésimal et représentons-la par $\varepsilon$.

Que se passe-t-il sur la courbe en un point mesurant exactement $\varepsilon$ ? Puisque la fonction de la courbe est $x^3$, on passe d'un moment $x$, d'un point dans le temps $x$, correspondant à la vitesse $x^3$, à un point dans le temps un peu plus éloigné sur la courbe, éloigné d'un infinitésimal $\varepsilon$, correspondant à $x + \varepsilon$. La vitesse en ce point est donc $(x + \varepsilon)^3$. Mais ce que nous voulions mesurer, c'est un taux de changement dans la vitesse, autrement dit, une accélération. Ce que nous voulons comprendre, c'est la modification de la vitesse quand nous passons du moment $x$ au moment $x + \varepsilon$. Ce qu'il advient de $y$, c'est la différence entre ce que $y$ sera au point $x + \varepsilon$ et ce que $y$ était déjà au point $x$. C'est donc tout simplement le résultat de la soustraction entre $(x + \varepsilon)^3$ et $x^3$, autrement dit $(x + \varepsilon)^3 - x^3$. Dernier petit point à régler, la longueur de $\varepsilon$ est arbitraire, et, pour éliminer cet arbitraire, nous pouvons faire ce que les mathématiciens appellent une normalisation, c'est-à-dire rendre le calcul indépendant de l'unité de mesure adoptée initialement. Ainsi, en statistiques, lorsque l'on veut pouvoir comparer la dispersion de deux courbes, on utilise une valeur normalisée appelée l'écart type. On examine la variabilité des résultats d'un processus et on élimine ensuite l'influence de l'unité que l'on avait utilisée, ceci afin de rendre cette variabilité comparable avec d'autres. Par exemple, le CAC 40 a-t-il été plus chahuté le mois dernier que le cours de l'euro par rapport au dollar ? Le CAC 40 se mesure en points alors qu'un taux de change est précisément un taux. En les ramenant tous deux à leur écart type, on les rend comparables.

Pour normaliser donc ce qui se passe en ε, indépendamment de la valeur exacte du ε choisi initialement, on divise la différence de $(x + \varepsilon)^3$ et $x^3$ par ε. Quelle est la valeur du résultat ? Elle se calcule aisément grâce à la formule newtonienne du développement en série des puissances :

$$[(x + \varepsilon)^3 - x^3]/\varepsilon = [(x^3 + 3x^2\varepsilon + 3x\varepsilon^2 + \varepsilon^3) - x^3]/\varepsilon$$

À l'intérieur des crochets, le $x^3$ dans la parenthèse est annulé par celui de valeur négative en dehors de la parenthèse. On peut alors diviser par ε chacun des autres termes, tous affectés par le coefficient ε, et l'équation peut cette fois se récrire :

$$[(x + \varepsilon)^3 - x^3]/\varepsilon = 3x^2 + 3x\varepsilon + \varepsilon^2$$

Le concept de dérivée est très proche de ce que j'ai appelé « ce qui se passe sur la courbe au point infinitésimal ε ».

La dérivée est $3x^2$. Ceci signifie qu'il a été observé dans le monde empirique que, si la vitesse peut être représentée par le cube du temps [$x^3$], alors l'accélération en chaque point du temps, à chaque moment, peut, elle, être représentée par trois fois le carré de la valeur du point dans le temps [$3x^2$]. Par ailleurs, la valeur que nous venons d'obtenir par raisonnement mathématique à partir de la courbe représentant la fonction vitesse, est $3x^2 + 3x\varepsilon + \varepsilon^2$. Quel est le raisonnement permettant de rapprocher la formule mathématique de ce qui est observé dans le monde sensible ?

L'argumentation procède toujours plus ou moins de la manière suivante : « ε est très petit : c'est un infinitésimal. Porté à la deuxième puissance, nous obtenons le carré de quelque chose qui était déjà en soi très petit et nous pouvons très bien dès lors considérer $\varepsilon^2$ comme négligeable. Ignorons donc le troisième terme $\varepsilon^2$. Le second terme est ε multiplié par trois fois $x$. Comme ε est infiniment petit, quoi que ce soit multiplié par lui devient automatiquement très petit et peut également être ignoré. Donc, seul le premier terme survit, et la valeur de la dérivée est $3x^2$. »

On vérifiera alors aisément que les formules :

$$\alpha x^n \to \alpha n x^{n-1}$$
$$\alpha \to 0$$

rendent compte de tous les cas envisageables.

Du fait que, d'une manière générale, on s'intéresse à ce qui se passe entre un

$$[\ldots + x^n + \ldots]/\varepsilon$$

et un

$$[\ldots + (x + \varepsilon)^n + \ldots]/\varepsilon$$

on constate que, dans la différence entre les deux, le $x^n$ et le premier terme du développement de $(x + \varepsilon)^n$ s'annulent et que le deuxième terme possède la forme $(nx^{n-1}\varepsilon)/\varepsilon$, autrement dit se simplifie en $nx^{n-1}$, tandis que tous les autres termes impliquent $\varepsilon$ et pourront du coup être considérés comme négligeables. Et tel est le cas prototypique de l'ignorance des termes négligeables, l'une des pratiques laxistes dénoncées par Berkeley comme arbitraires. Son ire porte également, comme il a été dit, sur la compensation des erreurs.

Qu'est-ce qui pourrait justifier *a priori* de laisser des erreurs en directions opposées s'annuler ? La réponse fut apportée par Hans Vaihinger, qui défendit la procédure comme l'une des composantes de la philosophie du « comme si », qu'il développa à la fin du XIX^e^ siècle. Voici ce qu'il dit :

> Berkeley rendit un immense service en mettant en évidence de telles contradictions dans la méthode des *fluxions* [1] [...]. Il

1. Le terme utilisé pour les tangentes à des courbes et pour les dérivées de fonctions. (Cette note et les trois suivantes sont de moi.)

> examine de manière détaillée l'artifice grâce auquel les mathématiciens obtiennent leurs résultats, à savoir en commettant une *double* erreur. Au lieu cependant de reconnaître dans cette brillante découverte — qui est plus profonde que les débats de Newton et Leibniz sur la question — la raison du résultat correct et la *justification pour son application*, il rejette la méthode tout entière comme étant illogique, comme contraire au code de conduite traditionnel en logique [...], alors qu'il en avait cependant décrypté le code ! [...] Quant à nous, cette méthode découle très naturellement de notre principe[1] et ne constitue qu'un des aspects des méthodes fictives générales de la pensée : « Disposer ultérieurement des quantités auxiliaires. » [...] La solution réelle des mensonges secrets réside dans le fait que les $dx$ et $dy$[2], dans certains cas, égalent zéro et, dans d'autres, égalent une quantité réelle, même si elle est conçue comme très petite. [...] L'infiniment petit est en fait une fiction. Il est vrai que, grâce à cette fiction (qui se trouve justifiée par la méthode des erreurs antithétiques), le monde de la réalité peut être décomposé en ses éléments ; et c'est ce qui rend possible le progrès du calcul[3].

Pour Vaihinger, les choses sont donc simples : les difficultés rencontrées avaient toutes une source identique chez Newton comme chez Leibniz, qui échouèrent tous deux à reconnaître dans les « fictions » qu'ils durent introduire dans leurs calculs ce qu'elles étaient en fait, à savoir des « quantités auxiliaires dont il faudrait disposer ultérieurement ». Ainsi, de manière caractéristique, et comme dans l'exemple donné plus haut, nous recourons à l'infinitésimal $\varepsilon$, et une fois nos calculs entièrement développés, nous prenons la décision d'ignorer tous les termes où $\varepsilon$ apparaît encore.

Mais s'il est vrai que nous introduisons une fiction pour faciliter le calcul — de la même manière que nous introduisons des constructions, des lignes auxiliaires, dans la démonstration de l'un des théorèmes géométriques des *Éléments* d'Euclide — et que nous sommes ensuite auto-

1. La philosophie du « comme si ».
2. $dx$ est mon $\varepsilon$ ; $dy$ est le changement subi par $y$ quand $x$ devient $x + \varepsilon$.
3. Hans VAIHINGER, *The Philosophy of "As If". A System of the Theoretical, Practical and Religious Fictions of Mankind*, trad. anglaise C. K. Ogden, Londres, Routledge & Kegan Paul, 1924, pp. 117-119 (je traduis de l'anglais).

risés à l'ignorer, comment se fait-il que, comme Vaihinger l'observe, dans certains cas, *dx* et *dy* égalent zéro, alors que, dans certains autres, ils égalent une quantité réelle ? Comment pouvons-nous savoir si l'instance que nous examinons en ce moment est l'une de celles où l'infinitésimal finira par s'évanouir ou au contraire l'une de celles où il est destiné à survivre en tant que faible quantité ? Nous ne pouvons le savoir, car cela dépend des cas, et rien n'en décide sinon la réalité physique dont les mathématiques elles-mêmes doivent rendre compte. Et ceci confirme ce que nous savions déjà : le fait incontournable que le calcul différentiel ne fut pas mis au point en tant que méthode mathématique mais en tant que méthode relevant de la physique. Autrement dit, la méthodologie mathématique du calcul différentiel fut malmenée jusqu'à ce que celui-ci reproduise, lorsqu'il était appliqué, la physique que l'on cherchait à modéliser.

Une objection éventuelle à cette thèse serait que nous savons par ailleurs que le calcul différentiel ne permet pas seulement de rendre compte de taux de changement, de relations entre distances parcourues, vitesses et accélérations, mais également de relations entre entités d'un ordre totalement différent, comme entre formes géométriques, leur aire et les volumes qu'elles engendrent par rotation. La réponse à cette objection est que cette partie de la géométrie qui traite de l'aire et du volume correspondant à un contour particulier n'est elle-même que physique pure. Autrement dit, le calcul différentiel est une méthode relevant de la physique, que cette physique soit celle des corps en mouvement ou celle, plus immédiate, de figures tracées sur le papier ou de formes en rotation dans l'espace. Qu'il existe différentes parties du monde physique dont il soit possible de rendre compte à l'aide des mêmes méthodes mathématiques appartient en effet à cet heureux état de choses qui fait de la modélisation mathématique une entreprise féconde, et c'est ici précisément que réside cette « efficacité déraisonnable » des mathématiques qu'évoque Wigner : dans le fait que la nature recourt parfois à des solutions analogues pour résoudre des questions qui nous apparaissent comme relevant d'ordres différents, ou tout au moins qui se posent dans l'ignorance des frontières que nous établissons entre domaines qui nous semblent, à nous, indiscutablement distincts.

Revenons maintenant à quelques observations faites par Morris Kline et mentionnées antérieurement ; premièrement à propos du calcul différentiel qui se serait révélé avoir été « le concept le plus original et le plus fécond de toutes les mathématiques [1] », et deuxièmement quand il écrivait qu'« ils [les mathématiciens] partageaient une idée qui faisait sens d'un point de vue physique et, puisque les mathématiques et la science physique étaient intimement mêlées et même assimilées au XVIIe et au XVIIIe siècle, ils ne se préoccupaient pas outre mesure de l'absence de rigueur mathématique [2] ». On peut conclure, en rapprochant les deux passages, que le calcul différentiel serait à la fois « le concept le plus original et le plus fécond de toutes les mathématiques » et qu'il révèle également une « absence de rigueur mathématique ». Comment ceci pourrait-il être sans manifester une authentique contradiction ? Pour la raison que je viens d'avancer : parce que, dans le calcul différentiel, l'inculcation de la preuve au sein de la démonstration mathématique fut forcée de se plier aux exigences de la physique. Ce que les observations de Kline laissent précisément apparaître.

Kline écrit, par exemple, à propos du calcul de la distance maximale qu'est susceptible de parcourir un projectile dirigé verticalement vers le haut : « L'argument selon lequel la vélocité au point le plus élevé doit être égale à zéro, est *d'ordre physique plutôt que mathématique*. De plus, cet argument ne s'applique certainement pas aux problèmes de maximum et de minimum où la vitesse n'est pas impliquée. Mais la *réflexion physique* nous a offert ici une indication extrêmement précieuse [3]. » À l'entendre, c'est donc bien la physique et non les mathématiques qui nous a guidé dans

1. M. Kline, *Mathematics and the Physical World*, *op. cit.*, p. 363 (je traduis).
2. *Ibid.*, p. 384.
3. *Ibid.*, p. 376 (je souligne).

la solution d'un problème de nature physique. Allons plus loin, voici ce que Kline dit cette fois à propos d'un problème d'optique : « [...] grâce au calcul différentiel, la dérivation de la loi de réfraction est quasi immédiate. Bien entendu, *cette loi est une loi physique*, et *l'on ne peut pas simplement déduire de nouveaux faits physiques à partir de faits mathématiques*[1]. » Si ce n'est que ceci serait précisément ce à quoi on assisterait dans le cas du calcul différentiel : que les faits physiques puissent être entièrement prévus à partir de la théorie mathématique seule. Et c'est là très exactement ce que Kline affirme, par ailleurs, être le cas : « Nous avons pris notre point de départ dans une formule relative à l'accélération, et, *par des processus purement mathématiques*, nous en avons déduit la formule pour la vélocité et ensuite celle pour la distance [...]. *La déduction mathématique remplace le raisonnement physique*. Nous observons donc comment la capacité de la science à la déduction d'une connaissance physique fut renforcée lors de l'expansion des théories et des techniques mathématiques[2]. »

Kline écrit donc : « La déduction mathématique remplace le raisonnement physique. » Et la raison nous en est, parvenu à ce point, familière : parce que les mathématiques furent forcées de se conformer aux exigences d'une physique virtuelle, elles furent coulées dans le moule que la mécanique classique exigeait d'elles.

On supposa, dans les années 1820, qu'Augustin Cauchy (1789-1857) avait finalement procuré une assise indiscutable au calcul différentiel lorsqu'il proposa de la notion de limite, indispensable à la cohérence de l'ensemble et à l'évanouissement des infinitésimaux en particulier, une définition sans ambiguïté. Or la limite devait également décevoir sous ce rapport, comme dans l'exemple suivant que rapportait Henri Lebesgue :

> Dans le passé, lorsque j'étais écolier, les maîtres et les enfants se satisfaisaient du passage à la limite. Quant à moi, je

1. *Ibid.*, p. 377 (je souligne).
2. *Ibid.* (souligné par l'auteur).

> cessai de m'en contenter quand certains de mes camarades me montrèrent, alors que j'avais quinze ans, que l'un des côtés d'un triangle est égal à la somme des deux autres et que $\pi = 2$. Supposons en effet qu'ABC soit un triangle équilatéral et que D, E et F signalent le milieu de BA, BC et CA. La longueur de la ligne brisée BDEFC est AB + AC. Si nous procédons de la même manière avec les triangles DBE et FEC, nous obtenons une ligne brisée de la même longueur constituée de huit segments, et ainsi de suite. Or ces lignes brisées ont BC pour limite, et par conséquent la limite de leur longueur, autrement dit leur longueur commune, AB + AC, est égale à BC. Le raisonnement pour $\pi$ est analogue [...]. L'exercice me fut très salutaire [...]. L'exemple qui vient d'être mentionné montre que le passage à la limite pour des longueurs, des aires ou des volumes doit être justifié, et ceci suffit en soi à nous inciter à la méfiance[1].

Il s'avéra donc que les efforts de Cauchy avaient échoué à assurer une bonne assise à la question des limites. Abraham Robinson — le fondateur d'une branche des mathématiques appelée l'analyse non standard — écrirait en 1965 : « On suppose généralement que Cauchy établit finalement le calcul différentiel sur une assise rigoureuse. Et l'on pourrait être surpris du coup d'apprendre que les *infinitésimaux* jouaient encore un rôle vital dans son système [...]. Les infinitésimaux de Cauchy sont toujours, pour recourir à l'expression de Berkeley, les *fantômes de quantités disparues*[2]. » Karl Weierstrass (1815-1897) poursuivrait les efforts de clarification. Mais ceux-ci se révélèrent eux aussi insatisfaisants, si bien que l'on considère aujourd'hui que ce sont précisément les travaux de Robinson en analyse non standard, dans les années 1960, qui établirent — enfin — le recours à la limite sur une base solide[3].

1. Cité dans Steve J. Heims, John von Neumann, Norbert Wiener, *From Mathematics to the Technologies of Life and Death*, Cambridge (Massachusetts), MIT Press, 1980, p. 71 (je traduis).

2. Robinson, cité dans Joseph W. Dauben, *Abraham Robinson. The Creation of Nonstandard Analysis. A Personal and Mathematical Odyssey*, Princeton University Press, 1995, pp. 363-364 (je traduis).

3. Cf. Alexander Prestel, « Nonstandard Analysis », *in* H.-D. Ebbinghaus (*et al.*), *Numbers*, *op. cit.*, p. 306.

## *La diagonalisation*

On a vu plus haut que, pour Meyerson, « le cheminement de la pensée » consiste dans l'identification d'entités conçues au départ comme distinctes et assimilées ensuite parce que étant identiques sous un certain rapport. Mais que signifie précisément ce « sous un certain rapport » ? Dans *De l'explication dans les sciences* Meyerson écrit :

> A = A n'est jamais, dans la réalité, une véritable tautologie. A = A est toujours, dans notre pensée, suivi d'une sorte d'appendice sous-entendu et commençant par « quoique... » ou « en dépit du fait que... ». Il doit y avoir *quelque chose*, une circonstance quelconque, qui diversifie le second A du premier, et ce que l'énoncé affirme, c'est qu'au point de vue qui m'intéresse en ce moment, cette circonstance est sans influence. [...] Uniquement parce que nous nous sommes décidés à déclarer négligeable ce que nous y avions vu tout d'abord de différent [1].

Poincaré avait fait observer antérieurement et dans le même esprit que les mathématiques « sont l'art d'attribuer le même nom à des choses différentes [2] ».

Bien entendu, si ce qui apparaît dans les deux membres d'une équation était strictement équivalent, alors les mathématiques ne seraient rien de plus qu'une immense tautologie, une répétition infinie de l'identique, et comment pourrait-on prétendre dans ce cas-là qu'elles constituent un savoir ? Mais Meyerson nous le rappelle : il ne s'agit pas d'une tautologie, et l'on a vu, lorsque nous analysions la démonstration du second théorème de Gödel, que l'engendrement du second membre de l'équation n'est pas, tant s'en faut, un processus automatique de reproduction de l'identique. Que signifie alors ce « sous un certain rapport » qu'il évoque, et comment caractériser l'opération qui a lieu

1. É. MEYERSON, *De l'explication dans les sciences*, *op. cit.*, pp. 174 et 178.
2. Cité dans R. DAVAL, G.-Th. GUILBAUD, *Le Raisonnement mathématique*, *op. cit.*, pp. 124.

lorsque nous générons, à partir du membre gauche de l'équation, son membre droit ?

Partons de la différence incontestable existant entre une équation comme « 0 = 0 » et une autre comme « 5 – 5 = 0 ». Dans le premier cas, rien n'a eu lieu lors du déplacement de la gauche vers la droite, et nous avons bien affaire, dans ce cas-là, à une tautologie, alors que, dans le second cas, un événement est effectivement intervenu, qui pourrait être, dans une interprétation particulière de l'équation, une distance de 5 kilomètres parcourue d'abord vers l'ouest et ensuite vers l'est, pour revenir à son point de départ. Commentons de la même manière un cas comme 2 + 2 = 4. 2 et 2 demeurent 2 et 2, mais 2 plus 2 deviennent 4 du fait qu'on décide d'ignorer désormais les circonstances qui justifiaient antérieurement que le premier 2 et le second 2 soient envisagés séparément. De même, dans la théorie des nombres de Cantor, $1 + x = x$ nous informe de quelque chose : l'équation nous apprend que $x$ ne représente pas un nombre quelconque ; il doit donc s'agir d'un nombre transfini, sans quoi l'addition d'une unité le transformerait ; le signe de l'égalité ici n'est pas passif : il révèle par sa présence la qualité spéciale du $x$ mentionné. Il existe en effet, selon Cantor, une différence entre $1 + x = x$, où l'unité ajoutée à la gauche s'« annihile » au sein de l'infini, et $x + 1 = x$, où, quand elle est « ajoutée à la droite [...], l'unité modifie en fait, selon les règles de l'arithmétique transfinie, le nombre en réalité infini »[1].

J'ai expliqué plus haut que « Cantor, à la fin du XIXe siècle, nia l'irrationnel à de nombreuses reprises à propos des transfinis, et eut recours en particulier à la méthode dite de diagonalisation, qui propose un moyen astucieux de le dépasser ». Quand il introduisit cette méthode, il devint immédiatement clair qu'elle avait des implications si vastes pour la preuve mathématique qu'il était soit nécessaire de la prohiber en raison de sa fausseté, soit, si on l'acceptait, d'explorer les voies entièrement nouvelles qu'elle ouvrait

1. Joseph W. DAUBEN, *Georg Cantor. His Mathematics and the Philosophy of the Infinite* [1979], Princeton University Press, 1990, p. 123 (je traduis).

aux mathématiques. La diagonalisation offre non seulement une excellente illustration de ma thèse selon laquelle les mathématiciens produisent les mathématiques comme une physique virtuelle, mais elle permet aussi d'éclairer les positions antagonistes des réalistes et des antiréalistes sur certaines questions relatives aux fondements des mathématiques.

Cantor recourut à la diagonalisation pour mettre en évidence l'impossibilité d'établir une bijection, une correspondance un à un entre l'ensemble des nombres naturels et l'ensemble des nombres réels entre 0 et 1. Ce qui l'avait conduit à vouloir prouver cette impossibilité, c'était qu'il était insatisfait de la preuve qu'il avait offerte des transfinis (dans *Grundlagen einer allgemeinen Mannigfaltigkeitslehre* [1883]) et en cherchait une preuve plus convaincante. On a vu que les nombres transfinis sont des entités d'ordre infini sur lesquelles certains types de calcul peuvent être opérés. La diagonalisation allait lui offrir la preuve qu'il recherchait, et il fut enfin à même de démontrer l'existence des transfinis à partir des réels (dans *Beiträge zur Begründung der transfiniten Mengenlehre* [1895/1897]). Les réels, rappelons-le, sont composés des rationnels et des irrationnels, tel π. Les rationnels s'obtiennent comme proportions entre deux nombres naturels, lesquels font automatiquement partie des rationnels, chaque nombre naturel étant le rapport entre lui et l'unité : 13 = 13/1. Étant le rapport de 1 à 3, 0,333 333... est un rationnel, mais π ne l'est pas, aucune fraction entre nombres naturels ne pouvant l'engendrer. Les réels dans leur ensemble s'opposent aux nombres imaginaires, qui sont tels que leur carré est un réel négatif.

Je me contente ici, pour expliquer la méthode de diagonalisation, de reproduire la description très précise qu'en a offerte Ladrière :

> Tout nombre réel compris entre 0 et 1 peut être mis sous la forme d'une fraction décimale illimitée dont la partie entière est nulle. Supposons que toutes les fractions de ce type aient pu être rangées en une suite illimitée, c'est-à-dire aient pu être mises en correspondance biunivoque avec la suite des entiers.

Cette suite de fractions se présente sous la forme d'un tableau du type :

| | | | | | | |
|---|---|---|---|---|---|---|
| 1 \| | 0. | $a_1$ | $b_1$ | $c_1$ | $d_1$ | ........ |
| 2 \| | 0. | $a_2$ | $b_2$ | $c_2$ | $d_2$ | ........ |
| 3 \| | 0. | $a_3$ | $b_3$ | $c_3$ | $d_3$ | ........ |
| ........................................ | | | | | | |
| n \| | 0. | $a_n$ | $b_n$ | $c_n$ | $d_n$ | ....... |
| ........................................ | | | | | | |

où les lettres $a_1$, $b_1$ ... représentent des entiers[1].

On peut alors définir de la façon suivante une fraction décimale illimitée du même type, et donc un nombre réel compris entre 0 et 1, qui ne fait certainement pas partie du tableau.

On choisit pour première décimale l'entier obtenu en ajoutant une unité à la première décimale de la première fraction de la suite, pour seconde décimale l'entier obtenu en ajoutant une unité à la seconde décimale de la seconde fraction de la suite, et en général on choisit pour énième décimale l'entier obtenu en ajoutant une unité à la énième fraction de la suite. (On convient de dire qu'en ajoutant une unité à 9 on trouve 0.)

On suit donc, dans cette construction, la diagonale du tableau partant de la première décimale de la première fraction et descendant vers la droite[2].

On obtient ainsi la fraction :

$0. (a_1 + 1) (b_2 + 1) (c_3 + 1)... (n_n + 1)...$

qui est certainement différente de chacune des fractions de la suite puisqu'elle diffère de la première au moins par sa première décimale, de la seconde au moins par sa deuxième décimale, et ainsi de suite[3].

Résumons donc les implications de la méthode de diagonalisation. Elle suppose, comme nous venons de le voir, l'engendrement d'un « paradoxe » : alors que l'on s'efforce d'établir systématiquement la liste complète des nombres d'un type particulier, la diagonalisation suggère une manière de créer un nombre dont il est impossible qu'il appartienne à la liste bien qu'il s'agisse au-delà de tout doute possible d'un nombre dont on s'attend à ce qu'il y soit catalogué. Il existe

1. En fait, des entiers naturels : la présence ici d'un entier négatif priverait l'exercice de sens.

2. On comprend donc que, grâce à cette construction, c'est la diagonale principale du tableau (passant par $a_1$, $b_2$, $c_3$, etc.) qui est reproduite, chacun des nombres qui la constitue étant augmenté d'une unité.

3. J. Ladrière, *Les Limitations internes des formalismes*, *op. cit.*, p. 77.

deux manières de réagir à cette constatation, l'une, typique du réaliste ou pythagoricien, l'autre typique de l'antiréaliste. Pour ce dernier il ne fait aucun doute que la méthode est erronée. On a en effet préalablement défini la liste comme étant celle, exhaustive, d'un certain type de nombres — devant être générés (ou inventés) d'une certaine manière. Le fait que la diagonalisation suggère qu'il existe des nombres « supplémentaires » du même type, n'apparaissant pas sur la liste, révèle seulement que la méthode d'établissement du catalogue était moins fiable que nous ne l'avions imaginé initialement. Le sentiment que notre confiance était mal placée se trouve confirmé par ailleurs par le fait qu'une double diagonalisation engendre un « point fixe », expression renvoyant simplement à un certain type de contradiction. En voici la preuve. Définissons sur X, Y, Z des relations du type « X aime Y » que nous représentons sous la forme « XY ». Nous représentons la négation de « XY » par la notation Neg(XY) que nous interprétons comme signifiant « X n'aime pas Y ». Si nous déterminons maintenant un Z tel que $ZX \leftrightarrow$ Neg(XX)[1], alors en substituant Z à X nous obtenons automatiquement $ZZ \leftrightarrow$ Neg(ZZ), ce qui signifie qu'une proposition implique sa négation, ce qui est bien entendu inacceptable sur le plan logique[2].

Mais si je suis au contraire un mathématicien réaliste, ou d'obédience pythagoricienne, je considérerai que la diagonalisation a révélé un type nouveau de nombre de nature inédite, et mon principal souci sera de découvrir ce que ces nombres signifient. Autrement dit, je ne considérerai pas que la diagonalisation est erronée parce qu'elle suggère qu'il existe des nombres d'une certaine catégorie en sus de tous les nombres de cette catégorie ; j'affirmerai au contraire que la diagonalisation a révélé l'existence d'un type nouveau de nombres — qui était resté jusqu'ici caché, non découvert.

1. Le symbole $\leftrightarrow$ représente la relation d'implication.

2. Bruno Marchal, « Informatique théorique et philosophie de l'esprit », in *Actes du 3e colloque international de l'ARC, « Cognition et connaissance »*, Toulouse, 1988, pp. 206-207.

J'ai mentionné initialement, à propos de Gödel et de son « second théorème », qu'il n'était nullement déconcerté par la notion de « proposition mathématique vraie qui ne puisse être prouvée », puisqu'il s'agit précisément de ce que son théorème est censé mettre en évidence. J'ai examiné plus haut son engagement réaliste militant, qui explique pourquoi la diagonalisation lui paraissait être une méthode parfaitement valide, et nous ne serons pas surpris, du coup, d'apprendre que le « point fixe » de la diagonalisation que je viens d'évoquer ne constituait pas pour lui la confirmation ultime du caractère erroné de la méthode, mais, bien au contraire, lui certifiait que, « par une sorte de miracle, il n'est pas nécessaire de distinguer les ordres et [que] la procédure diagonale ne conduit pas à l'extérieur de la notion telle qu'elle est définie [1] ».

Dans cette perspective, la diagonalisation peut être considérée comme offrant, au choix, une méthode mathématique erronée ou bien la clé d'un monde mathématique nouveau. De même, la double diagonalisation, qui engendre un « point fixe », peut être envisagée comme étant soit une preuve supplémentaire de la fausseté de la méthode, soit une découverte de dimension mystique. Le pythagoricien est enchanté de découvrir ainsi des méthodes originales — même si leur statut est problématique — ouvrant des univers conceptuels inattendus, et il entend montrer que les nouveaux objets révélés de la sorte peuvent, eux aussi, être utilisés pour modéliser le monde. Pour l'antiréaliste, à l'inverse, le fait que le statut de la méthode soit problématique suffit à ses yeux pour qu'il se refuse d'y recourir. Il ira plus loin et exigera même que le domaine des mathématiques qui lui doit son existence soit banni.

Les mathématiciens ont tenté au fil des siècles de purifier leur discipline de toute contamination par le monde sensible, ne se rendant pas compte que leur intuition — en particulier dans le domaine de l'inculcation de la preuve — les ramenait inexorablement dans l'enceinte des modèles

1. Gödel, cité par Id., *ibid.*, p. 219.

plausibles au sein du monde de notre pratique quotidienne : celui de l'Existence-empirique. Tout absorbés à cette tâche, ils érigèrent une physique virtuelle. Dans certains cas, comme celui du calcul différentiel, le projet de fonder une physique fut à ce point explicite qu'un évêque philosophe se sentit obligé de faire un appel du pied et de réclamer un retour à la décence épistémologique ! Dans d'autres cas, le projet s'écartait au contraire délibérément et autant que possible de la tâche de dresser un portrait fidèle du monde sensible, comme quand Gauss, Bolyai, Lobatchevski et Riemann mirent au point des géométries conçues comme des variations par rapport à celle qu'Euclide avait bâtie pour décrire l'Existence-empirique. L'ironie réside ici dans le fait que, les mathématiques générant nécessairement une physique virtuelle, elles composèrent avec les géométries non euclidiennes la boîte à outils qui serait nécessaire pour bâtir l'étourdissant édifice de la relativité généralisée.

### *L'échec de Turing ou la revanche de l'Être-donné*

Alan M. Turing (1912-1954) fut l'un des grands mathématiciens du XXe siècle. On reconnaît également en lui l'un des pionniers incontestables de l'informatique. Il se suicida — sans motif apparent — à l'âge de quarante-deux ans.

Le nom de Turing est connu des non-spécialistes du fait de sa présence dans deux expressions souvent rencontrées dans les débats relatifs à l'intelligence humaine et à la possibilité de la reproduire dans une machine : « machine de Turing » et « test de Turing ». La machine comme le test confortent tous deux la conviction personnelle de Turing qu'aucun obstacle de principe n'existe à une telle entreprise. En fait l'article où le mathématicien propose (en 1950) son test vise à démontrer que tout lecteur raisonnable sera convaincu cinquante ans plus tard (soit aujourd'hui) qu'un robot pense au même titre qu'un être humain et que, comme ce pas sera nécessairement franchi par n'importe qui un demi-siècle plus tard, tout lecteur raisonnable peut le franchir aussi bien au moment même où il prend connaissance du test[1].

Tout comme le test, la machine de Turing vient soutenir l'opinion selon laquelle la pensée humaine et le traitement de l'information par un certain type de machine (une machine de Turing universelle) doivent fonctionner selon un principe (mathématique) unique. Or, rien n'interdit *a priori* de construire une telle machine. Sur cette question de la possibilité même d'une intelligence artificielle, il est curieux que la machine de Turing soit apparue comme un argument au sein du même débat mathématique que le fameux théorème d'incomplétude de l'arithmétique de Gödel, le programme de Hilbert, et pour prouver, de manière similaire, que ce programme est irréalisable. En effet, alors que la machine de Turing vient soutenir le point de vue de la faisabilité, le second théorème de Gödel est toujours invoqué[2] pour prouver que la machine est à jamais incapable de reproduire une pensée de type humain. La raison de ce paradoxe apparent est que les acteurs du débat relatif à l'intelligence artificielle évoquent Gödel ou Turing pour soutenir des points de vue qui se situent à des niveaux différents du débat : Turing pour souligner l'impossibilité de distinguer les processus de la pensée de ceux d'un logiciel complexe, Gödel pour suggérer que, la pensée humaine étant à même de conceptualiser l'incomplétude de l'arithmétique, dépasse celle-ci d'une certaine manière et est donc capable d'opérations d'une autre nature[3].

La carrière professionnelle d'Alan Turing connut trois phases, marquées par la césure de la Seconde Guerre mondiale : dans la période qui précède la guerre, il se

1. J. Lassègue, *Turing, op. cit.*, p. 154.
2. Par exemple, par Roger Penrose, *Shadows of the Mind*, Oxford University Press, 1994.
3. J'ai montré dans *Principes des systèmes intelligents* (*op. cit.*) que la nature essentiellement affective de la dynamique rationnelle humaine élimine automatiquement cette objection ; la peur ou le courage nous permettant de transcender toute indécision de nature purement logique. Je reviens sur cette question plus loin.

consacra à des recherches mathématiques théoriques centrées sur la notion d'effectivité du calcul, c'est-à-dire sur l'existence ou non d'un chemin (au plus) qui conduise d'un système formel donné à une proposition également donnée ; durant la guerre, le travail pratique de cryptographie, le déchiffrement — couronné de succès — des messages échangés par l'amirauté et les sous-marins allemands ; durant la période d'après guerre, les travaux relatifs à la morphogenèse du vivant, fondés sur la conviction que le donné physique premier est celui du mouvement, et que l'entreprise de déchiffrement du monde physique sensible consiste essentiellement dans la traduction du donné naturel continu dans le langage symbolique discret (discontinu) des mathématiques.

La contribution de Turing aux mathématiques théoriques (« théorie de la calculabilité ») se situe au sein du débat mathématique qui caractérisa les années 1920 à 1930. Succinctement, dans la seconde moitié du XIX^e siècle, les mathématiques avaient intégré deux types d'objets non intuitifs : les géométries non euclidiennes (à partir de variations sur le postulat d'Euclide selon lequel il existe une et une seule parallèle à une droite), et les transfinis de Cantor, que nous avons déjà évoqués à plusieurs reprises. Cette accession à la légitimité d'objets non intuitifs[1] privait les mathématiques d'un « sens commun » traditionnel, fondé sur l'immédiateté des entiers « naturels » (1, 2, 3...) et de la géométrie euclidienne. Turing serait de ceux qui contribueraient à refonder les mathématiques sur une notion immédiate comme celle de la calculabilité. La machine de Turing, encore appelée automate, constituerait un moyen très simple de définir sans ambiguïté la notion de calculabilité : tout processus mathématique qu'une « machine de Turing universelle » peut émuler, est calculable.

La machine de Turing est en réalité virtuelle, « théo-

1. L'acceptation d'objets non intuitifs ponctue l'histoire des mathématiques : le zéro, les entiers négatifs, les irrationnels, les transcendants, tel $\pi$, les nombres complexes, constituent autant d'intrusions successives d'objets non intuitifs.

rique », et son concept est aisément décrit : un ruban mobile défile devant une tête de lecture. Le ruban est découpé en cases, lesquelles soit sont vides, soit contiennent un symbole. La tête de lecture lit le contenu de chacune des cases et, en fonction d'un ensemble d'instructions qu'elle possède en mémoire, décide de laisser le symbole lu en l'état ou de l'effacer et de le remplacer par un autre. À la suite de quoi, la machine déplace le ruban d'une case vers la droite ou vers la gauche. Tout étudiant en informatique découvre avec surprise et amusement que des opérations intuitivement complexes peuvent être effectuées à partir d'un nombre réduit d'instructions du type « si..., alors... ». Il est ainsi possible de vérifier avec un bout de papier et un crayon qu'une machine de Turing peut très aisément lire deux nombres (selon leur expression binaire faite de 0 et de 1) et écrire leur somme un peu plus loin sur le ruban (ou, le cas échéant, sur un ruban qui défile parallèlement, la tête d'écriture étant alors distincte de la tête de lecture). On se convainc alors aisément que tout calcul, c'est-à-dire toute transformation d'un nombre en un autre en fonction de règles déterminées, peut être opéré de la même manière.

Dans la contribution qu'apporta Turing à la fondation de l'informatique, il définit (parallèlement aux travaux similaires de von Neumann) les propriétés ainsi que la dynamique (nécessairement inscrite dans la temporalité des opérations d'inscription et de traitement des données) d'une machine mimant la pensée humaine. De la théorisation qu'effectue Turing se dégage l'isomorphisme, l'identité des structures, de la pensée humaine et de la pensée élémentaire des machines — il n'en résulte nullement que l'humain se réduise au machinique, mais, plutôt, que notre technologie machinique a toujours visé à reproduire, sinon l'humain comme aujourd'hui, en tout cas le vivant : « C'est plutôt la machine qui ressemble à l'organisme que l'organisme à la machine[1]. » Dans le domaine biologique de l'embryogenèse, Turing s'intéresse à des phénomènes

1. J. LASSÈGUE, *Turing*, *op. cit.*, p. 91.

aujourd'hui encore non élucidés : les transitions « critiques » où l'informe se transpose soudain en « formé » ; il échoue dans sa tentative et en est réduit à dégager des principes phénoménaux à propos desquels il (ou son coauteur Bernard Richards) est obligé de reconnaître, parlant d'une hypothèse particulière, qu'« en elle-même [elle] est tout à fait arbitraire et reste inexpliquée. Son mérite consiste à remplacer une loi empirique d'apparence assez étrange et magique par quelque chose de plus simple et de moins mystérieux[1] ».

S'inspirant des travaux de d'Arcy Thompson[2] sur le développement des formes, Turing s'intéresse en particulier à la phyllotaxie, branche de la botanique qui analyse les configurations typiques des parties des végétaux. Lassègue rapporte son découragement devant l'impossibilité de « suivre mathématiquement le processus de changement anatomique dans le développement de la marguerite[3] ». Or, les fleurs composées, dont la marguerite est un représentant, ont une propriété curieuse : la disposition des fleurons dans leur centre fait intervenir les « nombres de Fibonacci ». Par exemple, la fleur du tournesol contient 21 spirales dans le sens des aiguilles d'une montre, 34 en sens inverse ; 21 et 34 étant deux nombres de Fibonacci adjacents[4]. Ces mêmes nombres se retrouvent avec une régularité curieuse dans tous les domaines de la phyllotaxie[5], en particulier pour ce

1. Cité par Id., *ibid.*, p. 137.

2. Son principal ouvrage, *On Growth and Form* (1917), exerça par ailleurs une influence décisive sur la genèse de l'anthropologie structurale de Claude Lévi-Strauss.

3. J. Lassègue, *Turing*, *op. cit.*, p. 134.

4. H. E. Huntley, *The Divine Proportion. A Study in Mathematical Beauty*, New York, Dover Publications, 1970, p. 164.

5. Voici un extrait de la correspondance de Turing (*in* A. Hodges, *Alan Turing*, *op. cit.*, p. 437) : « En ce moment, je travaille [...] à ma théorie mathématique de l'embryologie [...]. Je pense arriver à fournir une explication satisfaisante de :

(i) La gastrulation

(ii) Les structures polygonales symétriques, par exemple, les étoiles de mer, les fleurs

(iii) La disposition des feuilles, en particulier la manière dont la série de Fibonacci (0, 1, 1, 2, 3, 5, 8, 13...) semble impliquée

(iv) Les pelages des animaux : tels que rayures, taches et motifs qui touche à l'emplacement des pétioles des feuilles sur la tige[1]. En 1877, le mathématicien anglais Edward Lucas attribua à une série de nombres bien connus depuis le Moyen Âge le nom du mathématicien italien Leonardo Fibonacci (vers 1175-apr. 1240). La série est la suivante 0, 1, 1, 2, 3, 5, 8, 13, 21, 34... À partir du troisième terme, chacun d'eux est la somme de ses deux prédécesseurs immédiats : $f_n = f_{n-1} + f_{n-2}$. Comme toutes les séries additives de ce genre (le choix des deux premiers termes varie), la série de Fibonacci présente la propriété remarquable que le rapport de chacun des termes à son prédécesseur immédiat converge rapidement[2] vers la valeur 1,618 03... Or cette valeur est bien connue par ailleurs : c'est la moitié de la somme de 1 et de la racine carrée de 5 ; elle a été appelée depuis l'Antiquité nombre d'or ou section dorée (et est habituellement représentée par le symbole $\varphi$).

L'ubiquité du nombre d'or est extraordinaire : on le trouve, par exemple, et comme on l'a déjà vu, comme étant le rapport de la diagonale au côté dans le pentagone, mais également, et de manière liée, comme la proportion existant entre les divers segments de droite présents dans le pentacle (l'étoile à cinq branches). Les propriétés remarquables de $\varphi$ sont quasiment infinies. Par exemple, le nombre d'or moins 1 est égal à son inverse : $\varphi - 1 = 1/\varphi$ ; ce qui permet en particulier de définir l'unité à partir de lui : $1 = \varphi - 1/\varphi$. Une série fondée sur $\varphi$, la série dorée : 1, $\varphi$, $\varphi + 1$, $2\varphi + 1$, $3\varphi + 2$, $5\varphi + 3$, $8\varphi + 5$, $13\varphi + 8$..., additive comme la série de Fibonacci ($f_n = f_{n-1} + f_{n-2}$), a pour rapport entre chaque membre de la série et son prédécesseur la même valeur $\varphi$, et ce dès le deuxième terme[3] ; ceci signifiant auto-

---

(v) La forme des structures quasi sphériques comme certains radiolaires, mais ceci est plus difficile et je suis moins sûr d'y parvenir. »

1. Dans un domaine tout différent, Penrose, déjà mentionné à propos de son invocation du théorème d'incomplétude de Gödel comme objection à l'intelligence artificielle, s'étonne que l'on retrouve les nombres de Fibonacci dans la structure des microtubules qui constituent le squelette interne des cellules (R. Penrose, *Shadows of the Mind*, *op. cit.*, pp. 361-362).

2. À la cinquième décimale près dès le vingtième nombre de la série.

3. Il s'agit d'une conséquence de la relation mentionnée précédemment :

matiquement que cette série est en réalité identique à celle des puissances du nombre d'or : 1, φ, $φ^2$, $φ^3$, $φ^4$, $φ^5$... On aura reconnu également au passage que la série dorée additionne deux séries de Fibonacci décalées d'un rang : l'une constituée d'entiers (1, 2, 3, 5, 8, 13...) ; l'autre de quantités de φ. Autre propriété étonnante, les nombres de la série dorée convergent rapidement vers... des nombres entiers[1].

Les rapports curieux qui existent par ailleurs entre constantes mathématiques ne s'arrêtent pas au nombre d'or. Ainsi, π, qui, comme chacun le sait, exprime à la fois le rapport du diamètre (deux rayons) d'un cercle à sa circonférence (2r × π) et celui du carré du demi-diamètre (un rayon) à la surface du cercle ($r^2$ × π), est aussi la valeur limite d'un nombre extraordinaire de suites convergentes. Il se trouve également partie prenante dans la plus remarquable combinaison de constantes mathématiques : $e^{\pi i} = -1$, où *e* (2,302 58...) est la base des logarithmes « naturels » (ou népériens), l'inverse de la fonction exponentielle[2], et *i*, la racine carrée imaginaire de – 1, fondement des « nombres complexes », dont le caractère fictif n'a pas interdit la productivité étonnante en mathématiques[3].

Apparaît ainsi un très étrange fil conducteur entre les phases apparemment disparates de la recherche de Turing

---

φ – 1 = 1/φ. Multipliés par φ, les deux termes de l'équation deviennent φ2 – φ = 1 ou φ2 – φ – 1 = 0 (équation dont les racines sont [autre propriété remarquable] φ et – 1/φ, dont la somme est 1). Le rapport des termes deux et trois (équivalant à chacun des rapports de deux termes successifs dans la série — tous égaux à φ lui-même) est, lui, (φ + 1)/φ = φ, ce qui devient φ + 1 = φ2 lorsque les deux membres de l'équation sont multipliés par φ. En faisant passer les termes du premier membre de l'équation dans le deuxième, on obtient, comme dans le premier cas, 0 = φ2 – φ – 1.

1. Ainsi, le sixième nombre de la série est 11,09, le dixième, 76,01, le seizième, 1 364,000 7, le vingt-deuxième, 24 476,000 04, etc.

2. Lassègue : « On peut décrire la fonction logarithme comme exprimant une relation entre la progression géométrique des puissances d'un même élément (par exemple, la suite : 1, 2, 4, 8, 16, 32, 64...) et la progression arithmétique de ses exposants (dans l'exemple choisi, 1 = 20, 2 = 21, 4 = 22, 8 = 23...) » (J. LASSÈGUE, *Turing*, *op. cit.*, p. 24).

3. Par exemple, dans le cas des fractales autosimilaires de Mandelbrot, utilisées aujourd'hui couramment pour la condensation des données en informatique.

que sont les mathématiques pures, la cryptographie et la morphogenèse du vivant ; ce fil conducteur, c'est celui qui part des « nombres gödeliens » — permettant de coder une information signifiante en nombres insignifiants —, passe par les clés des codes cryptés, qui opèrent une opération identique, mais cette fois à des fins de secret, et aboutit aux nombres de Fibonacci et au nombre d'or — qui semblent être la clé selon laquelle la nature opère dans un nombre étonnant de cas. Ce thème récurrent n'a, bien entendu, pas échappé à Turing lui-même. Lassègue écrit à ce propos : « Selon Turing, le système d'encodage grâce auquel les messages sont cryptés peut être comparé aux lois de l'Univers et les clés d'encodage à ses constantes[1]. » Il s'agit ici, bien sûr, des constantes universelles physiques, telles que la vitesse de la lumière, la gravité universelle ou le nombre d'Avogadro, mais π ou φ doivent, comme nous venons de le voir, être comptés au même rang.

Le fait significatif, ici, est qu'au cours de cette progression la productivité des recherches du mathématicien est décroissante : la théorie de la calculabilité, à laquelle Turing apporte une contribution majeure, est un des monuments des mathématiques du XXe siècle ; la fondation de l'informatique est, il est inutile de le rappeler, un succès inégalé ; le projet « Enigma » de décryptage des messages utilisés par l'Amirauté allemande est lui aussi un succès, et Lassègue rapporte à ce propos le commentaire d'un autre pionnier de l'informatique, Donald Mitchie, selon qui la Grande-Bretagne doit à Turing de ne pas avoir été envahie[2]. Les travaux en embryogenèse sont cependant un échec : quand il s'agit de décoder les chiffres du grand livre de la nature, il faut se contenter de rapporter les clés du code et s'arrêter au bord du déchiffrement. Dans un article qu'il rédige avec Richards, Turing exprime sa frustration : « [...] bien qu'il s'ensuive logiquement que les nombres principaux [des spirales] soient semblables à ceux de la suite de Fibonacci, l'hypothèse en elle-même est tout à fait arbitraire et reste

1. J. Lassègue, *Turing*, *op. cit.*, p. 33.
2. *Ibid.*, p. 32.

inexpliquée. Son mérite consiste à remplacer une loi empirique d'apparence assez étrange et magique par quelque chose de plus simple et de moins mystérieux[1]. »

Ce à quoi la nature confronte Turing, c'est que les nombres et leurs rapports sont significatifs. Le programme de Hilbert, auquel il a consacré le début de son œuvre, était tout entier fondé sur le postulat inverse : que traduire une formule signifiante en un nombre revient à la réduire à un symbolique non intuitif, c'est-à-dire à la rendre insignifiante. Or les nombres de Fibonacci, récurrents en phyllotaxie, et leur connexion étroite avec le nombre d'or rappellent que les nombres ne sont précisément pas indifférents les uns aux autres : mis en présence, ils révèlent chacun un comportement spécifique, ils ont chacun une *eidos*, pour reprendre à Diophante un terme aujourd'hui obsolète. Diophante, mathématicien du IIIe siècle, était, lui, justement, un « éthologue » des nombres, distinguant parmi eux des familles fondées sur leur *eidos*, ou forme, particulière : certains étant des carrés (9), d'autres des cubes (8), ou des produits de carrés par des cubes (72), et ainsi de suite[2]. Or cette *eidos* des nombres est incontournable, et en particulier celle des nombres premiers, dont la progression parmi les entiers procède de la loi logarithmique « naturelle », dont la base est la valeur *e* déjà mentionnée[3]. Le fait que les « nombres gödeliens » reposent sur les combinaisons des nombres premiers pour disposer de leur caractère unique n'aurait-il pas dû déjà mettre la puce à l'oreille de Turing ?

1. *Ibid.*, 137.

2. Cf. Jacob KLEIN, *Greek Mathematical Thought and the Origin of Algebra* [1968], New York, Dover Publications, 1992, p. 141 : « [...] l'œuvre de Diophante constitue en effet une logistique théorique, c'est-à-dire fondée sur une théorie péripatéticienne des relations entre les nombres. Envisagée dans ses propres termes, elle n'est pas organisée en types d'équations et en méthodes de résolution — ce qui est ce que recherchent généralement les interprètes modernes — mais selon les relations possibles que des nombres, tout particulièrement "quadratiques" et "cubiques" et leurs "racines" (côtés) peuvent entretenir les uns avec les autres » (p. 135 ; je traduis).

3. « L'espacement entre deux nombres premiers au voisinage d'un nombre *n* augmente comme le logarithme naturel de *n* » (J. LASSÈGUE, *Turing*, *op. cit.*, p. 24).

J'ai déjà évoqué les travaux de Wittgenstein consacrés aux fondements des mathématiques quand j'ai attiré l'attention sur le fait que mon analyse de la démonstration du second théorème de Gödel se situait dans la ligne de sa propre réflexion. Sa tentative de comprendre la nature profonde du raisonnement mathématique fut certainement la plus complète et la plus fouillée qu'ait connue le XXe siècle.

On pourrait considérer que Wittgenstein, après s'être frotté à l'ultra-formalisme dans les années 1910, consacra le reste de son œuvre à trier, parmi ses emportements juvéniles, lesquels avaient été excessifs et lesquels survivaient, au contraire, au filtre de l'examen critique. Il ne s'intéressa jamais, cependant, à distinguer l'échafaudage syntactique des mathématiques de leur inscription au sein du monde sensible, à cet aspect qui retint précisément l'attention de Diophante et que je viens d'appeler « éthologie » des nombres et que l'on pourrait tout aussi bien qualifier de « physique des nombres naturels ».

Un exemple typique des questions que Wittgenstein se posait dans ses leçons sur les fondements des mathématiques est offert par celle-ci : « Quel genre de proposition est “il y a trois 7 dans π”[1] ? » Bien que des exemples de ce type abondent dans son enseignement, mettant en scène π en particulier, il ne s'intéresse à ma connaissance jamais aux caractéristiques propres à ce nombre irrationnel, à sa physique proprement dite. Il ne se pose pas, par exemple, la question de savoir comment il se fait que, comme nous venons de le voir, π soit à la fois le rapport de la circonférence du cercle à son diamètre et la limite d'un nombre surprenant de suites convergentes, ou bien pourquoi il se trouve impliqué dans l'étonnante combinaison $e^{\pi i} = -1$.

Envisagée au sein de son histoire propre, l'œuvre de Turing progresse donc, au fil de sa carrière, d'une conception (centrale au programme de Hilbert) selon laquelle les nombres sont privés de toute signification à une probléma-

1. Ludwig WITTGENSTEIN, *Wittgenstein Lectures. Cambridge, 1932-1935. From the Notes of Alice Ambrose and Margaret Macdonald*, éd. Alice Ambrose, Oxford, Basil Blackwell, 1979, p. 198 (je traduis).

tique où ce sont les rapports significatifs entre nombres qui semblent fournir la clé. Mieux, si l'on envisage aussi sa contribution majeure à la naissance de l'informatique, c'est la question tout entière de la signification qui s'impose toujours davantage à lui. Il vise à mettre en scène des entités au comportement indifférent et se voit confronté toujours davantage au fait que le monde, lui, n'est pas indifférent.

Quand il parut sur les écrans, en 1937, le film de Walt Disney *Blanche-Neige et les sept nains* (la « folie » de Disney) eut un impact considérable. On s'émerveille aujourd'hui des prouesses de l'informatique en matière d'animation, mais *Blanche-Neige* constituait une révolution du même ordre : à partir du dessin seul, un long métrage réaliste, en Technicolor, était produit pour la première fois. Comme l'efficacité du fordisme, *Blanche-Neige* convainquit Hitler de la supériorité technologique des Américains. Turing fut, lui aussi, un admirateur inconditionnel de *Blanche-Neige* ; ses collaborateurs notèrent son insistance à citer les mots que prononçait la Reine — métamorphosée en sorcière — alors qu'elle préparait la mort de l'héroïne : « Plonge la pomme dans le breuvage. Que la mort qui endort s'y infiltre. » Or, Turing choisit comme instrument de son suicide une pomme plongée dans le cyanure. Seul événement significatif mentionné par ses proches comme annonciateur de sa mort (il se produisit une dizaine de jours auparavant), sa consultation — d'une longueur inhabituelle — avec une diseuse de bonne aventure, dont il sortit livide, et en proie à un désarroi évident[1]. Turing incarne à l'extrême un paradoxe : sur le plan professionnel, un engagement entier à la logique scientifique des systèmes formels, « symboliques » au sens de coupés de la signification ; et une vie privée, au pôle opposé, placée sous l'empire dominateur du signe, du caractère significatif, « symbolique », mais cette fois au sens inverse de « saturé par la signification ».

Revenons à cette réflexion : « Selon Turing, le système d'encodage grâce auquel les messages sont cryptés peut être

1. Tous ces faits d'ordre biographique furent initialement rassemblés dans l'excellente biographie de Turing par A. Hodges, *Alan Turing, op. cit*.

comparé aux lois de l'Univers et les clés d'encodage à ses constantes[1]. » En science, bien entendu, les constantes universelles ne sont pas des clés, mais un donné, le donné irréductible, évoquant la figure terrible car inconnaissable de l'Être-donné. On peut, bien entendu, tenter de les relier les unes aux autres, tenter de réduire leur variété en exprimant l'une comme une fonction de certaines autres, comme avec $e^{\pi i} = -1$, où, si l'on veut, on peut exprimer soit $e$, soit $i$, soit $\pi$ comme une fonction des deux autres : on réduit ainsi le mystère des trois en un mystère de deux, puisque l'un des trois est exprimable comme une combinaison des deux autres[2]. Quoi qu'il en soit, il demeurera toujours un reste, un donné résiduel : la constante universelle qui ne se fonde sur aucune autre. Supposer que celle-ci aussi doive s'expliquer, c'est prendre au sérieux l'idée d'un code, à savoir, automatiquement, l'idée d'un codeur[3]. Et là, on quitte le domaine de la science, pour entrer dans un autre : celui de l'illuminisme.

L'illuminisme a deux versants : la supposition précisément d'une clé d'interprétation universelle, de l'existence d'un code — et d'un codeur —, et le soupçon que cette clé a été connue de certains dans le passé. Autrement dit, à l'inverse de la science, l'illuminisme suppose que l'intelligence accrue du monde dans lequel nous vivons ne résulte pas d'un processus cumulatif qui se poursuivra dans l'avenir, mais de la révélation d'un savoir déjà acquis dans le passé.

Or, qu'on pense à un personnage apparemment aussi peu suspect dans l'histoire de la science qu'Isaac Newton. Sa contribution aux principes fondateurs de la cosmologie scientifique moderne est inégalée, sa contribution à

1. J. Lassègue, *Turing*, *op. cit.*, p. 33.

2. Je suppose, bien entendu, que 1 est non problématique, intuitif ; à moins qu'on ne préfère l'exprimer comme fonction de $\varphi$ ; comme on l'a vu, 1 c'est $\varphi - 1/\varphi$.

3. La thèse cosmologique « anthropique » de John Barrow et Frank Tipler, partant du fait que seules des valeurs proches de celles que l'on constate pour les constantes universelles autorisent l'apparition de la vie, suppose que celle-ci a vraisemblablement un « auteur ».

l'optique, décisive, et son invention (conjointement avec Leibniz) du calcul différentiel, non moins incontestable. Or, ce personnage incontournable dans l'histoire de la physique moderne a poursuivi parallèlement sa quête intellectuelle à l'intérieur de deux autres espaces de modélisation illuministes parfaitement inconciliables avec celui de la Réalité-objective que vise à décrire le discours scientifique. Par ses contributions à la chronologie biblique — dont il apparaît aujourd'hui qu'il lui consacra davantage de temps qu'à la physique scientifique — et à l'alchimie — dont il acquit tous les traités qu'il pouvait acheter et recopia entièrement les autres —, il a poursuivi, à l'intérieur de deux paradigmes inconciliables avec celui de la science, une quête du même type que celle qu'il mena pour la physique. Autrement dit, Newton n'a pas mis tous ses œufs théoriques dans le même panier épistémologique. Il mérite à la fois le titre de grand savant moderne et celui, que lui décerna John Maynard Keynes, de « dernier des mages ».

Le manuscrit dans lequel il nous communique la joie enfantine qui fut la sienne d'avoir pu produire de l'or par la calcination de l'antimoine nous conduit à nous demander si sa plus belle victoire dans le domaine de la connaissance ne fut pas, selon lui, celle qu'il fit dans le domaine de l'alchimie. Il écrit dans son journal : « J'ai sur le feu un tel flacon avec de l'or ainsi dissous, où l'or n'a visiblement pas été dissous en atomes par un corrosif, mais extrinsèquement et intrinsèquement en un mercure aussi vivant et aussi mobile qu'aucun mercure au monde. Car il fait que l'or se met à enfler, grossit, se putréfie et aussi se répand en rejets et en branches, changeant chaque jour de couleur, et dont le spectacle me fascine quotidiennement. Je pense que ceci est un grand secret de l'Alchimie[1]. »

On sait aujourd'hui que Newton entretint par ailleurs une correspondance secrète sur ces sujets avec deux contemporains non moins éminents, le philosophe John Locke et le

1. Cité par Betty J. T. DOBBS, *The Foundations of Newton's Alchemy or "The Hunting of the Greene Lyon"*, Cambridge University Press, 1975, p. 178 (je traduis).

physicien Robert Boyle[1], autres esprits considérés aujourd'hui comme dissipateurs de ténèbres. Il faut s'interroger sur leur duplicité épistémologique à tous trois, qui révèle un doute essentiel quant à la validité ultime du discours proposé par la science et, en conséquence, le refus d'éliminer sans appel les approches illuministes dont l'alchimie fournit le prototype.

Que l'illuminisme puisse tenter le profane en matière de science, voilà qui n'étonnera personne : la conception selon laquelle il est possible de remplacer entièrement l'expérimentation sur le monde empirique par la découverte d'un code caché dans les écrits d'auteurs anciens constitue le type même de raccourci épistémologique qui peut séduire les esprits pressés. On peut même imaginer un savant déçu qui, sentant venir sa mort prochaine, s'abandonne à la même tentation. Mais ceci ne s'applique aucunement à Newton lui-même, qui entreprit ses recherches « parallèles » dès le début de sa carrière intellectuelle. Deux autres options s'offrent : 1) la déception du savant devant la « clôture » de l'explication scientifique, devant les limitations qui sont les siennes (en ne parlant, par exemple, que de l'universel et non du singulier) ; 2) la découverte de faits incontestables soutenant la validité de l'approche illuministe.

Dans le cas de Newton, c'est, selon Richard S. Westfall, la seconde option qui prévaut : « [...] ce qu'il trouva dans le monde de l'alchimie, ce fut la conviction que la nature ne peut pas être réduite à un arrangement de particules inertes de matière. La nature contient des foyers d'activité, des agents dont l'action spontanée produit des résultats dont ne peut rendre compte la seule catégorie d'explication de la philosophie mécanique : des particules de matière en mouvement[2]. »

Turing a-t-il vacillé de la même manière devant des faits incontestables mais qui disqualifiaient les travaux qu'il

1. Cf. Richard S. WESTFALL, « Newton and Alchemy », *in* Brian VICKERS (éd.), *Occult and Scientific Mentalities in the Renaissance*, Cambridge University Press, 1984, p. 315 (je traduis).

2. *Ibid.*, p. 326.

avait entrepris dans la première partie de son œuvre ? Je n'en sais rien. Tout ce que je sais, c'est que les rapports significatifs qu'entretiennent les nombres l'ont ébranlé et que le mur de brique qu'il rencontra dans la récurrence des nombres de Fibonacci au sein du vivant lui évoqua les clés d'encodage d'un système crypté. Si tel fut son doute, il n'aura pu s'empêcher de penser que le « test de Turing » de l'intelligence artificielle est sans portée : si la voie illuministe possède un quelconque mérite, il existe un codeur, et l'intelligence artificielle existe depuis plusieurs dizaines de milliers d'années, car c'est la nôtre.

Le texte qui compose ce livre est essentiellement inédit. J'ai repris cependant ici ou là, en tout ou en partie, la substance de certains articles publiés antérieurement.

1986, « Reprendre à zéro », *L'Homme*, vol. XXVI, n^os^ 97-98, pp. 299-308.

1989, « Intelligence artificielle et mentalité primitive. Actualité de quelques concepts lévy-bruhliens », *Revue philosophique*, n° 4, pp. 515-541.

1990, « Physique contemporaine et pathologie de la langue », *La Revue du MAUSS*, numéro spécial, 8, pp. 137-141.

1991, « Typologie des savoirs et transmission informatique », *in* CHEVALLIER, Denis (dir.), *Savoir faire et pouvoir transmettre*, Rencontres de Royaumont sur la transmission et l'apprentissage des techniques, *Ethnologie de la France*, cahier 6, Éd. de la Maison des sciences de l'homme, pp. 169-187.

1994, « L'intelligence artificielle au confluent des neurosciences et de l'informatique », *Lekton*, vol. IV, n° 2, pp. 85-114.

1996, « La linguistique d'Aristote », *in* RIALLE, Vincent, FISETTE, Denis (dir.), *Penser l'esprit. Des sciences de la cognition à une philosophie cognitive*, Presses universitaires de Grenoble, pp. 261-287.

1999, « What do Mathematicians Teach us about the

World ? An Anthropological Perspective », *Dialectical Anthropology*, vol. XXIV, n° 1, pp. 45-98.

2000, « Le miracle grec », *Papiers du Collège international de philosophie*, n° 51, « Reconstitutions », pp. 17-38.

2000, « Turing, ou la tentation de comprendre », *L'Homme*, n° 153, pp. 251-268.

2001, « La vérité (anthropologique) sur les extra-terrestres », *L'Homme*, n° 156, pp. 197-216.

## RÉFÉRENCES BIBLIOGRAPHIQUES


ALFÉRI, Pierre, *Guillaume d'Ockham, le singulier*, Éd. de Minuit, 1989.

ARISTOTE, *Nicomachean Ethics*, in *Aristotle XIX*, trad. anglaise H. Rackham, Loeb Classical Library, Londres, Heinemann, 1926.

—, *Art of Rhetoric*, in *Aristotle XXII*, trad. anglaise J. H. Freese, Loeb Classical Library, Londres, Heinemann, 1926.

—, *Metaphysics*, Books I-IX, in *Aristotle XVII*, trad. anglaise H. Tredennick, Loeb Classical Library, Londres, Heinemann, 1933.

—, *Metaphysics*, Books X-XIV, in *Aristotle XVIII*, trad. anglaise H. Tredennick, Loeb Classical Library, Londres, Heinemann, 1935.

—, *Parva Naturalia, On Memory and Recollection*, in *Aristotle VIII*, trad. anglaise W. S. Hett, Loeb Classical Library, Londres, Heinemann, 1936.

—, *Categories, On Interpretation, Prior Analytics*, in *Aristotle I*, trad. anglaise H. P. Cooke, H. Tredennick, Loeb Classical Library, Londres, Heinemann, 1949.

—, *Posterior Analytic, Topica*, in *Aristotle II*, trad. anglaise H. Tredennick, E. S. Forster, Loeb Classical Library, Londres, Heinemann, 1960.

—, *Organon*, vol. IV, *Seconds Analytiques*, trad., éd. J. Tricot, Vrin, 1970.

—, *Organon*, vol. VI. *Réfutations sophistiques*, trad., éd., J. Tricot, Vrin, 1977.

—, *La Métaphysique*, 2 vol., trad., éd., J. Tricot, Vrin, 1981.

ARNAULD, Antoine, NICOLE, Pierre, *La Logique ou l'Art de penser* [1662], Vrin, 1981.

AUSTIN, John L., *Philosophical Papers*, Oxford University Press, 1961.

BARROW, John D., *Theories of Everything. The Quest for Ultimate Explanation*, Londres, Vintage, 1990.

BARTHES, Roland, *Le Plaisir du texte*, Éd. du Seuil, 1973.

BAUDRY, Léon, *La Querelle des futurs contingents (Louvain 1465-1475). Textes inédits*, Vrin, 1950.

BAYES, Thomas, « An Essay towards Solving a Problem in the Doctrine of Chances » [1763], *Biometrika*, n° 45, 1958, pp. 293-315.

BENVENISTE, Émile, *Problèmes de linguistique générale*, t. I, Gallimard, coll. « Bibliothèque des Sciences humaines », 1966.

—, *Problèmes de linguistique générale*, t. II, Gallimard, coll. « Bibliothèque des Sciences humaines », 1974.

BERKELEY, George, *De Motu and The Analyst. A Modern Edition, with Introductions and Commentary* [1734], trad. anglaise, éd., D. M. Jesseph, Dordrecht (Holland), Kluwer Academic Publishers, 1992.

BERLIN, Brent, BREEDLOVE, Dennis E., RAVEN, Peter H., « Covert Categories and Folk Taxonomies », *American Anthropologist*, nouv. sér., vol. LXX, n° 2, 1968, pp. 290-299.

—, *Principles of Tzeltal Plant Classification. An Introduction to the Botanical Ethnography of a Mayan-Speaking People of Highland Chiapas*, New York, Academic Press, 1974.

BIARD, Joël (*et al.*), *Introduction à la lecture de « La Science de la logique » de Hegel*, t. II. *La Doctrine de l'essence*, Aubier-Montaigne, 1983, pp. 48-101.

BIERNOFF, David, « Safe and Dangerous Places », *in* HIATT, Lester R. (dir.), *Australian Aboriginal Concepts*, Canberra, Australian Institute of Aboriginal Studies, 1978.

BLACKMORE, John T., *Ernst Mach, his Work, Life and Influences*, Berkeley, University of California Press, 1972.

BLANCHÉ, Robert, *La Logique et son histoire d'Aristote à Russell*, Armand Colin, 1970.

BLONDEL, Charles, *La Mentalité primitive*, Stock, 1926.

BLURTON-JONES, Nicholas, KONNER, Mel, « !Kung Knowledge of Animal Behavior », *in* LEE, Richard B., DEVORE, Irven (dir.), *Kalahari Hunter-Gatherers. Studies of the !Kung San & Their Neighbors*, Cambridge (Massachusetts), Harvard University Press, 1976.

BOBROW, Daniel G. (dir.), *Qualitative Reasoning about Physical Systems*, Amsterdam, North-Holland, 1984, pp. 1-5.

BOHR, Niels, « Discussion with Einstein on Epistemological Problems in Atomic Physics » [1949], *in* SCHILPP, Paul A. (éd.), *Albert Einstein : Philosopher-Scientist*, La Salle (Illinois), Open Court, 1970, pp. 201-241.

BOUVERESSE, Jacques, *Le Pays des possibles. Wittgenstein, les mathématiques et le monde réel*, Éd. de Minuit, 1988.

BOYER, Carl B., *The History of the Calculus and its Conceptual Development* [1949], New York, Dover Publications, 1959.

BRAITHWAITE, Richard B., « Introduction », *in* GÖDEL, Kurt, *On Formally Undecidable Propositions of "Principia Mathematica" and*

*Related Systems* [1931], trad. anglaise B. Meltzer [1962], New York, Dover Publications, 1992.

BRIGHT, Jane Orstan, BRIGHT, William, « Semantic Structures in Northwestern California and the Sapir-Whorf Hypothesis », *in* HAMMEL, Eugene A. (éd.), *Formal Semantic Analysis* (rapport d'une conférence de juin 1964 patronnée par la fondation Wenner-Gren/Anthropological Research, Inc.), *American Anthropologist*, vol. LXVII, n° 5, part. II, 1965, pp. 249-258.

BROADIE, Alexander, *Introduction to Medieval Logic*, New York, Clarendon Press, Oxford University Press, 1987.

BULMER, Ralph, « Worms that Croak and Other Mysteries of Karam Natural History », *Mankind*, n° 6, 1968, pp. 621-639.

—, « Mystical and Mundane in Kalam Classification of Birds », *in* ELLEN, Roy F., REASON, David (dir.), *Classifications in Their Social Context*, Londres, Academic Press, 1979, pp. 57-79.

—, Ian S. MAJNEP, *Birds of my Kalam Country*, University of Auckland Press, 1977, pp. 45-46.

BURTT, Edwin A., *The Metaphysical Foundations of Modern Science* [1925], Londres, Routledge, 3e éd. révis., 1980.

BYRNE, Edmund F., *Probability and Opinion. A Study in the Medieval Presuppositions of Post-medieval Theories of Probability*, La Haye, Martinus Nijhoff, 1968.

CARROLL, Lewis [Charles L. Dodgson], *Logique sans peine* [1897], Hermann, 1966.

CASSIN, Barbara, « Du faux ou du mensonge à la fiction », *in* CASSIN, B. (éd.) *Le Plaisir de parler*, Éd. de Minuit, 1986, pp. 3-29.

CASSIRER, Ernst, *Langage et mythe. À propos des noms de dieux* [1953], Éd. de Minuit, 1973.

CHENG, François, *Vide et plein. Le langage pictural chinois*, Éd. du Seuil, 1979.

CHOMSKY, Noam, *The Minimalist Program*, Cambridge (Massachusetts), MIT Press, 1995.

CICÉRON, *De Fato*, in *Cicero IV*, trad. anglaise H. Rackham, Loeb Classical Library, Londres, Heinemann, 1942.

CICÉRON (PSEUDO-), *Ad Herennium*, trad. anglaise H. Caplan, Loeb Classical Library, Londres, Heinemann, 1954.

CROMBIE, Alistair C., *Robert Grosseteste and the Origins of Experimental Science, 1100-1700*, Oxford University Press, 1953.

DAUBEN, Joseph W., *Georg Cantor. His Mathematics and the Philosophy of the Infinite* [1979], Princeton University Press, 1990.

—, *Abraham Robinson. The Creation of Nonstandard Analysis. A Personal and Mathematical Odyssey*, Princeton University Press, 1995.

DAVAL, Roger, GUILBAUD, Georges-Théodule, *Le Raisonnement mathématique*, PUF, 1945.

DAWSON Jr., John W., « Kurt Gödel in Sharper Focus », *in* SHANKER,

Stuart G. (dir.), *Gödel's Theorem in Focus*, Londres, Croom Helm, 1988, pp. 1-16.

—, « The Reception of Gödel's Incompleteness Theorems », *ibid.*, pp. 74-95.

DE KLEER, Johan, BROWN, John S., « A Qualitative Physics Based on Confluences », *in* BOBROW, Daniel G. (dir.), *Qualitative Reasoning about Physical Systems*, Amsterdam, North-Holland, 1984, pp. 7-83.

DELBOS, Geneviève, JORION, Paul, *La Transmission des savoirs*, Éd. de la Maison des sciences de l'homme, 1984.

—, « La nature ou le réel forclos », *in* CADORET, Anne (dir.), *Chasser le naturel, Cahiers d'études rurales*, n° 5, 1988, pp. 15-21.

DERRIDA, Jacques, *La Dissémination*, Éd. de Minuit, 1972.

DÉTIENNE, Marcel, *Les Maîtres de vérité dans la Grèce archaïque*, François Maspéro, 1967.

—, *L'Invention de la mythologie*, Gallimard, 1981.

DOBBS, Betty J. T., *The Foundations of Newton's Alchemy or "The Hunting of the Greene Lyon"*, Cambridge University Press, 1975.

DUBY, Georges, *Le Chevalier, la femme et le prêtre*, Hachette, 1981.

DUHEM, Pierre, *Le Système du monde*, t. I, Hermann, 1965.

—, *SOZEIN TA PHAINOMENA*. Sur la notion de théorie physique de Platon à Galilée [1908], Vrin, 1982.

DUMONT, Jean-Paul (éd.), *Les Écoles présocratiques*, Gallimard, « Folio Essais », 1991.

DUPRÉEL, Eugène, *Les Sophistes*, Neuchâtel, Éditions du Griffon, 1948.

DURKHEIM, Émile, *Les Formes élémentaires de la vie religieuse* [1912], PUF, 1968.

—, MAUSS, Marcel, « De quelques formes primitives de classification. Contribution à l'étude des représentations collectives » [1901-1902], *L'Année sociologique*, n° 6, 1903, pp. 1-72 ; reproduit *in* MAUSS, Marcel, *Œuvres complètes*, t. II. *Représentations collectives et diversité des civilisations*, Éd. de Minuit, 1969.

EINSTEIN, Albert, « Autobiographical Notes », *in* SCHILPP, Paul A., *Albert Einstein, Philosopher-Scientist*, vol. I, La Salle (Illinois), Open Court, 1949, pp. 3-94.

ÉLIE, Hubert, *Le Complexe significabile*, Vrin, 1936.

EDWARDS Jr., Charles H., *The Historical Development of the Calculus*, New York, Springer-Verlag, 1979.

ESPAGNAT, Bernard (d'), *Une incertaine réalité. Le monde quantique, la connaissance et la durée*, Gauthier-Villars, 1985.

EVANS-PRITCHARD, Edward E. (sir), *Nuer Religion*, New York, Clarendon Press, Oxford University Press, 1956.

FAN Keh-Li, *Le Mot vide dans la langue chinoise classique*, Librairie You Feng, 1991.

FARGE, Marie, « L'approche numérique : simulation ou simulacre des phénomènes », *in* PETITOT, Jean (dir.), *Logos et théorie des catastrophes. À partir de l'œuvre de René Thom*, Genève, Patino, 1988, pp. 119-139.

FAUCONNET, Paul, *La Responsabilité. Étude de sociologie*, Félix Alcan, 1928.

FEYERABEND, Paul K., *Against Method*, Atlantic Highlands (New Jersey), Humanities Press, 1974.

FOWLER, David H., *The Mathematics of Plato's Academy. A New Reconstruction*, New York, Clarendon Press, Oxford University Press, 1990.

FREDE, Michael, « The Original Notion of Cause » [1980], *in* SCHOFIELD, Malcolm, BURNYEAT, Myles, BARNES, Jonathan (dir.), *Doubt and Dogmatism — Studies in Hellenistic Epistemology*, Oxford University Press, 1989, pp. 217-249 ; reproduit en français in *Revue de métaphysique et de morale*, n° 4, 1989, pp. 483-511.

—, « The Sceptic's Two Kinds of Assent and the Question of the Possibility of Knowledge » [1984], *in* BURNYEAT, Myles, FREDE, Michael (dir.), *The Original Sceptics : A Controversy*, Indianapolis, Hackett Publishing Company, 1997, pp. 127-151.

—, *Essays in Ancient Philosophy*, Minneapolis, University of Minnesota Press, 1987.

FREUD, Sigmund, *Cinq leçons sur la psychanalyse* [1908], Payot, 1968.

FRIEDBERG, Claudine, « Socially Significant Plant Species and Their Taxonomic Position among the Bunaq of Central Timor », *in* ELLEN, Roy F., REASON, David (dir.), *Classifications in Their Social Context*, Londres, Academic Press, 1979, pp. 81-101.

GALILÉE, *Discours et démonstrations mathématiques concernant deux sciences nouvelles* [1638], Armand Colin, 1970.

GERNET, Jacques, « Petits écarts et grands écarts. Chine », *in* BOTTÉRO, Jean (*et al.*), *Divination et Rationalité*, Éd. du Seuil, 1974, pp. 52-69.

GILSON, Étienne, *La Philosophie au Moyen Âge*, Payot, 1922.

—, *Le Thomisme. Introduction au système de saint Thomas d'Aquin*, Vrin, 1927.

GÖDEL, Kurt, « Die Vollständigkeit des Axiome des Logischen Funktionenkalküls », *Monatshefte für Mathematik und Physik*, vol. XXXVII, 1930.

—, « Über formal unentscheidbare Sätze der *Principia Mathematica* und verwandter Systeme I », *Monatshefte für Mathematik und Physik*, vol. XXXVIII, 1931.

—, *On Formally Undecidable Propositions of "Principia Mathematica" and Related Systems* [1931], introd. R. B. Braithwaite, trad. anglaise B. Meltzer [1962], New York, Dover Publications, 1992.

GRAHAM, Angus C., « China, Europe, and the Origins of Modern Science : Needham's The Great Titration », *in* NAKAYAMA, Shigeru,

SIVIN, Nathan (éd.), *Chinese Science, Explorations of an Ancient Tradition*, Cambridge (Massachusetts), MIT Press, 1973, pp. 45-69.

—, *Disputers of the Tao. Philosophical Argument in Ancient China*, La Salle (Illinois), Open Court, 1989.

—, *Studies in Chinese Philosophy and Philosophical Literature*, State University of New York Press, 1990.

GRANET, Marcel, *La Pensée chinoise*, Albin Michel, 1934.

GRISWOLD, Charles L., « La naissance et la défense de la raison dialogique chez Platon », in MATTEI, Jean-François (dir.), *La Naissance de la raison en Grèce*, actes du congrès de Nice, 18-21 mai 1987, PUF, 1990, pp. 360-387.

GUILLAUME, Gustave, *Leçons de linguistique*, t. V. *Systèmes linguistiques et successivité historique des systèmes II, 1956-1957*, Québec, Presses de l'Université Laval, 1982.

GUTHRIE, William C. K., *Les Sophistes* [1971], Payot, 1988.

HAGGARTY, Rod, *Fundamentals of Mathematical Analysis*, Wokingham, Addison-Wesley, 1993.

HALLEN, Barry, SODIPO, J. Olubi, *Knowledge, Belief and Witchcraft*, Londres, Ethnographica, 1986.

HALLPIKE, Christopher R., *The Foundations of Primitive Thought*, New York, Clarendon Press, Oxford University Press, 1979.

HAMELIN, Octave, *Le Système d'Aristote* [1905], Vrin, 1985.

HANSEN, Chad, *Language and Logic in Ancient China*, Ann Arbor, University of Michigan Press, 1983.

HART, Herbet L. A., HONORÉ, Tony, « Causation in the Law », *The Law Quarterly Review*, vol. LXXVII, 1956, pp. 58-90, 260-281, 398-417.

HARTMANN, Nicolai, « Proclus, principes philosophiques des mathématiques » [1909], *in* BRETON, Stanislas, *Philosophie et mathématique chez Proclus*, Beauchêne, 1969, pp. 173-243.

—, « Hegel et le problème de la dialectique du réel », *in* ANDLER, Charles (*et al.*), *Études sur Hegel*, Armand Colin, 1931, pp. 9-40.

HEGEL, G. W. Friedrich, *La Positivité de la religion chrétienne* [1796], trad. collective, PUF, 1983.

—, *Les Orbites des planètes* [1801], trad. F. de Gandt, Vrin, 1979.

—, *Phénoménologie de l'esprit* [1807], t. I, trad. J. Hyppolite, Aubier-Montaigne, 1941.

—, *Science de la logique*, t. II. *La Logique subjective ou doctrine du concept* [1816], trad. P.-J. Labarrière et G. Jarczyk, Aubier-Montaigne, 1981.

—, *Encyclopedia of the Philosophical Sciences in Outline and Critical Writings* [1817-1830], éd. E. Behler, New York, Continuum, 1990.

—, *La Raison dans l'histoire* [1828], UGE, 1979.

—, *Leçons sur l'histoire de la philosophie*, t. III [1829-1830], trad. P. Garniron, Vrin, 1972.

—, *Leçons sur l'histoire de la philosophie*, t. IV [1829-1830], trad. P. Garniron, Vrin, 1975.

—, *Hegel's Philosophy of Mind : Being Part Three of the "Encyclopædia of the Philosophical Sciences"* [1830], trad. anglaise W. Wallace, New York, Clarendon Press, Oxford University Press, 1971.

—, *La Théorie de la mesure*, avec un commentaire d'A. Doz, PUF, 1970.

—, *Précis de l'Encyclopédie des sciences philosophiques* [1817-1830], trad. J. Gibelin, Vrin, 1987.

—, *Lectures on the History of Philosophy*, t. I. *Greek Philosophy to Plato* [1840], trad. anglaise E. S. Haldane, introduction F. C. Beisler, Lincoln, University of Nebraska Press, 1995.

—, *Miscellaneous Writings*, dir. J. Stewart, Evanston (Illinois), Northwestern University Press, 2002.

HEIMS, Steve J., NEUMANN, John von, WIENER, Norbert, *From Mathematics to the Technologies of Life and Death*, Cambridge (Massachusetts), MIT Press, 1980.

HODGES, Andrew, *Alan Turing. The Enigma of Intelligence*, Londres, Unwin Paperbacks, 1983.

HOFSTADTER, Douglas R., *Gödel, Escher, Bach, An Eternal Golden Braid*, Brighton, The Harvester Press, 1979.

HOLTON, Gerald, « Mach, Einstein and the Search for Reality », *Dædalus*, n° 97, 1968, pp. 636-673.

HOOKER, Clifford (dir.), *The Logico-Algebraic Approach to Quantum Mechanics*, Dordrecht (Holl.), Reidel, 1975.

HOOYKAAS, Reijer, *Religion and the Rise of Modern Science*, Edinburgh, Scottish Academic Press, 1972.

HORTON, Robin, « African Traditional Thought and Western Science », *Africa*, vol. XXXVII, n$^{os}$ 1-2, 1967, pp. 50-71, 155-187.

—, « Tradition and Modernity Revisited », *in* HOLLIS, Martin, LUKES, Steven (dir.), *Rationality and Relativism*, Oxford, Basil Blackwell, 1982, pp. 201-260.

HUBERT, Henri, MAUSS, Marcel, « Introduction à l'analyse de quelques phénomènes religieux », *Revue d'histoire des religions*, n° 58, 1906, pp. 163-203.

HUNN, Eugene S., *Tzeltal Folk Zoology. The Classification of Discontinuities in Nature*, New York, Academic Press, 1977.

HUNTLEY, H. E., *The Divine Proportion. A Study in Mathematical Beauty*, New York, Dover Publications, 1970.

JAMMER, Max, *The Philosophy of Quantum Mechanics*, New York, John Wiley & Sons, 1974.

JARCZYK, Gwendoline, *Système et liberté dans la logique de Hegel*, Aubier-Montaigne, 1980.

JOHNSON-LAIRD, Philipp N., *Mental Models. Towards a Cognitive Science of Language, Inference, and Consciousness*, Cambridge University Press, 1983.

JORION, Paul, « The Priest and the Fishermen : Sundays and Weekdays in a Former Theocracy », *Man*, Londres, vol. XVII, n° 2, 1982, pp. 275-286.

—, « Le sujet dans la parenté africaine », in *Aspects du malaise dans la civilisation*, actes du colloque du CNRS, groupe Psychanalyse et pratiques sociales, juin 1984, Navarin, 1987, pp. 174-181.

—, compte rendu de HALLEN, Barry, SODIPO, J. Olubi, *Knowledge, Belief and Witchcraft. Analytical Experiments in African Philosophy*, *L'Homme*, vol. XXVII, n° 101, 1987, pp. 160-162.

—, « La vraisemblance discrète du préjugé », *L'Homme*, vol. XXIX, n[os] 111-112, 1989, pp. 67-73.

—, « Intelligence artificielle et mentalité primitive. Actualité de quelques concepts lévy-bruhliens », *Revue philosophique*, n° 4, 1989, pp. 515-541.

—, *Principes des systèmes intelligents*, Masson, 1990.

—, « An Alternative Neural Network Representation for Conceptual Knowledge », *British Telecom CONNEX Conference*, Martlesham Heath (Essex), Royaume-Uni, janvier 1990 (*http://cogprints.org/480/0/GRAPH.html*).

—, « Le prix comme proportion chez Aristote », *La Revue du MAUSS*, numéro spécial 15-16, 1992, pp. 100-110.

—, « L'intelligence artificielle au confluent des neurosciences et de l'informatique », *Lekton*, vol. IV, n° 2, 1994, pp. 85-114.

—, « Statut, rareté et risque », *Recherches sociologiques*, vol. XXVI, n° 3, 1995, pp. 61-76.

—, « Jean Pouillon et le mystère de la chambre chinoise », *L'Homme*, vol. XXXVII, n° 143, 1997, pp. 91-99.

—, « Aristotle's Theory of Price Revisited », *Dialectical Anthropology*, vol. XXIII, n° 3, 1998, pp. 247-280.

—, « Le secret de la chambre chinoise », *L'Homme*, vol. XXXIX, n° 150, 1999, pp. 177-202.

—, « What do Mathematicians Teach us about the World ? An Anthropological Perspective », *Dialectical Anthropology*, vol. XXIV, n° 1, 1999, pp. 45-98.

JORION, Paul, DELBOS, Geneviève, « La notion spontanée de magie dans le discours anthropologique », *L'Homme*, vol. XX, n° 1, 1980, pp. 91-103.

—, « Truth is Shared Bad Faith. *Common Ground* and *Presupposition* in the Light of a Dialectical Model of Conversational Pragmatics », *in* ALLWOOD, Jens, HJELMQUIST, Erland (dir.), *Foregrounding Background*, Lund, Doxa, 1985, pp. 87-97.

JUNG, Carl Gustav, « The Psychological Diagnosis of Evidence » [1905], *in* JUNG, Carl Gustav, *The Collected Works*, t. II. *Experimental Researches*, Londres, Routledge & Kegan Paul, 1973, pp. 318-352.

—, « On the Doctrines of Complexes », *in* JUNG, Carl Gustav, *The*

*Collected Works*, t. II. *Experimental Researches* [1913], Londres, Routledge & Kegan Paul, 1973, pp. 598-604.

—, RIKLIN, Franz, « The Associations of Normal Subjects », *in* JUNG, Carl Gustav, *The Collected Works*, t. II. *Experimental Researches* [1906], Londres, Routledge & Kegan Paul, 1973, pp. 3-196.

KERFERD, George B., « Le sophiste vu par Platon : un philosophe imparfait », *in* CASSIN, Barbara (dir.), *Positions de la sophistique*, Vrin, 1986, pp. 13-25.

KLEIN, Jacob, *A Commentary on Plato's Meno*, Chicago University Press, 1965.

—, *Greek Mathematical Thought and the Origin of Algebra* [1968], New York, Dover Publications, 1992.

KLINE, Morris, *Mathematics and the Physical World* [1959], New York, Dover Publications, 1981.

KNEALE, William et Martha, *The Development of Logic* [1962], New York, Clarendon Press, Oxford University Press, 1986.

KNECHT, Herbert H., *La Logique chez Leibniz. Essai sur le rationalisme baroque*, Lausanne, L'Âge d'Homme, 1981.

KOESTLER, Arthur, *The Sleepwalkers. A History of Man's Changing Vision of the Universe* [1959], Harmondsworth, Penguin Books, 1968.

KOJÈVE, Alexandre, « L'origine chrétienne de la science moderne », in *L'Aventure humaine. Mélanges Alexandre Koyré*, t. II, Hermann, 1964, pp. 295-306.

—, *Essai d'une histoire raisonnée de la philosophie païenne*, t. I. *Les Présocratiques*, Gallimard, 1968.

—, *Essai d'une histoire raisonnée de la philosophie païenne*, t. II. *Platon-Aristote*, Gallimard, 1972.

—, *L'Empereur Julien et son art d'écrire* [1958], Fourbis, 1990.

KOYRÉ, Alexandre, *Du monde clos à l'univers infini* [1948], Gallimard, 1973.

—, *Études d'histoire de la pensée scientifique* [1957], Gallimard, 1973.

KUIPERS, Benjamin, « Commonsense Reasoning about Causality : Deriving Behavior from Structure », *in* BOBROW, Daniel G. (dir.), *Qualitative Reasoning about Physical Systems*, Amsterdam, North-Holland, 1984, pp. 169-203.

LACAN, Jacques, *Écrits*, Éd. du Seuil, 1966.

LADRIÈRE, Jean, *Les Limitations internes des formalismes. Étude sur la signification du théorème de Gödel et des théorèmes apparentés dans la théorie des fondements des mathématiques* [1957], Jacques Gabay, 1992.

LAËRCE, Diogène, *Vie, doctrines et sentences des philosophes illustres*, t. II, Garnier, 1965.

LANGFORD, Charles K., *L'Analyse technique. Initiation au suivi boursier*, Paris, Montréal, SEFI, 1988.

LASSÈGUE, Jean, « Le test de Turing et l'énigme de la différence des sexes », *in* ANZIEU, Didier (*et al.*), *Les Contenants de pensée*, Dunod, 1993, pp. 145-195.

—, « What Kind of Turing Test Did Turing Have in Mind ? », *Tekhnema* n° 3, 1996.

—, *Turing*, Les Belles Lettres, 1998.

LEENHARDT, Maurice (éd.), *Les Carnets de Lucien Lévy-Bruhl*, PUF, 1949.

LEPLIN, Jarrett, *Scientific Realism*, Berkeley, University of California Press, 1984.

LÉVI-STRAUSS, Claude, *Race et histoire*, UNESCO, 1952.

—, *Anthropologie structurale*, Plon, 1958.

—, *La Pensée sauvage*, Plon, 1962.

—, *Mythologiques*, 4 vol., Plon, 1964-1971.

LÉVY-BRUHL, Lucien, *Les Fonctions mentales dans les sociétés inférieures*, Félix Alcan, 1910.

—, *La Mentalité primitive*, PUF, 1922.

—, *L'Âme primitive*, Félix Alcan, 1927.

—, *Le Surnaturel et la nature dans la mentalité primitive*, Félix Alcan, 1931.

—, *La Mythologie primitive*, 2e éd., Félix Alcan, 1935.

—, *L'Expérience mystique et les symboles chez les primitifs*, Félix Alcan, 1938.

LEWIS, David K., *Counterfactuals*, Cambridge (Massachusetts), Harvard University Press, 1973.

LICHTENBERG, Allan J., LIEBERMAN, Michael A., *Regular and Stochastic Motion*, New York, Springer-Verlag, 1983.

LLOYD, Geoffrey E. R., *Polarity and Analogy. Two Types of Argumentation in Early Greek Thought*, Cambridge University Press, 1966.

—, *Demystifying Mentalities*, Cambridge University Press, 1990.

LOCHAK, Georges, « La géométrisation de la physique », *in* PETITOT, Jean (dir.), *Logos et théorie des catastrophes. À partir de l'œuvre de René Thom*, colloque de Cerisy-la-Salle, Genève, Patino, 1988, pp. 187-197.

—, *La Géométrisation de la physique*, Flammarion, 1994.

LOCKE, John, *An Essay Concerning Human Understanding* [1689], Londres, Ward, Lock & Co, s. d.

MACH, Ernst, *The Science of Mechanics. A Critical and Historical Account of its Development* [1893], La Salle (Illinois), The Open Court, 1960.

MACKINNON, Edward M., *Scientific Explanation and Atomic Physics*, Chicago University Press, 1982.

MANNONI, Octave, « Je sais bien, mais quand même... », in *Clés pour l'imaginaire, ou l'Autre Scène*, Éd. du Seuil, 1969, pp. 9-34.

MARCHAL, Bruno, « Informatique théorique et philosophie de l'esprit », in *Actes du 3e colloque international de l'ARC, « Cognition et connaissance »*, Toulouse, 1988.

MARGENAU, Henry, « Probability, Many-Valued Logics and Physics » [1935], in *Physics and Philosophy. Selected Essays*, Dordrecht (Holl.), D. Reidel, 1978.

MARTEIL, Louis, *La Conchyliculture française*, t. III. *L'Ostréiculture et la mytiliculture*, Nantes, ISTPM, 1979.

MAUSS, Marcel, « Essai sur le don. Forme et raison de l'échange dans les sociétés archaïques » [1923-1924], *L'Année sociologique*, nouv. série, t. I, 1925, pp. 31-186 ; reproduit *in* ID., *Œuvres complètes*, t. III, Éd. de Minuit, 1969.

MEYERSON, Émile, *De l'explication dans les sciences* [1921], Fayard, 1995.

—, *Le Cheminement de la pensée*, 3 vol., Félix Alcan, 1931.

MILNER, Jean-Claude, *L'Amour de la langue*, Éd. du Seuil, 1983.

—, *Introduction à une science du langage*, Éd. du Seuil, 1989.

MOMIGLIANO, Arnaldo, *Alien Wisdom*, Cambridge University Press, 1975.

MOODY, Ernest A., *Truth and Consequence in Mediaeval Logic*, Amsterdam, North-Holland, 1953.

MORGAN, Lewis H., *Systems of Consanguinity and Affinity of the Human Family*, Washington, Smithsonian Institution, 1871.

—, *Ancient Society*, New York, Henry Holt, 1877.

MÜLLER, F. Max, « On the Philosophy of Mythology » [1871], in *Chips from a German Workshop*, vol. IV, *Essays on Mythology and Folk-Lore*, Londres, Longmans, Green and Co, 1900.

—, *Natural Religion*, Londres, Longmans, Green and Co., 1888.

NAGEL, Ernest, « Teleology Revisited » [1977], in *Teleology Revisited and Other Essays in the Philosophy and History of Science*, New York, Columbia University Press, 1979, pp. 275-316.

—, NEWMAN, James R., *Gödel's Proof*, Londres, Routledge & Kegan Paul, 1959.

NATALI, Carlo, « Aristote et les méthodes d'enseignement de Gorgias », *in* CASSIN, Barbara (dir.), *Positions de la sophistique*, Vrin, 1986, pp. 105-116.

NIETZSCHE, Friedrich, *La Généalogie de la morale* [1887], trad. I. Hildenbrand, J. Gratien, Gallimard, 1971.

NILSON, Donald R., « Hans Reichenbach on the Logic of Quantum Mechanics », *Synthese*, vol. XXXIV, n° 3, 1977, pp. 313-360.

OLENDER, Maurice, *Les Langues du paradis. Aryens et Sémites : un couple providentiel*, Gallimard/Le Seuil, coll. « Hautes Études », 1989.

PAQUÉ, Ruprecht, *Le Statut parisien des nominalistes*, PUF, 1985.

PEIRCE, Charles S., *The Philosophy of Peirce. Selected Writings*, Londres, Routledge & Kegan Paul, 1940.

—, « Questions concernant certaines facultés » [1868], in *Textes anticartésiens*, prés. et trad. J. Chenu, Aubier-Montaigne, coll. « Philosophie de l'esprit », 1984.

PENROSE, Roger, *The Emperor's New Mind. Concerning Computers, Minds and the Laws of Physics* [1989], Londres, Vintage, 1990.
—, *Shadows of the Mind*, Oxford University Press, 1994.
PERELMAN, Chaïm, OLBRECHTS-TYTECA, Lucie, *La Nouvelle Rhétorique. Traité de l'argumentation*, 2 vol., Presses de l'Université libre de Bruxelles, 1958.
PLATON, *Œuvres complètes*, 2 vol., Gallimard, Bibl. de la Pléiade, 1950.
—, *Plato's Republic*, trad., prés. I. A. Richards, Cambridge University Press, 1966.
POINCARÉ, Henri, *La Science et l'Hypothèse* [1906], Flammarion, 1925.
PRESTEL, Alexander, « Nonstandard Analysis », *in* EBBINGHAUS, Heinz-Dieter (*et al.*), *Numbers*, New York, Springer-Verlag, 1991, pp. 305-327.
PRIGOGINE, Ilya, STENGERS, Isabelle, *Entre le temps et l'éternité*, Fayard, 1988.
PROUST, Joëlle, *Questions de forme : logique et proposition analytique de Kant à Carnap*, Fayard, 1986.
PUTNAM, Hilary, *Representation and Reality*, Cambridge (Massachusetts), MIT Press, 1988.
QUINE, Willard V. O., *Word and Object*, Cambridge (Massachusetts), MIT Press, 1960.
—, « On the Reasons for Indeterminacy of Translation », *Journal of Philosophy*, vol. LXVII, nº 6, 1970, pp. 178-183.
RANDALL, Robert A., « How Tall is a Taxonomic Tree : Some Evidence for Dwarfism », *American Ethnologist*, nº 3, 1976, pp. 543-553.
RASHED, Roshdi, *Condorcet. Mathématique et société*, Hermann, 1974.
REDONDI, Pietro, *Galilée hérétique*, Gallimard, 1985.
REICHENBACH, Hans, *Philosophic Foundations of Quantum Mechanics*, Berkeley, University of California Press, 1944.
REMMERT, Reinhold, « What is π ? », *in* EBBINGHAUS, Heinz-Dieter (*et al.*), *Numbers*, New York, Springer-Verlag, 1991, pp. 123-153.
ROBIN, Léon, *La Pensée grecque et les origines de l'esprit scientifique*, Albin Michel, 1948.
ROSCH, Eleanor, LLOYD, Barbara L. (éd.), *Cognition and Categorization*, New Jersey, Lawrence Erlbaum, 1978.
ROSS, William D., *Aristotle*, Londres, Methuen, 1923.
ROUDINESCO, Élisabeth, *Histoire de la psychanalyse en France*, t. I, Payot, 1982.
RYJIK, Kyril, *L'Idiot chinois. Initiation élémentaire à la lecture intelligible des caractères chinois*, Payot, 1983.
RYLE, Gilbert, *Dilemmas. The Tarner Lectures, 1953*, Cambridge University Press, 1954.

SEARLE, John R., *Minds, Brains and Science (The 1984 Reith Lectures)*, Londres, BBC Worldwide, 1984.

SEBESTIK, Jan, SOULEZ, Antonia, *Le Cercle de Vienne : doctrines et controverses. Journées internationales*, Créteil-Paris, 29-30 septembre-1er octobre 1983, Méridiens Klincksieck, 1986.

SEDLEY, David, « Le critère d'identité chez les stoïciens », *Revue de métaphysique et de morale*, vol. XCIV, n° 4, 1989, pp. 513-533, originellement in *Phronesis*, XXVII, 1982, pp. 255-275.

SEXTUS EMPIRICUS, *Works*, trad. R. G. Bury, Loeb Classical Library, Londres, Heinemann, 1936.

SHANKER, Stuart G., *Wittgenstein and the Turning-Point in the Philosophy of Mathematics*, State University of New York Press, 1987.

—, « Wittgenstein's Remarks on the Significance of Gödel's Theorem », *in* SHANKER, Stuart G. (dir.), *Gödel's Theorem in Focus*, Londres, Croom Helm, 1988, pp. 155-256.

SIMON, Gérard, *Kepler astronome astrologue*, Gallimard, 1979.

SNEATH, Peter H. A., SOKAL, Robert R., *Numerical Taxonomy. The Principles and Practices of Numerical Classification*, San Francisco, Freeman, 1973.

SNEED, Joseph D., *The Logical Structure of Mathematical Physics* [1977], Dordrecht (Hollande), D. Reidel, 1979.

SOKAL, Alan, BRICMONT, Jean, *Impostures intellectuelles*, Odile Jacob, 1997.

STEGMÜLLER, Wolfgang, *The Structure and Dynamics of Theories*, New York, Springer-Verlag, 1976.

STEWART, Hugh B., THOMPSON, J. Michael T., *Nonlinear Dynamics and Chaos*, Chichester, John Wiley & Sons, 1987.

SZABO, Arpad, *Les Débuts des mathématiques grecques* [1969], trad. M. Federspiel, Vrin, 1977.

TARSKI, Alfred, *Logic, Semantics, Metamathematics*, New York, Clarendon Press, Oxford University Press, 1956.

TESNIÈRE, Lucien, *Éléments de syntaxe structurale*, Klincksieck, 1982.

THOM, René, *Esquisse d'une sémiophysique. Physique aristotélicienne et théorie des catastrophes*, InterÉditions, 1988.

—, « Halte au hasard, silence au bruit », *in* AMSTERDAMSKI, Stefan (*et al.*), *La Querelle du déterminisme*, dossier réuni par K. Pomian, Gallimard, coll. « Le Débat », 1990, pp. 61-78.

TORDESILLAS, Alfonso, « L'instance temporelle dans l'argumentation de la première et de la seconde sophistique : la notion de *kairos* », *in* CASSIN, Barbara (éd.), *Le Plaisir de parler*, Éd. de Minuit, 1986, pp. 31-61.

UNGER, J. Marshall, *The Fifth Generation Fallacy. Why Japan is Betting its Future on Artificial Intelligence*, New York, Oxford University Press, 1987.

VAIHINGER, Hans, *The Philosophy of « As If ». A System of the*

*Theoretical, Practical and Religious Fictions of Mankind*, trad. anglaise C. K. Ogden, Londres, Routledge & Kegan Paul, 1924.

VANDERMEERSCH, Léon, « De la tortue à l'achillée », *in* BOTTÉRO, Jean (*et al.*), *Divination et rationalité*, Éd. du Seuil, 1974, pp. 29-51.

VUILLEMIN, Jules, *De la logique à la théologie. Cinq études sur Aristote*, Flammarion, 1967.

—, *Nécessité ou contingence : l'aporie de Diodore et les systèmes philosophiques*, Éd. de Minuit, 1984.

WAERDEN, Bartel L. (Van der), *Geometry and Algebra in Ancient Civilizations*, Berlin, Springer-Verlag, 1983.

WAISMANN, Friedrich, *Wittgenstein and the Vienna Circle. Conversations Recorded by Friedrich Waismann*, Brian F. McGuinness (éd.) ; trad. anglaise J. Schulte, B. McGuinness, Oxford, Basil Blackwell, 1979.

WALLON, Henri, « De l'expérience concrète à la notion de causalité et à la représentation-symbole », *Enfance*, n^os^ 3-4, 1959, pp. 33-366, originellement dans *Journal de psychologie*, vol. XXVIII, n^os^ 1-2, 1932.

—, « Le réel et le mental », *Enfance*, n^os^ 3-4, 1959, pp. 367-397, originellement dans *Journal de psychologie*, vol. XXXI, n^os^ 5-6, 1935.

WESTFALL, Richard S., « Newton and Alchemy », *in* VICKERS, Brian (éd.), *Occult and Scientific Mentalities in the Renaissance*, Cambridge University Press, 1984, pp. 315-335.

WIGNER, Eugene, « The Unreasonable Effectiveness of Mathematics in the Natural Sciences », *Communications in Pure and Applied Mathematics*, vol. XIII, n° 1, 1960, New York, John Wiley & Sons.

WITTGENSTEIN, Ludwig, *Philosophical Investigations*, trad. anglaise G. E. M. Anscombe, New York, Macmillan, 1953.

—, *Philosophical Remarks*, trad. anglaise R. Hargreaves, R. White, Oxford, Basil Blackwell, 1975.

—, *Remarks on the Foundations of Mathematics*, trad. anglaise G. E. M. Anscombe, Oxford, Basil Blackwell, 3e éd, 1978.

—, *Wittgenstein Lectures. Cambridge, 1932-1935. From the Notes of Alice Ambrose and Margaret Macdonald*, Alice Ambrose (éd.), Oxford, Basil Blackwell, 1979.

## BIBLIOTHÈQUE
## DES SCIENCES HUMAINES

*Volumes publiés*

CLAUDE ADDAS : *Ibn' Arabî ou la quête du Soufre Rouge.*
RAYMOND ARON : *Les Étapes de la pensée sociologique.*
RAYMOND ARON : *Études politiques.*
RAYMOND ARON : *Penser la guerre, Clausewitz,* I *et* II.
RAYMOND ARON : *Introduction à la philosophie de l'histoire.*
MARC AUGÉ : *Génie du paganisme.*
ÉTIENNE BALÁZS : *La Bureaucratie céleste.*
JEAN BAUDRILLARD : *L'Échange symbolique et la mort.*
ÉMILE BENVENISTE : *Problèmes de linguistique générale,* I *et* II.
AUGUSTIN BERQUE : *Le Sauvage et l'Artifice.*
AUGUSTIN BERQUE : *Du geste à la cité. Formes urbaines et lien social au Japon.*
JACQUES BERQUE : *L'Égypte. Impérialisme et révolution.*
JACQUES BERQUE : *Langages arabes du présent.*
ROGER CAILLOIS : *Approches de l'imaginaire.*
ROGER CAILLOIS : *Approches de la poésie.*
ROGER CAILLOIS et G.-E. VON GRUNEBAUM : *Le Rêve et les sociétés humaines.*
GENEVIÈVE CALAME-GRIAULE : *Ethnologie et langage : la parole chez les Dogon.*
ELIAS CANETTI : *Masse et puissance.*
MICHEL CHODKIEWICZ : *Le Sceau des saints.*
JACQUELINE DELANGE : *Arts et peuples de l'Afrique noire.*
BRIGITTE DERLON et MONIQUE JEUDY-BALLINI : *La Passion de l'art primitif. Enquête sur les collectionneurs.*
PHILIPPE DESCOLA : *Par-delà nature et culture.*
MARCEL DETIENNE : *L'Invention de la mythologie.*
MARCEL DETIENNE : *Apollon le couteau à la main.*
GEORGES DEVEREUX : *Essais d'ethnopsychiatrie générale.*
WENDY DONIGER : *Siva. Érotique et ascétique.*
HUBERT DREYFUS et PAUL RABINOW : *Michel Foucault, un parcours philosophique.*
DANY-ROBERT DUFOUR : *Les Mystères de la trinité.*
GEORGES DUMÉZIL : *Mythe et épopée,* I, II, *et* III.
GEORGES DUMÉZIL : *Idées romaines.*
GEORGES DUMÉZIL : *Fêtes romaines d'été et d'automne,* suivi de *Dix questions romaines.*
GEORGES DUMÉZIL : *Les Dieux souverains des Indo-Européens.*

GEORGES DUMÉZIL : *Apollon sonore* et autres essais.
GEORGES DUMÉZIL : *La Courtisane et les seigneurs colorés* et autres essais.
GEORGES DUMÉZIL : *L'Oubli de l'homme et l'honneur des dieux.*
GEORGES DUMÉZIL : *Le Roman des jumeaux* et autres essais.
GEORGES DUMÉZIL : *Mythes et dieux de la Scandinavie ancienne.*
LOUIS DUMONT : *Homo hierarchicus. Essai sur le système des castes.*
LOUIS DUMONT : *Homo aequalis. Genèse et épanouissement de l'idéologie économique,* I.
LOUIS DUMONT : *Homo aequalis. L'idéologie allemande,* II.
LOUIS DUMONT : *La Tarasque.*
FREEMAN J. DYSON : *La Vie dans l'univers. Réflexions d'un physicien.*
A. P. ELKIN : *Les Aborigènes australiens.*
E. E. EVANS-PRITCHARD : *Les Nuer.*
E. E. EVANS-PRITCHARD : *Sorcellerie, oracles et magie chez les Azandé.*
CLAUDINE FABRE-VASSAS : *La Bête singulière. Les juifs, les chrétiens et le cochon.*
ANTOINE FAIVRE : *Accès de l'ésotérisme occidental,* I *et* II.
JEANNE FAVRET-SAADA : *Les Mots, la mort, les sorts.*
MICHEL FOUCAULT : *Les Mots et les choses. Une archéologie des sciences humaines.*
MICHEL FOUCAULT : *L'Archéologie du savoir.*
MICHEL FOUCAULT : *Dits et Écrits,* I *à* IV.
EVELYN FOX KELLER : *Le Siècle du gène.*
EVELYN FOX KELLER : *Expliquer la vie. Modèles, métaphores et machines en biologie du développement.*
PIERRE FRANCASTEL : *La Figure et le lieu.*
NORTHROP FRYE : *Anatomie de la critique.*
J. K. GALBRAITH : *Le Nouvel État industriel* (nouvelle édition).
J. K. GALBRAITH : *La Science économique et l'intérêt général.*
MARCEL GAUCHET : *Le Désenchantement du monde.*
MARCEL GAUCHET : *L'Avènement de la démocratie. La Révolution moderne,* I.
MARCEL GAUCHET : *L'Avènement de la démocratie. La crise du libéralisme,* II.
MARCEL GAUCHET et GLADYS SWAIN : *La Pratique de l'esprit humain. L'institution asilaire et la révolution démocratique.*
CLIFFORD C. GEERTZ : *Bali. Interprétation d'une culture.*
E.-H. GOMBRICH : *L'Art et l'illusion.*
NATHALIE HEINICH : *L'Élite artiste. Excellence et singularité en régime démocratique.*
CLARISSE HERRENSCHMIDT : *Les Trois Écritures.*
LUC DE HEUSCH : *Pourquoi l'épouser ?* et autres essais.

LUC DE HEUSCH : *Le Sacrifice dans les religions africaines.*

J. ALLAN HOBSON : *Le Cerveau rêvant.*

GERALD HOLTON : *L'Imagination scientifique.*

GERALD HOLTON : *Science en gloire, science en procès. Entre Einstein et aujourd'hui.*

SIR JULIAN HUXLEY : *Le Comportement rituel chez l'homme et l'animal.*

M. IZARD et P. SMITH : *La Fonction symbolique. Essais d'anthropologie.*

FRANÇOIS JACOB : *La Logique du vivant.*

PIERRE JACOB : *De Vienne à Cambridge.*

ABRAM KARDINER : *L'Individu dans la société.*

LUCIEN KARPIK : *Les Avocats entre l'État, le public et le marché,* XIIIe-XXe *siècle.*

LUCIEN KARPIK : *L'Économie des singularités.*

ROBERT KLEIN : *La Forme et l'intelligible.*

THOMAS S. KUHN : *La Tension essentielle. Tradition et changement dans les sciences.*

PAUL LAZARSFELD : *Philosophie des sciences sociales.*

EDMUND LEACH : *L'Unité de l'homme* et autres essais.

ANDRÉ LEBEAU : *L'Engrenage de la technique. Essai sur une menace planétaire.*

CLAUDE LEFORT : *Les Formes de l'histoire. Essais d'anthropologie politique.*

MICHEL LEIRIS : *L'Afrique fantôme.*

MAURICE LÉVY-LEBOYER et JEAN-CLAUDE CASANOVA : *Entre l'État et le marché. L'Économie française des années 1880 à nos jours.*

BERNARD LEWIS : *Le Langage politique de l'Islam.*

GILLES LIPOVETSKY : *L'Empire de l'éphémère.*

IOURI LOTMAN : *La Structure du texte artistique.*

ERNESTO DE MARTINO : *La Terre du remords.*

HENRI MENDRAS *et alii : La Sagesse et le désordre : France 1980.*

HENRI MENDRAS : *La Seconde Révolution française, 1965-1984.*

ALFRED MÉTRAUX : *Religion et magies indiennes d'Amérique du Sud.*

ALFRED MÉTRAUX : *Le Vaudou haïtien.*

CHRISTIAN MOREL : *Les Décisions absurdes. Sociologie des erreurs radicales et persistantes.*

CHRISTIAN MOREL : *L'Enfer de l'information ordinaire.*

WILHELM E. MÜHLMANN : *Messianismes révolutionnaires du tiers monde.*

GUNNAR MYRDAL : *Le Défi du monde pauvre.*

MAX NICHOLSON : *La Révolution de l'environnement.*

ERWIN PANOFSKY : *Essais d'iconologie.*

ERWIN PANOFSKY : *L'Œuvre d'art et ses significations.*

KOSTAS PAPAIOANNOU : *De Marx et du marxisme.*

DENISE PAULME : *La Mère dévorante.*

MARIA ISAURA PEREIRA DE QUEIROZ : *Carnaval brésilien. Le vécu et le mythe.*

KARL POLANYI : *La Grande Transformation.*

PHILIPPE PONS : *D'Edo à Tokyo.*

PHILIPPE PONS : *Misère et crime au Japon, du* XVII^e^ *siècle à nos jours.*

ILYA PRIGOGINE et ISABELLE STENGERS : *La Nouvelle Alliance : métamorphose de la science.*

VLADIMIR JA. PROPP : *Morphologie du conte.*

VLADIMIR JA. PROPP : *Les Racines historiques du conte merveilleux.*

HENRI-CHARLES PUECH : *En quête de la gnose,* I *et* II.

ISABELLE QUEVAL : *S'accomplir ou se dépasser. Essai sur le sport contemporain.*

GÉRARD REICHEL-DOLMATOFF : *Desana. Le symbolisme universel des Indiens Tukano du Vaupés.*

LLOYD G. REYNOLDS : *Les Trois Mondes de l'économie.*

ALAIN ROGER : *Court traité du paysage.*

PIERRE ROSANVALLON : *Le Moment Guizot.*

GILBERT ROUGET : *La Musique et la Transe.*

MARSHALL SAHLINS : *Âge de pierre, âge d'abondance.*

MARSHALL SAHLINS : *Critique de la sociologie.*

MARSHALL SAHLINS : *Au cœur des sociétés : raison utilitaire et raison culturelle.*

MARSHALL SAHLINS : *La Découverte du vrai sauvage* et autres essais.

MEYER SCHAPIRO : *Style, artiste et société.*

CARL SCHMITT : *Théologie politique, 1922-1969.*

DOMINIQUE SCHNAPPER : *La France de l'intégration. Sociologie de la nation en 1990.*

DOMINIQUE SCHNAPPER, HENRI MENDRAS *et alii : Six manières d'être européen.*

JOSEPH A. SCHUMPETER : *Histoire de l'analyse économique : I. L'âge des fondateurs, II. L'âge classique, III. L'âge de la science.*

ANDREW SHONFIELD : *Le Capitalisme d'aujourd'hui.*

OTA ŠIK : *La Troisième Voie.*

GÉRARD SIMON : *Kepler astronome astrologue.*

MICHEL STRICKMANN : *Mantras et mandarins. Le bouddhisme tantrique en Chine.*

LUCIENNE STRIVAY : *Enfants sauvages. Approches anthropologiques.*

GLADYS SWAIN : *Dialogue avec l'insensé,* précédé de : *À la recherche d'une autre histoire de la folie, par* Marcel Gauchet.

ERNST TROELTSCH : *Protestantisme et modernité.*

VICTOR W. TURNER : *Les Tambours d'affliction.*

THORSTEIN VEBLEN : *Théorie de la classe de loisir.*

YVONNE VERDIER : *Façons de dire, façons de faire.*

YVONNE VERDIER : *Coutume et destin. Thomas Hardy* et autres essais.

LOUP VERLET : *La Malle de Newton.*

NATHAN WACHTEL : *Le Retour des ancêtres. Les Indiens Urus de Bolivie, XXe-XVIe siècle. Essai d'histoire régressive.*

MAX WEBER : *Confucianisme et Taoïsme.*

MAX WEBER : *L'Éthique protestante et l'esprit du capitalisme* suivi d'autres essais.

MAX WEBER : *Histoire économique. Esquisse d'une histoire universelle de l'économie et de la société.*

MAX WEBER : *Sociologie des religions.*

EDGAR WIND : *Art et Anarchie.*

PAUL YONNET : *Jeux, modes et masses. La société française et le moderne, 1945-1985.*

PAUL YONNET : *Huit leçons sur le sport.*

PAUL YONNET : *Systèmes des sports.*

PAUL YONNET : *Travail, loisir. Temps libre et lien social.*

PAUL YONNET : *Famille I. Le recul de la mort. L'avènement de l'individu contemporain*

*Composition : I.G.S.*
*Achevé d'imprimer*
*par Normandie Roto Impression s.a.s.*
*61250 Lonrai*
*Dépôt légal : octobre 2009*
*Numéro d'imprimeur : 093667*
ISBN 978-2-07-012600-2 / Imprimé en France

**168588**